外国文学名著丛书

〔俄〕果戈理／著

果戈理小说戏剧选

满 涛／译

"外国文学名著丛书"编委会

人民文学出版社

Н. В. ГОГОЛЬ
ПОВЕСТИ И ДРАМЫ

图书在版编目(CIP)数据

果戈理小说戏剧选/(俄罗斯)果戈理著;满涛译.— 北京:人民文学出版社,2022(2023.3重印)
(外国文学名著丛书)
ISBN 978-7-02-016526-1

Ⅰ.①果… Ⅱ.①果…②满… Ⅲ.①中篇小说—小说集—俄罗斯—近代②短篇小说—小说集—俄罗斯—近代③戏剧文学—剧本—作品集—俄罗斯—近代 Ⅳ.①I512.44②I512.34

中国版本图书馆 CIP 数据核字(2021)第 232025 号

责任编辑	李丹丹
装帧设计	刘　静
责任印制	王重艺

出版发行　人民文学出版社
社　　址　北京市朝内大街 166 号
邮政编码　100705

印　　刷　河北新华第一印刷有限责任公司
经　　销　全国新华书店等

字　　数　263 千字
开　　本　850 毫米×1168 毫米　1/32
印　　张　13.125　插页 3
印　　数　11001—16000
版　　次　1963 年 3 月北京第 1 版
印　　次　2023 年 3 月第 5 次印刷

书　　号　978-7-02-016526-1
定　　价　58.00 元

如有印装质量问题,请与本社图书销售中心调换。电话:010-65233595

果戈理

出版说明

人民文学出版社自一九五一年成立起,就承担起向中国读者介绍优秀外国文学作品的重任。一九五八年,中宣部指示中国科学院文学研究所筹组编委会,组织朱光潜、冯至、戈宝权、叶水夫等三十余位外国文学权威专家,编选三套丛书——"马克思主义文艺理论丛书""外国古典文艺理论丛书""外国古典文学名著丛书"。

人民文学出版社与中国科学院文学研究所,根据"一流的原著、一流的译本、一流的译者"的原则进行翻译和出版工作。一九六四年,中国社会科学院外国文学研究所成立,是中国外国文学的最高研究机构。一九七八年,"外国古典文学名著丛书"更名为"外国文学名著丛书",至二〇〇〇年完成。这是新中国第一套系统介绍外国文学作品的大型丛书,是外国文学名著翻译的奠基性工程,其作品之多、质量之精、跨度之大,至今仍是中国外国文学出版史上之最,体现了中国外国文学研究界、翻译界和出版界的最高水平。

历经半个多世纪,"外国文学名著丛书"在中国读者中依然以系统性、权威性与普及性著称,但由于时代久远,许多图书在市场上已难见踪影,甚至成为收藏对象,稀缺品种更是一书难求。在中国读者阅读力持续增强的二十一世纪,在世界文明交流互鉴空前频繁的新时代,为满足人民日益增长的美好生活的需要，人民文学出版社决定再度与中国社会科学院外国文学研究所合作，以"网罗经典，格高意远，本色传承"为出发点，优中选优，推陈出新，出版新版"外国文学名著丛书"。

值此新版"外国文学名著丛书"面世之际，人民文学出版社与中国社会科学院外国文学研究所谨向为本丛书做出卓越贡献的翻译家们和热爱外国文学名著的广大读者致以崇高敬意！

"外国文学名著丛书"编委会

二〇一九年三月

编委会名单

(以姓氏笔画为序)

1958—1966

卞之琳	戈宝权	叶水夫	包文棣	冯 至	田德望
朱光潜	孙家晋	孙绳武	陈占元	杨季康	杨周翰
杨宪益	李健吾	罗大冈	金克木	郑效洵	季羡林
闻家驷	钱学熙	钱锺书	楼适夷	蒯斯曛	蔡 仪

1978—2001

卞之琳	巴 金	戈宝权	叶水夫	包文棣	卢永福
冯 至	田德望	叶麟鎏	朱光潜	朱 虹	孙家晋
孙绳武	陈占元	张 羽	陈冰夷	杨季康	杨周翰
杨宪益	李健吾	陈 燊	罗大冈	金克木	郑效洵
季羡林	姚 见	骆兆添	闻家驷	赵家璧	秦顺新
钱锺书	绿 原	蒋 路	董衡巽	楼适夷	蒯斯曛
蔡 仪					

2019—

王焕生	刘文飞	任吉生	刘 建	许金龙	李永平
陈众议	肖丽媛	吴岳添	陆建德	赵白生	高 兴
秦顺新	聂震宁	臧永清			

目 次

译本序 …………………………………………… *1*

小 说

塔拉斯·布尔巴 ………………………………… *3*
涅瓦大街 ………………………………………… *147*
肖像 ……………………………………………… *185*
外套 ……………………………………………… *244*

戏 剧

钦差大臣 ………………………………………… *279*

译 本 序

尼古拉·瓦西里耶维奇·果戈理于一八〇九年四月一日诞生在乌克兰波尔塔瓦省密尔格拉得县的大索罗庆采镇。他的父亲是一个不太富有的中等地主，颇有文才，曾用俄文写过诗，还用乌克兰文写过几部喜剧。

果戈理在一八一九年进了波尔塔瓦的县立小学读书，然后在一八二一年转入涅仁中学。这时候，俄国刚经历一八一二年的卫国战争，人民的民族自觉心大大地提高了；紧接着，又掀起了贵族知识分子所领导的十二月党人运动。涅仁虽然较为偏僻，但是也不能不受到这一蓬勃的革命运动的影响。果戈理和许多同学一起争读十二月党人的刊物《北极星》，热情地背诵雷列耶夫和普希金的诗。他特别爱读普希金的诗，把普希金当作崇拜的对象。

果戈理从学生时代起，就显露了卓越的艺术才能。他和同学们一起编辑手抄的刊物，有《文学彗星》等四五种之多。他把民间的警句、俗谚、歌谣以及历史文献等材料抄录在一本练习簿上，把它叫作"日用百科全书"。他写过诗、讽刺作品以及剧本《强盗》等。他又是戏剧活动的积极分子，从写剧本、画布景……到演戏，什么事都要干。他在这些演出中主要是扮演老头子和老太婆一类的喜剧角色。他在冯维辛的《纨绔少年》里出色地扮演了普罗斯塔科娃太太。据当时目击的人回忆说:"没有任何一个演员曾经把普罗斯塔科娃的角色演得像十六岁的果戈理这样成功过。"

果戈理对陈腐的课程完全不感兴趣,但是对教自然法的别洛乌索夫以及其他几位进步的老师却怀着极大的尊敬。这些老师经常介绍学生们阅读法国资产阶级启蒙学者伏尔泰、卢梭等人的著作。果戈理对别洛乌索夫大为倾倒,把他称为"稀有人物"。

一八二七年,新任校长奉派到涅仁中学来"整顿学风"。当时有人控告别洛乌索夫等人在学生中间宣传"自由思想",这样,就制造出了所谓"别洛乌索夫案件"。这案件拖延了很久,牵累了许多人,果戈理也是被传讯的学生之一。校长把别人交出的果戈理的笔记本作为物证,要他证明别洛乌索夫在上课时宣传"政治方面犯罪的议论"。果戈理承认笔记本是他的,但是斩钉截铁地回答说:"上面抄的是一些法国启蒙学者的意见,这和别洛乌索夫没有关系,别洛乌索夫在上课时是按照规定的课本授课的。"但是,尽管别洛乌索夫等几位进步教师的行为是无可指摘的,在果戈理离开学校一年以后,他们还是成了倾轧、陷害的牺牲者,被驱逐出学校。

果戈理在这时候已经严肃地思考人生的意义和目标的问题。他对周围腐败的环境感到十分憎恶,在一封写给朋友的信里,他把涅仁的人们称作"俗物",这些俗物"用世俗和猥琐自满的外壳扑灭了人的崇高使命",而他所感到痛苦的是必须在这些人中间苟安偷生。在另外一封信里他又诉说自己沉痛、苦闷的心情,说他"好像是一个孤零零的人,漂泊在异乡"。

他决心要摆脱这种灰暗的奄奄无生气的生活,希望为祖国效劳。但是,他为祖国效劳的方法,他所设想的"人的崇高使命",是非常模糊的。他只想到在司法界服务,以为这样就可以造福人类,推动社会前进。

一八二八年夏天,果戈理从涅仁中学毕业。同年年底,一个初出茅庐的不到二十岁的青年,就怀着对未来生活的美丽幻想,出发到彼得堡去了。到彼得堡以后不久,他不切实际的幻想就在现实的礁石上撞得粉碎。他带来的几封介绍信都没有能用上。他自费出版了一部题名为《汉斯·古谢加顿》的叙事诗,但结果遭到严厉的批评,他从书店里收回全部存书,把它们焚毁了。他甚至也尝试过投考演员,但是剧团的负责人是个伪古典派,要求演员必须装腔作势,果戈理的演剧才能当然不能被他所赏识。

一八二九年末,他终于谋到了一个小公务员的职位。官俸微薄得可怜,他经常过着受冻、挨饿的生活。他在给母亲的一封信里写道:"恐怕没有人在彼得堡生活得比我更俭朴了,……幸亏我已经有点习惯于寒冷,因此,能够穿着夏季薄外套挨过整整一冬。"

果戈理原来是为了追求理想才到彼得堡来的,哪知道在彼得堡接触到的仍旧是卑污的现实。但是,如果说他幼稚的幻想完全破灭,那么他梦寐以求的为祖国和人民谋福利的理想,却在现实环境中进一步受到了磨炼。在这一时期,他一边在美术学院的夜校学习绘画,一边更加被文学所吸引,开始从事小说写作。一八三一年二月,他辞去了小公务员的职务,开始完全把文学写作作为终生的事业。就在这时候,他又认识和接近了大诗人普希金,这对他的文学创作有巨大的影响。

一八三〇年到一八四二年,是果戈理写作活动最为旺盛的时期。他在这短短的十多年中,几乎写出了他全部重要的作品,计有:《狄康卡近乡夜话》(第一卷,1831年;第二卷,1932年)、《密尔格拉得》(1835年)、《彼得堡故事》(1835年)、《钦差大臣》(1836年)以及《死魂灵》的第一部(1835—1842年)等。

果戈理的作品以揭露封建农奴制度的腐朽、丑恶为内容,因而自然地引起封建农奴制度的热心维护者的攻击。另一方面,进步舆论界支持他,赞扬他,也是很自然的。特别是革命民主主义的文艺批评家别林斯基,他首先发现了果戈理作品所包含的革新意义,写了无数篇富有战斗性的文章,保卫果戈理的倾向,阐述并发扬现实主义的文艺原则,摧枯拉朽地驳斥了反动文人们的种种邪论谬说。

果戈理在自己的作品中揭露封建农奴制度及其必然崩溃的过程,是完全符合当时人民的斗争要求的,但是他的思想又非常复杂矛盾。他对旧社会深恶痛绝,但是,对社会发展的前途却茫无所知,更不知道只有用革命的手段变革社会制度才是解决社会矛盾的唯一出路。他对自己作品中得出来的革命结论也感到害怕。他揭露了地主阶级和沙皇官吏的丑恶,但是他又把宗法制度的某些方面加以美化,主张倒退到已经消逝的古老宗法制度中去寻求出路。

果戈理思想上的这种矛盾,最初只是表露在他的某些作品当中(例如《肖像》《罗马》等),但是到了十九世纪四十年代以后,随着俄国解放运动的继续深化,消极的因素增加,先前作品中所表现的批判、揭露的力量就显著地削弱了。

他的一些斯拉夫派及其他保守、反动阵营的朋友,当他后期长时间居留国外时,利用他思想上的弱点,拼命包围他,隔绝他和俄国国内进步思想界的联系,挑拨离间。这更促进了他思想上的消极因素的发展,引起了他思想上的危机。

果戈理动手写作《死魂灵》第二部时,正是他的思想危机开始逐渐发展的时期。他在第二部里描绘了一些地主阶级寄生虫的形象,如懒汉坚捷特尼科夫等,讽刺的力量还是非常巨大的,大体上仍旧保持着第一部中的批判、揭露的倾向。但是另一方面,他又要在地主阶级寄生虫的世界中寻找积极因素,把他们塑造成理想人物,这些人物没有现实根据,破坏了艺术的真实,因而招致了他的创作上无可挽回的失败。

一八四七年一月,他出版了充满伪善说教的《与友人书信选》。在这本书里,他公开宣传斯拉夫派的反动主张,认为封建农奴制度是不可废除的,认为只要在道德上进行自我教育就可以弥补社会制度的缺陷。这本书出版以后,立刻博得了反动文人们的喝彩。他们高兴地看到,果戈理的灵魂"得救"了。他们包围果戈理使他脱离革命影响的罪恶计划终于收到了成效。连充当沙皇宪兵第三厅的特务、过去曾经大肆攻击果戈理的布尔加林,也假惺惺地引咎自责,说什么以前对果戈理的"批评"未免失之"过苛"了。

但是,当时俄国进步的舆论界对这本书是一致予以愤怒谴责的。别林斯基在一篇批评《与友人书信选》的文章里,指出果戈理落入反动文人们的陷阱,表示了万分的惋惜。一八四七年七月,别林斯基在德国萨尔茨堡养病时,又怀着激动的心情,写了那封著名的《给果戈理的信》,这就是后来伟大革命导师列宁所说的"没有遭受审查的民主主义出版物中最好的作品之一"。别林斯基在这封信里一针见血地指出了沙皇

5

俄国的病根所在。他认为,当前最重要、最迫切的问题,就是废除封建农奴制度,摆脱专制政体、正教、国粹主义,而不是像果戈理所说的那样,要到神秘主义、禁欲主义里面去寻求出路。

果戈理的思想"危机",充分反映了一个具有正义感的作家在旧社会中找不到明确的出路,因而陷入的彷徨、苦闷的心情。他对《死魂灵》的第二部进行过长时期的反复修改,焦思苦虑地企图表现客观的真实,但是因为摆脱不掉世界观中消极因素的影响,终于还是写不出他自己所满意的作品。一八四五年他曾经把原稿焚毁,重新从头写起。一八五二年一月,完成了第二稿,在病逝前十天又把它焚毁了。这个第二部现在幸存的只有最初的几章。

一八四八年春天,果戈理到耶路撒冷去作了一次身心交疲的宗教朝拜。同年五月,回到了俄国。此后,他的健康日益恶化,一八五二年三月四日病逝于莫斯科。

果戈理在文学方面的成就非常卓越,他的小说和戏剧对于俄国文学的发展起过极为重要的作用。别林斯基曾经说过,果戈理"在俄国创造了新的艺术,新的文学";车尔尼雪夫斯基也曾说果戈理是"俄国作家中最伟大的一个",他认为"世界上久已没有这样的作家,对于自己的人民,像果戈理对于俄国这样重要"。

普希金和果戈理是俄国文学中的双璧。普希金在诗歌方面所完成的任务,果戈理在散文方面把它完成了。普希金也写过许多篇小说,但他主要的成就是在诗歌方面。由于果戈理的创造性的劳动,小说才开始在俄国文学中取得了支配的地位。正像普希金是俄罗斯诗歌的创始人一样,果戈理可以说是俄罗斯的散文之父。

果戈理从最初的《狄康卡近乡夜话》开始,就大胆地把普通人民写进作品里,这在当时的俄国实在是破天荒的。出现在他的作品里的人物,都是些教堂差役、农村的小伙子和大姑娘们。作品里充满着纯朴的语言,丰富的幽默,给人以清新的感觉。果戈理的作品,一开始就和主张铺张堆砌、喜好陈腔滥调的贵族文学形成鲜明的对照。

《狄康卡近乡夜话》虽然也注意现实的描绘,但它更多偏重于浪漫主义的渲染。这以后,果戈理的观察、分析现实的力量更加成熟了;同时,他所接触到的现实也迫使他更加把注意力集中到生活粗野平庸的方面来。他在后来的作品中,继承普希金的优良传统,发展现实主义的创作方法,从而加强了文学中的批判倾向。他不仅如普希金说的善于揭露"庸俗人的庸俗",更重要的是,剖开封建农奴制现实的表皮,毫无顾惜地揭露它的庸俗、空虚、丑恶,赋予"缠住人生的可怕的、惊人的琐事的淤泥"以普遍意义,使人对不合理的社会秩序产生怀疑,从而充分发挥了文学的战斗作用。

沙皇鹰犬们一向痛恨果戈理作品的批判倾向,自果戈理最早发表作品以来,就一直对之不遗余力地攻击。布尔加林就曾经提出"自然派"这个称号,企图用来恶意地诋毁果戈理的作品。他认为,"自然派"主张毫不掩饰地描写现实生活,就是贬低了文学的崇高意义。他气势汹汹地责问说:"尽管写得多么巧妙,为什么要显示给我们看这些破烂,这些肮脏的褴褛呢?为什么要毫无目的地描绘人类生活后院的令人不愉快的图画呢?"别林斯基对这种把果戈理污蔑为"自然派"的说法给予了有力的驳斥。他认为果戈理是"现实生活的诗人",果戈理作品的特点是把生活表现得"赤裸裸到令人害羞的程度","把全部可怕的丑恶和全部庄严的美一起揭发出来,好像用解剖刀切开一样"。他主张文学应该反映并批判现实,这种见解和布尔加林之流主张文学应该粉饰现实的反动看法正好针锋相对。反动文人拼命要掩护黑暗统治,所以认为果戈理描写低微卑污的现实是罪大恶极,伤风败俗,但是在别林斯基看来,反动文人认为大逆不道的地方却正说明了果戈理作品划时代的革新意义。结果,"自然派"的名称仍旧保留了下来。然而,它不再是恶谥,反而变成了当时持有批判倾向的进步作家的旗帜,而果戈理则被公认为这一流派的创始者。

"自然派",实质上就是后来所谓的批判现实主义,它和冷淡、旁观的自然主义绝对是两回事。果戈理的作品含有高贵的愤怒,他的爱憎态度在作品中表现得十分鲜明。他不抄袭自然,却强调"必须有异常的灵魂深度,才能够照亮取材于卑贱生活的图景,把它提升为创造的珍珠"。这里所说的"照亮",所说的"提升",正说明果戈理不是一个态度冷淡的自然主义作家,恰恰相反,他要求文艺成为反对封建农奴制度的锐利的武器,用理想去"照亮"丑恶的现实,对丑恶的现实进行批判,使"生活的散文"提升为"生活的诗"。

果戈理的批判现实主义是以带有无情的讽刺为特点的。他是俄罗斯文学中最杰出的讽刺作家之一。他善于发现日常生活中庸俗可笑之处,用来作为讽刺的对象。不过,在他的早期作品中,他的笑还只表现为幽默和滑稽,在当时,他常常嘲笑普通人身上的一些缺点,他认为这些缺点只不过是生活中次要的因素。随着他深入观察封建农奴制度下的现实,他逐渐感到丑恶现象在社会里占主导地位,开始以地主、贵族和官僚为描写对象并采取批判态度,于是,他的笑就成为充满嘲弄、鄙视和愤怒的讽刺;与此同时,对于被侮辱和被损害的小人物,他的笑却永远是含着同情的,这就是所谓"含泪的笑"。

果戈理作品的特点还表现在他所创造的形象的真实性和典型力量中。他反对把抽象恶习加以拟人化,或者用主观色彩去涂染人物。正像别林斯基所说,他的作品"击败了俄国文学中两种错误的倾向:矫揉造作的、浮夸的、抡着硬纸做的宝剑的、像涂脂抹粉的演员一样的理想主义,讽刺的教诲主义"。他对封建农奴制度的批判总是通过塑造典型人物来达到的。他在许多篇作品中,创造出了无限丰富的人物群像,这些人物是整个阶层的表现,同时又是某一个具体的、有个性的、活生生的人。正因为这样,他作品的批判和揭露的力量才格外深刻、强烈,他笔下的许多人物传诵于广大读者之口,他的每一个人物的名字几乎都变成了尽人皆知的普通名词。

这本选集一共收了果戈理的四篇小说和一个剧本。我们从这些作品中可以看到他创作中对封建农奴制度的批评和揭露,以及他的现实主义手法等特点。

《塔拉斯·布尔巴》描写聚居在查波罗什的哥萨克起来反抗外族侵略者的故事。作品以起义农民为主人公,直接描写到民族解放斗争,这在过去的俄国文学史中是绝无仅有的。

这是一篇历史题材的小说,但它不拘泥于严格的历史年代,也不是枯燥地罗列史实。它的目的是要写出生龙活虎般的查波罗什哥萨克们,写出他们对祖国的无限忠诚和热爱。

塔拉斯·布尔巴尤其是这群人里面一个最为鲜明、突出的人物。他是一个热爱祖国的人。对敌人来说,他是凶猛的复仇者;但是对伙伴来说,他是既严峻又慈祥的领袖。他的身上有那个严酷时代的烙印,他豪迈、奔放、爽朗的性格完全是在战火的包围中,在动乱的环境中形成的,是"灾难的火镰从人民的胸膛里敲击出来的"。

两个儿子刚从基辅的神学校毕业回到家,他就同他们挥拳动起武来,鼓励儿子要像打老子那样去打敌人;他不让儿子在家里多停留片刻,第二天立刻就从妻子身边把他们夺走,他说,他们需要的不是母亲的爱抚,而是广阔自由的田野和凶悍的骏马。

老布尔巴的粗犷性格中带有些妩媚,他的举止、行为是粗野的,但他的心灵又能承受细腻、深刻的感情。当伙伴被敌人俘虏的时候,他不忍丢开他们不管,一定要单独留下,率领一部分武装去搭救他们脱险。当安德烈投了敌人,虽然是自己的亲生儿子,他却毫不犹豫地亲手把他打死。但是,当另一个忠于祖国的儿子奥斯达普在战斗中被擒时,他又悲伤得失声痛哭。他冒了不可设想的艰险、阻碍,一定要深入到敌后去重见奥斯达普一面。奥斯达普受刑时,显示出崇高、勇敢的气概,这使老布尔巴深深地感动了,他从人丛中喊出那一声震撼魂魄的"我听着呢!"来回答奥斯达普临终时的呼吁。最后,他不惜用自己的生命为祖国举行了壮烈的血祭……作者通过这些细节,热情地歌颂以老布尔巴为代表的人民的爱国主义、自我牺牲等高贵品质。

小说中出现的人物达几十人之多。作者以酣畅淋漓的笔墨描绘了这群热情、豪爽、狮子般活跃,"向乌克兰全境泛滥出哥萨克的意态和气度"的人们。小说还用史诗式的笔法描绘了杜勃诺城下的战役,精雕细琢地刻画了敌人方面的天主教的文化和风俗等等。

这篇小说具有生动的描绘和抒情的气息,鲜明的历史特点和时代精神;作者善于把现实主义的描写和浪漫主义的笔调融合在一起,在人物身上寄托他的爱、希望和理想。作者在写给友人的一封信里说过:"借古喻今,你的言语就会增加三倍的力量。"可见他不是随便选取这个历史题材,而是企图通过歌颂英雄人物来抒写他对现实中封建农奴制的愤懑和憎恶。

《涅瓦大街》在内容的精练、凝缩方面,可以说是短篇小说中的一篇代表作。

小说开头对涅瓦大街的几段描写,实际上就是对整个沙皇俄国官僚社会的揭露。在这熙熙攘攘的触目尽是花领结、络腮胡子的绅士淑女的大街上,一切都是虚伪的,可以收买的,连人类感情也变成市场上卖出买进的对象。

这是一个虚伪的、冷酷无情的社会,青年画家庇斯卡辽夫的悲剧就在这里展开。庇斯卡辽夫是一个真诚、坦率的人,他献身于艺术,追求善和美,但是他的理想在唯利是图、尔虞我诈的社会里是永远无法实现的。他的追求只换得了痛苦的绝望,这个"安静的、胆怯的、谦恭的、孩子般天真的人",终于只能伤心绝望地死去。

与他相对照的是一个反动军官庇罗果夫。他厚颜无耻,玩世不恭,把人生看作逢场作戏;在他看来,追逐金发女郎和娶有陪嫁的商人女儿做老婆这两件事是可以并行不悖的。和青年画家庇斯卡辽夫的悲剧命运相反,这个庸俗透顶的庇罗果夫,在彼得堡的官僚社会里倒是一帆风顺,过着非常美满、幸福的日子。就这样,作者以辛辣的笔锋向摧残美和理想的腐朽社会,表示了他的愤愤不平的心情。

《涅瓦大街》的篇幅并不长,作者能够在短小的篇幅里,通过两个主人公在同一天晚上发生的事情,写出两种人物的不同的命运,其艺术概括力之强,是值得注意的。

《肖像》是一篇比较复杂的作品,在这里充分显露了作者世界观的矛盾性和双重性。

在拜金主义的社会里,艺术变成了出卖的对象。小说的主人公,画家恰尔特柯夫被发财欲所支配,竭力迁就上流社会的趣味,终于毁坏了自己的才能,变成了一个时髦的画匠。在这里,作者对腐朽社会的抗议,对毁灭艺术家才能的金钱权力的揭发,是相当有力的。

但是,当作者在这篇小说的第二部里企图解决腐朽社会和艺术家之间的矛盾时,破绽就暴露出来了。在这里,揭露腐朽社会的那种抗议的调子隐而不见了,荒诞不经的神秘气氛增强了,道德的说教代替了生动的人物形象。他歌颂贤明君主对艺术的"保护",主张艺术家必须保持"灵魂的平静",不要被"骚乱和怨言"所玷污,等等。他被资本主义的发展前途吓坏了,却又看不到解决矛盾的出路,结果只能用宗法制度的"理想"来对抗他所憎恶的现实。他批判腐朽社会的结果,不是引导人向前看,却是号召人倒退到古老的、早已消逝的宗法制度去。

他在这篇小说里还发挥了对文学和艺术的看法。他反对自然主义的抄袭现实;他认为艺术必须被创造者的心灵所渗透;不通过思想而仅仅盲目地模拟自然,是对艺术的亵渎。这些意见不无可取之处。但是,作者进一步发挥下去,说那个描绘魔鬼的画家犯了错误,正是因为他把魔鬼画得太像真的了,他必须赎偿自己的罪过,必须抛弃世俗的情欲,遁迹到深山中去斋戒、祷告、苦行修炼,这却又陷入宗教赎罪和神秘主义的泥淖里去了。他公开宣称描绘上帝、充满着圣洁感情的图画高于世间的一切艺术。他在第二部里所发挥的这种艺术见解,和他在第一部里对腐朽社会的揭露是自相矛盾的。

在描写被侮辱的小人物方面,《外套》可以说是一篇典范之作。这篇小说刻画了一个贫穷的小官吏巴施马奇金的形象。这是一个安分守己、逆来顺受的人,他对生活没有什么奢望,甚至在机械的抄写工作中也得到乐趣。他整天伏案抄写公文,抄得背也驼了,眼睛也有点迷糊了。他挨饿,受冻,节省蜡烛……只想攒些钱,做一件新外套。作者让巴施马奇金忍受了种种折磨之后,还要使他受到外套被劫的打击,使他沉到绝望的深渊。最后,还要使他去求见那位声势煊赫的某要人,受到他的申斥而痛苦地死去。对于他,作者表示了深厚的同情。

另一方面,作者又淋漓尽致地描写了彼得堡官僚社会那种冷冰冰的、窒息人的环境。办公室里的人侮弄他,把纸片撒在他头上;某要人声色俱厉地呵责他,当场就把他吓昏了过去……特别令人悲愤的是,他在这社会里竟像一只苍蝇一样,无声无臭地就从地面上消失了。人们直到他死后过了几天才知道他的死讯,大家对他的突然消失一点也不觉得惊奇,第二天,他的座位上已经换了另一个抄写员,仿佛世上从来就不曾有过他这个人一样。

这篇小说虽然没有写出正面抗争的形象,但是作者对腐朽社会制度毁灭人、扼杀人表示了有力的抗议。当时的俄国文学界崇尚华美文体、贵族气派，一般都不屑把贫穷的小人物写进小说里。继普希金的《驿站长》之后，果戈理在《外套》中以富有同情的笔调描写了默默忍受侮辱和压榨的小人物的悲剧，在当时是很有进步意义的。它对以后俄国文学的发展起过巨大的推动作用，许多作家如屠格涅夫、陀思妥耶夫斯基等，都受过它那种同情弱小、反对强暴的人道主义的影响。陀思妥耶夫斯基曾说过："我们所有的人都是从果戈理的《外套》中孕育出来的。"

果戈理不仅是一个伟大的小说家，同时还是俄罗斯现实主义戏剧的奠基人之一。

在果戈理写作剧本的当时，俄国戏剧界充斥着从法国移植过来的闹剧，插科打诨，无理取闹，结局总是千篇一律的大团圆场面。果戈理反对这种浅薄无聊的东西。他主张写作含有深刻社会内容的喜剧，对丑恶的社会现象加以无情的揭露。

果戈理所写的戏剧作品虽然为数不多，但他的《钦差大臣》却是世界文学中杰出的喜剧之一。剧情是这样的：在沙皇时代某一个外省小城里，钦差大臣微服私访的消息引起了一场慌乱，市长惊悸之余，把一个耽搁在小旅馆里没有盘缠上路的浪荡子赫列斯塔科夫错认作钦差大臣，为了掩盖他平时贪赃枉法起见，拼命阿谀、奉承这位来自京城的"贵客"，因此闹出了种种笑话。作者以一连串喜剧性场面的安排，充分揭露了官场中的贪污、腐化等丑态。他通过生动、鲜明的刻画，把市长和赫列斯塔科夫作为官僚社会的两个侧面（一个代表官僚阶层的昏庸、卑鄙；另外一个代表寄生阶级精神世界的猥琐、空虚）来加以揭露，这样，就使剧本具有了讽刺的威力和深度。用他自己的说法："我决定在《钦差大臣》中,将我……所知道的……俄罗斯全部丑恶集成一堆,来同时嘲笑这一切。"

市长是沙皇反动统治下一个最常见的人物。他从小学会了中饱私囊和消踪灭迹这一套本领。他知道贪赃枉法是有罪的,但是大家都这样做,他自然也不能例外,也就难免有一点他所谓的"小过失"。

赫列斯塔科夫也是一个普通人物。他靠祖上的产业过活,"头脑里没有主宰",是一个空虚透顶的人,"连无聊的人也都称他为最无聊的家伙"。他轻浮,浅薄,天花乱坠地瞎吹牛,看到有人听他,他撒谎就更加带劲,自己都管不住自己的舌头,一发而不可抑止。

这两个人碰在一起,就引起了喜剧性的冲突,造成了层出不穷的笑料。果戈理剧本中的人物不是漫画,不是凭空捏造的,虚构的,而是特定社会制度下的产物。剧本中的喜剧性不是从外部硬加上去的,而是从当时的社会制度,从这些灵魂肮脏、空虚的人物性格的逻辑发展中很自然地引发出来的。

有人认为,市长是一个老狐狸,他竟然把一个毫不起眼的家伙错认作钦差大臣,似乎是不近情理的。其实,这是皮相之见。市长和浪荡子赫列斯塔科夫之间产生的喜剧性冲突,是完全有现实根据,建立在可信的基础上的。市长唯恐因为贪污被揭发而受到惩罚,于是就把一个浪荡子错认作钦差大臣,盲目的官衔崇拜使他无论如何也不敢猜疑眼前这个钦差大臣的真伪。赫列斯塔科夫是一个轻浮、浅薄的人,当他意外地受到人们的尊敬、礼遇、奉承的时候,他就得意忘形起来,撒谎就撒得更加带劲了。更应该指出的是,在当时俄国的官僚社会里，赫列斯塔科夫这个浪荡子越是信口开河，前言不对后语，市长和官员们就越是敬畏和恐惧他，把他无意的疏忽当作是有意的风趣。官吏的贪污、谄上骄下，人们精神世界的空虚、浅薄……这些在沙皇俄国都是非常真实的，作家只不过在现实的基础上更加以艺术的夸张罢了。通过这些看来似乎不可能的细节，更加暴露了整个官僚社会的腐朽、空虚、丑恶，把容易忽视过去的丑恶现象更加显著地突现在大家眼前。有些喜剧用巧合的情节或噱头吸引观众，只能博取浅薄观众的一笑，笑过也就完了。但是，果戈理的喜剧却让人笑过之后不得不深思，对现实社会中的不合理现象产生强烈的憎恶，兴起要同它斗争的愿望。《钦差大臣》又一次说明果戈理创作所包含的进步意义。

果戈理是一位具有鲜明的爱憎态度、充满着爱国主义精神的批判现实主义作家。他对俄国封建农奴制度的种种不合理现象怀着憎恨，以充满讽刺的艺术作品为武器，对它进行了有力的抨击；他的作品具有社会概括和典型化的力量，善于通过典型人物来批判整个腐朽、反动的社会制度，反映了当时广大人民的愤怒和愿望。正因为如此，他得以成为俄国文学中"果戈理时期"的奠基人。

果戈理曾经写过："我的思想，我的名字，我的著作，将永远属于俄罗斯。"他的这个预言可以说是早已实现了。

满　涛
一九六二年

小 说

塔拉斯·布尔巴

一

"转过身来,儿子!你这副模样多可笑!你们穿的这也算是僧侣的袈裟?神学校里大伙儿都穿这种衣服吗?"老布尔巴用这几句话接待了他的两个儿子,他们曾在基辅神学校念书,现在回到父亲家里来了。

哥儿俩刚刚下了马。他们是两个身强力壮的小伙子,他们还显得有点腼腆,正像刚出校门没有多久的神学校学生一样。他们结实的、强壮的脸上覆盖着还没有碰过剃刀的初生的柔毛。他们被父亲的这种接待弄得狼狈不堪,一动也不动地站着,眼睛望着地上。

"站住,站住!让我好好儿看看你们,"他把他们拨弄着,继续说,"你们穿的褂子多么长呀!这也叫褂子!走遍世界,这样的褂子也找不到一件。你们哪一个跑两步试试!我看他会不会叫前襟绊住,咕咚一声栽倒在地上。"

"别笑,别笑,爹!"做哥哥的那一个终于开口了。

"你瞧你,好神气!为什么我不能笑?"

"就是不能嘛。你虽是我的爸爸,可是只要你敢笑,实话告诉你,我就揍你!"

"哎呀,居然有这样的儿子!怎么,你要打老子?……"塔拉斯·布尔巴惊悸之余,往后倒退了几步,说。

"是的,就是我的爸爸也不成。谁要是侮辱我,不管是谁,我都要对他不客气。"

"你要跟我怎么个打法?用拳头?"

"不管用什么都行。"

"好,就用拳头吧!"塔拉斯·布尔巴卷起了袖子说,"我倒要瞧瞧,你动起拳头来,是一个什么样的人!"

于是父亲和儿子,在长久离别之后没有欢叙,却互相动起拳头来了,重重地打在对方的肋骨上、腰眼儿上、胸口上,一会儿退后去,互相瞪着眼睛,一会儿又重新进攻。

"瞧呀,好心的人们:老头子发昏了!他简直疯啦!"他们的脸色苍白的、瘦弱的、善良的母亲喊道,她站在门槛边,还没有来得及拥抱她的亲爱的孩子们,"孩子们好容易才回家,有一年多没有看见他们了,可是他不知怎么想的,要跟儿子动起武来了!"

"他打得真不赖呀!"布尔巴住了手,说,"说真的,是不赖呀!"他稍微理理衣服,继续说,"用不着正式跟别人交手就可以知道他的本事了。他会成为一个好哥萨克的!欢迎你,儿子!我们来拥抱吧。"于是父亲和儿子接起吻来了。"好哇,儿子!往后你就得像刚才打我那样去打所有的人。别放过任何一个人!可是,不管怎么说,你这身打扮总是挺可笑的!为什么系着一根绳子?还有你,懒东西,为什么站在那儿,垂着一双手?"他转向年幼的一个说,"你怎么不打我啊,狗杂种?"

"亏你想得出!"母亲说,同时拥抱了一下小兄弟,"谁听说有儿子打老子的?你们闹得也够啦:孩子年纪还小,走了这么许多路,也累了……(这孩子有二十多岁,身材足有一俄丈高。)他现在需要睡个觉,吃点什么,可是你叫他打架!"

"哎,我看,你是个乳臭未干的娃娃!"布尔巴说,"儿子,可别听你母亲的!她是个老娘儿们,她什么都不懂。你们需要的是什么爱抚?你们的爱抚是空旷的原野和一匹骏马:这就是你们的爱抚!瞧见这把马刀没有?这就是你们的母亲!别人塞进你们头脑里的那些东西,全是废料;神学校啦,所有那些书本啦,识字课本啦,哲学啦,这一切鬼知道是些什么玩意儿,我唾弃这一切!……"说到这儿,布尔巴在自己的话里插进了一个这样的字眼,甚至是不便形诸笔墨的,"最好这个星期我就把你们送到查波罗什去。那儿的学问才是真正的学问!那儿是你们的学校;只有在那儿,你们才能够得到知识。"

"那么他们一共只能在家里待一星期?"瘦弱的老母亲眼睛里噙着眼泪,凄楚地说,"可怜的孩子连玩一玩也没有工夫了,连认识认识他们出生的老家也没有工夫了,我也没有工夫把他们看个仔细了!"

"够了,吵得够了,老太婆!哥萨克生来不是为了跟老娘儿们打交道的。你想把他们两个都藏在裙子底下,像老母鸡孵蛋似的坐在他们上面。去吧,去吧,把所有的东西尽快地都给我摆在桌上。我们不需要馒头、蜜姜饼、罂粟馅点心和别的甜品;给我们拿来一整只的公羊,给我们一只母羊,四十年的陈蜜酒!白酒要多些,不是那种加了许多花样的白酒,带葡萄干和各种各样玩意儿的,要那种纯粹的、冒泡沫的白酒,让它像疯狂一样地沸腾着,咻咻发响。"

布尔巴把两个儿子带到正房里,两个正在收拾房间的、戴着钱币编制的颈环的美丽侍女从那儿迅速地跑出去了。显然,她们是因为不喜欢饶恕人的少爷们突然来临而吃了一惊,再不然,就是想遵从她们女性的惯例:见了男人,大叫一声,慌张地跑开,事后用衣袖长久遮住羞得通红的脸蛋。正房是按照那个时代的风尚陈设的,那个时代只有在歌谣和叙事民谣里还留下一些鲜明的痕迹,而在乌克兰,已经不再有长髯垂胸的盲老人,在多弦琴的静静的伴奏下,对围观的群众唱这些歌谣和叙事民谣了;正房是按照乌克兰因为宗教合并而开始爆发骚扰和杀伐的那个艰难战乱时代的风尚陈设的。一切地方都收拾得干干净净,涂着彩色的黏土。墙上挂着一些马刀、马鞭、捕鸟网、渔网和步枪,一只雕工精巧的角形火药匣,一副金光灿烂的马勒和镶有银片的绊马绳。正房里的窗户很小,嵌着圆圆的不透明的玻璃,这种窗户如今只有在旧式教堂里才会遇到,除非掀起那块活动玻璃,否则是什么都不能够望见的。窗和门的周围有红色的木框。墙犄角的架子上摆着许多坛、瓶、绿色和蓝色的长颈玻璃瓶、雕花的银杯、各地制造的镀金酒杯:威尼斯的、土耳其的、契尔克斯的,都是通过各种路径,经过三四个人的手,才到达布尔巴的正房里来的,这种情况在战乱的年代原是极普通的。屋子的四周摆着几张白桦树皮制的凳子;一张大桌子摆在正面的墙角里,圣像下面;还有一座具有后灶和凹凸部分的、盖着彩色斑斓的瓷砖的大炉子。这一切对于每年假期远道跋涉回家的这两个年轻人来说,是非常亲切的,他们跋涉回家,是因为他们还没有马,再说,习惯上也不允许学生骑马的缘故。他们只有一绺长长的额发①,任何一个携带家伙的哥萨克都能揪住这绺额发,把他们痛殴一顿。这次因为他们毕业了,布尔巴才从马群里选了两匹年轻的种马送给他们乘骑。

布尔巴趁儿子们回家的机会,叫人去召集所有留在当地的中尉和全体联队长官;当其中的两位和他的老伙伴德米特罗·托符卡奇副官来到的时候,他立刻把两个儿子介绍给他们,说:"瞧呀,多么棒的小伙子!我马上就要送他们到谢奇去啦。"客人们祝贺了布尔巴和两个年轻人,并且告诉他们,他们做得很对,对于年轻人说来,再没有比查波罗什的谢奇更好的学校了。

"来吧,弟兄们,大家都在桌子跟前坐下,爱坐哪儿就坐哪儿。来吧,儿子们!首先我们要喝白酒!"布尔巴这样说了,"老天爷保佑!欢迎你们,儿子们:你,奥斯达普,还有你,安德烈!老天爷保佑你们打起仗来永远胜利!要打败伊斯兰教徒,打败土耳其人,打败鞑靼人;波兰人要是胆敢反对我们的信仰,那么也要打败波兰人!来吧,把酒杯凑过来;怎么样?白酒好喝吗?拉丁话管白酒叫什么来着?儿子啊,拉丁人都是笨蛋,他们连世上有没有白酒还不知道哩。那个写拉丁诗的人叫什么名字来着?我没有念过多少书,所以我不知道;他的名字叫贺拉斯,对吗?"

"瞧,多聪明的爸爸!"大儿子奥斯达普心里想,"这老狗什么都知道,可是他还假装糊涂。"

"我想,僧院总长不会让你们闻一闻白酒的味道的,"塔

---

① 旧时乌克兰人的一种头发式样,头顶剃光,留一丛头发在脑门上。

拉斯继续说,"你们说实话吧,儿子们,他们用桦木和嫩樱枝狠狠地抽打了你们哥萨克的脊梁和浑身上下一切地方没有?也许,因为你们变得太聪明了,所以才用鞭子把你们打得皮开肉绽吧?也许,不但是星期六,就是星期三和星期四,也要挨揍吧?"

"以前的事情不必再去回想了,爹,"奥斯达普冷静地答道,"以前的事情已经过去了。"

"现在让他再来试试!"安德烈说,"现在谁再敢碰我一下试试!现在只要有什么鞑靼人敢露一露面,我就要叫他们知道哥萨克马刀的厉害!"

"好哇,儿子!说实在的,真好哇!要是发生了那样的事,我也要跟你们一块儿去!说实在的,我也要去!我在这儿等待什么鬼?叫我做一个割荞麦的人,做一个管理家务的人,叫我看羊,看猪,跟老婆在一块儿耗时候吗?滚他的吧:我是个哥萨克,我可不愿意!没有战事又碍得了什么?我还是要跟你们一块儿到查波罗什去逛逛。说实在的,我要去!"于是老布尔巴慢慢地越来越兴奋,越来越兴奋,终于完全发起脾气来,从桌子边站起来,振了振威容,顿着脚。"咱们明天就去。干吗要耽搁?守在这儿,还能等到什么敌人吗?这小屋子对我们算得了什么?我们要这一切有什么用?这些罐子有什么用?"说完这几句话,他就开始砸碎那些瓦罐和长颈玻璃瓶,扔在地上。

可怜的老太婆早已习惯于丈夫的这些行为了,坐在长凳上,忧愁地望着。她不敢说一句话;可是,她听见那个在她是这样可怕的决定之后,忍不住哭了;她望着立刻就要和自己离别的两个孩子——这种仿佛闪动在她眼睛和紧闭的嘴唇里的、默默无言的悲伤的全部力量,是任何人都无法描摹尽致的。

布尔巴非常固执。这是只有在艰苦的十五世纪,在欧洲的半游牧地带才会产生的一种性格,当时整个蒙昧原始的南方俄罗斯被自己的王公们所遗弃,历经蒙古掠夺者贪得无厌的侵袭而完全荒废了,焚毁了;当时庐舍化为废墟,这儿的人倒变得勇敢起来;当时面临凶猛的邻居和不断的危险,人们搬到瓦砾场上来住,习惯于熟视危难,再不知道世上还存在有恐惧了;当时古老而和平的斯拉夫精神受到战火的洗礼,形成了哥萨克气质——俄罗斯天性的豪迈奔放的习癖;当时,所有的河岸、渡头、沿岸的斜坡和免除兵役的地方都住满了哥萨克,他们的人数谁都不清楚,他们勇敢的伙伴们有权利回答想知道人数的土耳其皇帝说:"谁知道呢!他们散布在整片原野上,哪儿有巴伊拉克,哪儿就有哥萨克。"(意即哪儿有小丘岗,哪儿就有哥萨克。)这的确是俄罗斯力量的异常的现象:这是灾难的火镰从人民的胸怀中把这种现象压挤出来的。再没有从前的封地,充斥着养狗人和猎师的小城镇,再没有小王公们的互相仇视和互通贸易的城镇,却产生了被共同的危难和对非基督教掠夺者的憎恨联结起来的凶悍的村庄、营舍和外廓。大家已经从历史上知道,他们频繁的交战和骚动不安的生活怎样使欧洲免于侵袭,不致有倾覆之忧。波兰国王们将封疆的王公们取而代之,成了这一片广阔土地的纵然是遥远而微弱的统治者之后,深知哥萨克的价值以及这种尚武好斗、警备森严的生活的好处。他们鼓励他们,迁就这种精神状态。在他们遥远的统治下,从哥萨克自身中间挑选出来的统帅们,把外廓和营舍改编成了联队和正规的军区。这不是一支集合在一起的常备军,谁都看不见类似这样的东西;可是,一旦发生了战争和大规模变乱,八天内,再不要多,每一个人从国王那儿只领到一块金币的饷银,就都全身披挂,跨上马背,两星期内就集结了一支军队,那是随便什么征兵机关也都无法募集的。远征一结束,战士就退到草原和田里去,到德聂泊河的渡头上去,捕鱼,做买卖,酿啤酒,又是一个自由的哥萨克了。同时代的外国人当时惊叹他们的异乎寻常的能力,是很有理由的。没有一种行业一个哥萨克不懂得:蒸酒、造车、制火药、干铁匠和钳工的活儿,此外再加上拼命游荡,像一个俄罗斯人那样地喝酒和酗酒——这一切都是他们能够愉快胜任的。除了认为战时应召是一项义务的登记过的哥萨克之外,需要迫切时,还可以在任何时候募集到一大群一大群的志愿兵,只要副官走过所有村庄和小镇中的市场和广场,站在货车上,扯开嗓门喊道:"喂,你们,酿啤酒的人,酿蜜酒的人!你们别再酿啤酒,躺在后灶上,用肥胖的身体去喂苍蝇啦!快去赢得骑士的光荣和荣誉吧!你们,耕田的人,割荞麦的人,牧羊的人,跟娘儿们胡搅的人!你们别再跟着犁走,把黄皮靴踩在泥土里,别再偎在老婆身边,消耗骑士的精力啦!该是去获得哥萨克的光荣的时候了!"于是这些话就像火花落在干燥的木材上。耕田的人折断了犁,酿蜜酒和酿啤酒的人丢掉了桶,砸破了琵琶桶,手艺匠和商人把手艺和店铺都打发到魔鬼那儿去,敲破了家里的罐子。全部家财都放在马背上。总之,俄罗斯性格在这儿得到了深远的、广阔的发挥和强大的外观。

塔拉斯是那些主要的老联队长中的一个:他整个人就是为了战争的惊惶而生的,他粗野而直率的脾气非常出众。当时,波兰的影响已经开始对俄罗斯贵族发生作用了。许多人已经模仿波兰人的习惯,以穷奢极侈、仆从成群、鹰鸟、猎师、飨宴、府邸来炫耀于人。这不合塔拉斯的意。他喜欢哥萨克的简朴的生活,跟那些偏爱华沙方面的伙伴们吵了许多次嘴,把他们称为波兰老爷的奴隶。他是一个永远不知疲倦的人,他认为自己是正教的合法保护人。只要哪个村子里有人抱怨土地经租人①压迫和新加房捐,他就威风凛凛地走进那个村子里去。他和他部下的哥萨克们对那些家伙进行惩罚,并且约法三章,规定在下面三种情况下必须拔刀子,那就是:如果专员②不敬重长老,在长老面前不脱帽子;如果嘲弄正教,不遵守祖先的规矩;最后,如果敌人是伊斯兰教徒和土耳其人,他认为在任何情况下,为了基督教的光荣,举起武器去对付这些人都是可以允许的。

他现在预先用想象来慰娱自己,他设想怎样和两个儿子一起来到谢奇,对人家说:"瞧呀,我给你们带来了多么棒的小伙子!"怎样把他们引见给所有在战斗中百炼成钢的老伙伴;怎样看一看他们在军事学习以及酣饮方面的最初的成就,他认为后者也是骑士的主要优点之一。他起初想只打发他们两个去。可是,一看到他们的那股朝气、高大的身躯和强壮的肉体美,他的军人气质就也燃烧起来了,他决定第二天就跟他们一同前往,虽然除了顽强的意志是一个因素之外,他这样做是毫无必要的。他开始张罗起来,颁布命令,给年轻的儿子们选好马匹和鞍辔,查看马厩和库房,挑选明天应该随他们出发

---

① 这种人靠剥削为生,用钱买得土地所有权,然后租给农民耕种,自己从中取利。
② 指波兰籍的税吏。

的仆从。他把自己的职权交托给托符卡奇副官,并且对他下了一道严厉的命令,叫他只要从谢奇方面一得到什么消息,立刻就率领全军出发。虽然他有点微醺,酒力还在他的头脑里回荡,却什么也没有忘记。他甚至还吩咐人给马饮水,给它们在秣草槽里多加大粒的上等小麦,张罗得累了,这才回到房间里来。

"好啦,孩子,现在该睡啦,明天我们就要做上帝叫我们做的事情。别给我们铺床!我们不需要床。我们要在院子里睡。"

夜幕刚刚笼罩天空,可是布尔巴总是很早就躺下睡了。他横卧在毛毯上,再盖上一件羊皮袍子,因为夜间的空气很凉爽,并且布尔巴在家的时候,是喜欢盖得暖和一些的。他很快就打起鼾来了,然后整个院子也都跟着他睡着了;躺在不同角落里的所有人都打着鼾,哼哼着;更夫最先睡着,因为他欢迎少东家们的归来,酒喝得比大家都多。

只有一个可怜的母亲没有睡。她挨近排躺在一起的两个爱子的枕边;她用梳子梳理他们青春的、纷乱如丝的鬈发,用眼泪濡湿它们;她全神贯注地凝视他们,用全部感觉凝视他们,整个身心融入一瞥之中,却还是百看不厌。她用自己的乳房哺育了他们,她养育和爱抚了他们,——可是,能看见他们留在自己跟前的时间却只有一刹那。"我的儿子,亲爱的儿子啊!你们会怎么样?什么命运等待着你们?"她说,眼泪停留在使她美丽的脸改变了样子的那些皱纹里。她实在可怜,正像处于那勇于杀伐的时代里的每一个女人一样。她只度过了一瞬间的爱情生活,并且那是仅仅在最初的情欲的狂热之中,最初的青春的狂热之中,可是她的严酷的诱惑者即刻就为了马刀,为了伙伴,为了酣饮,把她抛弃了。她在一年里有两三天看到过丈夫,后来就好几年听不到他的音讯。就是看到他的时候,他们住在一起的时候,她过的又是什么样的生活?她遭受侮辱,甚至遭受毒打;她受到仅仅由于怜恤而恩赐的温存,她在这些被放荡的查波罗什染上严酷色彩的单身骑士的集团里,是一种奇异的人物。没有得到一点欢乐,青春就在她眼前闪过了,她的美丽鲜艳的双颊和胸脯,没有被吻过,就枯萎了,盖上了早衰的皱纹。一切爱情,一切感觉,妇女所有的一切温柔热情的东西,在她身上都变成了一种母性的感情。她带着热诚,带着爱情,带着眼泪,好像一只草原上的鸥一样,在自己孩子们的头上翱翔。人家要从她身边把她的孩子,她亲爱的孩子夺走,让她永远再也看不见他们!谁知道,也许,在第一次战斗里,一个鞑靼人就会砍掉他们的脑袋,她将不会知道他们的被抛弃的尸体躺在哪儿,那尸体将被路上的猛禽啄食,为了那尸体的每一块肉,每一滴血,她是愿意献出自己的一切的。她一边痛哭,一边凝视着他们的被沉沉的酣梦紧闭起来的眼睛,想道:"没准儿布尔巴一觉醒来,会把行期延迟一两天;也许,他决定这么快就动身,是因为多喝了酒的缘故。"

月亮从天空的高处早就照亮了挤满睡觉的人的整个院子、繁密的柳树丛,和把围绕院子的栅栏掩埋起来的长长的杂草。她仍然坐在亲爱的儿子们的枕边,眼睛一分钟也不离开他们,也不想睡。马儿察觉到天将黎明,都已经躺在草上,不再啃嚼饲料了,柳梢的叶子开始簌簌发响,慢慢地,忽起忽止的簌簌声一直传到了最低处。她一直坐到天亮,一点也不觉得疲倦,内心渴望着黑夜能尽量地再延长些。草原上传来一匹马驹的响亮的嘶鸣;无数红色的光带在天空中鲜明地闪耀着。

布尔巴忽然醒了,一骨碌爬了起来。他很清楚地记得昨天嘱咐过的一切。

"好啦,伙计们,睡得够啦!是时候了,是时候了!给马饮水!老婆子在哪儿?(他通常总是这样称呼自己的妻。)快着点,老婆子,给我们预备吃的吧,因为要走很远的路哪!"

可怜的老太婆丧失了最后的希望,凄凉地缓步踱进小屋子。当她流着眼泪预备早餐所需要的一切的时候,布尔巴下着命令,在马厩里忙着,亲手给孩子们挑选最好的马具。这两个神学校学生的风姿忽然大大改变了:他们脚上不再穿从前的肮脏的长统靴,却穿起附有银马刺的摩洛哥皮的红皮靴来;像黑海一样宽阔的打着无数叠痕和褶襞的灯笼裤,系着一根金色的裤带;裤带上挂着缚烟斗用的、附有穗缨以及其他铃铛等小物件的一些长长的小皮带;深红色的短袄是用漂亮的呢子做的,像一团火一样,上面系着一条有花纹的腰带;几把雕镂细工的土耳其式手枪插在腰带上;马刀碰在他们的脚上,铿锵作响。他们还没有十分晒黑的脸,看来更是俊秀和洁白了;新生的黑髭现在仿佛把他们的白净和青年人的健康而强壮的容颜衬托得格外鲜艳;他们戴着有金色尖顶的黑羊皮帽子,显得非常漂亮。可怜的母亲!她看到他们的时候,一句话也说不出,眼泪在她的眼睛里转动。

"好啦,儿子们,一切都准备好了!别再耽搁了!"布尔巴终于说了,"按照基督教的规矩,现在在上路之前,大家必须坐下。"

大家坐下了,甚至连恭恭敬敬地站在门口的仆人们也包括在内。

"孩子的妈,现在给孩子们祝福吧!"布尔巴说,"祷告上帝,让他们勇敢地打仗,永远保持骑士的名誉,永远维护基督的信仰,要不然的话,情愿他们死掉,连他们的灵魂也不要留在世上!孩子们,到母亲跟前去:母亲的祷告将带给你们水上和陆上的平安。"

像世上所有的母亲一样,软弱的母亲拥抱了他们,取出两个小小的圣像,一边痛哭着,一边给他们戴在脖子上。

"让圣母……保佑你们……儿子们,别忘了你们的母亲……一到那边就捎个信回来……"她再也说不下去了。

"好啦,咱们走吧,孩子们!"布尔巴说。

台阶旁边站着几匹备好鞍辔的马。布尔巴一跃就上了自己的"魔鬼",那匹马感觉到背上压了二十普特①的重量,疯狂地往后倒退起来,因为布尔巴是一个体重惊人的胖子。

当母亲看到她的儿子们骑上了马的时候,她向脸上表露出更多柔和表情的弟弟那边扑了过去;她攀住他的马镫,紧贴在他的马鞍上,脸上露出绝望的神色,拼命抓住他,不松手。两个健壮的哥萨克很留神地拉住了她,把她搀进屋里去了。可是,当他们骑马跑出大门的时候,她以和她年龄不相称的野山羊般的全身敏捷,跑出大门去,使出一股不可思议的劲儿,拦住了马,用一种疯狂的失掉感觉的热狂拥抱了他们中间的一个;人家又把她搀走了。

两个年轻的哥萨克心乱如麻地骑马走着,害怕父亲,勉强忍住了眼泪,然而父亲那方面,也感到有点慌乱,虽然他竭力

---

① 1普特等于16.38公斤。

不表露出来。这是一个灰沉沉的阴天;绿草鲜明地辉耀着,鸟儿有点不合调似的啼啭着。他们骑马走了一阵,回头去看看:他们的村落好像埋没到地下去了;浮露在地面上的只有他们陋屋的两个烟囱,和他们像松鼠般攀枝登临过的树梢;只有遥远的牧场还展延在他们面前,——他们从那块牧场可以回忆起全部生活的历史来,从在露水沾湿的草上翻滚嬉戏的时代起,直到在那儿等待一个黑眉毛的哥萨克姑娘迈着矫健迅速的脚步胆怯地走来的时代为止。接着,只有一根顶上缚着车轮的井上的测量杆寂寞地矗立在空中;接着,他们走过的那片平原已经远远地像一座山岭,把一切都遮蔽起来了,——别了,童年,嬉戏,一切,一切!

二

三个骑马的人都默默地策马前进。老塔拉斯想到了往昔的事情:他的青春,他的岁月在他眼前闪过去了,——当想起这些消逝的岁月的时候,一个希望一生永远年轻的哥萨克是会黯然泪下的。他寻思着到了谢奇会遇到旧日伙伴中的什么人。他计算哪一些人已经亡故,哪一些人还活着。泪珠慢慢地在他的眼眶里凝结起来,他的斑白的脑袋忧郁地垂下了。

他的儿子们寻思的却是另外一些事情。可是,关于他的儿子们,必须多交代几句。他们在十二岁上被送到了基辅的神学校,因为当时的达官显贵都认为教育子弟是必不可少的事,虽然这股热劲儿不能持久,结果倒是把教育忘记得更加一干二净。他们当时像一切初进神学校的孩子一样,野性天成,一向在自由环境里教养长大,进来之后,他们通常经过一番磨炼,获得了一种使他们互相类似的共通的东西。哥哥奥斯达普是这样开始他的学校生涯的:在第一年上,他就逃学了。人家把他抓回来,狠狠地打了一顿,强迫他在书本前面坐下。他四次把识字课本埋在地里,四次人家把他打得皮开肉绽,然后给他买了新的。可是,毫无疑问,他还会重复第五次的,如果不是父亲向他郑重说明,要把他拘禁在修道院里做整整二十年的苦工,并且预先发誓说,他要是不在神学校里念完所有课目,就让他永远再也见不到查波罗什。有趣的是说这一番话的就是那一个塔拉斯·布尔巴,他曾经把学问骂得一文不值,并且正像我们已经看到的,他还劝告孩子们完全不要去钻研学问。从这时候起,奥斯达普就发奋努力,坐在枯燥乏味的书本前面,很快就跻于优等生之列了。当时学识的性质跟实际生活隔离得非常远:这些烦琐哲学的、文法学的、修辞学的、逻辑学的奥妙绝对触不到时代,从来不可能在生活中被应用和重复。学过这些东西的人,不能把他们的知识,甚至哪怕是比较少一些烦琐哲学成分的知识,和实际联系起来。当时最有学问的人,比其余的人更是不学无术,因为他们是和实际经验完全脱离的。此外,神学校有一个共和组织,充满着许多年轻的、茁壮的、健康的人,——这一切都教导他们去从事完全逸出学业范围以外的活动。有时由于给养不良,有时由于经常用挨饿来施行惩罚,有时由于泼辣的、健康的、结实的青年人身上所发生的许多需要,这一切因素加在一起,就使他们产生了一种日后在查波罗什更加发展起来的进取精神。饥饿的神学校学生们奔走在基辅的大街上,逼得大家都必须保持警戒。坐在市场上的女商贩,只要看到一个过路的神学校学生,就用双手遮住馅饼、面包圈、南瓜子,像雌鹰遮住自己的鹰雏一样。

负有监督托付他照管的同学们的责任的班长,灯笼裤上有这样一些极大的口袋,能够把打哈欠的女商贩的整个店铺都装进去。这些神学校学生形成了一个完全特别的世界:他们被禁止踏入由波兰和俄罗斯的贵族们组成的上流社会。就连总督亚当·基谢尔,尽管对神学校爱护备至,也不把他们引进上流社会里去,并且吩咐要把他们管束得更严厉些。然而这种训令完全是多余的,因为校长和师僧是不吝惜柳条和鞭子的,学监奉了他们的命令,常常把班长们打得皮开肉绽,让他们有好几个星期都要揉自己的屁股。这对于他们中间的许多人来说,完全算不了什么,不过比掺上胡椒的上好的伏特加酒稍微厉害一些罢了;另外一些人终于对这种不断的鞭挞感到了十分厌烦,他们假使能够找到路径并且不被中途截获,就逃到查波罗什去。奥斯达普·布尔巴虽然发奋努力,学习逻辑学以至神学,可是无论如何,还是免不了受到无情的鞭打。自然,这一切应该只会使他的性格变得坚强起来,赋予他一种使哥萨克显得出众的不屈不挠的精神。奥斯达普经常被人认为是最好的伙伴之一。他很少带头率领别人去闹事——偷窃人家的花园或菜园,可是同时,他却总是在勇往直前的神学校学生的指挥下第一批冲进去的人中的一个,并且在任何情况下,都从来不出卖自己的伙伴。无论打断多少鞭子和柳条,都不能逼他做这种事情。除了战争和放肆的宴饮之外,他对任何其他的诱惑都毫不动心;至少,他几乎从来没有转过别的念头。他以直率的态度对待同辈。他具有一种只有这样性格的人在这样的时候才可能具有的善良天性。他被可怜的母亲的眼泪深深地打动了,只有这一件事才使他感到惶恐,使他若有所思地垂下了头。

他的弟弟安德烈具有稍微活泼一些并且似乎成熟一些的感情。他读书更出于自愿一些，没有像具有沉稳而强烈的性格的人通常干起事来时那股紧张劲儿。他比他的哥哥更机智；他常常是危险行动的首领，有时靠了他的聪明机智，能够侥幸逃避惩罚，而他的哥哥奥斯达普，却把一切思虑弃置脑后，把长褂脱下来，躺在地板上，压根儿不想去乞求赦免。他也燃烧着建立功勋的渴望，可是同时，他的灵魂也能领会别种感情。当他过了十八岁的时候，爱情的要求在他心里强烈地滋长了起来。女人越来越频繁地出现在他热烈的幻想中；他一边倾听哲学讨论，一边时时刻刻看到那个鲜艳的、黑眼睛的、温柔的人儿的姿影。她莹洁的、有弹性的胸，柔和的、美丽的、全裸的胳膊，不断地在他的眼前闪动；连那紧贴着她年轻又强壮的肢体的衣服，在他的幻想中也透露着不可名状的情欲的味道。他把这种热情的青春的灵魂冲动小心谨慎地在同伴面前隐藏起来，因为在那个时代，一个哥萨克还没有经历过战争就想到女人和爱情，是可耻的，不体面的。大体说来，他在最近几年中更少带头闹事了，但却更经常独自一人徘徊在湮没在樱桃园中的阒无人迹的基辅的僻巷里，在诱人地面临着街道的矮房子中间。他有时也闲步踱进贵族们聚居的街道，现在叫作"老基辅"的地区，那儿住着小俄罗斯和波兰的贵族，房子造得有点奇形怪状。有一次，他正在出神的时候，某一个波兰老爷的马车几乎从他身上轧了过去，坐在驭者台上的那个蓄有大胡子的车夫挥动皮鞭，对准他身上狠狠地抽了一下。年轻的神学校学生冒火了：一时恶从胆边生，不知哪儿来的一股劲儿，他伸手过去抓住了后轮，使马车停住了。可是车夫害怕吃眼前亏，对马背上打了几鞭，几匹马突然往前飞奔,——安德烈幸亏赶快松了手,一跤跌在地上,弄了一脸泥泞。在他头上,发出了一阵非常响亮而且悦耳的笑声。他抬起头来,看见一个美女倚窗伫立,那美貌是他有生以来从来没有看到过的:她有一双黑眼睛和像早晨旭日照耀下的雪原一样洁白的皮肤。她打心坎里笑出声来,这笑又给她闪耀夺目的美丽增添了迷人的力量。他惊慌失措了。他茫茫然,对她呆望着,同时漫不经心地擦着脸上的污泥,但却越擦越脏了。这个美女会是谁呢?他想去向侍仆们打听一下,他们穿着华贵的服装,聚作一堆,站在门口,围着一个弹奏多弦琴的年轻乐师。可是,侍仆们看见他涂污的脸,便扬声大笑,不给他答复。最后,他打听到这是到这儿来暂住一时的柯文市总督的女儿。第二天夜里,他凭着只有神学校学生才会有的果敢精神,越过栅栏,潜入到花园里去,爬上一棵枝丫婆娑的树,树枝高耸到屋顶上;他从树上跳到屋顶上,再从壁炉的烟囱里一直钻进那美女的卧室,这时她正端坐在烛前,从耳朵上脱下贵重的耳环。美丽的波兰姑娘忽然看到一个陌生男人站在自己面前,吓得一句话也说不出来;可是,当她看到这个神学校学生低下眼睛站在那儿,因为羞怯的缘故,连手都不敢动一动的时候,当她认出这就是当她的面,扑通一声摔倒在当街的那个人的时候,她又忍不住发笑了。再说,安德烈的面貌一点也没有什么难看之处:他是很漂亮的。她由衷地笑着,把他作弄了许久。美人儿像一般波兰女人一样轻佻,可是她的眼睛,一双奇异的、锐利而且明亮的眼睛,却投出了长久的、永恒的一瞥。当总督女儿勇敢地走到他面前,把自己灿烂的冠冕戴在他头上,把耳环挂在他唇上,把绣金边的透明洋纱披肩披在他身上的时候,这个神学校学生不能动一动他的手,就像被缚在口袋里一样。她把他打扮着,以一种轻佻的波兰女人所特有的孩童般的放肆态度,在他身上玩够了千百种各式各样的把戏,使可怜的神学校学生更加狼狈了,他显出一副滑稽可笑的样子,张开嘴,一动不动地望着她光耀照人的眼睛。一阵敲门声使她吃了一惊。她叫他躲到床底下去,等到这阵不安一过去,就对侍女,一个被俘房来的鞑靼女人,大声吆喝,吩咐她小心谨慎地把他领到花园里去,然后从那儿翻过围墙走掉。可是这一次我们的神学校学生没有能够那么幸运地越墙而过:惊醒过来的更夫紧紧地抓住了他的脚,仆人们聚拢来,追到街上,把他一阵好打,直到两条飞快的腿把他救出重围为止。从此以后,走过这幢房子是非常危险的了,因为总督府里的侍仆非常多。他在礼拜堂里又遇着了她一次:她看见他,欣然地微笑了,就像看见一个老朋友一样。他偶然还遇到过她一次,再以后不久,柯文市总督就离开了,出现在窗口的不再是美丽的黑眼睛的波兰姑娘,却换了一个胖胖的脸蛋。安德烈垂下头,把眼睛埋在马鬃上,这时候所想到的就是这些。

这当口,草原早已把他们大家搂在翠绿的怀抱里了,高高的草丛一望无际,隐没了他们,只有几顶黑色的哥萨克帽子在草穗中间闪动着。

"咦!小伙子们,你们怎么都不作声呀?"布尔巴终于从沉思中惊醒了过来,"你们就像是两个修道僧似的!得了,把一切忧虑都交给魔鬼去吧!烟斗叼在嘴里,让咱们抽几口烟,然后策马飞奔,叫鸟儿也赶不上咱们!"

于是哥萨克们欠身蜷伏在马背上,消失在草丛里了。连黑色的帽子也早已看不见了;只有被践踏的草丛迅速翻卷起来的波浪显示他们奔驰的痕迹。

太阳早已从晴朗的天空里探出头来,用令人爽快的发热的光沐浴着草原。哥萨克们的灵魂里曾经有过的一切朦胧和昏沉的东西,立刻都消失了;他们的心像小鸟似的跳动起来。

草原越远越美丽。在当时,整个南方,那构成现今的新俄罗斯的全部地区,直到黑海为止,都是一片翠绿的未开垦的荒地。犁耙从来没有在野生植物的无边无际的波浪里犁过。只有马匹像走进森林一样,隐藏在野生植物的丛薮里面,践踏过它们。大自然中的任何东西都不可能比它们更美丽了。整个地面形成一片金色带绿的海洋,上面点缀着千万朵各种各样的花。细长的草茎中间露出淡青色的、蓝色的和淡紫色的矢车菊。黄色的金雀花向上挺出金字塔形的尖顶。白色的苜蓿耸出伞形的帽子,在地面上特别显眼。不知道从哪儿吹来的一棵麦穗,在花丛中间成熟了。鹧鸪伸长颈脖,在麦穗的细根下面乱窜。空中充满着千百种各种各样的鸟鸣。兀鹰静止不动地停在天空,展开双翼,把眼睛呆呆地注视在草上。飞过云端的一群雁的叫声,在天知道多么遥远的湖上激起了回响。一只鸥从草丛里有节奏地振翼飞起,飘逸多姿地浮游在空气的蓝色的波浪里。它一会儿在高处消失影踪,只留一个小黑点闪动着,一会儿又翻转两翼,在太阳前面明灭辉耀着。真是见鬼,草原,你是多么美丽啊!

旅人们只停留了几分钟来吃午饭,同时,跟他们一块儿来的十个哥萨克所组成的一个支队翻身下了马,解开了装酒的木樽和代替食器用的葫芦。他们只吃了涂油的面包或是烤饼,每人只喝了一小杯酒,仅仅为了提提精神,因为塔拉斯·布尔巴是从来不许可路上喝酒的,接着又继续赶路,直到黄昏。到了垂暮的时候,整个草原完全改变了。整个彩色斑斓的地区被鲜艳的夕照笼罩着,慢慢地暗沉下来,这样就可以看到:影子在他们身上掠过,他们变成深绿色的了;水蒸气蒙蒙升起,每一朵小花,每一棵小草,都散发出芳香,整个草原沉浸在馥郁的气息里。在深蓝色的天空里,好像经过巨人的画笔一挥,给涂上了几条蔷薇色掺杂金色的宽阔的带子;偶尔飘过几块轻轻的透明的白云,像海波一样清新而迷人的熏风吹得草尖微微摆动,抚摸着行人的面颊。白天里的音乐悄静下来,被另外一种音乐所代替了。有斑纹的土拨鼠从洞窟里爬出来,用后掌蹲着,啸声响彻了草原。蚱蜢的唧唧的鸣声变得更加响亮了。有时从远处什么孤寂的湖上传来天鹅的鸣声,像银铃一样在空气里回响着。旅人们在草原中间停下来,选定了宿夜地点,点起火,架起了锅子,在锅子里熬油粥吃;水蒸气升腾起来,袅袅地飘荡到空中去。吃完晚饭,哥萨克们把缚住的马匹放去吃草,自己就躺下来睡觉了。他们把长褂铺在地上,躺在上面。夜间的星星一直俯视着他们。他们用自己的耳朵听到充满在草丛间的整个不可计数的昆虫世界的动静,它们的喧嚷、锐叫和嘲啾;这一切声音都清朗地响彻夜间,被清新的夜的空气所柔化,十分悦耳地送到人们的耳边。如果他们中间有谁起来站一会儿,他就会看见草原上布满了萤火虫的灿烂的火星。有时,夜空在许多地方被远处牧场和河岸上焚烧枯枝的红光所照亮,一群向北方飞去的天鹅的黑黑的行列突然反射出蔷薇色掺杂银色的光彩,这时就像许多块红手帕向黑暗的天空飞去一样。

　　旅人们继续前进,没有遇到任何事故。他们无论走到哪儿,都没有看到任何一棵树木,极目四望,永远是一片无边无际的、自由的、美丽的草原。只有偶然才在一边看到,绵延在德聂泊河沿岸的、遥远的森林的梢顶泛着葱郁的蓝光。只有一次,塔拉斯对儿子们遥指着远处草上的一个小黑点,说:"瞧,孩子们,那儿有一个鞑靼人在往前跑呢!"那个长着胡子的小脑袋从远处一直把窄细的眼睛盯在他们身上,像猎犬一样嗅着周围的空气,等到看清楚哥萨克有十三个之多,就像羚羊似的消失得无踪无影了。"喂,孩子们,你们试试去追上那个鞑靼人!……算了,别试了吧,——你们一辈子也捉不到他的:他的马比我的'魔鬼'还快哩。"然而,布尔巴从此以后加紧提防起来,害怕不小心在哪儿中了埋伏。他们驰向一条流入德聂泊河的名叫鞑靼尔卡的小河,他们骑着马扑到河里去,浮游了好一会儿,为了掩藏自己的行踪,然后再爬上岸来,继续他们的旅程。

这以后过了三天,他们已经离开他们旅程的目的地不远了。空气忽然冷起来;他们感觉到德聂泊河近了。它在远处闪烁着,划出一条昏暗的带子,和地平线区分开来。它向前推送着冷的波浪,伸展得越来越近,越来越近,终于拥抱了地面的一半。这是在德聂泊河的一部分地带:本来它被激流限制着,可是到了这儿,它终于进入自由的天地,奔放泛滥起来,像海洋一样咆哮着;散布在它中流的许多岛屿,更把它从两岸推挤开去,滔滔的波浪遇不到断崖和高地的阻拦,就一直漫到地上去。哥萨克们下了马,登上渡船,经过三小时的航行,已经到达了霍尔季察岛的岸边,经常转移地点的谢奇当时正是驻在那儿。

一群人在岸上跟船夫们争吵着。哥萨克们给马整理了一下装备。塔拉斯抖擞精神,紧紧腰带,傲然地抚弄着胡子。他的年轻的儿子们也怀着一种恐惧和朦胧的满足的感情,从头到脚把自己看了一遍,然后他们一起骑马进入了距离谢奇半俄里远的城郊。他们一走进城郊,那二十五家就地掘成的顶上盖着草皮的铁匠铺里敲打着的五十把铁锤就把他们的耳朵震聋了。壮健的制革匠们坐在沿街台阶前的廊下,用强有力的手揉着牛皮。摊贩们面前摆着一大堆火石、火镰和火药求售。一个亚美尼亚人把贵重的手帕挂了出来。一个鞑靼人旋转着串在铁扦上的涂生面的炙羊肉片。一个犹太人耸出脑袋,从圆桶里倒出白酒来。可是,第一个扑入他们眼帘的,却是一个伸展四肢躺在路当中的查波罗什人。塔拉斯·布尔巴不能不停下来,对他欣赏不止。

"哎呀,躺得多么有气派!真是一表人才!"他勒住了马,说。

说实在的,这是一幅非常肆无忌惮的图画:那查波罗什人活像一只狮子,直挺挺地躺在路上。他的傲然披散着的额发,占了半俄尺地面。贵重的大红呢子灯笼裤沾满了油斑,为的是显示他完全不爱惜裤子。欣赏够了之后,布尔巴继续顺着这条狭窄的街道走去,街上拥塞着做手艺的工匠们和住在这个谢奇的城郊的各族人民,这儿像是一个市集,只懂得游荡和放枪的谢奇就是靠这儿供给他们衣食的。

最后,他们穿过了城郊,看见了几所零零落落的、盖着草皮,或是按照鞑靼规矩覆着毡毯的营舍。有些营舍架上了大炮。找遍任何地方也看不到围墙,或是像在城郊看到过的那些用矮木柱搭着敞棚的矮房子。绝对没有一个人守护的小小的土城和鹿寨,显示出疏忽大意到了极点。几个口衔烟斗沿路偃卧的身强力壮的查波罗什人十分冷淡地瞧着他们,动弹也不动弹一下。塔拉斯小心谨慎地和儿子们一起在他们中间走过,说:"你们好,老乡们!""您好!"查波罗什人应答着。遍地遍野,到处挤满着彩色斑斓的人群。从黧黑的脸上可以看出,他们都是在战斗中锻炼过来,熬受过各种各样灾难的。这便是谢奇!这便是所有这些狮子般傲慢而坚强的人源源流出的那个巢穴!自由和哥萨克精神便是从这儿泛滥到整个乌克兰去的!

旅人们来到了广场上,人们经常在那儿召开会议。一个没有穿衬衫的查波罗什人坐在一只翻倒的圆桶上;他手里拿着衬衫,慢慢地在织补上面的破洞。一大群乐师又挡住了他们的去路,在这些人中间,有一个年轻的查波罗什人歪戴帽子,举起双手,在跳舞。他只顾喊道:"弹得起劲些呀,乐师们!福马,别舍不得请正教徒们喝酒!"于是打伤了一只眼睛的福马就毫无限制地给在场的每一个人斟上一大杯酒喝。在那个年轻的查波罗什人周围,四个老人用碎步摆动双脚,像一阵旋风似的跳到一边去,几乎跳到了乐师头上,忽然又蹲下来,走矮步,用银后跟急遽而猛烈地敲击着坚实的土地。地上发出低沉单调的声音,传遍周围一带,远远地,在空中回响着用响亮的靴后跟打着拍子的高巴克舞和特罗巴克舞的声音。可是,有一个人比大家喊得更起劲,跟在别人后面飞快地跳着舞。额发随风飘动,强壮的胸膛完全敞露着;一件暖和的冬季毛皮外套只穿上两只袖子,大颗大颗的汗珠还不住地冒出来,宛如雨降一般。"把毛皮外套脱掉吧!"塔拉斯终于说了,"瞧你身上直在冒热气哪!""不行!"查波罗什人喊道。"为什么?""不行;我有这样一种脾气:要是脱下来,那就得把它换酒喝。"果然不错,那年轻人头上早已不戴帽子,长褂外面早已不系腰带,也更没有绣花的围巾:一切都到了应该去的地方去了。人群越来越壮大了;另外一些人也加入了跳舞,看到整个人群沉迷在世上罕见的、由于它的强大的创造者而博得哥萨克舞的名称的这种最自由最疯狂的舞蹈里面,是不能不引起内心的激动来的。

"唉,要是我不骑马就好了!"塔拉斯喊道,"我一定也要来加入跳舞!"

这当口,人群中间出现了几个不止一次当过首领的、德高望重的、因为勇武而在整个谢奇受人尊敬的白发老翁。塔拉斯立刻看到了许多熟识的脸。奥斯达普和安德烈只听见周围响起一片问候的声音。"啊,原来是你,彼车利察!你好,柯左鲁普!""哪一阵风把你吹来的,塔拉斯?""你怎么会上这儿来的,陀洛托?""好啊,基尔佳加!好啊,古斯推!我怎么想得到还能见到你啊,烈敏?"从东部俄罗斯整个放荡的世界聚集拢来的勇士们互相接起吻来;接着就提出了一连串问题:"卡襄怎么样了?鲍罗达夫卡怎么样了?柯洛彼尔怎么样了?毕绥肖克怎么样了?"塔拉斯只听得回答的是:鲍罗达夫卡在托洛潘被绞死了,柯洛彼尔在基济基尔敏附近被人剥皮而死,毕绥肖克的头被人腌在桶里,一直送到查尔格拉得①去了。老布尔巴垂下了头,沉思地说:"都是些好哥萨克啊!"

三

塔拉斯·布尔巴和儿子们一起住在谢奇,已经将近一星期了。奥斯达普和安德烈很少受到军事教育。谢奇的人不喜

---

① 土耳其旧都君士坦丁堡(今伊斯坦布尔)之别称。

欢拿军事训练来给自己添麻烦,虚掷光阴;青年人到了这儿,只能依靠经验,在酣战中教育和培养自己,因此战争几乎是从来没有间断过的。哥萨克们认为除了打靶子、偶尔赛马和到野外和牧场上去狩猎之外,再从事研究什么军规之类,是很讨厌的;全部剩下的时间都付之于逸乐,——这是自由精神广阔发挥的标志。整个谢奇是一个奇异的现象。这是一场连续不断的欢宴,舞会喧闹地开始了之后就永无休止的时候。有人从事手艺,另外一些人开店和做买卖;可是,大部分人从早到晚游荡着,如果袋里有钱叮当发响,得来的财物还没有转到小贩和酒店老板手里去的话。这普遍的欢宴包含着一种魅惑人的东西。这不是什么借酒浇愁的酒徒们的集会,却简直是欢乐疯狂的纵饮。每一个到这儿来的人都忘记了和抛弃了他先前感兴趣的一切。他可以说是唾弃了一切过去的东西,以一种狂热信徒的热忱迷醉于自由和像自己一样的人之间的盟友关系,——这些人除了广阔的天空和灵魂的永久的欢宴之外,没有亲人,没有家,没有个落脚处。这就产生了其他任何理由所不能产生的那种疯狂的欢乐。聚在一起的懒洋洋躺在地上的人群所讲的那些故事和闲谈,常常非常可笑,简直是有声有色,必须具有查波罗什人的沉静的外貌,才能够一直保持脸部不动的表情,连胡子也不翘一翘,——这种鲜明的特征,至今还使南俄罗斯人有别于其他的同胞。这是一种烂醉如泥的、喧嚣的欢乐,可是尽管如此,这又不像是在阴暗的小酒店,沉溺在忧郁的变态的欢乐里,却是如同一群亲密的同学集合在一起。不同的只是:他们不是在教鞭之下正襟危坐,恭聆教师的陈腐议论,而是骑着五千匹马一齐出击!不是到牧场上去玩球,而是对付未加防卫的、任人通行的边界,在那儿,鞑靼人伸出他敏捷的脑袋,包绿头巾的土耳其人一动不动地虎视眈眈。不同的是:现在没有强制的意志把他们集结在学校里,而是他们自己抛弃了父亲和母亲,从血肉相连的家里跑了出来。来到这儿的人脖子上已经套上过绞索,可是他们幸免于苍白的死亡,却看到了生命,放纵无羁的生命;来到这儿的人,由于高贵的习惯,不能留一文钱在口袋里;来到这儿的人以前把一枚金币视为莫大的财富,可是多亏犹太土地经租人的照顾,他们现在可以翻转口袋而不必害怕掉落什么东西。到这儿来的,有一切受不住神学校的鞭子和没有从学校里学会一个字母的学生们;可是同时,到这儿来的也有那些懂得什么叫作贺拉斯、西塞罗和罗马共和国的人。这儿有许多军官,后来在皇家军队里博得烜赫的功名;这儿有无数有教养又有经验的游击队员们,他们怀有一种高贵的信念,认为不管在哪儿打仗都是一样,只要打仗就行,因为高贵的人不打仗是有失体统的。也有许多人到谢奇来,就是为了日后可以向人夸示,他们在谢奇住过,已经是久经锻炼的武士了。说实在的,哪一类的人这儿没有呢?这奇怪的共和国正是那个时代的需要的结果。喜爱军事生活的人,喜爱黄金的酒杯、高贵的锦缎和外国的金银钱币的人,在任何时候都能在这儿找到工作。只有礼赞女性的人在这儿什么都找不到,因为即使在谢奇的城郊,任何一个女性也都不敢抛头露面。

奥斯达普和安德烈觉得非常奇怪,他们眼看有无数人来到谢奇,却没有谁去问他们一声:他们打哪儿来,他们是谁,他们的姓名叫什么。他们到这儿来,好像是回到刚刚在一小时之前离开的自己的家一样。新来的人只要去见一见团长,他通常总是这样说:

"你好！怎么,你信基督吗?"

"信!"新来的人答道。

"你也信圣父、圣子、圣灵吗?"

"信!"

"你也到教堂里去吗?"

"去的!"

"那么,画十字吧!"

新来的人画了十字。

"行啦,很好,"团长答道,"你就到你熟识的营舍里去吧。"

整个仪式就这样结束了。整个谢奇在一个教堂里祷告,并且准备为了保护它不惜流尽最后的一滴血,虽然他们关于斋戒和禁欲是连听也不愿意听的。只有被强烈贪欲所驱使的犹太人、亚美尼亚人和鞑靼人才敢住在城郊,在那儿做买卖,因为查波罗什人从来不喜欢讲价钱,伸手到口袋里去摸到多少钱,就付多少钱。然而,这些利欲熏心的小贩的命运是非常悲惨的。他们正像那些卜居在维苏威山①麓的人一样,因为查波罗什人一旦把钱花光了,那些大胆的就要打毁他们的店铺,总是不付分文地搬走所有的货物。谢奇由六十多个支营队组成,这些支营队很像一些分离的、独立的共和国,更像是把一群随时听候调度的孩子聚集在一起的学校和神学校。无论谁也不单独经营什么,更不在自己家里储藏东西。一切都被支营队长掌握着,因此他通常有"老爹"的称号。他手里有钱、衣服、全部食品、燕麦粥、米粥,甚至燃料;人们还把钱交给

①　位于意大利南部的活火山。

他保管。支营队和支营队之间时常发生争吵。在这种情况下,立刻就发展到只能用格斗来解决了。支营队的人集合在广场上,互相往对方的腰眼上挥动拳头,直等到有些人打胜了,终于占了上风,那时候就又开始狂饮了。对于青年人具有莫大诱惑力的谢奇,便是这样。

奥斯达普和安德烈怀着全部青春的狂热,投入了这一片放荡的海洋之中,顷刻间忘记了老家、神学校和以前激动灵魂的一切,一心一意献身于新生活了。一切都使他们感兴趣:谢奇的放荡的习惯,简单明了的规则,以及他们觉得在这样任意行动的共和国里有时甚至显得过于严格的法律。如果一个哥萨克犯了窃盗罪,偷了一点什么小东西,这就要被认为是全体哥萨克的耻辱:人们把这个不名誉的家伙绑在示众的柱子上,身旁放着一根木棍,每一个过路人都得拿这根棍子把他打一顿,直到活活把他打死为止。人们用铁链把不还清债务的人锁在大炮上,当没有朋友答应为他赎身,替他还清债务以前,他必须一直坐在那儿。可是,给安德烈印象最深的是处置杀人犯的可怕的刑罚。在他的面前挖一个坑,把凶手活活地推到坑里去,上面放上装着被他杀害的人的尸体的棺材,然后把两个人一齐用土埋掉。以后有好一阵,他总是想起那刑罚的可怕的程序,在他眼前总是浮现出那个被活埋的人和那口可怕的棺材。

两个年轻的哥萨克不久就在哥萨克们中间博得了好评。他们常常和同一支营队里的其他伙伴,有时甚至和整个支营队以及邻近的支营队的人一起,出发到野外去射击草原上数不清的各种各样的飞禽、鹿和山羊,或者出发到根据抽签分派给每一个支营队的湖上、河边和支流上去,撒下曳网和投网,捕获大批鲜鱼,给整个自己的支营队充当食粮。虽然他们还疏于一个哥萨克受到考验的种种训练,可是他们顽强不屈的勇敢和在一切方面的着着成功,却早已在其他的青年人中间显得很突出了。灵巧而准确地射中目标,逆流而上地泅过德聂泊河,——新来的人凭着这两件事情,就被隆重地接收到哥萨克的集团中去了。

可是,老布尔巴却给他们准备了另外一种活动。闲散的生活不合他的意,他渴望着真正的事业。他总是盘算着,要怎样使谢奇振作起来,干出一番轰轰烈烈的大事业,让一个骑士可以痛痛快快地去放肆一下。终于有一天,他跑到团长面前,直截了当地对他说:

"怎么样,团长,查波罗什人这会儿该到外边去溜达溜达了吧?"

"没有地方可以让你去溜达呀。"团长把一根短烟斗从嘴里拿出来,向旁边啐了一口唾沫,答道。

"怎么没有地方?可以到土耳其人或者鞑靼人那儿去。"

"不管是土耳其人那儿或是鞑靼人那儿,都不能去。"团长回答,又冷冷地把烟斗放到嘴里去了。

"怎么不能?"

"事情是这样。我们和苏丹约定了和平。"

"可他是个伊斯兰教徒呀:上帝和圣书都命令我们打伊斯兰教徒。"

"我们没有权利。要是还没有凭着我们的信仰发过誓,那么,也许还行;可是现在不行了。"

"怎么不行?你为什么说没有权利?我有两个儿子,两个都是年轻人。他们两个都还一次也没有打过仗,可是你倒说我们没有权利；你倒说查波罗什人用不着出去闯天下。"

"反正这样做是不应该的。"

"那么倒是应该让哥萨克的精力白白地浪费掉,让一个人不做一点好事,像一条狗似的死掉,让祖国和整个基督教从他身上得不到任何一点好处？那么,我们活着为的是什么？究竟为的是什么？你倒给我解释解释。你是一个聪明人,人家不是平白无故选你当团长的。你倒给我解释解释,我们活着为的是什么？"

团长没有回答这个问题。这是一个顽固的哥萨克。他沉默了一会儿,然后说：

"任凭你怎么说,也还是不应该打仗。"

"那么,是不打定的了？"塔拉斯又问了一句。

"不打定的了！"

"这件事想也用不着再去想了？"

"用不着想了。"

"你等着吧,老鬼！"布尔巴自言自语道,"你会知道我的厉害的！"他立刻打定主意要向团长报仇。

他同一些人商谈好之后,请大伙儿吃了一席酒宴,于是几个酩酊大醉的哥萨克就直奔广场,那儿有几面系在柱子上的罐鼓,通常是在召集会议时敲的。没有找到那几根总是保存在鼓手身边的鼓槌,大家便抓起劈柴来一阵乱敲。一听见鼓声,首先跑来的是鼓手,那是一个高个子,只有一只眼,但连这一只也是睡意正浓的。

"谁敢打鼓？"他喊。

"闭嘴！拿起你的鼓槌,叫你打,你就打！"醉醺醺的首领们回答。

鼓手很清楚这一类事情的结局如何,立刻从口袋里取出了他随身带着的鼓槌。罐鼓咚咚地一敲响,黑压压的一大堆查波罗什人立刻像野蜂似的在广场上集合了起来。大家围成了一圈,三通鼓后,几个首领终于出场了:团长手里拿着狼牙棒——他的官职的标志,法官捧着军印,司书带着墨水壶,副官持着麾标。团长和首领们脱掉帽子,向周围两手叉腰傲然屹立着的哥萨克们行了礼。

"这次开会是什么意思呀?你们要怎么样,老乡们?"团长说。责骂和叫喊不让他说下去。

"把狼牙棒放下,立刻把狼牙棒放下,鬼杂种!我们不要你了!"哥萨克们在人群里叫喊。

有几个没有喝醉的人似乎想表示反对;可是,不论喝醉的和清醒的,都动起武来了。叫喊和喧哗闹成了一片。

团长本来想说话,可是他知道:这群放荡不羁的群众,如果激怒起来,是会为了这一点把他活活打死的,在类似的情况下,这几乎是常有的事情,所以他低低施了一礼,放下狼牙棒,躲到人堆里去了。

"你们也命令我们交出官衔的标志吗?"法官、司书和副官说,预备立刻放下墨水壶、军印和麾标。

"不,你们留下吧!"群众里面有人喊,"我们只要把团长赶走,因为他是个老娘儿们,我们需要一个男子汉来当团长。"

"现在选谁当团长呢?"首领们说。

"选举库库卜科!"一部分人喊道。

"我们不要库库卜科!"另外一部分人喊,"他当团长太早啦,奶臭还没干呢!"

"让希洛当首领吧!"有些人喊道,"选举希洛当团长!"

"滚你的希洛!"群众大声骂起来,"他哪一点像个哥萨克,偷东西倒像个鞑靼人,这狗养的!把那个酒鬼希洛装在口袋里丢给魔鬼吧!"

"鲍罗达推,选举鲍罗达推当团长!"

"我们不要鲍罗达推!鲍罗达推去见魔鬼的妈妈吧!"

"你们给提一提基尔佳加!"塔拉斯·布尔巴对几个人低声说。

"基尔佳加!基尔佳加!"群众喊道,"鲍罗达推!鲍罗达推!基尔佳加!基尔佳加!希洛!希洛去见鬼吧!基尔佳加!"

所有的候选人听见提到自己的名字,立刻从群众中间走出来,不要让人有任何理由认为他们也在里面随声附和,鼓动别人选举自己。

"基尔佳加!基尔佳加!"这种叫声比别的声音喊得更响。"鲍罗达推!"

事情不得不诉诸武力来解决,结果是基尔佳加获得了胜利。

"去把基尔佳加找来!"人们喊。

十来个哥萨克立刻从人群中间走了出来;有几个几乎站不稳脚步,他们醉到了这种地步,但还是直奔基尔佳加那儿去,告诉他当选的情况。

基尔佳加,一个年纪衰迈,但很聪明的哥萨克,已经在自己的营舍里坐了许多时候了,仿佛一点也不知道外边发生的事情。

"怎么回事,老乡们?你们有什么贵干?"他问。

"去吧,人家选你当了团长!……"

"行行好吧,老乡们!"基尔佳加说,"我怎么配受这份儿荣耀呢!我怎么能当什么团长?再说,我的知识也不足以当此重任呀。难道在全军中再也找不到更好的人了吗?"

"快走吧,说真格的!"查波罗什人们喊道。其中两个人抓住了他的手,尽管他两条腿死蹲在地上不肯往前移动,结果还是被拖到了广场上去,一路上伴随着斥骂,背后被人拳打,脚踢,还要这样训诫他:"别耽误工夫啦,鬼杂种!人家给你荣誉,你就接受吧,老狗!"

这样,基尔佳加就被带到哥萨克的人堆里去了。

"怎么样,老乡们!"几个带领他的人向众人宣布,"这个人当我们的团长,你们同意吗?"

"大家都一致同意!"群众大声地喊,整个原野被这喊声震响了许久。

一个首领拿起了狼牙棒,把它递给新当选的团长。按照习惯,基尔佳加立刻辞谢了。首领又一次递给他。基尔佳加又一次辞谢了,后来,到了第三次,他才接过了狼牙棒。欢呼声从全体人群中间涌起,整个原野又被哥萨克的喊声震响了,袅袅不绝的余音直传送到远处。这时候从人群中间走出四个最老的白须白发的哥萨克(谢奇里没有太老的人,因为没有一个查波罗什人是寿终正寝的),每一个人手里捏一把因为最近下了一场雨而变成了泥泞的土,放在他的头上。湿淋淋的土从他的头上流下,流到胡子上和颊上,把他的整个脸都涂脏了。可是基尔佳加站着,一动也不动,感谢着哥萨克们赐给他荣誉。

喧嚣的选举就这样结束了,对于这次选举,不知道别人是否也像布尔巴一样高兴,他之所以高兴,起初是因为他向前任的团长报了仇,其次因为基尔佳加是他的老伙伴,和他一起参加过同样的好几次陆海远征,分尝过战争生活的艰难和辛苦。群众立刻四散开去,举行联欢,庆祝当选,于是奥斯达普和安德烈以前还从来没有看到过的飨宴就开场了。所有的酒店都被捣毁了;蜜酒、白酒和啤酒被人不花一文钱地干脆搬走了;酒店老板能够保全性命,就庆幸自己走运。整整一夜在喊声和赞美武功的歌声中过去了。升起的月亮许久还俯览着携带多弦琴、羯鼓和圆形的三弦琴在街上走过的成群的乐师们,以及被谢奇留下为教堂唱圣歌和颂扬查波罗什人功勋的合唱队歌手们。最后,酣醉和疲劳开始征服了这些结实的汉子。慢慢地,随便走到哪儿都可以看到有一个哥萨克滚倒在地上。一个伙伴抱住另外一个伙伴,相对唏嘘,甚至两个人都哭起来,接着,两个人都滚倒在地上。一大堆人横七竖八地躺在一起;其中一个人翻动身体,好像要躺得舒服些,结果却躺在一块木材上睡着了。最后一个顶结实的人还在说些什么不连贯的醉话;可是酒力连他也给制服了,他也倒下了,于是整个谢奇睡着了。

四

第二天,塔拉斯·布尔巴就和新任的团长商议怎样煽动查波罗什人们起来干一番事业。团长是一个聪明而又狡猾的哥萨克,他琢磨透了查波罗什人的脾气,起初他说:"破坏誓约可不行,说什么也不行。"然后,沉默了一会儿,又补充说,"不要紧,行的;我们不破坏誓约,可是我们可以想些法子出来。只要把人召集起来就好办了,可不要说是我下命令召集的,只说是出于大家自愿。您知道以后的事该怎么去办。我陪着首领们立刻就赶到广场上,装作好像我们什么都不知道似的。"

他们谈话之后不到一个钟头,罐鼓就敲响了。喝醉酒的和天真无知的哥萨克们忽然聚集了起来。无数顶哥萨克帽子忽然在广场上闪动起来。只听得一片嘈杂的谈话声:"谁?……为什么?……为了什么事情要打鼓召集会议?"没有人答话。终于在各个角落里传开了:"哥萨克的精力白白地浪费了:没有战争呀!……首领们一直在打瞌睡,眼睛都让油脂给塞住了!……世界上看来是没有真理了!"别的哥萨克们起初听着,后来自己也说起来了:"世界上的确是没有真理了!"首领们听了这些话,样子仿佛很是惊奇。最后,团长走到前边,说:

"查波罗什的老乡们,请容许我说几句话!"

"说吧!"

"现在我要奉告列位,尊贵的老乡们,你们也许自己顶清楚,许多查波罗什人在酒店里欠了犹太人和自己弟兄们这么许多钱,现在连鬼都不相信他们了。其次我还要奉告列位,有许多年轻人,出生以来还没有看见过战争哩,可是——老乡们,你们知道——年轻人没有战争是无法生活的。他要是没有打死一个伊斯兰教徒,他还算是个什么查波罗什人呢?"

"他说得好。"布尔巴想。

"可是老乡们,别以为我说这话是要破坏和平:上帝不容!我不过这样说说罢了。并且,说起来罪过,我们的教堂还像个什么样子:由于上帝的恩惠,谢奇已经成立好几年了,可是直到现在,不要说是教堂的外观,就连内部的圣像也都没有修饰过。甚至没有人想起给圣像添上点银质衣饰!圣像所能得到的只是有些哥萨克在遗嘱里留赠的东西罢了。可是他们的捐赠也是极微薄的,因为他们在生前几乎把一切都换酒喝了。所以我说这一番话,并非为的是要跟伊斯兰教徒开战:我们和苏丹约定了和平,如果毁约,我们就会犯极大的罪过,因为我们按照我们的法律宣过誓了。"

"他怎么说话颠三倒四的?"布尔巴自言自语着。

"所以我说,老乡们,战端是开不得的。骑士的荣誉不允许这样做。可是凭我的浅薄之见,我是这样想:不妨打发一些年轻人乘几只舢板船出去,把纳托里亚①沿岸稍微抢劫一下。你们以为怎样,老乡们?"

"带我们去,把我们都带走!"群众四面八方喊起来,"我们为了信仰情愿牺牲脑袋!"

团长吃了一惊;他一点也没有想到要把全体查波罗什人鼓动起来:他觉得在目前这种情况下破坏和平还是不对的。

"老乡们,请允许我再说一句话吧!"

"够啦!"查波罗什人们喊,"你说不出更好听的话来了!"

"既然这样,那就没有办法。我是你们的意志的仆人。这是很显然的,圣书上也写得明明白白:人民的声音就是上帝的声音。比全体人民所想的更聪明的事情,是想不出来的。不过要注意一点:苏丹不会听任年轻人享受这种欢乐而不加惩罚。我们在这时候必须作好准备,我们必须保持泼辣的力量,这样,我们就不会害怕任何人了。在我们离开的时候,鞑

---

① 即阿纳托里亚,小亚细亚之古称,现在是土耳其的一部分。

鞑人也可能前来偷袭:这些土耳其的狗,当主人在家的时候,他们不敢露面,不敢走近你的屋子,可是他们会从背后咬你的脚跟,并且还咬得你很痛哩。再说,假使要我说实话,那么,我们舢板船贮备的还不多,火药也没有磨好许多,可以让所有的人都随军出发。可是讲到我,我是随便怎么样都赞成的:我是你们的意志的仆人。"

狡猾的首领沉默了。成堆的人纷纷私语,支营队长们也开始进行商议;幸亏喝醉的人不多,所以就决定听从合理的忠告。

几个人立刻出发到德聂泊河对岸的军需仓库里去了,在那边难以攻破的秘密室里,在水底和芦苇深处,藏匿着军队的资金和一部分从敌人手里缴获的武器。另外一些人都跑去检查舢板船,把它们装备好,准备上路。顷刻间一大群人挤满在岸边。几个木匠手里拿着斧头出现了。年老的、晒黑的、肩宽腿壮的、生着斑白胡子和黑胡子的查波罗什人们,卷起灯笼裤,站在没膝的水里,用一根粗绳子从岸边把船拉过去。另外一些人搬来了现成的、干燥的木料和各种树木。在这边,有人用木板装修舢板船;在那边,有人把它底朝天翻过来,填塞隙缝和涂上树脂;在那边,又有人按照哥萨克的习惯,用一束束长长的芦苇把它缚在别的舢板船的侧舷上,以免这些船被怒涛所吞没;在那边,远远的地方,又有人沿岸燃起许多篝火,在铜锅里熬煮涂船用的树脂。年老有经验的人指导着年轻人。敲击声和劳动时的喊声响遍了周围:整个生气蓬勃的河岸一带动荡起来了,活跃起来了。

这时候一只大渡船开始靠岸了。站到船头的一群人离得远远的就在挥手示意。这是一些穿着破破烂烂的长褂的哥萨克。不整齐的装束(许多人除了衬衫一件和口衔短烟斗一根之外,一无所有)说明他们刚刚逃过了一场什么灾难,否则就是饮酒作乐到这种地步,把身上所有的东西全喝光了。一个矮小精悍、阔肩膀、五十来岁的哥萨克从他们中间走出来,站到前边。他比所有的人都起劲地喊着,挥着手,可是在工人们的敲击声和喊声里,他的话一点也不能被人听见。

"干什么来的?"当渡船转过来靠岸的时候,团长问道。

所有的工人都放下手里的活儿,举起斧头和凿子,不再敲凿下去了,只是期待地望着。

"遭了灾难了啊!"那个矮小精悍的哥萨克从渡船上喊。

"什么灾难?"

"能允许我说几句话吗,查波罗什的老乡们?"

"说吧!"

"要不然,还是召开一次大会吧?"

"说吧,我们都在这儿。"

岸上的人都挤作一堆。

"你们难道一点也没有听见哥萨克统帅统辖的领土上发生的事情吗?"

"怎么回事?"一个支营队长说。

"咦,瞧你说的!还问怎么回事?鞑靼人大概用糨糊把你们的耳朵给糊住了,所以你们什么也没听见。"

"你说,那边发生了什么事?"

"提起那边发生的事情,那是你们出生以来,受过洗礼以来,从来还没有见过的。"

"你倒是告诉我们呀,究竟发生了什么事,狗娘养的!"群众中间有一个人显然再也忍耐不住了,喊了起来。

"事情到了这种地步,神圣的教堂现在已经不属于咱们所有了。"

"怎么不属于咱们所有?"

"现在教堂都典押给犹太人了。要是预先不付钱给犹太人,那么弥撒也做不成。"

"你在说些什么?"

"并且,狗犹太要是不用他不洁净的手在神圣的乳渣糕上做个记号,那么乳渣糕是不能拿去奉祀的。"

"他撒谎,弟兄们,不洁净的犹太人在神圣的乳渣糕上做记号是不可能的事!"

"听着啊!……我还没有说完哩:还有天主教僧侣们现在都坐了双轮马车在乌克兰全境满处乱跑。坐坐马车,这还不算什么糟糕,糟糕的是他们不用马,却干脆用正教的基督徒来驾车。听着啊!我还没有说完:据说,犹太女人已经把牧师的法衣拿去缝裙子穿了。这就是在乌克兰发生的事情,老乡们!可是你们却坐在这查波罗什地区尽是喝呀,玩呀,八成是鞑靼人把你们吓坏了,你们的眼睛和耳朵都没有了,——什么都没有了,你们一点也不知道世上发生了些什么事情。"

"住嘴,住嘴!"团长打断说,在这之前他一直像所有的查波罗什人一样屹立着,把眼睛俯视在地上,查波罗什人逢到重大的事件,绝不会立刻情不自禁地发作起来,却总是沉默自持,同时在沉静中积聚起雷霆万钧的愤怒的力量,"住嘴,我也要说一句话。你们是怎么的啦,是魔鬼把你们的爸爸给揍了吗!你们到底做了些什么!难道你们没有马刀?你们怎么能容忍这种无法无天的行为?"

"咦,倒是说我们情愿容忍这种无法无天的行为!你们倒来试试,要知道,光是波兰人就有五万,并且——不必隐瞒——我们自己人中间还有许多狗,已经改宗他们的信仰了。"

"你们的统帅,你们的联队长们做了些什么?"

"联队长们所遭遇的事情,上帝保佑不要叫我们任何一个人遇上吧。"

"怎么啦?"

"是这样的:统帅在一只铜牛里被炸过,现在永眠在华沙了,联队长们的手和头被送到市集上去示众了。这就是联队长们所遭遇的事情!"

整个人群激动起来了。起初,沿岸一带顷刻间被一种暴风雨前的沉默所笼罩着,后来忽然掀起了一片谈话声,岸上所有的人都纷纷议论起来。

"什么!基督教的教堂典押给犹太人!天主教僧侣把正教的基督徒驾在车辕上!什么!居然容许这些该死的邪教徒在俄罗斯土地上糟蹋人!这样对待联队长们和统帅!不容许再这样继续下去,这是不容许的!"

这样的话传遍了各个角落。查波罗什人喧嚷起来,并且感到了自己的力量。这已经不是轻浮的人的激动:所有骚动起来的人,都具有深沉、坚强的性格,他们不是很快就会奋发的,但只要奋发起来,就会把一股子内心的热劲儿顽强地、长久地保持下去。

"绞死所有的犹太人!"群众中间有人喊起来。

"叫他们不能再用牧师的法衣给犹太女人缝裙子!叫他们不能再在神圣的乳渣糕上画记号!把这些邪魔外道的家伙统统淹死在德聂泊河里!"

群众中间不知是谁说出的这些话,像一阵闪电似的在大家头上掠过,于是群众怀着杀死所有的犹太人的愿望,直奔近郊去了。

以色列族可怜的后裔们连本来就很微弱的仅有的一点胆量也丧失了,藏到空酒桶和暖炉里去,甚至钻到自己的犹太婆娘的裙子底下去;可是,哥萨克们到处都把他们找了出来。

"仁慈的爷们!"一个像根棍子似的瘦高个儿犹太人,从一群伙伴中间伸出他被恐惧弄得歪扭的哭丧的脸,喊道,"仁慈的爷们!只让我们说一句话,一句话!我们要禀告你们的是一些你们还从来没有听见过的事情,重要得很,简直无法形容是怎样重要!"

"好,让他们说吧。"布尔巴说,他一向总是喜欢听取被控诉人的申诉。

"仁慈的爷们!"犹太人说,"这样的爷们是从来没有见过的。凭良心说,真是从来没有见过的!这样仁慈、善良、勇敢的人是世上还不曾有过的!……"他的声音低下去了,由于恐惧而发着抖,"我们怎么能够对查波罗什人存什么坏心眼儿呢!在乌克兰出租土地的人根本不是我们的人!那些人压根儿不是犹太人:鬼知道他们是些什么东西。那种人,只配对他脸上吐唾沫,把他推开一边去!他们也都会这样说的。不是吗,施列玛,还有你,施穆尔?"

"凭良心说,这是实话!"戴着破毡帽的施列玛和施穆尔在人群里回答,两个人都像黏土一样苍白。

"我们从来没有跟敌人密商过,"高个儿犹太人继续说下去,"我们更不想跟天主教徒打什么交道:让他们见鬼去吧!我们跟查波罗什人像亲兄弟一样……"

"什么?查波罗什人跟你们是兄弟?"群众中间有一个人说,"你们别痴心妄想啦,该死的犹太人!老乡们,把他们扔到德聂泊河里去!把他们全部淹死,这些邪魔外道的家伙!"

这些话是一个信号。人们抓住犹太人的胳膊,开始把他们扔到波涛里去。四面八方响起了悲惨的喊声,可是严酷的查波罗什人眼望犹太人的穿着鞋袜的脚在空中不住地乱蹬,只是一个劲儿地哈哈大笑。那个自己招来祸害的可怜的雄辩家,被人一把抓住了长褂,他趁势来个金蝉脱壳,只穿一件有斑纹的紧窄的背心,跑过来抱住布尔巴的腿,用悲惨的声音哀求道:

"好先生,仁慈的老爷!我认识您的哥哥,故世的陀罗沙!他是一个为全体骑士增光的军人。当他成了土耳其人的俘虏,需要用钱赎身的时候,我给过他八百采兴①。"

"你认识我的哥哥?"塔拉斯问道。

"真的,认识!他是一位宽宏大量的老爷。"

"你叫什么名字?"

"杨凯尔。"

"好吧,"塔拉斯说,然后想了一想,转过身来嘱咐哥萨克们说,"只要有必要,总有时间把这个犹太人绞死的,可是今天就把他交给我吧。"说完这句话,塔拉斯把他带到自己的辎重车前面,他手下的哥萨克们就站在车子旁边。"爬到大车底下去,躺在那儿别动;弟兄们,你们可别把这个犹太人放走了。"

吩咐完了,他就出发到广场上去,因为全部群众早已聚集

---

① 古金币的名称。

在那边了。顷刻间,大家都放下装备船只的活儿,离开了河岸,因为现在面临的是陆上的远征,而不是海上的远征,需要的不是船艇和哥萨克的货船,而是大车和马匹。现在不论年老的和年轻的,大家都想出发远征;大家听从所有的首领们、支营队长们和团长的劝告,凭着查波罗什全军的意志,决定直扑波兰,为一切恶行以及对信仰和哥萨克光荣所加的凌辱复仇,掠夺城市的财物,放火焚烧村庄和庄稼,在整个草原上扬名遐迩。大家立刻系紧腰带,拿起武器。团长精神抖擞,显得好像是拔高了整整一俄尺似的。他已经不是那个小心翼翼地执行自由人民的轻狂愿望的人了;他是一个拥有无限权力的统治者。他是一个只知道发号施令的暴君。当他像一个并非初次执行深思熟虑的计划的老于经验的人一样,一点也不声嘶力竭,也不张皇失措,却用抑扬顿挫的声调,轻声地颁布命令的时候,所有的任性而耽于放荡的骑士们都整队肃立,恭敬地低着头,不敢抬起眼睛来。

"大家检查一下,好好地检查一下!"他这样说,"把辎重车和树脂桶归理归理好,试试武器。随身别带许多衣服:每人带一件衬衣,两条灯笼裤,另外再带一罐谷粉粥和捣碎的玉蜀黍就够啦,——谁都不准再多带什么!至于食用品,凡是必需的,都载在辎重车上了。每人要有两匹马。还得准备好四百头牛,因为遇到浅滩和泥泞的地方需要用它们。最要紧的是要维持秩序,老乡们。我知道你们中间有一些这样的人,只要上帝让他们有机会掳获一点东西,他们马上就要去撕破绫罗绸缎和贵重的天鹅绒给自己做裹脚布。戒除这种鬼习惯吧,丢掉裙子一类东西,只准拿武器,如果是有用的就行;还有金币和银币,因为这些是用途很广的东西,随便做什么事情都少不了它们。我要预先对你们说明,老乡们:谁要是在行军中喝醉了酒,那是不会对他举行审判的。我要命令把他像条狗似的缚在辎重车上拖着走,不管他是什么人,就算他是全军中最勇敢的哥萨克也要严办。他将像条狗似的被当场枪毙,尸体也不埋葬,就扔给野鸟去啄食,因为酒鬼在行军中是不配受到基督教的葬礼的。年轻人,你们随便做什么事情都要听老年人的话!要是中了枪弹,脑袋上或者别的什么地方受了刀伤,这种区区小事用不着大惊小怪。把一包火药放在酒杯里掺和起来,一口气喝到肚里,就没事了,就连热病也不会发一场的;伤口要是不太大,只需抓一把土,吐点唾沫在手掌上,揉在一起,涂到伤口上,伤口就结起来了。好啦,去干正经的吧,去吧,年轻人,不慌不忙地去干正经的吧!"

团长这样说了,他的话音刚落,所有的哥萨克们立刻都动手干起来了。整个谢奇苏醒过来了,随便走到什么地方都找不到一个醉汉,仿佛哥萨克中间从来没有这种人似的。有些人在修理车轮的环箍,给大车更换新轴;有些人把粮袋运到辎重车上,又把武器堆放到另外几辆车上;有些人赶着马和牛,四面八方响起了马蹄声,试枪声,马刀铿锵声,牛叫声,车辆转动的辚辚声,谈话声,响亮的喊声,赶马的声音。不久哥萨克的队伍就老远老远地绵延到整个原野上去了。要是有人想从队伍的前方跑到它的后方,得跑上许久才能够跑到。在一所木造的小教堂里,一个牧师正在举行祷告仪式,给大家洒圣水;大家吻了十字架。当队伍移动,从谢奇向前开拔的时候,所有的查波罗什人都回过头来向后面张望。

"再见,我们的母亲!"大家几乎都异口同声地说,"愿上帝保佑你避免一切不幸!"

骑马走过近郊的时候,塔拉斯·布尔巴看见他的犹太人已经摆了一个张着帐篷的货摊,出卖火石、捻凿、火药和种种路上需要的军用药品,甚至还有圆弧形面包和长面包。"犹太人真是怎样的鬼啊!"塔拉斯心里想,骑马走到他跟前,说:

"傻瓜,你坐在这儿干吗?你想叫人把你像麻雀似的一枪打死吗?"

作为回答,杨凯尔向他身边靠近些,双手打着手势,好像要告诉他什么秘密似的,说:

"只求老爷别作声,别对任何人说:在哥萨克的辎重车中间有一辆是我的;车上运载着哥萨克所需要的各种物件,我在路上要供应大家种种食品,那低廉的定价是任何一个犹太人都还没有标出过的。真是这样;真是这样。"

塔拉斯·布尔巴耸了耸肩,惊叹着犹太人的机灵的天性,向队伍驰去了。

五

不久,波兰的西南部一带全被恐怖所笼罩了。到处传说着,"查波罗什人!……查波罗什人来了!……"能够逃的,都逃掉了。按照那个杂乱无章、极端散漫的时代的风气,大家都骚动起来,四散逃亡了;那时候人们既不设立要塞,也不建筑城堡,却只是马马虎虎盖一所茅屋暂时住下,因为他们想:"不要为房子花费许多精力和钱财,反正鞑靼人一旦前来侵袭,就要把房子铲除净尽的。"大家慌作一团:有人把牛和犁换了马和枪,加入了军队;有人赶着牲口,带走一切可以带走的东西,躲了起来。有时在路上可以遇到一些人,用武装的手去接待客人，但更多的是闻风先逃的人。大家都知道，这一群以查波罗什军闻名的人是很难对付的，这个军队平时虽然放纵不羁，杂乱无章，在战时却又保持着进退有序的严密纪律。骑兵前进着，不使马负重过多，也不使它们激怒，步兵跟在辎重车后面稳重地走着，整个队伍夜行昼伏，专门选择一些荒野、漫无人烟的地区和当时还很不少的森林地带兼程前进。侦察兵和通讯员被派到前方去，探索和侦察前面是什么地方，有些什么目标，情况如何。并且常常在那些绝对想不到会遇见他们的地方，他们忽然出现了，接着就杀个鸡犬不留。战火包围了村庄；那些没有跟着军队一块儿牵走的牲口和马匹被当场杀死了。似乎他们大吃大喝的时候倒比进军的时候多。想起查波罗什人到处留下的半野蛮时代残暴肆虐的可怕迹象，到现在还使人觉得毛骨悚然。婴孩被残杀，妇人被割掉乳房，捉住了男人，从脚跟直到膝盖把他的皮剥下来，然后再释放他，总之，哥萨克们是加倍地偿还了宿债。有一个修道院的主教听说兵临境内，就派了两个修道僧去告诉他们，他们不应该这样胡作非为；说是在查波罗什人和政府之间订有协议，又说他们破坏了自己对国王所负的义务，同时也就是破坏了一切国民的权利。

"你回去替我和全体查波罗什人告诉你们的主教，"团长说道，"叫他用不着担心。哥萨克们还只是刚刚点着了火，开始抽烟斗呢。"

不久，庄严的修道院就被猛烈的火焰包围住了，巨大的哥特式的窗户在火浪中间凄凉地闪动着。一群群逃跑的修道僧、犹太人和妇女，一下子挤满了那些还能对守备队和保卫团寄托一点希望的城镇。政府有时派出的几小队迟到的援军，不是找不到他们,就是先胆怯了,初次相遇就向后转,骑着悍马逃跑了。有时也会有许多在历次战役中获胜的皇军司令官,决心把自己的兵力联合起来,以便对抗查波罗什人。这么一来,两个年轻的哥萨克就更有机会试试自己的力量了,他们哥儿俩一向憎恶掠夺、贪欲和软弱的敌人,燃烧着一种欲望,要在老伙伴面前显显本领,跟骑在高头大马上耀武扬威、宽斗篷翻起的袖子随风飘拂的那些大胆而傲慢的波兰人捉对儿较量较量高下。实战的训练是很有趣的。他们夺得了许多马具,贵重的马刀和步枪。在一个月当中,初生羽毛的雏鸟就长成了,完全变样了,现在他们是两个男子汉了。他们的容貌以前还显出一种青春的柔和,现在却是严峻而坚强的了。老塔拉斯很高兴看到他的两个儿子成为第一流的人物。奥斯达普似乎是命里注定要走战争的道路,生来便容易占有指挥作战的高深知识。他随便遇到什么事情都从来没有张皇失措或是狼狈过,抱着一种对于二十二岁的人来说几乎是不自然的冷静态度,在转瞬之间就能够测知事情的全部危险性和全部形势,马上就能想出办法来避开这个危险,但避开危险也只是为了以后更有把握地战胜它。他的行动现在开始显露出一种受过考验的坚信精神,并且由此看出他将来很有可能成为一员名将。他的身体非常壮健,他的骑士性格已经获得了狮子般的无畏的力量。

"噢!这家伙将来会成为一个出色的联队长!"老塔拉斯说,"真的,他会成为一个出色的联队长,并且还是这样的一个联队长,连我这个老子都要自叹不如呢!"

安德烈完全沉浸在枪弹和刀剑的迷人音乐里了。他不懂得预先思考、估计或者测量自己和别人的力量。他在交战中体会到疯狂般的快乐和陶醉。他脑袋发热,一切东西在他眼前起伏和闪动,人头飞滚,马咕咚一声栽倒在地上,他像个醉汉,在子弹的啸声中,刀光的闪耀中和自己的激情中,遇人便杀而听不见被杀的人的悲鸣,一直向前飞驰,这个时候他觉得像过节一般欢快。老塔拉斯看到安德烈仅仅被一阵迫切的冲动所鞭策,就能干出冷静而有理智的人绝不敢干的事,仅靠疯狂的袭击就能实现老战士们不能不惊叹的奇迹,这时候他不止一次表示了惊叹折服。老塔拉斯感到很惊奇,说道:

"他也是一个好战士!敌人可别把他捉住才好!他不像奥斯达普,但他也是一个好战士!"

军队决定直奔杜勃诺城,传说那儿有许多公款和富裕的居民。经过一天半工夫,行军结束了,查波罗什人出现在城下了。居民们决定要负隅顽抗,直到用尽最后一点力量为止,情愿死在自己门外的广场上和街上,也不愿让敌人闯进屋里来。高高的城墙环绕着全城;在城墙稍低的地方,耸立着石墙、当作炮台用的房屋,或是橡木做的栅栏。守备队很强大,并且感到自己的责任的重大。查波罗什人奋不顾身地爬上城墙去,却遭到了猛烈的弹火。城里的商人和居民看来也不想偷懒,都成群地站在城墙上。从他们的眼睛里可以看出他们抱有誓死抵抗的决心;就连妇女们也坚决要求帮一手,于是石块呀、桶呀、罐头呀、开水呀,最后还有一袋袋迷瞎眼睛的黄沙呀,都一起向查波罗什人头上扔了过来。查波罗什人不喜欢对要塞作战,围攻战法不是他们的擅长。团长下令撤退,说道:

"不要紧,弟兄们,咱们撤退。可是,要是从城里放走他们一个人,我就是个臭鞑靼人,算不得是基督徒!我要叫他们这些狗全都饿死!"

军队撤退了,团团围住了整个城市,由于无事可做,就去糟蹋近郊一带,放火焚烧附近的村落和还没有收走的麦谷堆,把马群赶到还没有被镰刀割过的麦田里去,那儿好像存心凑趣似的,偏偏迎风摇摆着稠密的麦穗,——赶上这时候来慷慨酬谢所有的庄稼汉的一场大丰收的果实。城里的人们睁着恐惧的眼睛,看到他们生存所靠托的一切东西怎样被铲除净尽。同时,查波罗什人用自己的车辆把全城围了两道,像在谢奇时一样划分成许多支营队住下,抽着短烟斗,交换着夺得的武器,玩着"跳背戏"①和"偶数和奇数"②,用包含杀机的冷静眼光注视着城上。夜间,升起了篝火。炊事员们在各个支营队里用大的铜锅煮粥。不眠的哨兵伫立在通宵燃烧的火堆旁边。可是不久,查波罗什人对于按兵不动和特别无聊的旷日持久的戒酒,开始稍微感到有些厌烦了。团长下令甚至把酒的定量增加了一倍,如果没有艰难的进攻任务和行动,军队中有时是可以这样做的。年轻人,特别是塔拉斯的两个儿子,都不喜欢这样的生活。安德烈一眼就可以看出是感到寂寞了。

"笨蛋,"塔拉斯对他说,"耐心点吧,哥萨克,有一天你会当上联队长的!在重大事件中不丧失勇气的人还算不得是一个好战士,即使没有事干也不感到烦闷,遇到随便什么事情都能够忍受,不管你要他怎么样,他总是坚持自己的主张,这才算得是一个好战士呢。"

可是,血气方刚的青年和老人是说不到一块来的。两个人有两种不同的性格,他们用不同的眼光看待同一件事情。

~~~~~~~~~~~~

① 一人屈身蹲伏在前,另外一人从他的背上跳过去,其余参加游戏的人也都跟着做,可以循环不已。
② 这是一种猜单双的游戏。

这当口,托符卡奇所率领的塔拉斯的联队赶到了;随他一同来的还有两个副官,一个司书和另外一些联队的官员。一共有四千多哥萨克。他们中间有不少人是义勇兵,他们是一听见事情经过,不等到召集就自愿来投效的。副官给塔拉斯的两个儿子带来了老母亲的祝福,还有每人一个基辅的美席戈尔斯基修道院的柏木制神像。兄弟俩把神像挂在身上,想起老母亲,不由得沉思起来。老母亲的祝福向他们预言什么,说明什么呢?这是祝福他们战胜敌人,然后满载着战利品和荣誉快乐地回返故乡,让多弦琴乐师们用赞歌传之永久吗,或者还是?……可是,未来是不可知的,它展现在人的面前,正像升起在沼泽之上的秋雾一般。鸟儿们鼓动双翅,在雾里猛烈地飞上飞下,彼此辨认不清,鸽子看不见老鹰,老鹰看不见鸽子,谁都不知道离自己的灭亡飞得有多么远……

奥斯达普已经忙于自己的事务,早就回到支营队去了。安德烈呢,自己也不明白为什么,感到心里有一阵说不出的难受。哥萨克们已经吃完晚饭,黄昏早就消逝了,七月的奇妙的夜笼罩着周围;可是他没有回到支营队去,没有躺下睡觉,只是不由自主地眺望着展现在眼前的景色。无数星星在天空里闪烁,发出幽雅的、锐利的光辉。远远的,旷野上四处停放着许多辆辎重车,车上挂着装满柏油的油桶,载着各种各样从敌人手里夺来的财物和粮食。在货车旁边,货车底下,和距离货车稍远的地方,到处可以看到躺在草上的查波罗什人。他们都用一种生动如画的姿态昏昏入睡:有人枕着草包,有人枕着帽子,有人干脆把头靠在伙伴的腰眼儿上。几乎每个人腰带上都挂着马刀,火绳枪,镶嵌铜片、系有铁扦子和火石的短柄烟斗。一群笨重的牛,灰白的一大堆,盘腿躺在地上,远远望去,令人疑心是许多散布在旷野斜坡上的灰色石头。四面八方从草上响起了睡着的战士们浓重的鼾声,旷野那边,有一群因为腿被缚住而大发雷霆的牝马用响亮的嘶鸣应和着它。这当口,有一种庄严而峻烈的东西搀杂到七月的夜的幽美中来了。这就是那远处燃烧着的近郊的一片红光。在一个地方,火焰平静地、壮伟地伸展到天上;在另外一个地方,火焰碰到什么易燃的东西,忽然像旋风似的蹿出来,啸叫着,往上直飞到接近星星的高处,四散的火星在远远的天边熄灭了。这边,一座烧得焦黑的修道院,像一个冷酷的夏特勒斯教团僧侣一样,森严可畏地站着,每一次火光一亮,就显出它阴暗而庄严的姿影来。那边,修道院的花园正在熊熊燃烧。似乎可以听见树木被浓烟包围着,咝咝地发响。当火苗冒起的时候,它忽然用磷质的淡紫色的火光照亮了一串串成熟的李子,或是把这儿那儿的发黄的梨染成了金红色。同时,在这些东西中间,还可以看到悬挂在房屋墙壁上或树枝上的可怜的犹太人或僧侣的尸体摇曳着黑影,他们和建筑物一起在一场大火中同归于尽。鸟儿在火焰上面高高地回翔着,看来像是一堆昏暗的小十字架点缀在火焰蔓延的原野上。被围困的城市好像是熟睡了。尖塔呀、屋顶呀、栅栏呀、城墙呀,都静静地被远处大火的反光闪耀着。安德烈巡视了一遍哥萨克的队伍。有哨兵坐在旁边的篝火眼看就要熄灭,哨兵们显然是敞开哥萨克的肚子拼命大嚼一顿之后,昏昏然睡去了。他看到这种高枕无忧的神气,感到有些惊异,想道:"幸亏附近没有强敌,还用不着担什么心。"最后,他自己也走到一辆辎重车旁边,爬上去,把交叠的双手枕在脑后,仰面躺下了;可是他睡不着,很久地凝望着天空。它完全敞露在他的眼前;空气纯净而透明。那一簇组成银河的密密的星星,像一条斜穿的带子横过天空,完全沐浴在光辉里。安德烈时常好像要迷糊了,一种轻雾般的梦寐一瞬间遮蔽了他眼前的天空,可是随后天空又晴朗了,重新看得分明了。

这时候,他觉得有一个人脸似的奇怪的东西在他的面前晃动。他以为这不过是梦中的幻影,立刻就要消散的,他更用力地睁大了眼睛一看,却看到的确有一张憔悴的、干瘪的脸俯向着他,直对他的眼睛望着。没有梳理的、蓬乱的、像炭样黑的长发,从披在头上的黑披纱下面散露出来。奇异的眼光,棱角突露的、没有生气的、浅黑的脸,使人很容易想到这是一个幽灵。他不由自主地抓住了火绳枪,几乎用痉挛的声音说:

"你是谁?要是魔鬼,就给我滚开;要是活人,那么,这也不是你开玩笑的时候,我一枪就要了你的命。"

作为回答,那幽灵把手指按在嘴唇上,似乎是恳求他不要作声。他放下了手,开始更加仔细地凝视这个怪物。从长长的头发、颈脖和半裸的浅黑的胸脯上面,他认出这是一个女人。但她不是本地人。整个脸是浅黑色的,被疾病折磨得消瘦了;宽大的颧骨耸出在凹陷的双颊上面;狭细的眼睛像两条弧形的缝向上吊起。他越注视她的面容,就越发现其中有些什么熟识的特征。最后,他再也忍不住不发问了:

"告诉我,你是谁?我觉得我好像认识你,或者在什么地方看见过你。"

"两年以前在基辅。"

"两年以前……在基辅……"安德烈重复说,尽量思索着从前神学校生活残留在他回忆中的一切事情。他又细看了她一次,忽然扯开嗓子叫了起来:

"你是那个鞑靼女人!总督小姐的侍女!……"

"嘘!"鞑靼女人说,带着哀求的神气合起双手,浑身打哆嗦,同时回过头去看看有没有什么人因为安德烈的一声大叫而惊醒过来。

"告诉我,告诉我,你为什么上这儿来,你是怎么来的?"安德烈用一种几乎喘不过气来的、每一分钟都要因为内心的激动而打断的低声说,"小姐在哪儿?她还活着吗?"

"她在这儿,在城里。"

"在城里?"他说,差一点又要叫出声来,并且感到全身的血忽然都涌到心腔里来了,"她为什么会在城里?"

"因为老爷也在城里。他在杜勃诺当总督,已经当了两年了。"

"怎么样,她结了婚没有?你倒是说呀,你是个多么奇怪的人!她近况怎么样?……"

"她有两天没有吃一点东西了。"

"怎么回事?……"

"所有城里的居民都早已连一块面包也没有了,大家早就在啃土了。"

安德烈听得呆住了。

"小姐从城墙上看见你和查波罗什人在一起。她对我说:'你去对那个骑士讲:他要是还记得我,那么请他上我这儿来一趟;要是不记得我,就请他赏给你一块面包,带回来捎给我的老母亲,因为我不愿意看见母亲死在我的眼前。最好让我先死,然后她再死。你去求求他,抱住他的膝盖和腿。他也有一个老母亲,叫他看在她的面上赏给一块面包吧!'"

各种各样的感情在年轻的哥萨克的胸膛里苏醒了,勃发了。

"可是,你怎么会上这儿来的?你是怎么来的?"

"我是从地下道过来的。"

"真的有地下道吗?"

"有。"

"在哪儿?"

"你不会泄露出去吗,骑士?"

"我用圣十字架发誓!"

"走下山沟,越过一条溪流,就在那芦苇丛生的地方。"

"那样就可以走进城里去吗?"

"一直通达城里的修道院。"

"咱们走吧,立刻就走!"

"可是,请看在基督和圣玛丽亚的面上,赏给一块面包吧!"

"好,面包会有的。你站在这儿辎重车旁边,或者最好躺在上面:谁都不会看见你,大伙儿都睡了;我一会儿就回来。"

于是他就向载有他们支营队所有粮食的几辆辎重车走去了。他的心房怦然跳动着。被现今哥萨克的野营活动、严酷的战斗生活所掩埋和压抑的过去的一切,一下子浮到表面上来了,反过来,又把现今的一切淹没了下去。一个骄傲的女人,好像从黑暗的海的深渊中跃出一般,又浮现在他的眼前了。柔美的手,眼睛,含笑的嘴唇,弯弯曲曲披散在胸前的、浓密的暗褐色头发,有弹性的、发育匀称的处女的肢体,又在他的记忆中闪光了。不,这些东西没有死灭,没有在他的胸膛里消失,它们让开一旁,只是为了暂时给别的强烈冲动以发展的余地罢了;可是,年轻的哥萨克的甜梦是常常被它们扰乱的,

57

他醒来之后,就长久地躺在床上不能入睡,说不出是什么原因。

他向前走去,一想到就会再见到她,心就越跳越厉害,壮健的两膝直打哆嗦。他走到辎重车旁边,竟完全忘记他是来干什么的了:他把一只手举到额上,揉了许久,竭力回想他必须干些什么。最后他打了一下冷战,完全被恐惧所侵袭了:他忽然想起她快要饿死了。他冲到辎重车上去,抓起几只大的黑面包夹在腋下,可是立刻想到这种适合强壮而不挑剔的查波罗什人吃的食物,恐怕太粗糙了,未必适合她的柔弱的体质。接着,他想起昨天团长曾经斥责炊事员不该把全部荞麦粉一顿都煮成了谷粉粥,而事实上,这些荞麦粉是足够分三顿煮的。他相信一定能在锅里找到大量的谷粉粥,于是他便搬出父亲的行军锅子,带着它走到他们支营队的炊事员那儿去,那炊事员睡在两只能容纳十桶粥的大锅子旁边,锅下还有余烬未熄。他向锅子里一瞧,只见两只锅子都是空空的,不禁惊奇得呆住了。必须有超人的力量才能够吃光这么多的东西,何况一般认为他们支营队的人数比别的支营队要少一些。他又去看了别的支营队的锅子,——到处都是空空的。他不由得想起了一句俗谚:"查波罗什人像孩子,东西少都吃光,东西多也不剩。"怎么办呢?不过,他记得好像在父亲那个联队的辎重车上有一袋白面包,那是在劫夺修道院的面包房时找到的。他直奔父亲的辎重车那儿去,可是布袋已经不在车上了:奥斯达普把它拿去枕在头底下,直挺挺地躺在附近的地上,鼾声把整个旷野震响了。安德烈一手抓住口袋,突然把它往外一抽,奥斯达普的脑袋砰的一声在地上砸了一下,他半睡半醒地爬起来,张开眼睛坐着,憋足劲儿大叫:"抓住他,抓住这波兰鬼子,逮住那匹马,逮住那匹马!""别作声,我要打死你!"安德烈对他挥动着口袋,惊慌地喊。可是用不着他动手,奥斯达普已经不再往下说了,安静下来,打起了响亮的鼾声,连被他压着的草都随着呼吸微微抖动起来。安德烈胆怯地向四面环顾,看看奥斯达普梦中的呓语惊醒了别的哥萨克没有。果然,在附近的支营队那边,有一个蓄有额发的脑袋稍微抬起了一下,略微看了几眼,很快就又倒在地上了。等了大约两分钟,他终于负起了重担,往前走去。鞑靼女人躺在那儿,连气都不敢透。

"起来,咱们走吧!大伙儿都睡了,别害怕!假使我不方便拿这么许多东西,你也能帮我拿一块面包吗?"

说完这句话,他把口袋往背上一背,走过一辆辎重车时,又扛走一袋玉蜀黍,甚至把他打算让鞑靼女人拿的几块面包也抱在自己手里,身子被重荷压得稍微有些弯倒,从睡着的查波罗什人的行列中间大胆地走过去。

"安德烈?"当他经过老布尔巴身边的时候,老布尔巴说。

他的心好像是停止跳动了。他站定了,浑身打哆嗦,轻声地问:"什么?"

"有一个娘儿们跟你在一起!说真格的,等我起来,我要剥掉你浑身上下的皮!娘儿们不会带给你什么好处!"说完,他把脑袋支在臂肘上,开始仔细端详那个覆蔽在披纱里面的鞑靼女人。

安德烈吓得半死不活地站在那儿,没有勇气望一望父亲的脸。后来,当他抬起眼睛再去望他的时候,看见老布尔巴脑袋埋在手掌里,已经睡着了。

他画了个十字。忽然恐惧比袭来时更快地消散了。当

59

他回过头去望那个鞑靼女人的时候,她整个儿遮蔽在披纱里面,像一座黑花岗石雕像似的站在他的面前,远处火光的反照蓦地一闪,只照亮了她一双死人样呆木不动的眼睛。他牵着她的袖子,两个人不断地回头张望,一起往前走去,最后,沿着斜坡走进了一块凹地——几乎是一个山沟,在有些地方是被人叫作峡谷的,在那谷底,有一条蔓生着香蒲、点缀着草墩的溪水缓缓地流着。他们走进了这块凹地,就完全从那被查波罗什队伍所占领的整个原野上消失了踪影。至少,当安德烈四下环顾的时候,他看见在他背后有比一个人还高的、陡峭的、墙壁似的斜坡耸起着。斜坡顶上有一些野草的茎秆摆动着,在茎秆上面,月亮像晶亮的黄金做成的、斜挂的镰刀似的升起在天空里。从草原上吹来的微风,告诉人们离天亮时间剩得不多了。可是,随便哪儿都听不见远处的鸡啼,因为无论城里或是荒废的近郊,早已连一只鸡也不剩了。他们蹲在一块小木板上渡过了溪流,对面的河岸耸立着,看来比他们背后的河岸更高,完全像悬崖一样。这个地方似乎是城塞最坚固、最可信赖的地方;至少,这儿的土墙筑得低一些,也没有守备队在土墙后面窥探。可是,再远一些,却高耸着修道院的坚厚的墙。陡峭的河岸长满杂草,在那一小块凹地上,在河岸和溪流之间,繁生着差不多有一人高的芦苇。在悬崖的顶上可以看到篱笆的残迹,说明从前这儿有过一个菜园。在它的前面,可以看到牛蒡宽阔的叶子;牛蒡背后耸出着藜、有刺的野生山蓟和头抬得比一切都高的向日葵。走到这儿,鞑靼女人脱了鞋子,小心翼翼地提起衣服,光着脚往前走,因为这个地方泥泞得很,并且积满了水。他们从芦苇丛中钻过去,在堆积如山的枯枝和粗柴前面站定了。他们拨开枯枝,找到了一个土拱门——一个不比烤面包的炉口大多少的窟窿。鞑靼女人一低头,先走了进去;安德烈紧跟在她后面,尽量把身子弯倒,以便可以背着口袋走过去,不久,两个人就都隐没在完全的黑暗中了。

六

安德烈紧跟在鞑靼女人后面,背上背着面包袋子,在漆黑狭窄的地下坑道里很艰难地走动着。

"我们很快就要看得见亮了,"女向导说,"我们快走到我放下一个烛台的地方了。"

果然,黑暗的土墙开始渐渐有些发亮。他们走到了一小块空地,那儿似乎曾经有过一座小礼拜堂;至少,靠墙摆着一张像祭坛一般的狭窄的小桌子,小桌子的上端可以看见一幅几乎完全磨光的、褪色的天主教圣母像。挂在前面的一盏小小的银质长明灯,微微地照亮着那幅圣母像。鞑靼女人弯倒身子,从地上拾起了留置在这儿的铜烛台,这个烛台有细而高的座脚,周围用铁链系着火钳、拨烛芯的扦子和熄烛器。她把烛台拿起来,凑近长明灯的火上点亮了它。光线增强了,他们一块儿走着,一会儿被火光照得很亮,一会儿笼罩在炭似的黑影里,活像是盖拉尔多 della notte[①] 的画。骑士鲜嫩的、孕育着健康和青春的、美丽的脸,和他的同伴困惫而苍白的脸形成了鲜明的对照。过道稍微开阔了一些,这样,安德烈就能挺直

[①] 盖拉尔多·洪索尔斯特(1590—1656),荷兰画家。他的画多利用光和影的强烈对照。"della notte"是他的绰号,系意大利语,意思是"夜的"。

腰杆了。他怀着好奇心打量着这些土墙,它们使他想起基辅的岩窟。正像基辅的岩窟一样,这儿墙上也可以看到许多凹洞,里面停放着棺材;甚至有些地方简直还可以遇到因为潮湿而软化和碎成粉末的人的骸骨。显然,这儿也曾经有过一些圣者,同样也是为了逃避尘世的骚乱、悲哀和诱惑而隐遁的。有些地方潮湿得非常厉害,他们的脚有时完全浸在水里。安德烈不得不常常停步,让越来越疲倦的同伴休息一会儿。她吞下的一小块面包只能使她许久没有吃东西的肠胃感到疼痛,她常常有几分钟一动也不动地停留在一个地方,不能继续前进。

最后,在他们面前出现了一道狭小的铁门。"谢天谢地,咱们总算走到了。"鞑靼女人用微弱的声音说,举手想敲门,但却没有力气。安德烈替她使劲在门上敲了几下;随即发出一阵隆隆声,证明门背后是一大片空地。这隆隆声仿佛碰到几座高耸的拱门,把声音改变了。过了大约两分钟,只听得钥匙叮叮当当响着,仿佛有一个人从台阶上走下来了。终于门打开了;迎接他们的是一个修道僧,手里拿着钥匙和蜡烛,站在狭窄的台阶上。安德烈一看见天主教修道僧就不由自主地站住了,因为修道僧引起哥萨克强烈的夹杂着憎恨的蔑视,一般对待他们是比对待犹太人还要残酷的。修道僧看到这个查波罗什的哥萨克,也不由自主地倒退了几步,可是,鞑靼女人含含糊糊对他说了一句话,使他安心了。他给他们照着亮,在他们后面关上了门,引他们走上台阶,于是他们就走到修道院礼拜堂的高大昏暗的圆拱门下面来了。在陈设着高高的烛台和蜡烛的祭坛前面,一个神父跪着,静静地祈祷着。在他的附近,两个穿紫色斗篷、外披白色带花边的披肩、手捧香炉的年轻唱诗僧，也分跪在两边。他祈祷奇迹降临地上，祈祷城市得救，重振低落的士气，赐人以忍耐心，驱除唆使人对地上的不幸发出怨言和卑怯哭泣的诱惑者。几个幽灵一样的女人跪在地上，凭倚着放在她们面前的椅子的靠背和黑色的木凳，把她们疲惫乏力的脑袋完全伏在上面；几个男人紧靠着撑住两边圆拱门的圆柱和半露柱，也跪在地上。祭坛上端的花玻璃窗被早晨蔷薇色的曙光照耀着，向地上投出蓝的、黄的和其他颜色的光轮，蓦地把昏暗的礼拜堂照亮了。紧靠在里面的整个祭坛忽然变得光辉灿烂；香炉里的烟像绚烂的云彩一般飘浮在空中。安德烈从自己所处的暗角落里，看到阳光所造成的奇景，不禁惊奇得呆住了。在这时候，风琴庄严的吼声忽然充满了整个礼拜堂。这声音越来越深沉，扩大起来，变成了隆隆的雷鸣，然后蓦地又变成天上的乐章，宛如少女尖细的歌声，高高地浮荡在圆拱门下面，然后又变成深沉的吼声和雷鸣，静寂下去。雷样的轰鸣在圆拱门下面还拖着袅袅不绝的余韵，安德烈半张着嘴，惊叹地听着这庄严的音乐。

　　这时候，他觉得有人拉了一下他长裥的前襟。"该走啦！"鞑靼女人说。他们没有被任何人看见，穿过了礼拜堂，然后走到礼拜堂前面的广场上。朝霞早已染红了天空：一切迹象都宣告着太阳的升起。四方形的广场完全是空旷的；正中还遗留着小木桌，说明这儿也许仅仅在一星期之前还曾经是出售食品的市场。当时还没有铺平过的街路，简直像一堆干泥巴。环绕广场周围的是一些石砌的和土砌的小平房，墙上支着木桩和墙一般高的柱子，外面用木头的横梁交叉地连接在一起，当时居民一般都用这种样式建造房屋，也就是我们直到现在还能在立陶宛和波兰的某些地方看到的那种样式。

所有这些房屋几乎都盖着过分高的屋顶，上面有许多采光窗和通风口。在一边，几乎就在礼拜堂附近，有一幢完全不同于其他房屋的建筑物耸立得特别高一些，大概是市政厅或者某一个什么政府机关。它有两层楼，上面筑有一间有两道拱门的瞭望楼，那里站着一名哨兵；屋顶上还嵌着一面巨大的计时盘。广场似乎是死寂了，可是安德烈隐约听见一阵微弱的呻吟声。他仔细一看，发现在广场的另一边，有两三个人挤在一堆，几乎一动也不动地躺在地上。他更加留意地把视线凝注在上面，想看清楚他们到底是睡着了，还是死了，正在这时候，一件横在他脚边的什么东西把他绊了一下。这是一个女人的尸体，大概是一个犹太女人。她仿佛还很年轻，虽然从她变了相的、消瘦的面容上无法辨认出这一点来。她头上包着一块红绸头巾；珍珠或是玻璃珠分成两行装饰着她的耳朵套，两三绺长长的、波纹形的鬈发从耳朵套下面披散到她青筋突露的、干枯的颈脖上。她身旁躺着一个婴孩，一只手痉挛地抓紧她干瘪的乳房，因为吸不出奶汁，不由得发起火来，用手指头不断地拧它。他已经不哭不喊了，只是从他轻轻起伏的肚子上可以猜想他还没有死，或者至少是正预备吐最后一口气。他们转身走到了街上，忽然被一个疯狂的人拦住了，他看见安德烈背着宝贵的食物，就像猛虎似的向他扑过来，抓住他喊道："面包！"可是，那疯狂的人没有和那股疯劲儿相称的力量，安德烈把他一推，他就栽倒在地上了。在恻隐心的推动下，他扔给了他一块面包，那人像疯狗似的扑过去，放在嘴里大嚼起来，由于许久没有吃东西的缘故，立刻发作了可怕的痉挛，死在街上了。几乎每走一步，总有一些可怕的饥饿的牺牲者使他们大吃一惊。许多人似乎是在家里受不住折磨才特地跑到街上来,想看看会不会有什么补养力气的东西自天而降。一家人家的门口坐着一个老太婆,说不上她是睡着了,还是死了,再不然干脆只是茫然失神:至少,她是一点也听不见,一点也看不见,把头垂在胸前,一动也不动地老是坐在一个地方。在另外一幢房子的屋顶上,用绳索打着一个结,往下悬挂着一具直挺挺的、干瘦的尸体。这可怜虫不能自始至终挨受饥饿的痛苦,所以就情愿用自杀来加速自己的死亡。

看到这种触目惊心的饥荒的情况,安德烈再也忍不住不向鞑靼女人发问:

"难道他们一点也找不到东西来维持生存了吗?一个人如果走到了最后的绝路,那时候就没有办法,就是以前他所厌恶的东西,他也只能吃呀;他可以吃那些法律禁止吃的东西。那时候随便什么东西都可以被当作食品充饥的。"

"人们把一切东西都吃了,"鞑靼女人说,"把全部牲畜都吃光了。在整个城市里,你找不到一匹马,一条狗,甚至连一只老鼠也找不到了。咱们城里从来不贮藏什么粮食,一切都是从乡下运来的。"

"可是,你们面临残酷的死亡,怎么还一心一意想到守城呢?"

"是呀,总督也许早就想投降了,可是昨天早晨,驻在布让内的联队长放了一只传信的老鹰到城里来,叫不要把城交出去;说是他率领联队就要来增援,不过要等另外一个联队长一块儿来。现在人们随时都在盼望他们到来……可是,我们已经到家了。"

安德烈远远地就望见一幢房子和别的房屋很不相同,仿佛是某一个意大利建筑师造的。这幢房子有二层楼,是用好看的薄砖头砌成的。楼下的窗户镶嵌在高高凸出的花岗石飞檐下面。二楼完全由一些小拱门构成，这些拱门形成一条走廊；在这些拱门之间可以看到雕有纹章的栏杆。房屋四角也雕着纹章。室外宽阔的花砖台阶一直和广场相衔接。台阶下面一边各站着一个哨兵，他们神情如画地、对称地各用一只手扶着靠在他们身旁的戟，用另外一只手支着自己俯伏的头，这样一副模样，与其说是活人，倒不如说是两尊雕像更恰当。他们没有睡，也没有打盹，但似乎对一切都是麻木不仁的：他们甚至也没有注意到有什么人走到台阶上来了。走上了台阶，他们看见一个服装华丽、从头到脚全副武装的军人，手里捧着一本祈祷书。他想抬起困倦的眼睛来看他们，可是鞑靼女人对他说了一句话，他就又把眼睛落在祈祷书翻开的一页上去了。他们走进了第一间很宽大的房间，这是当作接待室，或者只是当作前厅用的。里面挤满着采取各种不同的姿势靠墙坐着的兵士、仆人、猎犬看管人、侍酒人，以及为显示波兰贵族（不但包括军人，并且也包括领地所有主）的地位所必不可少的其他侍仆。可以闻得到熄灭的蜡烛的油烟味。另外两支蜡烛还摆在房间正中的两只几乎有一人高的大烛台上燃烧着，虽然晨曦早已通过有栏杆的宽大窗户照进来了。安德烈正待一直走进那点缀着纹章和许多雕刻品的橡木门，可是鞑靼女人一把扯住他的袖子，指点他走旁边的一扇小门。他们从这扇门走进了一条回廊，然后又走进一间房间，他简直无法一眼把它看清楚。从百叶窗的缝隙里射进来的光线照亮了一些东西：紫红色的窗帘、镀金的窗楣和挂在墙上的画。走到这儿，鞑靼女人指点安德烈留下来，她就打开门，走到另外一间灯影闪耀的屋子里去了。他听到低语和轻柔的声音，这种声音使他全身都震动了。他从打开的门里看见一个端正匀称的女人的姿影怎样迅速地闪动着,一条厚实的长辫子盘绕在她向上举起的手臂上。鞑靼女人回来叫他进去。他不记得他是怎样走进去的,后面的门是怎样关上的。房间里燃烧着两支蜡烛;神像前面点着一盏灯;灯下面摆着一张高高的小桌子,按照天主教的习惯,附有祷告时下跪用的踏脚。可是,他的眼睛搜索的不是这个。他把头转向另外一边,看见了一个女人,她仿佛是在一种迅速的运动中凝结了,化为了顽石。她的整个姿态仿佛是要向他扑过来,但忽然停住了。他站在她面前,也惊奇得呆住了。他预期看见她不是这种样子:这不像是她,不像是他从前认识的那个女人;她身上没有任何一点东西酷似那个女人,但她现在却是比从前加倍地美丽和动人了。那时她身上还有一点什么未完成的、未臻美满的东西,现在她却是画家给加上了最后一笔的作品了。那时是一个迷人的、轻佻的姑娘;现在却是一个美女——一个千娇百媚的绝世佳人了。她往上抬起的眼睛里面表露着丰富的感情,不是感情的断片和暗示,而是全部的感情。眼泪在眼眶里还没有来得及干,弥漫着渗透灵魂的闪耀的湿气。胸、颈和双肩呈现出匀称的美丽的线条,这种线条是只有充分发展的美色才会具有的;她的头发从前卷成松松的鬈发披散在脸上,现在编成了一条浓密厚实的辫子,一部分向上梳起,另外一部分有手臂那么长的一段,拆散开来,那细而长的、弯曲得很美丽的头发一直垂到胸前。她的面貌似乎完全变得认不出来了。他竭力要在里面搜寻那些残留在他记忆中的特征,可是白费心机,一个特征也找不到!不管她的脸色多么苍白,但苍白也无法掩盖她的动人的美色;相反,似乎倒给美色添上了一种无法描摹的、不可抗拒的情趣。安德烈的心里产生了一种虔敬的恐惧之念，一动也不动地站在她的面前。她看到这个呈现出青春的男性全部美和力量的哥萨克，也大吃了一惊，他的四肢虽然不动，却仍然显示出奔放不羁的活力；他的眼睛焕发着清朗的刚毅之光，天鹅绒般的眉毛弯成勇敢的弧形，晒黑的双颊闪耀着青春之火的全部光辉，初生的黑胡髭光亮得像丝绸一样。

"不，我想不出用什么方法来酬谢你，宽宏大量的骑士，"她说，她的银铃样的嗓子发着抖，"只有上帝才能够酬谢你；我，一个软弱的女人，可办不到……"

她把眼睛低了下去；簇生着长长的、箭似的睫毛的眼睑，描出美丽的、洁白如雪的半圆形，覆盖在眼睛上面。她秀丽的脸完全弯倒了，一层薄薄的红晕笼罩了它。安德烈听了她的这番话，一句话也说不出来。他很想把心里的话都倾吐出来，说得像在心里所想的一样热烈，但他不能够。他觉得有什么东西塞住了他的嘴；话到嘴边却发不出声音。他感觉到这些话不是像他这样一个在神学校和东征西战的漂泊生活中教养起来的人所能够回答的，于是他就怨恨起自己的哥萨克天性来了。

这时候，鞑靼女人走进屋里来。她已经把骑士带来的面包和食物切成一片片，盛在金盘子里，放到小姐的面前。美人儿看看她，看看面包，又抬起眼睛看看安德烈，——这双眼睛里面包含着许多东西。这种说明她疲惫不堪、无力表达蕴积心中感情的脉脉含情的眼光，比所有一切言语都更容易为安德烈所了解。他心里忽然感到轻松起来；仿佛一切束缚都解脱了。以前仿佛套上笼头被抑制住的一切，现在都自由了，毫无拘束了，已经要化为滔滔不绝的言辞倾吐出来了。可是这

时候,美人儿忽然转向鞑靼女人,不安地问道:

"母亲呢?你给她送去了没有?"

"她睡了。"

"父亲呢?"

"送去了。他说他要亲自来向骑士道谢呢。"

她拿起一块面包,放到嘴边去。安德烈屏住了气息,只是望着她怎样用洁白光滑的手指撕碎它,然后吃掉;他忽然想起那个饿得发狂的人,吞吃了一块面包,当场就在他眼前断了气。他脸色发白,抓住她的手,喊道:

"够了!别吃啦!你许久没有吃东西,现在面包会把你噎死的。"

她立刻放开手,把面包放在盘子里,像听话的孩子一样,直望着他的眼睛。谁能试试用什么话把这种神情表达出来就好了!……可是不管是雕刻刀也好,画笔也好,强有力的言语也好,都无法表达有时浮露在少女的眼光中的东西,更不可能表达看到少女这种眼光的人那种激动的感情。

"女王啊!"安德烈喊,心里充满着真挚的、诚恳的感情,"你需要什么?你愿望什么?吩咐我吧!只要是这世界上能有的,你把随便什么艰难的任务交给我去办吧,我立刻就跑去完成它!叫我去做没有任何一个人能做的事,我一定为你去做,就是毁灭自己也在所不惜。我要毁灭,我要毁灭!凭圣十字架发誓,为你牺牲自己,在我是十分甜蜜的……可是我没法把我的意思说出来!我有三个庄园,我父亲的马群一半是我的,我母亲作为陪嫁带来给父亲的一切,甚至她瞒着他积蓄起来的一切,——一切都是我的。现在在咱们哥萨克中间,任何人都没有像我这样的武器:仅仅为了换我的马刀的柄,人家肯给我最好的马群和三千只绵羊。可是只要你说一句话,或者只要你动一动纤细的黑眉毛,我就情愿把这一切统统放弃,丢开,抛开,烧毁,淹没!可是我知道,也许,我说的全是蠢话,说得太冒昧,这一切在这儿都是不适合的,像我这样在神学校和查波罗什生活过来的人,是不能像国王、公爵和高贵的骑士们通常那样说话的。我看出你是和我们大家不同的神的创造物,一切其余的贵妇和闺秀都远不如你。我们连做你的奴隶都不配;只有天使才能够侍候你。"

少女怀着越来越增大的惊奇,不肯漏掉一个字,全神贯注地倾听这坦率的、真挚的话,这一段话像一面镜子一样,把年轻的、充满力量的灵魂反映了出来。这段话用从心底迸出的声音说出来,每一个简单的字都蕴蓄着无穷的力量。她美丽的脸向前伸出,她把恼人的头发往后一甩,张开了嘴,就这样坐了许久。然后她想说些什么,忽然又停住了,想起这个骑士负有别的使命,他的父、兄和整个祖国像一个严峻的复仇者一般站在他的背后,这些围城的查波罗什人是可怕的,他们大家和这城市一起必然要遭到残酷的死亡……于是她的眼睛忽然充满了眼泪;她迅速地拿起一方丝绣的手帕,覆在自己的脸上,一会儿它就湿透了;长久地坐着,美丽的脑袋仰在后面,雪白的牙齿咬着艳丽的下唇——好像蓦地感觉到被毒蛇咬了一口一样——不肯把手帕从脸上移开,为的是不让他看到她蚀骨的忧伤。

"对我说一句话吧!"安德烈说,握住她滑如绫罗一般的手。一接触到这只手,就有一股熊熊的烈火通过他的血管,他握紧了那只毫无感觉地放在他手掌中的手。

可是她沉默不语,不把手帕从脸上移开,仍旧一动也不动。

"你为什么这样悲伤？告诉我,你为什么这样悲伤？"

她从脸上揭开了手帕,把披垂到眼睛上的长长的辫发往旁边一掠,接着用低微的声音说出一段凄婉悱恻的话来,这声音正像在美丽的黄昏吹起一阵微风,忽然扫过溪边茂密的芦苇一样:沙沙发响,喃喃低语,忽然传出凄凉而细弱的声音,旅人怀着不可思议的惆怅止步细听,没有注意到黄昏正在消逝,也没有听到做完农事和收割后回家去的人们欢乐的歌声,和远处什么地方驶过的大车的辚辚声。

"难道我不应该发出无休止的怨诉吗？生我到世上来的母亲不是非常不幸吗？我的命不是很苦吗？我的凶恶的命运呀,你不是我的残酷的刽子手吗？你叫所有的人都跪倒在我的脚边:全体波兰贵族中间的最优秀的贵族,最富裕的地主、伯爵,外国的男爵以及我们骑士阶级中间最精华的部分。他们大家都巴不得要爱我,每一个人都把我的爱认作是莫大的幸福。只要我一招手,他们中间的随便哪一个,脸长得最漂亮的、家世最高贵的,都会做我的丈夫。可是我的凶恶的命运呀,你不能使我的心爱上他们中间的任何一个;却只能使我的心,越过我国的优秀的勇士,去爱上一个异邦人,我们的敌人。圣洁的圣母啊,你为了什么缘故,为了什么罪过,为了什么重大的罪行,这样毫不容情地、无慈悲地迫害我呢？我一直过着养尊处优的生活,美酒佳肴是我的日常食品。可是这一切引来什么结果呢？这一切是为了什么呢？是为了最后遭遇到波兰国内连乞丐都不会遭遇的残酷的死亡。我注定要面临这样可怕的命运:我在临终之前必须看到父亲和母亲怎样在难以忍受的折磨中死去,而为了拯救他们,我是不惜牺牲我的生命的；可是这一切都还不够，我还必须在临终之前看到我从来没有看到过的爱情，听到我从来没有听到过的言语。必须让他用言辞来把我的心撕成碎片，让我痛苦的宿命变得更加痛苦，让我年轻的生命对于我变得更加悲惨，让我的死在我显得是更加可怕，让我在垂死的时候还要多责备你几句，我的凶恶的命运啊，还有你——请饶恕我的罪过——圣洁的圣母啊！"

当她的声音停息的时候，一种深深绝望的感情反映在她的脸上。脸上每一个特征都说明她是笼罩在蚀骨的哀愁之中，从悲伤地低垂着的额和俯伏着的眼睛，直到在微微发热的双颊上冻结和干涸的眼泪，一切仿佛都在说："这脸上没有幸福！"

"世界上从来不曾听说过有这种事情，这是不可能的，不会发生的，"安德烈说，"一个最美丽、最优秀的女人竟遭遇到这样痛苦的命运，虽然按说她生下地来，应该是要让世界上所有最优秀的人都拜倒在她的面前，像拜倒在圣物前面一样。不，你不会死！你不应该死！用我的诞生和世上我所感觉可爱的一切东西发誓，你不会死！如果结局非死不可，而且无论用什么东西——力量也罢，祈祷也罢，勇敢也罢——都无法把痛苦的命运挽救过来，那么就让我们一起去死，让我先死，死在你的面前，死在你美丽的膝前，就是死了也不能把我们俩拆散。"

"别欺骗自己和我吧，骑士，"她轻轻摇着她美丽的头，说，"我知道，最可悲哀的是我知道得太清楚，你是不可能爱我的；并且我知道，你有着怎样的责任和约束：你的父亲、伙伴、祖国在召唤你，何况我们又是你的敌人。"

"父亲、伙伴和祖国对我算得了什么呢？"安德烈迅速地摇摆了一下头,像岸边的白杨一样挺直了身子,说,"既然到了这种地步,那么我就把实话告诉你:我觉得亲近的没有一个人!没有一个人,没有一个人!"他用这样一种声音重复说,又伴随着这样一种手势动作,一个敏捷的、坚强不屈的哥萨克表示决心要干一件别人觉得是闻所未闻的、不可能的事情时都是这样做的。"谁说我的祖国是乌克兰?谁把它给我做祖国的?所谓祖国,是我们灵魂所渴望的东西,是我们觉得比一切都可爱的东西。我的祖国就是你!你就是我的祖国!我把这祖国保存在我的心里,只要我活着,我就要保存它,我看哪一个哥萨克能把它夺去!我要为了这样的祖国交出、献出、毁掉所有的一切!"

她刹那间呆住了,像一尊美丽的雕像似的,直对他的眼睛望着,忽然抽抽噎噎哭了起来,她以一种只有专为美丽的真情生到世上来的、慷慨大度而且不计较小节的女人才会有的、奇妙的女性激情,往他的脖子上扑过来,用雪白的、美丽的胳膊抱住他,哭了起来。这时候,街上传来了一片模糊的叫喊声,里面还夹杂着喇叭和罐鼓的声音。可是他没有听见这些声音。他只感觉到神妙的嘴唇吹来又香又暖的呼吸,眼泪像小河一般流到他的脸上,头上披下来的芳香的头发像黑而亮的丝线一样把他缠住了。

这时候,鞑靼女人发出快乐的叫声,跑到他们身边。

"得救了,得救了!"她失魂落魄地喊,"我们的人进城了,带来了面包、小米、面粉和俘虏的查波罗什人。"

可是他们俩谁都没有听见是什么样的"我们的人"进了城,带来了什么东西,俘虏了什么查波罗什人。安德烈充满着世间从来没有领略过的感情,吻了贴到他脸上的芳香的嘴唇,并且那芳香的嘴唇也不是没有反应的。对方同样热烈地反应了,在这互相交融的接吻中感觉到了一个人在一生中只能感觉一次的东西。

于是哥萨克毁灭了!对于整个哥萨克骑士精神说来是永远消失了!他再也看不见查波罗什地区、父亲的庄园和上帝的教堂!乌克兰也再也看不见自己那个保家卫国的最勇敢的儿子了。老塔拉斯将从自己的头上扯下一绺白发,诅咒养出这样的儿子给自己遗臭的日子和时辰。

七

查波罗什军营里发生了喧哗和动乱。起初谁也说不清援军怎么会进城的。后来才知道布置在侧面城门前面的整个彼烈雅斯拉夫支营队的人都喝得烂醉如泥,因此,这是毫不足怪的,一半人被杀死,另外一半人在弄清楚怎么一回事之前已经束手被擒。等到邻近的几个支营队被喧哗声惊醒,拿起武器的时候,援军已经进了城,殿后的队伍向乱糟糟追上来的睡眼惺忪、半醉的查波罗什人进行着掩护射击。团长下令叫大家集合起来,当大家站成一圈,脱了帽子,声音停息下来的时候,他说道:

"弟兄们,这就是昨天夜里发生的事情。喝酒给咱们带来了多少灾害!敌人使咱们受到了怎样的耻辱!我们显然已经养成这样的习惯:如果把酒的定量增加一倍,你们就预备喝得人事不知,基督教军队的敌人不但要剥掉你们的裤子,就是朝你们脸上打喷嚏,你们也还不知道哩。"

哥萨克都垂头站着,自知有罪;只有一个聂扎玛伊诺夫支营队的队长库库卞科答话了。

"等一等,老爹!"他说,"虽然团长向全军训话的时候,答辩是军规所不许的,可是事实不是这样,所以必须说明一下。你责备整个基督教军队,不完全是公正的。哥萨克如果在行军的时候,战争的时候,进行艰难繁重的工作的时候喝得酩酊大醉,那是有罪的,应该处死的。可是现在我们没有事做,白费时间,在城下瞎溜达。我们不吃斋,也不守其他基督教的禁忌,怎么能叫一个人成天干耗着,不喝个痛快呢?这不算是什么罪过。咱们最好还是给他们点厉害瞧瞧,让他们知道袭击无辜的人会得到什么报应。过去咱们打得好,现在更要打得他们爬不回老家。"

支营队长的这一番话使哥萨克们很满意。他们把完全垂倒的头稍微抬起了一些,许多人赞许地点着头,说:"库库卞科讲得对!"离团长不远站着的塔拉斯·布尔巴说:

"怎么样,团长,库库卞科说得不错吧?你对这一点有什么话说?"

"我有什么话说?我说:养出这个好儿子来的父亲应该得到幸福!光埋怨还算不得是大智大慧,大智大慧应该是说出这样的一些话来,不给人泼冷水,反而会鼓励他,增添他的勇气,正像给马饮水,使它精神振作起来,再用马刺去增添它的勇气一样。我接着也想对你们说几句安慰的话,不过库库卞科抢在我头里先说了。"

"团长讲得也对!"查波罗什人的队伍中间有人喊。"这是实在话!"另外一些人重复说。连那些像淡灰色的鸽子一般站着的白发老人也直点头,捻着白胡子,低声地说:"至理名言哪!"

"听着,老乡们!"团长接着往下说,"攻占要塞,攀登城墙,或是在地下挖掘坑道,像外国技师,德国技师那种做法,是不体面的——见他妈要塞的鬼吧!——也不是咱们哥萨克应该干的事。照目前的情况推测起来,敌人进城时没有带许多存粮,他们的大车也不多。城里的人在挨饿;因此,他们准会一下子把所有的东西都吃光,马也准会把所有的草料都啃光的……我不知道会不会有一个圣灵用叉子叉些什么东西,从天空里扔给他们……不过这只有老天爷知道了;他们的天主教僧侣们都是只会说空话的。不管怎么样,反正他们迟早总要出城。全军分成三部分,面对三个城门,分驻在三条大路上。在正门前面驻五个支营队,在其他两个城门前面各驻三个支营队。佳季基夫和柯尔宋支营队打埋伏!塔拉斯联队长率领自己的联队打埋伏!狄塔烈夫和狄莫谢夫支营队在辎重车的右翼做掩护!谢尔宾诺夫和上斯捷勃里基夫支营队在左翼做掩护!再从队伍里挑选一些伶牙俐齿的年轻人去向敌人骂阵!波兰人都是些头脑简单的人,他们受不住辱骂,说不定今天就会出城来的。支营队长们,你们每一个人要检点一下自己的支营队,要是人数不足,就调彼烈雅斯拉夫支营队的残部去补充。大家重新再检点一下!给每一个哥萨克一杯酒,一块面包。不过,昨天吃了个饱,大家现在一定还觉得胀得慌呢,说实话,大伙儿那么狼吞虎咽,我奇怪怎么昨天夜里没有人胀破肚子。这儿还有一道命令:要是哪一个犹太酒贩子卖给哥萨克一大杯白酒,我就要把这臭猪打得耳朵鼻子都挤到一块儿,我要把他脚朝天吊起来!动手干吧,弟兄们!动手干吧!"

　　团长这样下了命令,大家对他深施一礼,不戴上帽子,就各自回到辎重车旁边和军营里去了,等到走远了,然后才把帽子戴在头上。大家开始准备起来:试试马刀和两刃刀,从口袋里把火药倒进火药筒,把辎重车拉出来,安排齐整,把精壮的马匹挑选出来。

塔拉斯一边向自己的联队走去,一边寻思着,可是到底琢磨不透安德烈躲到哪儿去了。他是不是和别人一起被俘虏了,在睡梦中被捆绑了起来?可是不会的,安德烈不是活着会被俘虏去的人。在被击毙的哥萨克中间也没有看到他。塔拉斯出神地深思着,一直走到联队前面,却没有听到早就有一个人在呼唤他的名字。

"谁找我?"他终于清醒过来,说。

站在他面前的是犹太人杨凯尔。

"联队长老爷,联队长老爷!"犹太人用急促的、断断续续的声音说,仿佛要宣布一件不是完全无益的事情似的,"我到城里去过,联队长老爷!"

塔拉斯只顾端详着犹太人,纳闷他怎么这么快已经到城里去过一趟回来了。

"是一个什么样的敌人把你带到城里去的呢?"

"我这就告诉您,"杨凯尔说,"天亮时我一听见人声喧嚷,哥萨克们开了枪,我就抓起一件衣裥,来不及穿上,撒开腿就往那儿跑去,走到半道上才算把手伸进了袖子,因为我想尽快知道为什么喧嚷,为什么天蒙蒙亮哥萨克们就开枪。我一口气跑到城门边,这时候最后一批军队刚刚进了城。我一瞧呀,——走在部队前面的是旗手加良陀维奇老爷。他是我的老相好:三年前他借过我一百块金洋。我跟着他,神气好像是向他要债似的,这样就跟他们一起进了城。"

"你怎么居然进了城,还想向他要债?"布尔巴说,"他没有叫人当场把你像条狗似的吊死吗?"

"啊,真的,他真想把我吊死呢,"犹太人答道,"他的仆人们已经一把把我抓住,绳索套在我的脖子上,可是我哀求那位老爷说,随便老爷愿意多咱还那笔债,我就等到多咱再来取,并且还答应再借给他一笔钱,只要他能帮我讨还别的骑士们的债款,因为在那位骑手老爷的口袋里呀——我全都告诉您老爷吧——连一块金洋也没有。虽然他有村子、花园、四座城堡和一直展延到希克洛夫为止的一大片草原领地,可是他和哥萨克一样,身上连一文钱也没有,什么都没有。现在,要不是勒勒斯劳①的犹太人出钱把他武装起来,那么,他就成了一个光杆,也不能出来打仗了。所以,议会里也没有他的份儿呀……"

"你在城里干了些什么?看见了我们的人没有?"

"那还用说!我们的人,那儿多得很:伊次卡、拉胡、萨穆洛、哈瓦洛赫、那个出租土地的犹太人……"

"滚他们的蛋,这些狗东西!"塔拉斯生起气来,叫道,"干吗尽拿你们犹太族来跟我蘑菇个没完!我是问你看见了我们的查波罗什人没有?"

"我们的查波罗什人我可没有看见。我只看见了安德烈老爷。"

"看见了安德烈!"布尔巴叫道,"你怎么说?你在哪儿看见了他?在地窖里?在监狱里?受到了污辱?被捆绑了起来?"

---

① 普鲁士的一个地方。

"谁敢捆绑安德烈老爷?现在他是这样一位重要的骑士……达里布格①,乍一看我简直认不出来了!肩饰是金的,套袖是金的,护心镜是金的,帽子是金的,腰带是金的,处处都是金的,一切都是金的。正像到了春天,太阳放射着光芒,各种鸟儿在菜园里啁啾,歌唱,青草散发香味,他也正是这样浑身闪耀着金光。总督还给了他一匹顶好的马;光是这匹马就要值两百块金洋。"

布尔巴呆住了。

"他为什么穿外国服装?"

"因为质料好,所以他才穿呀……他骑马,别人也骑马,他教人家,人家也教他。真像是一位顶阔气的波兰老爷!"

"谁强迫他这么干的?"

"我没有说谁强迫过他。难道老爷不知道他是自愿投到他们那边去的?"

"谁投过去?"

"安德烈老爷呀。"

"投到哪儿去了?"

"投到他们那边去了呀,他现在已经完全是他们的人了。"

"你撒谎,臭猪!"

"我怎么会撒谎?难道我是傻瓜,敢在您面前撒谎?我连脑袋都不要了,敢撒谎?我难道不知道,一个犹太人要是胆敢在老爷面前撒谎,就要把他像条狗似的吊起来?"

"那么,依你说,他是出卖了祖国和信仰吗?"

---

① 犹太语,"确实"的音译。

"我没有说他出卖了什么:我只是说,他投到他们那边去了。"

"你撒谎,鬼犹太!基督教的国土上不会发生这种事情的!你搞糊涂了,狗东西!"

"我要是搞糊涂了,就让青草长满在我家的门槛上!让每一个人都向我父亲的、母亲的、舅舅的、我父亲的父亲的和母亲的父亲的坟上啐唾沫!要是老爷愿意知道,我甚至还可以告诉您他为什么投到他们那边去。"

"为什么?"

"总督有一个美丽的女儿。老天爷,她长得多么美啊!"

说到这儿,犹太人叉开胳膊,挤眼咧嘴,像在尝什么滋味似的,尽可能要在自己的脸上描摹出她的美貌。

"那又怎么样呢?"

"他为她尽了一切的力,所以就投奔过去了。一个人要是被爱情缠住了,那就跟鞋底一样,你把它浸在水里,拿出来,一拗就拗弯了。"

布尔巴出神地深思起来。他想起柔弱的女人拥有多么大的权力,曾经毁灭过多少强有力的男人,从这方面看起来,安德烈的天性是容易屈服的;于是他像生了根一样,在同一个地方伫立了许久。

"听着,老爷,我要把一切都告诉老爷,"犹太人说,"我一听见人声喧嚷,看见军队开进城里去,我就随身带了一串珍珠出走,以便必要时可以卖掉它,因为城里有美女和贵妇人,这时候我就对自己说啦:既然城里有美女和贵妇人,事情就好办啦,她们即使没有吃的,珍珠可终究还是要买的。旗手的仆人刚刚把我放了,我就直奔总督府去贩卖珍珠,从鞑靼女仆的嘴里打听到了一切。'只等把查波罗什人赶跑,马上就要举行婚礼。安德烈老爷答应要把查波罗什人赶跑。'"

"你没有当场把这鬼杂种打死吗?"布尔巴叫道。

"干吗要打死他?他是自愿投奔过去的。这样的人有什么罪过?他在那边过得好些,所以他就投奔到那边去了。"

"你看见过他本人?"

"真的,看见过他本人!这样一位威风凛凛的军人!比所有的人都漂亮。上帝祝福他,他立刻就把我认出来了;当我走到他跟前的时候,他立刻就对我说……"

"他说什么?"

"他说,——先把手指头摇了摇,接着就说啦:'杨凯尔!'轮到我呢,'安德烈老爷!'我这样回答他。'杨凯尔!你去对父亲说,对哥哥说,对哥萨克们说,对查波罗什人说,对所有的人说,现在父亲不是我的父亲了,哥哥不是我的哥哥了,伙伴不是我的伙伴了,我要跟他们所有的人打仗。我要跟所有的人打仗!'"

"你撒谎,鬼犹大①!"塔拉斯大发雷霆地喊起来,"你撒谎,狗东西!连基督都被你钉上了十字架,你这被上帝诅咒的人!我要打死你,恶魔!给我滚开,要不然,马上就要你的命!"说完,塔拉斯拔出了自己的马刀。

失魂落魄的犹太人,尽他两条细而瘦的腿能够有的速度,立刻飞快地跑掉了。他头也不回,在哥萨克的军营中间还跑了许久,后来就远远地跑到一片空旷的原野上去了,虽然塔拉斯压根儿没有来追他,因为想到迁怒于人未免是不合情理的。

---

① 据《新约全书》,犹大是出卖耶稣的叛徒。后来犹大成为叛徒的同义语。

现在他想起昨天夜里曾看见安德烈和一个女人在军营旁边走过,他白发的头就往下垂倒了,可是他还是不相信居然会发生这种可耻的事情,他的亲生儿子会把信仰和灵魂出卖。

最后他率领自己的联队去打埋伏,和他们一起躲藏在还没有被哥萨克烧掉的唯一的一片森林后面。同时,查波罗什人,包括步兵和骑兵,经由三条大路,向三个城门进发了。支营队一队接一队拥过去,乌曼支营队、波波维切夫支营队、卡涅夫支营队、斯捷勃里基夫支营队、聂扎玛伊诺夫支营队、古尔古慈支营队、狄塔烈夫支营队、狄莫谢夫支营队。只有一个彼烈雅斯拉夫支营队没有出动。这个支营队的哥萨克们喝得沉醉不醒,就此断送了自己的生命。有的醒来时已经被擒于敌人之手,有的压根儿没有醒,糊里糊涂就消逝到潮湿的泥土里去了,队长赫里勃本人没有穿灯笼裤和外衣,就出现在波兰人的军营里。

城里的人听见了哥萨克军出动的声音。大家都拥到土城上来,于是在哥萨克们眼前就展开了一幅鲜明生动的图画:波兰勇士们一个更比一个俊美,站在土城上。插有天鹅似的白羽毛的铜盔,像太阳一般闪耀着。另外一些人戴着顶向一边斜叠的粉红色和蓝色的便帽;长褂有着向后翻起的袖子,是用金丝线缝成,或者干脆是用绦带镶边的;他们的马刀和武器镶嵌着贵重的珠宝,老爷们为这些东西付出过很大的代价,此外,还有其他各种装饰品。布庄诺夫联队的联队长戴着绣金边的红帽子,傲然地站在前面。联队长像一个庞然大物,比所有的人都高,都胖,宽大的、贵重的长褂勉勉强强裹住他的身子。在另外一边,几乎在边门附近,站着另外一个联队长,这是一个干瘦的矮个儿;但一双小而锐利的眼睛,却在浓密的眉毛下面灵活地望着,他忽东忽西迅速地走动,用细而枯瘦的手敏捷地指点着,发布着命令:可以看出,他虽然个子矮小,却很熟悉战术。离他不远,站着一个挺高挺高的旗手,他生着浓密的胡子,并且脸上似乎永远是红堂堂的。这位老爷爱好的是强烈的蜜酒和热闹的宴会。跟在他们后面的有许多各种各样的波兰绅士,有的自己花钱,有的挪用皇家财库,有的把祖先城堡中所有一切东西抵押给犹太人,借了钱来武装自己。也有不少元老院议员家中的食客,元老院议员们召他们去赴宴,以壮观瞻,他们却从桌子上和食器橱里把银杯偷走,等到当天的荣耀一过,第二天他们又坐在驭者台上,给某一位老爷赶马车了。那儿,各种各样的人全有。他们平时连一杯淡酒也喝不起,可是一到战时,大家都打扮得漂漂亮亮的了。

　　哥萨克的队伍静悄悄地站在城墙前面。他们任何一个身上都没有黄金的装饰,只有马刀柄上和步枪上的镶嵌物才闪露一些金光。哥萨克们不喜欢在打仗时穿得富丽堂皇;他们只穿简单的锁子甲和长褂,他们的红顶黑羊皮帽子老远地就在一阵黑一阵红地闪动着了。

　　两个哥萨克从查波罗什人的队伍里骑马走出来:一个还非常年轻,另外一个比较老,两个人都是伶牙俐齿、动起手来也毫不示弱的哥萨克:奥赫烈姆·纳希和梅格塔·果洛柯贝简科。跟在他们后面,杰米德·波波维奇也骑马走出来了,这是一个矮胖的哥萨克,已经在谢奇待过许多年,曾参加出征亚德良诺波尔之役,一生中遭受过千辛万苦;他被火焰烧坏了,留着焦黑的脑袋和烧断的胡子跑到谢奇来。可是波波维奇重新又养胖了,耳朵后面冒出了头发,生出了浓密的树胶一般黑的胡子。波波维奇也是说刻薄话的能手。

"啊,你们全军穿起了漂亮的暖袄,我倒想知道你们打仗漂亮不漂亮?"

"这就给你们厉害瞧!"那个强壮结实的联队长在城上喊,"我要把你们全都捆起来!奴才,把步枪和马匹交出来吧。你们看见了我怎样捆你们的人没有?把查波罗什人带上城来给他们瞧瞧!"

于是有人就把绳捆索绑着的查波罗什人带上城来了。站在最前面的是支营队长赫里勃,没有穿灯笼裤和外衣,因为是在酩酊大醉时被抓到的。队长因为在自己人面前赤身裸体,睡梦中像狗似的成了俘虏,所以羞愧得无地自容,把头往下垂倒了。一夜之间,他的头发全白了。

"别难过,赫里勃!我们会来救你!"哥萨克们在城下向他喊。

"别难过,朋友!"支营队长鲍罗达推喊道,"赤身露体抓到你,这不是你的过错。每一个人都会遭到灾难的;可是,不把你的裸体好好地遮盖起来,拿你来示众,这种人才叫不识羞哩!"

"你们的军队大概只会对睡着的人逞威风吧!"果洛柯贝简科望着城墙说。

"等着吧,我们要剪掉你们的额发!"人们从城上向他们喊。

"我倒想看看他们怎样剪掉我们的额发!"波波维奇骑在马上,在他们面前转过身来说。然后望着自己人,继续说下去:"对呀!也许波兰人说得对。要是让那个大肚子率领他们打仗,他们就会找到一个很好的防御物啦。"

"你为什么认为他们会找到一个很好的防御物呢?"哥萨

克们说,知道波波维奇一定预备要说出什么俏皮话来了。

"那是因为全体军队都可以躲在他背后,隔着他的肚子,你随便怎么样也不能用标枪刺到人呀!"

哥萨克们大伙儿都乐了。许多人许久还摇着头,说:"波波维奇真行!他要是挖苦什么人,那可真是……"不过,到底"真是"什么,哥萨克们没有说出来。

"往后退,快从城下往后退!"团长喊道。因为波兰人仿佛再也受不住这些挖苦的话,联队长在挥手下命令了。

哥萨克们刚一让开,城上就射下来一连串的霰弹。城头上许多人奔跑着,白发苍苍的总督也骑着马出现了。城开了,军队冲出来了。最先是一队穿绣衣的骠骑兵并辔前进。跟在他们后面的是穿锁子甲的兵,然后是手持长矛的甲胄兵,再后是戴铜盔的兵,再后是一些上流绅士单独地跃马而行,每人按照自己的趣味穿着各色服装。骄傲的绅士们不愿意和别人一起编在队伍里,凡是不属于任何队伍的人,就独自一人带着自己的仆人骑着马走。然后又是队伍,他们后面是旗手;旗手后面又是队伍,那个身强力壮的联队长骑着马;而殿在全军之后的,是那个矮个子联队长骑在马上。

"别让他们列成纵队!"团长喊道,"全军一齐向他们出击!放弃其余的城门!狄塔烈夫支营队从侧面进攻!佳季基夫支营队从另外一个侧面进攻!向后方出击,库库下科和巴雷伏达!扰乱他们,扰乱他们,打他们个落花流水!"

于是哥萨克们从四面八方攻上去,把他们打得首尾不能相顾,并且连自己的阵势也打乱了;甚至没有让敌人有时间开枪,立刻就用刀和长矛干了起来。大家扭作一堆,每一个人都有机会来显一下身手。杰米德·波波维奇刺死了三个兵,把两个上流绅士打下马来,说:"多么好的马啊!我早就想弄到几匹这样的马了!"他把马远远地赶到原野上去,叫站在那边的几个哥萨克截住它们。然后他又冲到人堆里去,重新找到那两个被他打下马来的绅士,打死了一个,用套索套住另外一个的脖子,把他缚在马鞍上,从那人身上取下一把附有贵重的柄的马刀,又从他的腰带上解下一个装满金币的钱袋,然后拖着他跑过整个原野。柯比塔,一个还很年轻的好哥萨克,也跟波兰军队中一个顶勇敢的人打起来了,他们厮杀了许久,终于徒手肉搏起来。哥萨克就快要制胜,已经把对方按倒在地上,用锐利的土耳其制短刀刺进他的胸膛,可是自己也没有提防背后有人暗算,立刻有一颗火热的子弹射中了他的太阳穴。打死他的是波兰绅士中最有名望的,是一个最漂亮的、出身旧王族阀阅的骑士。他像一棵秀挺的白杨,昂然骑在一匹暗褐色的马上。他已经立过无数次豪勇无双的战功。他把两个查波罗什人劈成两半;把一个好哥萨克菲约陀尔·柯尔查连人带马一起翻倒在地上,然后对马开了一枪,用长矛刺死了马后面的哥萨克;斫掉了许多人的脑袋和胳膊,又一枪打中柯比塔的太阳穴,使他倒下了。

"我真想跟这个家伙较量较量呢!"聂扎玛伊诺夫支营队的队长库库卜科喊道。他把马一夹,就直向那波兰绅士的背后飞驰过去,大喝了一声,使所有站在附近的人听到这种非人间的喊叫都吓得浑身战栗起来。波兰人想突然拨转马头,迎上前去;可是马不听他的使唤,被可怕的喊叫吓昏了,向斜刺里蹿过去,接着库库卜科就一枪打倒了他,一颗火热的子弹穿进他的肩胛骨,他从马上滚了下来。可是即使到了这当口,波兰人也还是顽强不屈,他还想给敌人一击,然而他的手没有力气了,一松手,马刀掉落在地上。库库下科双手举起沉重的两刃刀,径直劈进那两片苍白的嘴唇中间。两刃刀打落了两只白糖般洁白的牙齿,把舌头切成两半,刀尖从咽喉骨穿通过去,一直深深地插进了土里。这样就永远把他钉在潮湿的地上了。像河边的蔓越橘般殷红的高贵的贵族的血,像泉水般向上迸溅出来,染红了他整件绣着金花的黄色战袍。库库下科抛开了他,率领自己的聂扎玛伊诺夫支营队又杀到另外一堆人群里去了。

"哎呀,把这么贵重的一身服装原封不动地扔下了!"乌曼支营队的队长鲍罗达推离开自己的队伍,骑马走到被库库下科杀死的那个波兰绅士躺着的地方,说:"我亲手杀死了七个波兰绅士,可还没有看见有谁穿过这样好的服装。"

于是鲍罗达推被贪欲迷惑住了:他弯下身去脱掉那人的贵重的甲胄,已经摘下了一把镶嵌着天然色宝石的土耳其制短刀,从腰带上解下装满金币的钱袋,从怀里取出一只装有精致的衬衣、贵重的银饰和小心珍藏留作纪念的少女鬈发的提包。鲍罗达推没有发觉一个红鼻子旗手从他背后偷袭过来,这个旗手曾经两次被他打下马来,并且挨了永远不会忘记的沉重的一击。这人这一次憋足了劲,抡起马刀,一下砍在他的弯倒的脖子上。贪婪不会给哥萨克带来好处:坚强的头颅不翼而飞,无头尸横卧在地上,鲜血溅满了远近的土地。严峻的哥萨克灵魂往高空飞去了,他愠怒着,抱恨着,同时奇怪这么快他就会飞离了这样壮健的身体。旗手没有来得及抓住队长的额发,把脑袋缚在马鞍上,严峻的复仇者已经飞马赶到了。

好像一只浮游在空中的鹰,拍击强有力的双翼,飞翔了几圈之后,忽然平展翅膀停留在一个地方,然后像一支箭似的扑向路旁啼啭着的鹌鹑,——塔拉斯的儿子奥斯达普便是这样突然扑向旗手,用绳索一下子套住了他的脖子。当残酷的绞索抽紧旗手的咽喉的时候,他的红脸蛋涨得更加发紫;他想拔出手枪来射击,可是痉挛地抖动着的手再也不能瞄准,子弹白白地飞到原野上去了。奥斯达普立刻从旗手的马鞍上解下他带在身边预备捆俘虏用的丝带,就用他的这根丝带捆住了他的手和脚,把丝带的一端系在马鞍上,拖着他跑过原野,同时大声招呼乌曼支营队的哥萨克们一起来向队长致最后的敬意。

乌曼人一听说他们支营队的队长鲍罗达推已经不在人世,就离开了战场,跑来收殓他的尸体;并且立刻商议选举谁当队长。终于有人说:

"还有什么可商议的呢?除了布尔巴的儿子奥斯达普,再也找不出更适当的人当咱们的队长了。不错,他比我们大伙儿都年轻,可是他的智慧并不比一个老爷爷差。"

奥斯达普脱了帽子,感谢所有的哥萨克伙伴赐给他光荣,不把年轻和见陋识浅作为托词来推卸责任,因为知道这是在战时,现在可不能有这些讲究,立刻就率领他们杀入重围,让大家知道,选举他当队长不是徒劳无益的。波兰人感觉到形势对自己太不利,就向后撤退,跑过原野去,以便在原野的另外一头再集合起来。同时,那个矮个子联队长向单独配置在城门口的四百名精锐的掩护部队一挥手,那边就向哥萨克的人堆里射过来一连串的霰弹。可是很少有人被打中:子弹都射到睁着惊奇的眼睛眺望这场战争的哥萨克军的牛群里去了。受了惊吓的牛吼叫着,转身向哥萨克军营奔去,冲坏了车辆,又踩伤了许多人。可是塔拉斯这时候率领自己的联队从埋伏的地点跳出来,大喝一声,直扑了上去。整个疯狂的牛群被叫声吓坏了,转过身来又往回奔,冲到波兰军队里去,把骑兵冲得人仰马翻,把全军扰乱了,冲散了。

"噢,谢谢你们,牛啊!"查波罗什人喊道,"你们一向协助行军,现在又来为作战效劳!"接着,他们就鼓足一股新的劲儿向敌人进攻了。

这一仗歼灭了许多敌人。许多人立下了功勋:美捷里甲、希洛、两个贝萨连科、伏符土旬科,还有不少别的人。波兰人看见事情不妙,赶紧丢掉了军旗,喊叫赶快开城。钉铁皮的城门轧拉一声打开了,一群困惫不堪满脸风尘的骑士冲了进去,像绵羊拥进羊圈一样。许多查波罗什人正想追赶上去,可是奥斯达普叫住了部下的乌曼人,说:"弟兄们,离开城墙站远一些,站远一些!挨近城墙可不行呀!"他说对了,因为城墙上的敌人把随手抓到的一切东西劈头盖脑扔下来,许多人都被打中了。这时候团长骑马走来,夸赞奥斯达普说:"这是个新队长,可是带兵打仗倒像是个老资格呢!"老布尔巴向四面张望,想看清楚新队长是哪一个,不料却看到奥斯达普骑马站在所有的乌曼人的前面,歪戴着帽子,手里拿着队长的狼牙棒。"瞧你这股子劲儿啊!"他望着儿子;老人家开心极了,向所有的乌曼人感谢他们赐给他儿子的光荣。

哥萨克们又向后撤退,准备回到军营里去,可是波兰人穿着破烂的宽斗篷又在城头上出现了。许多贵重的长褂凝结着血迹,美观的铜盔上面积满着灰尘。

"怎么,把我们捆起来了没有啊?"查波罗什人从城下向他们喊。

"我就要给你们厉害瞧!"胖子联队长把绳索晃了几下,

从城头上还是这样喊。

满脸尘土困惫不堪的战士们还是不住嘴地恫吓着,双方所有激怒的人用粗鲁的话互相辱骂着。

终于大家走散了。有的人在战争中累得精疲力尽,躺下休息了;有的人用泥土敷自己的伤口,把手帕和从敌人尸体上剥下的贵重的衣服撕破了,做成绷带。另外一些比较精神振作些的人开始收殓尸体,对他们致最后的敬意。用两刃刀和长矛掘了墓穴;用帽子和衣裾搬来泥土;恭恭敬敬地把哥萨克的尸体放下去,用新鲜的泥土埋上,不让乌鸦和鸷鹰啄食他们的眼睛。可是遇到波兰人的尸体,就把他们十来个捆成一扎,系在悍马的尾巴上,放马到原野上去,以后久久不息地在后面追赶着,鞭打马的肚子。疯狂的马奔过堑壕、丘陵,越过沟渠和溪涧,盖满血迹和尘土的波兰人的尸骸磕着地面。

然后,所有支营队的人围成一圈,坐下来吃晚饭,长久地谈论着战况和命中注定落在每一个人身上的功勋,这些事迹以后将永远被外国人和后世子孙传诵。他们许久都不肯躺下睡觉。老布尔巴比所有的人躺下得更迟,老在心里琢磨着,安德烈没有出现在敌军阵中,这到底表示什么意思。是不是犹大不好意思出马反对自己人,或者还是那个犹太人撒谎,他只是身不由己地被捉去的?可是他又想起安德烈的心非常容易被女人的话说动,于是感到了深深的悲痛,在心里发下誓愿,一定要报复这个迷惑他儿子的波兰女人。他是会实行他的誓言的:他会不顾她的美貌,揪住她浓密蓬松的发辫,拖着她跑遍整个原野,从全体哥萨克中间穿过。她那像覆盖山峰的永不消融的白雪般莹洁美丽的胸脯和双肩,会染满鲜血,沾满泥土,在地面上撞得血肉淋漓。他会把她高贵美丽的身体毁成几段。可是布尔巴不知道上帝明天将给人安排下什么命运，他开始迷糊起来，最后睡着了。

哥萨克们仍旧互相聊着天，哨兵留心四下里察看着，神志清醒，连眼睛也不合上一下，整夜站在篝火旁边。

八

太阳还没有升到中天，所有的查波罗什人就围成一圈集合起来了。从谢奇传来消息，说是当哥萨克们离开的时候，鞑靼人冲进来把一切东西抢劫一空，挖走了哥萨克们偷偷埋在地下的什物，打死了和俘虏了所有留下的人，赶走所有抢来的牲口和马群，直奔皮列可普去了。只有一个哥萨克，马克西姆·果洛杜哈，半路上从鞑靼人手里逃了出来，刺死了一个长官，从他身上解下装满金币的钱袋，骑着鞑靼马，穿着鞑靼服，奔驰了一天半和两夜逃避追捕，把马骑得死去活来，中途换乘了另外一匹，又拼命地鞭打它往前跑，直等到换乘了第三匹马，才终于跑到了查波罗什人的军营中，在路上知道查波罗什人已经到了杜勃诺城下。他只能向大家说明发生了这样一场灾变；可是，这场灾变怎么会发生，留下的查波罗什人曾经按照哥萨克的习惯胡闹过没有，是不是在酩酊大醉时被俘虏的，鞑靼人又怎么会知道埋藏军资的地方等等，他就一点也说不清楚了。那哥萨克困乏到了极点，浑身浮肿，脸被烧焦，风吹雨淋得不成样子；他倒在地上，立刻昏昏沉沉地睡去了。

在这种情况下，查波罗什人照例得马上就去追赶那些掠夺者，设法在路上截住他们，否则俘虏们就一定会出现在小亚细亚的市场上，在斯米尔那和克里特岛上，上帝才知道留有额发的查波罗什人不会在什么地方出现。这便是查波罗什人集合起来的原因。他们一个个全都戴着帽子站在那儿,因为他们不是来听上级的训示,而是相互间作为平等的人来进行商议的。

"让年长的人先发表意见吧!"群众中有人喊道。

"请团长发表意见!"另外一些人说。

于是团长脱了帽子,不是作为上级,而是作为一个伙伴,感谢了全体哥萨克赐给他光荣,说:

"我们中间有许多年长的和抱有卓见的人,可是承蒙不弃,那我就有一些拙见奉告:弟兄们,你们不要耽误时间,得赶快去追上鞑靼人才对呀。因为你们自己知道鞑靼人是一种什么样的人。他们不会守着掠夺得来的财物等我们去追赶的,一眨眼的工夫他们就会把财物挥霍得一干二净,这样你就连一点影踪也找不到了。所以我的意见是这样:走。我们在这儿已经玩够了。波兰人已经知道哥萨克的厉害;我们已经竭尽全部力量为信仰复过仇了;从这饥饿的城市所能获得的利益也不多。所以,我的意见是——走。"

"走!"这声音在查波罗什的各个支营队中震耳欲聋地轰响着。

可是,这些话却不合塔拉斯·布尔巴的意,他把两条愁云深锁的灰白眉毛更加紧蹙在眼睛上面,这两条眉毛像繁生在高耸的山岭上的灌木丛,山顶上盖满了针一般的北国的寒霜。

"不,你的意见不对,团长啊!"他说,"你不能这么说。你大概忘了我们许多人被波兰人抓去了,还在当俘虏吧?你大概不要我们遵奉那首要的、神圣不可侵犯的盟友之义,忍心抛下自己的同胞,让人家活活地把他们剥皮抽筋,把他们哥萨克的身体撕裂成一块块,然后分送到各处城镇和乡村去示众,像过去他们在乌克兰对付咱们统帅和优秀的俄罗斯勇士们那样吧?他们亵渎神圣的恶行还嫌少吗?我们还算得是什么人呢?我问你们大家。忍心把伙伴遗弃在不幸中,让他像一条狗似的死在异乡,这还算得是一个哥萨克吗?如果事情已经到了这个地步,大家都不把哥萨克的荣誉当一回事,甘心让人家对自己的白胡子啐唾沫,用下流话责骂自己,那么,你们谁都不要来责备我。我一个人要留在这儿!"

所有站着的查波罗什人都犹豫不决起来了。

"可是难道你忘了,勇敢的联队长,"这时团长说话了,"鞑靼人手里也有我们的伙伴,如果我们现在不去搭救他们,他们的生命就将出卖给异教徒,当一辈子奴隶,这难道不比任何残酷的死都更加糟糕?难道你忘了,我们用基督徒的鲜血去赢得的全部财富现在都被他们抢走了?"

所有的哥萨克都沉思起来,不知道说什么才好。他们没有一个人愿意让名誉受到玷辱。这时候,在查波罗什全军中年岁最长的卡西扬·鲍夫久格走到前面来。他受到所有哥萨克的尊敬;他已经两次被选为团长,打起仗来也是一个勇猛的哥萨克,可是他早已年迈,随便哪一次远征都不再参加了;这位老战士不喜欢向随便什么人发表意见,却喜欢侧卧在哥萨克的人堆旁边,听人家谈种种遭遇和哥萨克远征的故事。他从来不在别人谈话时插嘴,却总是侧耳细听,用手指塞那永远不离嘴的短烟斗里的灰烬,然后他微微眯缝着眼睛,长久地坐在那儿,哥萨克们猜不透他是睡着了呢,还是仍旧在听着。每次远征,他总是留在家里,可是这一次老人家忽然心动了。他按照哥萨克方式把手一挥,说道:

"我什么都不在乎！这一回我也要去,也许我也还能对哥萨克军有点用处呢！"

现在当他踱到会场前面的时候,所有的哥萨克都静寂了下来,因为大家很久没有听他说过一句话了。大家都想知道鲍夫久格会说些什么。

"弟兄们,该轮到我说话了！"他这样开了头,"年轻人啊,请你们听一听老人的话吧。团长说得真聪明;作为一个负有保护军队和保存军资的责任的哥萨克军首领,他不能说出比这更聪明的话来了。就是这样！这算是我的第一段话！现在请再听我的第二段话。我要说的第二段话是这样:塔拉斯联队长说得也很对,愿老天爷保佑他万寿无疆,乌克兰要多有一些这样的联队长才好！哥萨克的第一责任和第一荣誉就是遵奉盟友之义。我活了这么大岁数,弟兄们,我还没有听说哥萨克在什么地方抛弃过或者出卖过自己的伙伴。无论是在这儿被俘虏的,或是在家乡被俘虏的,都是我们的伙伴;不管人数多或是少,全都一样,都是我们的伙伴,在我们看来都是宝贵的。所以我要说的话是这样:同情被鞑靼人抓去的伙伴的人,让他们赶快去追鞑靼人,同情被波兰人俘虏的伙伴而又不肯放弃正义之战的人,就让他们留下来。从职责上讲,团长应该率领一半人去追鞑靼人,而另外一半就需要选出一位代理团长来。这个代理团长,你们要是愿意听取白发老人的意见,那么,除了塔拉斯·布尔巴,再也没有别的更适当的人了。我们中间没有一个人在勇敢方面比得上他。"

鲍夫久格说完话,便沉默不语了;所有的哥萨克都十分高兴,老人家这么一说,使他们明白了过来。大家把帽子往天空里抛,喊道:

"谢谢你,老爹! 你沉默,沉默,长久地沉默,可是终于说起话来了。出发远征的时候,你说你会对哥萨克军有点用处,这话没有白说:你果然做到了。"

"怎么样,你们赞成这么办吗?"团长问。

"大伙儿都赞成!"哥萨克们喊道。

"那么,会议结束了?"

"会议结束了!"哥萨克们喊道。

"现在听我发布军令,小伙子们!"团长说,他走到前面,戴上了帽子,可是所有的查波罗什人一个个都脱掉了帽子,光着头,眼睛看着地上,正像哥萨克们在首长训话时经常做的那样。

"现在你们分开站吧,弟兄们! 愿意走的,站到右边;愿意留的,站到左边! 多数人都站了过去的支营队,队长也跟着站过去;要是只有少数人站过去,那么,这个支营队就和别的支营队合并。"

于是大家都纷纷站开了,有的站到右边,有的站到左边。凡是大多数人都站过去的支营队,它的队长也跟着站过去;只有少数人站过去的支营队,就和别的支营队合并。结果两方面所得的人数差不多相等。愿意留下的有:聂扎玛伊诺夫支营队的几乎全部,波波维切夫支营队的一大半,乌曼支营队的全部,卡涅夫支营队的全部,斯捷勃里基夫支营队的一大半,狄莫谢夫支营队的一大半。所有其余的人都愿意去追鞑靼人。双方都有许多精壮结实的、勇猛的哥萨克。在那些决定去追鞑靼人的哥萨克中间,有老英雄车烈瓦推、波柯狄波列、列米希、普罗柯波维奇·霍马。杰米德·波波维奇也走到那一边去了,因为他是一个游荡成性积习难改的哥萨克,他不能老待在一个地方；他已经同波兰人较量过了，这一回还想同鞑靼人较量个高下。支营队长有：诺斯丘冈、波克雷希卡、聂维雷奇基，还有其他许多卓越而且勇敢的哥萨克想在一场会战中同鞑靼人试试剑锋和坚强有力的肩膀。在那些愿意留下的人中间，也有不少非常非常好的哥萨克：支营队长杰梅特罗维奇、库库卞科、魏尔狄赫维斯特、巴拉班、布尔巴的儿子奥斯达普等等；其次还有其他许多著名的、精壮结实的哥萨克：伏符土旬科、车烈维倩科、斯捷潘·古斯卡、奥赫利姆·古斯卡、梅柯拉·古斯推、查陀罗日尼、美捷里甲、伊凡·查克鲁狄古巴、莫西·希洛、交格嘉连科、守陀连科、贝萨连科，然后是另外一个贝萨连科，然后还有一个贝萨连科，还有许多别的好哥萨克。他们都是一些历尽名川大山的惯于跋涉的人：他们访问过阿纳托里亚沿岸，克里米亚的盐沼地和原野，所有流入德聂泊河的大大小小的河流，所有的港湾和德聂泊河的各个岛屿；曾经到过莫尔达维亚、伏洛基亚和土耳其等国；曾经驾驶双舵哥萨克式舢板船游遍整个黑海，五十只舢板船列成一队，去袭击过最华丽、最高大的船舰，打沉过不少土耳其兵船，一生中发射过不可计数的弹药。不止一次撕破贵重的绫罗绸缎和天鹅绒来做裹脚布；不止一次把金币塞满在系在裤带上的褡裢里。他们每一个人为喝酒和游荡挥霍了多少财物，这些财物足够别人过一辈子，那数目是数也数不清的。他们按照哥萨克的派头，把财物挥霍得干干净净，款待所有的人，雇乐师来奏乐，让世上所有的人都来玩个痛快。即使现在，他们中间也很少有人不在地下埋藏些财物：酒杯呀，银汤匙呀，镯子呀等等，埋藏在德聂泊河各个岛屿的芦苇下面，以防万一发生不幸，鞑靼人突然袭击谢奇的时候，不要让他们找到这些东西；

可是，鞑靼人的确是很难找到这些东西的，因为连主人自己也早已忘记把它们埋藏在什么地点了。就是这样一些哥萨克愿意留下来，为了忠实的伙伴和基督的信仰去向波兰人复仇！老鲍夫久格也想和他们一起留下，他说："像我现在这样的年龄，已经不能去追鞑靼人了，这儿正是适合一个好哥萨克长眠的地方。我早就祈求过上帝了，我要是必须结束我的生命，那么，让我在一场维护神圣的基督教事业的战争里去结束它吧。我的愿望果然实现了。对于一个老哥萨克说来，在别的地方再不会有更美满的收场了。"

大家分别站开了，按照支营队的次序，分成两行站在两边之后，团长从队伍中间走过，说：

"弟兄们，彼此都满意吗？"

"都满意，老爹！"哥萨克们回答。

"好吧，那么大家接个吻，彼此告别吧，因为只有上帝才知道这一生中还能不能见面啦。听自己队长的指挥，执行你们自己所知道的任务：你们自己清楚，哥萨克的荣誉命令你们干些什么。"

于是所有的哥萨克都互相接起吻来。队长们先开始，他们用手捋捋自己的白胡子，交叉地抱着接了吻，然后拿起对方的手，紧紧地握着。一个人想问另外一个人："怎么样，老弟，咱们还会不会见面？"可是没有问，只是沉默着，于是两颗斑白的头颅都浸入沉思之中。所有的哥萨克一个个都互相道了别，因为知道双方都还有许多事情要去做哩；可是他们没有决定立刻离去，却还要等到天黑才动身，为的是不让敌人看出哥萨克军方面人数的缩减。然后大家各自回到支营队吃午饭去了。

吃过午饭之后,凡是要上路的人,都躺下去休息,睡得香甜而又长久,仿佛预感到这也许是他们最后一次能够这样舒舒服服睡一觉了。他们一直睡到太阳落山;当太阳沉落下去,天色微暗的时候,他们开始给车辆抹起油来。什么都准备齐全了,他们就打发辎重车在前面走,自己再向伙伴们扬扬帽子作别,然后悄悄地跟在辎重车后面走去。骑兵队不吆喝,也不对马匹发出嘘声,镇静地跟在步兵后面款款而行,很快就消失在黑暗中了。只有马蹄的嘚嘚声和有些车辆的车轮因为还没有走顺或者黑夜里没有上好油而发出的咿哑声,含糊不清地响着。

留下的伙伴们从远处长久地向他们挥着手,虽然一点踪影也望不见了。当他们各自走散,回到自己的宿所的时候,当他们在亮晶晶的星光下看到一半辎重车已经消失了踪迹,许多战友已经远离的时候,他们每一个人都觉得黯然神伤,大家都把耽于游荡的脑袋向下垂倒,不由得沉思起来。

塔拉斯看到动摇不定的情绪侵袭了哥萨克军的队伍,和勇士不相称的抑郁感渐渐主宰了哥萨克们的头脑,可是他不发一言;他想给大家一点时间,让他们习惯于这种因为和伙伴别离而引起的抑郁感,可是同时他又悄悄地准备按照哥萨克方式大叫一声,蓦地把他们大伙儿惊醒过来,使那一股锐气,以比先前更大的力量回到每一个人的心里,这种锐气是只有斯拉夫民族才能够有的,因为这是一个奔放豁达、强有力的民族,它和其他民族相比,正像大海和细流一样。在暴风雨的时候,大海咆哮,怒号,澎湃汹涌,掀起小河不能掀起的巨浪;在风平浪静的时候,大海又比所有的河流更加明净地展开它永远悦目的、一望无际的镜子般的水面。

于是塔拉斯命令自己的仆人们从一辆单独停在一旁的辎重车上把货物卸下来。这是哥萨克的辎重车中最大、最坚固的一辆;粗大的轮子被坚固的双层轮箍箍紧着,车上载的东西很重,用马衣和结实的牛皮覆盖着,外面还用涂过树脂的麻绳捆得紧紧的。辎重车上全是一瓶瓶、一桶桶的陈年美酒,这些酒在塔拉斯的地窖里贮藏了许多年了。他把这些酒带来,是预备在庄严的日子喝的,如果那伟大的一刻到来了,大家都得去做值得后代歌颂的事情,就可以让每一个哥萨克都喝到珍藏的美酒,在这伟大的一刻,就能让伟大的感情支配人的心灵。仆人们听了联队长的命令,直奔到辎重车前面,用两刃刀割断了牢固的绳子,去掉厚厚的牛皮和马衣,从辎重车上把酒瓶和酒桶卸下来。

"大家都去拿家伙呀,"布尔巴说,"大家有什么家伙就拿什么家伙来:汤匙也好,给马饮水的长柄勺也好,手套也好,帽子也好,要是什么家伙全没有,你就干脆用两只手掌捧着喝吧。"

所有的哥萨克都把家伙拿来了,有的是汤匙,有的是饮马的长柄勺,有的是手套,有的是帽子,还有的干脆伸出了两只手掌。塔拉斯的仆人们在队伍中间来回走动,从酒瓶和酒桶里倒酒出来给大家喝。可是,塔拉斯在还没有发出一齐举杯畅饮的信号之前,暂且不叫他们喝酒。显然他是想说几句什么话。塔拉斯知道,不管陈年美酒多么浓烈,不管它多么善于提神,可是如果再能加上几句辞令,那么,酒和精神的力量就会加倍地增强。

"我招待你们,弟兄们,"布尔巴这样说,"不是为了感谢你们选我当代理团长——虽然这在我是无上的光荣——也不是为了纪念我们和伙伴们的离别；不，换了别的时候，做这两件事都是很合适的；我们现在面临的可不是这样的时刻。放在我们前面的是必须费尽血汗和发挥哥萨克的伟大勇敢精神的事业！那么，让我们来喝一杯，伙伴们，首先我们要为神圣的正教信仰一齐干杯：希望这一天终会到来，这种信仰会传播到全世界，到处只有这一种神圣的信仰，不管有多少邪教徒，他们都要变成基督徒！我们还要为谢奇干杯，希望它为了消灭所有的邪教徒而永存下去，希望它年年岁岁诞生出无数年轻人，一个更比一个强，一个更比一个漂亮。我们还要为我们自己的荣誉干杯，希望我们的孙子和曾孙以后会说，曾经有过这样的一些人，他们不曾辱没盟友之义，也不曾出卖自己人。那么，为了信仰，弟兄们，为了信仰！"

"为了信仰！"所有站在近旁几排的人都用低沉的声音喧嚷着。

"为了信仰！"站得稍远的人应和着，于是所有的人，不论老幼，都为信仰干杯。

"为了谢奇！"塔拉斯说，把一只手高高地举在头上。

"为了谢奇！"前排的人发出低沉的声音来回答。

"为了谢奇！"老人们捻着白胡子，悄声地说；年轻人们像幼鹰鼓翼一般活跃起来，重复说："为了谢奇！"

于是在远处原野上也听到了哥萨克们颂赞自己的谢奇的声音。

"现在是最后的一口了，伙伴们，为了荣誉，为了活在世界上的所有的基督徒！"

于是原野上所有的哥萨克，一个也不遗漏，为世界上所有的基督徒喝干了汤匙里的最后一口酒。在所有支营队的队伍

中间,还长久地重复着:

"为了世界上所有的基督徒!"

汤匙已经空了,可是哥萨克们仍旧高举着手站在那儿。虽然大家的带酒气的眼睛快乐地闪耀着,可是他们是在深深地沉思。他们现在不是想到利欲和战利品,不是想到谁有运气得到金币、贵重的武器、刺绣的长褂和契尔克斯产的名马;可是他们沉思着,就像陡峭的高山顶上的兀鹰一样,从这高山上远远可以望见无边无际地展开着的大海,海上像小鸟似的散布着许多帆桨并用的船、海船等各种船舶,两边是隐隐约约显出的细长的海岸线,沿岸有一些蚊子似的城镇和像小草一般随风摇摆的森林。他们像兀鹰一般用眼睛扫视着周围的整片原野和在远方朦胧闪烁的自己的命运。农田和村路纵横的整片原野、连绵的荒地和纵横的村路,将被他们突露的白骨盖满,被他们哥萨克的鲜血毫不吝惜地冲洗,被打毁的车辆、折断的马刀和长矛所点缀。再远一些的地方,将布满他们的一颗颗脑袋,脑袋上有着卷紧的、凝血的额发和下垂的胡须。鸷鹰将会飞来乱扯一阵,啄食他们的哥萨克的眼睛。可是,正是在这块广阔而自由地展开着的死亡的废墟下面才埋藏着伟大的珍宝啊!任何一件崇高的事业都不会泯灭,哥萨克的荣誉也不会像枪口里射出的细小的火药粉一般消散。一个白髯垂胸的多弦琴乐师,或者一个还很矍健的善于预言的白发老翁,将用含蓄的强有力的言语歌咏他们的事迹。他们的声名将远扬全世界,所有后世的人都将传诵他们的功绩。因为强有力的言语是会远远地传播开去的,像嗡嗡作响的铜钟一样,匠人把贵重的纯银掺杂到铜里去,让美妙的声音远远地传播到城镇、茅屋、宫殿和村落,召唤所有的人去作神圣的祈祷。

九

城里谁都不知道有一半查波罗什人出发追鞑靼人去了。只有哨兵们从市政厅的瞭望楼上看到一部分辎重车开到森林后面去,可是他们以为哥萨克们在准备布置埋伏;法国工程师①也是这样想。同时,团长的话证明不是没有根据的,城里果然发生了储粮不足的恐慌。按照过去时代的习惯,军队一向是不估计他们需要多少粮食的。他们试行了一次突围,可是一半冲锋陷阵的勇将立刻被哥萨克们歼灭了,另外一半毫无所获地被赶回到城里。不过,一些犹太人却利用突围的机会,摸清了全部底细:查波罗什人出发到哪儿去了,干什么去了,由哪一些司令官率领着,出发的是哪一些支营队,人数多少,留下的还有多少,他们打算干什么,——总而言之,过了几分钟之后,城里的人把一切情况都打听清楚了。联队长们的精神振奋起来,准备决一死战。塔拉斯从城里的调动和喧声上已经看出了这一点,他敏捷地东奔西走,布置着,颁发着命令和指示,把所有的支营队编成三道阵线,辎重车堆起来做成要塞,把他们包围住,采用了这种战法,查波罗什人是可以处于不败之地的;他派两个支营队打埋伏;叫人用削尖的木桩、折断的武器、长矛的碎片把原野的一部分围起来,遇到适当的机会,就可以把敌军的骑兵队赶到那里面去。当必须做的一切都已经安排完毕的时候,他向哥萨克们讲了话,倒不是为了

---

① 根据后文的叙述,这个法国工程师在波兰军中兼任炮兵顾问之类的职务。

鼓励和振奋他们——他知道他们本来就是精神坚定的——却只是因为他自己想把心里的话倾吐出来。

"我想跟你们谈谈,老乡们,我们的盟友之义是个什么东西。你们一定听见父亲和祖父说过,我们的国土怎样受到所有的人尊敬:希腊人早已闻知我们的大名,我们又从查尔格拉得收取过贡金,我们有华丽的城市、教堂、王侯,俄罗斯血统的王侯,咱们自己的王侯,却不是天主教邪魔外道的人。回教徒把我们所有的东西都抢走了,一切都化为乌有了。只剩下我们这些孤苦伶仃的人,我们的国家也像死了可信赖的丈夫的寡妇一样,跟我们一样地孤苦伶仃!伙伴们,我们就是在这样的时候团结一致地握起手来了!我们的盟友之义就是建立在这上面!再没有比盟友之义更神圣的关系了!父亲爱自己的孩子,母亲爱自己的孩子,孩子爱父亲和母亲。可是,弟兄们,重要的还不在这儿,因为野兽也爱自己的孩子。可是,在精神上,而不是在血统上,牢固地结合在一起,却只有人才能够办到。别的国家也有伙伴,可是像在俄罗斯国土上所看到的这样的伙伴却不曾有过。你们许多人曾经流落在异乡;瞧吧,那儿也有人!同样是上帝创造的人,你可以跟他们谈话,像跟自己人谈话一样。可是,一谈到心坎里的话,——你就瞧吧:不,他们的确是些聪明的人,但总不像咱们的人;同样是人,但总不像咱们的人!不,弟兄们,像俄罗斯人这样地爱,不是凭理智或者别的什么东西去爱,而是凭上帝所赐予的一切,你所有的一切去爱,而是……"塔拉斯说,他挥了挥手,摇了摇白发苍苍的头,捻了捻胡子,又继续说下去,"不,谁都不能这样地爱!我知道,卑劣的风气现在在我们的国家里也盛行起来了;人们只希望有一束束的庄稼,一堆堆的干草,马群,只希望地窖里的封过瓮口的蜜酒能够保全无恙。人们竭力模仿鬼知道的伊斯兰教风俗;他们厌弃祖国的语言;不愿跟自己人说话;出卖自己的同胞,像在市场上出卖没有灵魂的家畜一样。在他们看来,一个外邦国王的宠爱比任何友爱都更珍贵,不用说是国王,就是一个用黄皮靴踢他们脸蛋的波兰大地主,只要对他们略施小惠,他们也要受宠若惊哩。可是,即使是一个最卑鄙的人,即使他卑躬屈膝,在地上打滚,浑身沾满尘土,弟兄们,他也总还有一点俄罗斯的感情。这种感情总有一天会觉醒过来,那时候他,这个不幸的人,就会两手捶胸,抓头发,高声地诅咒自己卑贱的生活,准备用痛苦去补偿可耻的行为。让大家都知道,在俄罗斯的国家里,盟友之义是个什么东西吧!如果死到临头,他们也不会有任何一个人能够像我们这样地死的!……没有一个人,没有一个人!……他们胆小如鼠的天性不允许他们这样去做!"

联队长这样说着,当他讲话完毕的时候,还老是摇着那为哥萨克事业操心得发了白的头。这一番话深深地打动了所有站在那儿的人,一直渗透到他们心灵的深处。队伍里一些年纪老的人把白发苍苍的头向下俯倒,一动也不动;泪珠在他们的老眼里悄悄地滚动着;他们用袖子慢慢地擦着眼泪。然后,大家好像商量好了的一样,同时都挥手,摆动着久经世故的头。显然,老塔拉斯使他们想起了一个人心头所能感到的许多最熟悉、最高贵的东西,他们或者是在痛苦、劳动、勇敢和种种生活患难中久经锻炼而变得聪明了,或者即使不理解这些东西,可是,使生育他们的老父母高兴的是,凭着年轻的珍珠般发亮的灵魂,也感觉到了许多东西。

敌军敲着鼓,吹着喇叭,已经从城里冲了出来,贵族们被无数仆人前后簇拥着,两手叉腰,策马前进。胖子联队长发出了进攻令。于是他们开始密集地向哥萨克军的阵线冲过来,瞄准着火绳枪,发出气势汹汹的呐喊声,眼睛发亮,铜盔铜甲辉耀着。哥萨克们看见他们走近了枪弹所及的距离,就一齐开起约有七拃①长的火绳枪来,老是放个不停。响亮的噼啪声远远地传遍周围的原野和田垄,融成一片不断的隆隆的声音,整个原野被硝烟笼罩着;可是查波罗什人还老是一个劲儿地放枪,连气也不喘一下:后排的人只管装上子弹,把枪递给前排的人,这种做法使敌人大吃了一惊,他们不明白哥萨克们怎么能够不装子弹,却老是放个不停。在包围双方军队的浓烈的硝烟里,已经看不清楚队伍中怎样一个人接着一个人倒下去阵亡;可是,波兰人感觉到子弹飞得很密,事情越来越糟糕;当他们往后撤退,想避开硝烟,看一看清楚周围的情况的时候,发觉许多人都已经不在自己的队伍里了。可是在哥萨克的一方面呢,一百个人里面也许只阵亡了两三个人。哥萨克们还是继续开枪,一分钟也不间断。连那位外国工程师也对这种他从来没有看到过的战术感到惊奇了,当场对大家说:"这群查波罗什人真是一些不怕死的好汉啊!随便什么人要在别的国家打仗,就得像这样打才对!"于是他提议立刻把大炮转向敌军的阵线。几尊铁铸的大炮张着大嘴沉重地吼叫起来;大地颤抖了,远远地发出回响,整个原野被加倍浓烈的硝烟笼罩着了。在远近城镇的广场和街道上,可以闻到火药的气味。可是,炮手们瞄准得太高,灼热的炮弹画出太高的弧线飞出去了。它们在空中发出可怕的嗖嗖声,从敌军的头上飞

---

① 即叉开手指,从大拇指到小拇指之间的距离。

掠而过,远远地陷进地里,炸开一个个洞,使黑土高高地飞扬在空中。法国工程师看到这种拙劣的炮击法,急得直抓头发,于是不顾哥萨克的子弹横飞,只得亲自来调度大炮了。

塔拉斯老远就看出整个聂扎玛伊诺夫支营队和斯捷勃里基夫支营队将要遭罹不幸,就大声叫道:"快离开辎重车,大家上马!"可是,要不是奥斯达普冲到敌阵当中,哥萨克们是来不及这样做的;他夺去了六个炮手手里的引火线,不过还有四个人手里的引火线没有能够夺掉。波兰人把他赶回去了。这当口,法国工程师自己把引火线拿到手里,想去点燃一尊最大的大炮,那样的大炮是以前任何一个哥萨克都没有看见过的。它张着大嘴,显出一副狰狞可怕的样子,那儿将会带来千万人的死亡。它发出轰鸣,接着就有另外三尊也响起来了,把隆隆回响着的大地震动了四次,——它们给人带来了许多悲哀!年老的母亲,将用骨瘦如柴的双手捶打自己老朽的胸膛,为不止一个哥萨克洒下悼念的眼泪。在格鲁霍夫、聂米罗夫、车尔尼果夫和别的城市里,将遗留下不止一个寡妇。情人将每天跑到市集上去,抓住所有的过路人,辨认他们每一个人的眼睛,看他们中间有没有比一切人都更可爱的那一个人。可是,许多军队通过了城市,他们中间却永远不会有比一切人都更可爱的那一个人了。

聂扎玛伊诺夫支营队的一半人仿佛根本没有存在过似的,就这样消失了!累累的麦穗像纯金币似的灿然发光,却突然被一阵冰雹摧毁,——他们就是这样被糟蹋了,被杀害了。

哥萨克们是怎样生气啊!大家是怎样激动啊!支营队长库库下科看到他那支营队的最优秀的一半人已经不活在世上,心中是怎样骚乱不安啊!他带领部下残余的聂扎玛伊诺夫人一下冲进了敌阵的中心。在怒火燃烧下,随便碰到一个什么人就像切白菜似的斫去,把许多骑兵打下马来,连人带马用长矛刺个通穿,接着又蹿到炮手们跟前,夺得了一尊大炮。他看见乌曼支营队的队长正在那边手脚不闲地忙着,斯捷潘·古斯卡已经把主炮夺过来了。他扔下这些哥萨克不管,带领自己的部下又杀进另外一处敌人密集的人堆里去了。聂扎玛伊诺夫人走过哪儿,哪儿就让开一条道路,他们转向哪儿,哪儿就清扫出一条街巷!眼看敌人的队伍稀疏起来,波兰人一排一排地倒了下去!在辎重车旁边的是伏符土旬科,在前面的是车烈维倩科,在远一些的辎重车旁边的是交格嘉连科,在他后面的是支营队长魏尔狄赫维斯特。交格嘉连科已经把两个波兰贵族挑起在长矛上,最后,又去袭击那顽强的第三个人。那是一个狡猾而又强壮的波兰人,备有华美的马具,带领着五十一个仆从。他向交格嘉连科猛扑过去,把他打倒在地上,在他头上挥动着马刀,喊道:"你们这些狗哥萨克,谁都不是我的对手!"

"对手在这儿!"莫西·希洛说,跃马向前冲过来。他是一个剽悍的哥萨克,不止一次担任过队长在海上指挥作战,遭受过种种灾难。土耳其人在特莱比仲附近捉住他们,把所有人都当作奴隶送到大帆船上,用铁链拴住他们的手和脚,好几个星期不给他们东西吃,只给他们喝令人恶心的海水。可怜的奴隶们容忍和忍受了一切痛苦,只是为了不背弃正教的信仰。队长莫西·希洛可忍受不住了,他把神圣的教条踩在脚下,把可厌的头巾缠在罪孽深重的头上,得到土耳其将军的信任,当了船上的管事和所有奴隶的总管。可怜的奴隶们听到这个消息,感到非常悲伤,因为他们知道,如果自己人出卖了信仰,投靠了压迫者,那么在他的手下,是会比在一切别的非基督徒的手下更加悲惨和痛苦的。事实果然是这样。莫西·希洛把三个人排成一行加上了新的铁链,用粗硬的绳子把他们捆得紧紧的,一直勒得他们露出了白骨;动不动就给所有的人一阵痛打,把他们的后颈脖打个稀烂。当土耳其人高兴得到了这么一个好奴才,开怀畅饮,忘记了自己的戒条,大家喝得烂醉的时候,他拿出全部六十四把钥匙来,发给奴隶们,叫他们打开身上的锁,把铁链和手铐抛到海里,拿起马刀去杀土耳其人。这一次哥萨克们得了许多战利品,光荣地返回了故乡,多弦琴乐师们以后还长久地一直歌颂莫西·希洛的功绩。本来是要选他当团长的,可是他是一个非常古怪的人。他有时做出一些事情,连最贤智的人也想不出来,可是有时又傻到叫人难以相信。他把所有的财物都花在喝酒上面,挥霍得一干二净,欠了谢奇所有的人许多债,此外还要像小偷似的偷东西:夜间从别的支营队里把全副马具偷出来,押给酒店老板换酒喝。为了这种可耻的行径,人们把他带到市集上去,绑在柱子上,旁边放一根粗木棍,让每一个过路人都能尽自己的力气把他打一顿。可是,查波罗什人记得他从前的功绩,竟没有一个人忍心举起粗木棍打他。莫西·希洛便是这样的一个哥萨克。

"老子就要来送你的狗命!"他说,向那人猛扑过去。他们厮杀得多么凶啊!两个人的肩垫和护心镜都被打弯了。敌方的波兰人斫破了他的铠甲,刀锋直碰到他的肉体:哥萨克的衬衣染成了深红色。可是,希洛对这些毫不注意,抡起青筋突露的手臂(这条短而粗的手臂有千钧之力),出其不意地给了他当头一击。铜盔飞出去了,波兰人摇晃了一下,咕咚一声栽倒在地上,希洛跑上去往那栽倒的人身上前后左右一阵乱斫。哥萨克,你别杀敌人,最好转过身来!哥萨克没有转身,被杀害者的仆人立刻用一把小刀刺进了他的颈脖。希洛回过身来,正待抓住那个大胆的家伙,可是他已经消失在硝烟里了。四面八方响起了火绳枪的砰砰声。希洛踉跄了几步,感觉到自己的伤是致命的。他倒在地上,一只手抚着伤口,回过头来对伙伴们说:"别了,弟兄们,伙伴们!愿正教的俄罗斯万世永存,保持永久的荣誉!"接着闭上了他虚弱的眼睛,哥萨克的灵魂就从倔强的肉体里飞出去了。可是那边,查陀罗日尼已经带领部下跃马赶到了,支营队长魏尔狄赫维斯特突破了敌军的重围,巴拉班也向前挺进了。

"怎么样,老乡们?"塔拉斯和几个支营队长打着招呼,说,"火药筒里还有火药吗?哥萨克的力量没有衰退吗?哥萨克们还没有泄气吗?"

"火药筒里还有火药,老爹。哥萨克的力量还没有衰退!哥萨克们还没有泄气!"

哥萨克们奋勇冲上去把敌军阵线完全打乱了。矮个子联队长打鼓发出集合号令,吩咐揭起八面彩色的旌旗,把远远散布在整个原野上的部下集合起来。所有的波兰人都奔到旌旗下面来;可是,他们还没有排成阵势,支营队长库库卞科就带领部下的聂扎玛伊诺夫人重新又杀进敌阵,直往大肚子联队长身上扑上去。那联队长抵挡不住,拨转马头,放开四蹄奔驰起来;库库卞科远远地一直追过整个原野,不让他和队伍会合在一起。斯捷潘·古斯卡从侧翼的支营队看到了这情况,手里拿着套索,把头俯伏在马颈上,飞快地向他扑过去,觑准机会,一下子把套索抛在他的脖子上。联队长涨红了脸,双手抓住绳子,拼命想拉断它,可是架不住对方使劲一刺,致命的长枪已经贯通了他的肚子。他被钉在地上,就那样一直留在那儿了。可是古斯卡也没有能幸免于难!哥萨克们刚一回过头来,就只见斯捷潘·古斯卡已经被挑起在四支长矛上了。可怜的人只来得及说出这么一句话:"但愿杀尽敌人,俄罗斯国土年年欢庆!"说完,就断了气。

哥萨克们回头一瞧,那边,哥萨克美捷里甲从侧翼冲了过来,给波兰人饱以老拳,把他们一个个打得人仰马翻;队长聂维雷奇基带领自己的部下从另一侧翼杀奔过来;在辎重车旁边,查克鲁狄古巴和一个敌人打着转厮杀;在再远一些的辎重车旁边,第三个贝萨连科①已经把一大群敌人逐退了;在别的辎重车旁边,有人就在车上动手打起来。

"怎么样,老乡们?"塔拉斯联队长骑马走过大家面前,打着招呼,"火药筒里还有火药吗?哥萨克的力量还坚强吗?哥萨克们还没有泄气吗?"

"火药筒里还有火药,老爹;哥萨克的力量还很坚强;哥萨克们还没有泄气!"

可是,说时迟,那时快,鲍夫久格从辎重车上摔下来了。一颗子弹正射中他的心窝,老头儿进出最后的一口气,说:"我不惋惜离开这个世界。愿上帝赐给每一个人这样的结局!让俄罗斯扬名千古吧!"接着,鲍夫久格的灵魂就飞向天上,去告诉早已逝去的老人们,人们在俄罗斯国土上怎样善于打仗,更令人欣慰的是,怎样善于为神圣的信仰战死。

隔了不多一会儿,支营队长巴拉班也栽倒在地上了。他

---

① 前文交代过,有三个同姓贝萨连科的人。

受了三种致命的重伤:长矛、子弹和沉重的两刃刀。他是最勇敢的哥萨克中的一人;他曾充当队长,在海上的远征中建立了许多功勋,其中最出色的一次是对阿纳托里亚沿岸进行袭击。他们那一次抢走了许多金币,贵重的土耳其呢绒、绸缎和种种装饰品,可是归途中却遭遇了灾难:这些可爱的人陷入土耳其人的弹雨中了。敌船对他们一开火,一半舢板船被打得直打旋旋,翻倒了,不止一个人淹没在水里,可是系结在两边舷上的芦苇使这些舢板船终能免于完全沉没。巴拉班把船尽快地划出去,一直向太阳照耀的地方划去,这样就使土耳其的兵船看不见他们了。后来他们整夜用勺子和帽子舀船里的水,修补被子弹打穿的地方;把哥萨克的裤子撕破了做帆篷,好容易才逃过了速度最快的土耳其兵船。他们不但安然无恙地回到了谢奇,并且还给基辅美席戈尔斯基修道院的院主带来一袭绣金的法衣,给设立在查波罗什地区的圣母教堂带来一套纯银的圣像衣饰。后来,多弦琴乐师们还长久地歌颂哥萨克们的战功哩。他现在感觉到临终时的痛苦,沉倒头,低声地说:"我认为,弟兄们,我死得很痛快:斫死了七个,用长矛刺穿了九个。马蹄踩死了许多人,我也记不清用枪弹打死了多少人。愿俄罗斯永远繁荣强盛!……"说完,他的灵魂就飞走了。

　　哥萨克们,哥萨克们!别交出你们军队中这朵最高贵的花朵吧!库库卜科已经被包围住了,整个聂扎玛伊诺夫支营队只剩下七个人,就连这七个人也是在勉强地抵御着,只有招架之力了;队长的衣服已经染满了鲜血。塔拉斯发觉他处于危急之中,赶快跑来救助。可是,哥萨克们赶来得太迟了:在还没有打退包围他的敌人之前,长矛已经经穿通了他的心窝。他颓然滑落在搂抱他的哥萨克们的臂弯里,青春的血像溪流似的冒出来,好像一个粗心大意的仆人用玻璃器皿从地窖里盛了珍贵的美酒出来,不留神在门口跌了一跤,把贵重的瓶子砸得粉碎,美酒流遍了地上,主人三脚两步跑来,急得直抓头发,他是为了一生中最快乐的时辰把这酒珍藏起来的,预备有一天,如果上帝让他能在暮年跟青年时代的伙伴会面,他们就可以在一起喝酒聊天,回忆过去的日子,以前可不像现在,那时候寻欢作乐是更带劲儿的……库库卜科扫视了一下周围,说:"谢谢上帝,让我死在你们面前,伙伴们!愿我们的后代比我们生活得更好,基督所爱的俄罗斯万世永存!"于是年轻的灵魂飞出去了。天使们把他抱在手里,把他带到天上。他在那边将生活得很幸福。"库库卜科,坐在我的右边!"基督会对他说,"你没有背弃盟友之义,没有干过卑劣的事情,没有使人陷于不幸,你保存了、捍卫了我的教堂。"库库卜科的死使大家都觉得很悲伤。哥萨克的队伍已经变得非常疏落,许许多多勇敢的人都已经阵亡;可是,哥萨克们还是继续坚持,奋勇杀敌。

"怎么样,老乡们?"塔拉斯跟残留下来的支营队战士们打着招呼,"火药筒里还有火药吗?马刀没有钝吗?哥萨克的力量没有疲乏吗?哥萨克们没有泄气吗?"

"火药还够用,老爹!马刀还听使唤;哥萨克的力量没有疲乏;哥萨克们还没有泄气!"

于是哥萨克们又向前挺进了,仿佛压根儿没有遭受什么损失似的。只剩下三个支营队长还活着。到处血流成河;哥萨克们和敌人的尸体高高地堆成了桥。塔拉斯抬头望天,只见有一群白隼在天空里展翅飞翔。唉,它们可以大嚼一顿了!那边,敌人把美捷里甲挑起在长矛的尖头上。第二个贝萨连科的脑袋滚落了,还在翻着白眼。被斫成四段的奥赫利姆·古斯卡土崩瓦解了,咕咚一声栽倒在地上。"喂!"塔拉斯说,挥动着手帕。奥斯达普懂得这个信号的意思,从埋伏的地点跳出来,奋勇地去攻打那些骑兵。波兰人抵挡不住勇猛的攻击,败下阵去,奥斯达普乘胜追击,把他们一直赶到地上插有木桩和折断的长矛的那个地方。马匹纷纷颠踬着倒下,波兰人从马头上翻过去,栽倒了。这时候,站在辎重车后面最后一排的柯尔松人,看到敌人已经走进枪弹可以射达的距离,蓦地开起火绳枪来。所有的波兰人乱作一团,张皇不知所措,哥萨克们精神振奋起来了。"我们胜利了!"四面八方传出了查波罗什人的呼声,喇叭吹响,胜利的军旗随风飘扬。被击溃的波兰人到处奔窜,躲藏起来。"嘻,不行呀,这还不见得是完全的胜利呢!"塔拉斯望着城墙说,果然被他说对了。

城门开了,一队骠骑兵从里面飞出来,这是所有的骑兵联队中的精华。全体骑士胯下都是同样的喀尔巴阡产的褐色高头大马。走在最前面的,是一个比所有的人更加机灵、更加俊美的勇士。乌黑的头发从他的铜盔下面垂下来;缚在手臂上的绝世美女所刺绣的贵重的围巾飘卷着。当塔拉斯看到这是安德烈的时候,他茫无所措了。可是在这当口,安德烈被战争的激情和烈焰包围着,渴望要报答缚在手臂上的礼物,好像一群猎犬中一条最美丽、最敏捷、最年轻的细腿狗一样,飞快地奔向前去。有经验的猎人一发出声音催它往前,它就脚不点地,在空中划出一条直线,整个身体斜向一边,一直往前蹿去,扒开积雪,在狂奔的热情中有十来次赶过了被追逐的兔子。老塔拉斯停下来,看他怎样给自己杀开一条血路,左冲右闯,乱杀一阵。塔拉斯再也忍不住了,喊道:"怎么着?……打自己人？……鬼杂种，你敢打自己人？……"可是，安德烈却辨别不出站在面前的是谁，是自己人还是别的什么人：他一点也看不见。他看见的是鬈发，鬈发，长长的、长长的鬈发，河边的天鹅一般洁白的胸脯，雪一般莹洁的颈脖、双肩和专为供人疯狂地接吻而创造的一切。

"喂，小伙子们！你们只要给我把他诱进森林里去，只要给我把他诱进去！"塔拉斯喊道。立刻就有三十个矫健的哥萨克自告奋勇去引诱他。他们戴正头上的高耸的帽子，立刻骑马奔过去拦击那些骠骑兵。他们从侧翼袭击敌军的前锋，狠狠地打击他们，切断他们和后续部队的联络，然后分兵各个击破，同时果洛柯贝简科照准安德烈背上用刀背给了轻轻的一击，大伙儿立刻拨转马头，一溜烟地溜掉了。安德烈是多么激怒啊！青春的血液怎样在他血管里奔涌着啊！他用锋利的马刺把马一夹，用全副速度往那些哥萨克背后追上去，也不掉头回顾一下，不知道后面跟得上他的只有二十个人。这时候，哥萨克们飞驰着，一直暨入森林里去了。安德烈拍马赶来，差一点就要赶上果洛柯贝简科，忽然谁的一只强有力的手抓住了他的马缰绳。安德烈回头一看：站在他面前的是塔拉斯！他浑身战栗着，忽然脸色变成惨白……

他像是一个小学生，不留神惹怒了一个同学，被同学用戒尺在额上打了一下，他像一团烈火似的发作起来，疯狂地从凳子上跳过去，追赶那个惊骇万状的同学，要把他撕成碎块才痛快，却不料老师忽然走进教室里来，撞了个满怀：刹那间疯狂的冲动平息了，徒劳无益的愤怒也消失了。安德烈和这小学生一样，刹那间怒火也消失了，仿佛从来不曾发作过一样。他在自己面前只看见一个年老的父亲。

"好呀,现在咱们该怎么办?"塔拉斯说,直对他的眼睛望着。

可是,安德烈一句话也回答不出,只是站着,眼睛望着地上。

"怎么样,儿子,你那波兰主子给你便宜占了没有?"

安德烈没有回答。

"你就这样甘心出卖?出卖信仰?出卖自己人?站住,滚下马来!"

他像小孩一般恭顺地从马上滚下来,半死不活地站在塔拉斯面前。

"站住,不许动!我生了你,我也要打死你!"塔拉斯说,往后倒退一步,从肩上取下枪来。

安德烈惨白得像一块布帛一样,可以看到,他的嘴唇轻轻地抖动着,他在呼唤谁的名字;但这不是祖国或者母亲或者哥哥的名字,——这是一个美丽的波兰女子的名字。塔拉斯开枪了。

像是被镰刀刈割的谷穗,又像是心窝被致命的铁刃刺了一下的羔羊,他垂倒了头,终于一句话也没有说,滚倒在草地上了。

杀死儿子的人站在那儿,长久地凝视着停止呼吸的尸体。他即使死了也还是漂亮的:不久以前还充满着力量,并且对于女人具有不可遏制的魅力的他那张英俊的脸,直到现在还是呈现出动人的美丽;乌黑的眉毛像丧服上的黑天鹅绒似的,衬托着他惨白的面容。

"他凭哪一点不会是一个哥萨克呢?"塔拉斯说,"高高的身体,乌黑的眉毛,脸像贵族,打起仗来有万夫不当之勇!他完了,毫不光彩地完了,像一条下贱的狗一样!"

"爹,你干了什么事情呀?是你打死他的吗?"这时候奥斯达普骑马跑过来说。

塔拉斯摇了摇头。

奥斯达普仔细凝视死者的眼睛。他觉得弟弟怪可怜,就说:

"爹,咱们把他体体面面盛殓起来吧,别让敌人侮辱他,别让凶猛的禽鸟撕裂他的身体。"

"我们不埋他,别人也会来埋他的!"塔拉斯说,"会有女人来哭悼他,安慰他!"

他想了一两分钟,琢磨是扔下他不管,让贪得无厌的野狼啃食他呢,还是怜惜他骑士式的勇武气概,只要有这种气概,一个勇敢的人总应该英雄惜英雄,对他加以尊敬。正在这当口,却看见果洛柯贝简科骑马向他跑来了:

"糟啦,联队长,波兰人增强了,生力军来支援他们了!⋯⋯"

昊洛柯贝简科还没有说完,伏符土旬科又飞马赶到:

"糟啦,联队长,生力军又拥到了⋯⋯"

伏符土旬科还没有说完,贝萨连科连马也没有骑,徒步奔来了:

"你在哪儿哪,老爹?哥萨克们正在找你。支营队长聂维雷奇基阵亡了,查陀罗日尼阵亡了,车烈维情科阵亡了。可是,哥萨克还是继续抵抗,不见你一面不愿意死去;希望你在他们死前的一刻能去看一看他们。"

"上马,奥斯达普!"塔拉斯说,风驰电掣般拍马赶去,为了能再见到哥萨克们,能再看他们一眼,让他们能在临终之前见着自己的联队长。

可是,他们还没有跑出森林,敌军已经从四面八方把森林包围起来,在树木之间到处都可以发现手持马刀和长矛的骑兵。"奥斯达普!……奥斯达普,别后退!……"塔拉斯喊道,他自己拔刀出鞘,不管碰到什么人,只顾一个劲儿地斫上去。忽然有六个人向奥斯达普猛扑过来,可是,显然他们来的不是吉利的时辰:一个人的脑袋不翼而飞;第二个人往后倒退几步,翻倒了;第三个人肋骨上挨了一长矛;第四个人最勇敢,他一低头,让过了飞来的子弹,火热的子弹打中了马的胸脯,——疯狂的马前蹄直立起来,咕咚一声摔倒在地上,把骑兵压死在下面了。"打得好,儿子!……打得好,奥斯达普!……"塔拉斯喊道,"我跟在你后面呢!……"一边喊,一边不断地击退着袭来的敌人。塔拉斯斫着,杀着,对准一个个敌人的头上打过去,眼睛却总是望着前面的奥斯达普,只见至少有八个敌人跟奥斯达普扭作一团,打起来了。"奥斯达普!……奥斯达普,别后退!……"可是,敌人已经把奥斯达普打败了;一个人把套索抛在他的脖子上,把奥斯达普捆起来,带走了。"唉,奥斯达普,奥斯达普!……"塔拉斯喊道,向他那边冲过去,像切白菜似的,把迎上来的和胆敢阻拦的人杀了个落花流水。"唉,奥斯达普,奥斯达普!……"可是,就在这一刹那,一块沉重的大石头似的东西把他压倒了。一切都在他眼前旋转和翻腾起来。顷刻间,人头呀,长矛呀,硝烟呀,火光呀,带叶子的树枝呀,这一切都混成一堆,在他面前闪亮,照耀着他的眼睛。于是他像一棵被伐断的橡树一样,咕咚一声栽倒在地上。一层迷雾遮住了他的眼睛。

十

"我睡得真长久呀!"塔拉斯说,像做了一场恼人的醉梦之后醒过来一样,竭力想辨认周围的事物。极度的虚弱使他感到四肢无力。一个陌生房间的墙壁和角落,在他眼前隐约闪动。最后,他注意到托符卡奇坐在他面前,并且似乎是在倾听他的每一下呼吸。

"是呀,"托符卡奇自己寻思,"你也许会一辈子睡过去呢!"可是,他一句话也没有说,只摇了摇手指,示意叫他别开口。

"可是,你倒是告诉我,我这会儿是在什么地方呀?"塔拉斯又问,他鼓足全副精神,竭力要记起过去的事情。

"别作声!"伙伴厉声地呵斥他,"你还想知道些什么呢?难道你没有看见全身都是刀伤吗?我带着你一口气也不喘地骑着马跑,你一直发高烧,嘴里说胡话,到现在已经有两个星期了。刚才是你第一次睡了个安稳觉。你要是不想给自己添麻烦,你就别作声吧。"

可是,塔拉斯总还是竭力集中精神,要回想过去的事情。

"波兰人不是已经把我抓住了,把我完全包围起来了吗?我不是没有任何可能冲出重围了吗?"

"叫你别作声呀,鬼东西!"托符卡奇气愤地喊,正像是一个保姆,再也忍受不住了,对一个吵闹不休的淘气孩子叫道,"你要知道怎样突围有什么好处呢? 突围出来了,这就够了。有这么一些人,他们没有出卖你,——你知道这一点就够了!我们还有不少夜晚得在一起骑着马跑哩。你以为你可以冒充一个普通的哥萨克吗?不行呀,人家悬赏两千金币要你的脑袋呢。"

"奥斯达普呢?"塔拉斯忽然叫起来,憋足劲要抬起身子来,却突然想起敌人当他的面把奥斯达普抓住了,捆起来了,他现在已经落在波兰人的手里。

一阵悲痛袭上了老年人的心。他把伤口上所有的绷带都扯开,撕下来,把它们抛得远远的,想说什么话,可是没有说出来,却发了呓语;他又发烧了,昏迷不醒,说了许多无意义的不连贯的疯话。

这时候,忠实的伙伴站在他面前,责骂着,对他说了许多埋怨的话和严厉的责难。最后,抓住他的手和脚,像给小孩包襁褓似的把他包起来,整好所有的绷带,裹在一张牛皮里,捆上夹板,再用绳子把他挂在马鞍上,于是又带着他一起奔驰上路了。

"即使你死了,我也要把你送回去!不能让波兰人侮辱你哥萨克的身体,把你的尸骸撕成一块块,扔进水里。就算鹰要从你额上啄食你的眼睛,那鹰也得是咱们草原上的鹰,却不是波兰的,不是从波兰国土飞来的鹰。即使你死了,我也要把你送回乌克兰去!"

忠实的伙伴这样说了。日日夜夜不停休地奔驰,终于把失去知觉的塔拉斯带到了查波罗什的谢奇。到了那儿,他不知疲倦地开始用药草和温湿疗法给他治病;找来了一个有经验的犹太女人,她给他喝了一个月各种各样的药水,塔拉斯终于好起来了。不知道这是药的效能呢,还是他的钢铁般坚强的体力发生了作用,总之过了一个半月之后他就能下床了;伤处收口了,只有几处刀痕还显示这个老哥萨克曾经受过多么重的伤。然而,他变得明显地忧郁和阴沉起来了。三道深刻的皱纹犁刻在他的额上,从此再也不肯消失。他现在环顾了一下周围:谢奇里面一切都是新的,所有的老伙伴都相继亡故了。那些曾经为正义的事业,为信仰和友爱而奋斗过的人,一个也没有了。就是那些跟着团长出发去追赶鞑靼人的战士,也都早已不活在世上了。所有的人都送掉了性命,所有的人都毁灭了,有的在战斗中壮烈牺牲,有的在克里米亚盐沼地上饥渴而亡,有的被俘之后由于忍受不住侮辱而自戕身亡;从前的那位团长也早已亡故了,老伙伴们一个也不活在世上了;从前哥萨克力量沸腾过的人早已被青草掩埋了。他觉得好像是举行了一次宴会,一次热闹的、喧阗的宴会:所有的器皿被砸得粉碎;到处连一滴酒也不剩,宾客和仆人把所有贵重的杯碗都偷走了,——惶惑不知所措的主人呆立着,想道:"还是不举行这一次宴会好些。"人们给他排遣愁闷,陪他寻求快乐,结果都是徒然;长髯白发的多弦琴乐师们三三两两走过,歌颂他的哥萨克功勋,结果也是徒然。他严峻地、冷漠地眺望着一切,在他的不动声色的脸上流露出难以抑制的悲哀,他悄悄地低垂着头,说:"我的儿子!我的奥斯达普!"

查波罗什人准备出发起一次海上的远征。两百只舢板船放到德聂泊河里去,接着小亚细亚人就看到剃光头蓄留长额发的查波罗什人,把百花盛开的沿岸一带交给了剑与火;就看到穆罕默德的子民们的包头布,像无数花朵似的,抛撒在被血浸湿的田野上,漂浮在岸边。这地方的人看到了不少沾满焦油的查波罗什灯笼裤和紧握黑皮鞭的筋肉发达的手。查波罗什人吃光了和糟蹋了整个葡萄园;在伊斯兰教教堂里遗下许多堆大粪;把波斯织的贵重的围巾当裤带,拿来束肮脏的长裆。许久以后还有人在这些地方找到查波罗什人的短烟斗。他们高高兴兴地返航了；一艘装有十门大炮的土耳其兵船从后面赶上来，船上所有的武器一齐发弹，像赶鸟似的，把他们这些不坚固的舢板船一下子都赶散了。三分之一的舢板船沉没在大海的深处，可是其余的却又重新聚到一处，载着满满十二桶金币，驶进了德聂泊河口。可是，这一切都已经不能使塔拉斯感兴趣。他走到牧场和草原上，好像是去打猎，可是他带去的子弹一颗也没有发射。他放下步枪，充满着忧愁，在海边坐下来。他在那儿坐了许久，垂倒头，总是说："我的奥斯达普！我的奥斯达普！"黑海在他面前闪耀着，展延着；海鸥在远处芦苇丛里啭鸣着；他的白胡子耀着银辉，眼泪扑簌簌地滚下来。

塔拉斯终于忍耐不住了。"我无论如何也要去探听一下他的下落：他活着吗？还是进了坟墓？还是连坟墓里也已经找不到他了？我无论如何要去探听个明白！"过了一星期之后，他在乌曼城出现了，全身武装，骑着马，拿着长矛、马刀，旅行水壶挂在马鞍上，带着一只盛满谷粉粥的行军食器，一些弹药筒、绊马绳以及别的配备。他一直走近一幢肮脏的沾满污迹的小房子，那房子小小的窗户不知被什么东西熏脏了，很难看得清楚；烟囱是用破布堵塞住的，满是窟窿的房顶整个儿被麻雀遮住了。一大堆垃圾堆积在门口。一个戴着镶有变色的珍珠头饰的犹太女人从窗户里探出头来。

"你丈夫在家吗？"布尔巴问，翻身下了马，把马缰绳缚在门前的铁钩上。

"在家。"犹太女人说，赶紧舀了一勺小麦出来喂马，给骑士送上一大杯啤酒。

"你那犹太男人在哪儿?"

"他在另外一间屋子里,在祷告。"犹太女人说,当布尔巴把酒杯举到唇边时,她行了礼,祝了他健康。

"你留在这儿,喂我的马,给它饮水,我去跟他单独谈一谈。我找他有点事情。"

这犹太人就是人所共知的杨凯尔。他在这儿已经成了一个土地经租人和酒店老板;他渐渐把附近一带所有的波兰地主和绅士都抓在自己的手掌心里,渐渐吸干了几乎全部的金钱,使这一带的人都强烈地感觉到这犹太人的影响。在周围三里的范围内,不再剩下一所完整无恙的茅舍:全都倒塌了,毁坏了,喝酒喝光了,剩下的只是贫穷和褴褛;像遭了火灾或者瘟疫一样,整个地区连根铲光了。如果杨凯尔再在这儿待上十年,他大概会把整个总督管辖区都铲得精光的。塔拉斯走进屋子里去。犹太人蒙着自己那件污迹斑驳的寿衣正在祷告,刚刚转过身,按照他那种信仰的规矩,要吐最后一口唾沫,他的眼睛却忽然碰上了站在他背后的布尔巴。首先扑进犹太人眼帘里来的是悬赏取他首级的那两千块金币;可是,他对自己的贪欲感到羞愧,竭力要把爱好黄金的欲念压下去,这种欲念像蛆虫似的盘绕着犹太人的灵魂。

"听着,杨凯尔!"塔拉斯对犹太人说,犹太人对他鞠躬行礼,小心翼翼地关上门,以防人家看见他们,"我救过你的性命,否则查波罗什人会把你像一条狗似的撕掉的,现在轮到你了,现在你给我帮个忙吧!"

犹太人的脸有些打皱了。

"帮什么忙?要是我可以做到的,我为什么不帮忙呢?"

"什么话你也不要说。带我到华沙去。"

"到华沙去？什么，到华沙去？"杨凯尔说，吃惊得把眉毛和肩膀都向上耸起了。

"什么话也不要对我说。带我到华沙去。无论如何，我想再见他一面，只要跟他再讲一句话。"

"跟谁讲？"

"跟他讲，跟奥斯达普，我的儿子讲。"

"难道您老爷没有听说，他们……"

"我知道，一切都知道：他们出了两千块金币赏格要我的脑袋。那些混蛋，他们知道它的价值！我要给你五千。现在这儿先给你两千，"布尔巴从一只草制钱包里倒出两千块金币来，"其余的，等我回来再给。"

犹太人立刻抓起一条手巾，把金币盖上了。

"哎呀，好钱！哎呀，真是顶好的钱！"他说，把一块金币放在手里摩挲着，又放在牙齿缝里咬了几下，"我想，那个人被老爷夺去了这么好的金币，在这个世界上，一定连一个钟头也活不下去，他失掉了这些顶好的金币，一定立刻跑到河边，跳下去淹死了。"

"我可以不来求教你。我也许自己可以找到去华沙的道路；可是那些该死的波兰人好歹会把我认出来，把我抓住的，因为我不会玩花样。你们犹太人可是天生会玩这一套的。你们连鬼都欺骗，你们懂得所有的把戏；这便是我来求教你的原因！再说，我一个人就算到了华沙，也是一点结果也不会得到的。立刻套上车，带我走！"

"老爷以为，只要牵来一匹骒马，套上车子，说：'吁，走吧，灰黄马！'这就行了吗？老爷以为，就照这个样子，不把老爷藏起来，就能把您运走吗？"

"好,那么,把我藏起来吧,你知道该怎么藏就把我怎么藏起来吧!藏在空酒桶里怎么样?"

"哎呀,哎呀!老爷以为可以把人藏在酒桶里吗?老爷难道不知道每一个人都会觉得桶里装的是酒?"

"好嘛,让他觉得是酒好了。"

"什么?让他觉得是酒好了?"犹太人说,用双手抓自己的辫子,然后双手向上举起。

"嘻,你为什么这么慌里慌张的?"

"难道老爷不知道上帝创造酒,是为了叫大家喝的吗?那儿全是些馋嘴子,贪吃的人:一个波兰绅士为了一桶酒会跑上五俄里地,如果凑巧被他凿穿一个洞,看见里面没有酒流出来,他就会说:'犹太人不会运一只空酒桶的;这里面一定闹什么鬼。抓住犹太人,把犹太人绑起来,没收犹太人所有的钱,把犹太人送去坐班房!'因为不管什么坏事,总要推在犹太人身上;因为大家把犹太人看作狗;因为大家想,如果是犹太人,那就不是人。"

"那么,把我放在装鱼的车上吧!"

"不行,老爷;真的,不行。全波兰的人现在都像野狗似的在挨饿:他们来偷鱼吃,就会把老爷找到了。"

"那么,叫魔鬼运我走也行,只要把我运走!"

"听着,听着,老爷!"犹太人说,卷起袖口,叉开两只手,走到他跟前去,"这便是我们要做的。现在各处都在建筑要塞和城堡;从德意志国①来了一些法国工程师,因此沿路都在

～～～～～～～～～～

① 原文故意把"德国"写成"德意志国",借以表示犹太人说的不是正规的俄语。

124

搬运许多砖瓦和石头。老爷可以躺在货车的下层,我给您上面盖上一些砖瓦。从外貌看来,老爷是强壮、结实的,因此,如果分量重一点,也是不会觉得什么的;我再在货车底下凿一个窟窿,好喂老爷东西吃。"

"由你做吧,只要把我运走!"

过了一个钟头,一辆套着两匹驽马的、运载砖瓦的货车从乌曼城出发了。高大的杨凯尔骑在其中的一匹马上,当他那像路旁里程标一样高大的身子在马上跃动的时候,他长长的鬈曲的辫子便也跟着在犹太式的毡帽下面飘动起来。

十一

在我们描写的事件发生的时候,边境地带还没有任何税吏和巡逻兵这种对企业人士的可怕的威胁。因此,每一个人都可以运载他所想运载的任何东西。如果有人来搜索和检查,大部分也只是为了他自己高兴才这么做,尤其是如果车上载着引诱他眼睛的东西,或者他的胳膊具有很可观的力量的话。可是,砖瓦却找不到爱好的人,所以就毫无阻碍地走进了正城门。布尔巴在那块狭小的安身之所只能听见喧哗声,驭者们的吆喝声,此外再也听不见别的什么了。杨凯尔在那匹矮小的、涂满尘垢的千里马背上跃动着,转了几个弯,趱入了一条黑暗而且狭窄的街道,这条街名叫"污秽街",又叫"犹太街",因为实际上,几乎来自整个华沙的犹太人全在这儿居住。这条街很像一个翻掘得臭气熏天的后院的内部。太阳似乎压根儿没有射到这儿来过。一些有无数木杆伸出窗外的乌黑的木头房子,更把黑暗加深了。这些木头房子中间偶或有一垛红墙,可是就连这红墙,也有许多地方完全变黑了。有时,仅仅顶上抹过灰泥的一小块墙,被阳光照亮着,闪出耀眼欲眩的白光。这儿尽是些乱七八糟的东西:烟囱,破布,皮壳,被丢弃的破桶。随便什么人有什么不用的东西,都掷在街上,让过路人有借这废物唤起自己的一切感情的方便。骑在马上的人差一点用手就可以碰到横过街心从一幢房子搭到另一幢房子的那些木杆,那些木杆上挂着犹太人的袜子、短裤和一只熏鹅。有时,一个犹太女人用发黑的玻璃珠装饰着的俏丽的小脸蛋,从破旧的小窗户里露出来。一群涂满污垢、衣着褴褛、生着鬈曲头发的犹太孩子,喊着,在泥泞里打滚。一个红头发的犹太人满脸生着雀斑,使脸变得像一枚雀蛋似的,从窗户里向外张望,立刻用难解的方言跟杨凯尔攀谈起来,杨凯尔立刻把车子开进一个院子里去了。另外一个犹太人在街上走过,停下来,也参加了谈话,当布尔巴最后从砖瓦下面爬出来的时候,他看见三个犹太人正在起劲地谈论着。

杨凯尔转过身来,对他说,一切可能做的事都会设法给他做到,他的奥斯达普被关在城内监狱里,虽然很难买通看守,可是他希望能够给他安排一次会面的机会。

布尔巴和三个犹太人一同走进屋里。

几个犹太人彼此又用他们的听不懂的语言谈起来了。塔拉斯端详他们每一个人。有一种什么东西似乎深深地打动了他:在他粗鲁而冷淡的脸上燃起了希望的强烈火焰,这是一种有时在极度绝望之中会来到一个人心里的希望;他的老年的心开始像青年人的心一样剧烈地跳动起来。

"听着,犹太人!"他说,他的声音流露出热狂的心情,"你们能做世上一切的事情,甚至能从海底挖掘出东西来。俗话说得好,犹太人打定主意想偷,连他自己也能偷走的。把我的奥斯达普给我救出来吧!给他个机会,让他从恶魔手里逃出来吧。我答应过给这个人一万二千金币,我现在再加一万二千。我所有的一切东西,贵重的金杯和埋在地底的金子,房屋和最后一件衣服,我都要卖去,我还要和你们订一个终身合同,把我在战争中获得的一切东西和你们对半平分。"

"噢,不行,亲爱的老爷,不行!"杨凯尔叹口气说。

"不,不行!"另外一个犹太人说。

三个犹太人都面面相觑。

"试一试怎么样?"第三个犹太人怯生生地望着另外两个说,"也许上帝会帮忙。"

三个犹太人都说起德国话来了。布尔巴不管怎么尖起耳朵听,还是一点也听不懂;他听见常常说的一个词"马尔多海",此外再也听不出别的什么。

"听着,老爷!"杨凯尔说,"必须跟一位世界上还从来不曾有过的人物商议一下。嗳,嗳!这个人像所罗门①一样智慧,他要是没有办法,那么,世界上无论是谁,都没有办法啦。坐在这儿;这是钥匙,谁都别放进来!"

三个犹太人走到街上去了。

塔拉斯锁了门,从小窗户里眺望这条肮脏的犹太人的街道。三个犹太人在街中心停下来,非常兴奋地谈论起来;第四个人很快地也加入了,最后又增添了第五个人。他又听见屡次重复的一个字:"马尔多海,马尔多海。"犹太人们不住地往街的一头探望;最后,在街的尽头,从一幢东倒西歪的旧房子

---

① 所罗门(前960—前935),古代的智者。

里露出了一只穿着犹太鞋子的脚,长褂的后襟缓缓曳动。"啊,马尔多海,马尔多海!"所有的犹太人都一齐喊起来。一个枯瘦的犹太人,比杨凯尔稍微矮些,但脸上比他有着更多的皱纹,还有一片特别厚的上嘴唇,向焦急不耐烦的人群走了过来,于是所有的犹太人都争先恐后地跑上去讲给他听,这时候马尔多海向小窗户这边望了好几次,塔拉斯猜想一定是在谈到他。马尔多海打着手势,倾听着,打断着谈话,常常向一旁吐唾沫,又撩起长褂的后襟,伸手到口袋里去摸一些叮当发响的小玩意儿,同时就把令人恶心的裤子露了出来。最后,所有的犹太人发出了这样大的喊声,使那个站在另外一头望风的犹太人不得不打了个暗号叫他们静默,塔拉斯开始为自己的安全担起心来,可是随即想到犹太人有一种习惯,非在街上商量事情不可,并且他们的语言连魔鬼也不会听懂,所以又觉得安心了。

过了两分钟,几个犹太人一起走进他的房间里来。马尔多海走到塔拉斯跟前,拍拍他的肩膀,说:"当我们和上帝想动手办一件事情的时候,一定会如愿以偿的。"

塔拉斯瞧了瞧这个世界上还不曾有过的所罗门,得到了几分希望。的确,他的外貌能够使人感到一些信赖:他的上嘴唇简直可怕之极;那肥厚的程度无疑是由于外来的原因而增大了。这所罗门的胡子只有十五根,并且都生在左边。所罗门的脸上留有这么多由于勇敢而得到的殴打的痕迹,他无疑早已无法数计,并且习惯于把它们认为是与生俱来的胎记了。

马尔多海和那几个对他的智慧敬佩得五体投地的伙伴一同走出去了。布尔巴一个人留了下来。他处于一种古怪的、从来没有经历过的境遇中:他有生以来第一次感觉到了不安。

他的灵魂处在热病的状态中。他不是以前那个不屈不挠、坚定不移、像橡树般坚强的人了,他胆怯起来,他现在变得软弱了。听见一些风吹草动的声音,每次看到一个新的犹太人的姿影在街尽头出现,他就要直打哆嗦。他终于在这种状态中度过了一整天;不吃、不喝。他的眼睛连一分钟也没有离开过那扇向街的小窗户。最后,直等到很迟的夜晚,马尔多海和杨凯尔才回来了。塔拉斯的心脏突然几乎停止了跳动。

"怎么样?成功了吗?"他怀着像野马般急不可耐的心情问他们。

可是,在这些犹太人还没有提起精神来作答的时候,塔拉斯注意到马尔多海头上已经没有那最后的一束头发了,那一束头发虽然很不干净,刚才却还是卷成一圈圈挂在他的毡帽下面的。显然他想说些什么,可是结果他却唠唠叨叨说了这么许多废话,简直叫塔拉斯一点也无法听懂。就连杨凯尔也常常把手按到嘴上,像是患了感冒似的。

"噢,亲爱的老爷!"杨凯尔说,"现在完全不行了!真的,完全不行了!这帮人坏透了,简直应该往他们脑袋上啐唾沫。马尔多海也会这样说的。马尔多海做了世界上还从来没有一个人做过的事情;可是,上帝不肯帮忙也是枉然。三千名兵丁驻扎在那儿,明天要把他们全部处死。"

塔拉斯直对这两个犹太人的眼睛望着,但他已经没有那种焦躁和愤怒了。

"老爷要是愿意去见一次面,那么明天必须一大早,太阳还没有出来就去。我已经跟哨兵们说妥了,警卫队长也答应了。这帮人死后到了阴间也还是要受折磨的,唉,畏米尔①!真是一些多么贪心不足的人呀!我们这一伙里可找不到这样的人:我给了他们每人五十块金币,而那个警卫队长……"

"好。领我到他那儿去!"塔拉斯斩钉截铁地说,全部刚毅之气又在他的灵魂里苏醒过来了。他同意了杨凯尔的建议,乔装一个来自德国的外国伯爵,并且深谋远虑的犹太人为了这一着早已把服装都给他预备好了。已经是深夜了。屋主人,那个人所共知的生雀斑的红头发犹太人,取出一床蒙着一层草席的薄薄的褥垫,给布尔巴铺在长凳上。杨凯尔也铺上同样的褥垫,躺在地上。红头发犹太人喝干一小杯醇酒,脱了长褂,只穿袜子和鞋子,有几分像小鸡雏似的,跟自己的犹太女人一起钻进一个形同橱柜的东西里面去了。两个犹太孩子像两只家犬似的,蜷卧在橱柜旁边的地板上。可是,塔拉斯没有睡。他一动也不动地坐着,用手轻轻地敲着桌子;他把烟斗衔在嘴里,喷着烟,使犹太人在睡梦中直喷嚏,拉上被头把鼻子盖了起来。天空刚刚露出一抹苍白的曙光,他已经用脚去把杨凯尔推醒了。

"起来,犹太人,把你那身伯爵的衣服给我。"

他在一分钟内穿着好了;涂黑了胡子、眉毛,脑门上扣了一顶小小的黑帽子,这样一来,就连最和他接近的哥萨克也没有一个能够把他认出来。照外貌看,他似乎至多只有三十五岁。健康的红晕浮泛在他的双颊上,连那几块伤痕也给增添了威严。绣金的衣服很合他的身。

街道还在酣睡着。还没有任何一个买卖人手提着篮子在

---

① 德语,"weh mir"的音译,感叹语。

城市里出现。布尔巴和杨凯尔走到了一座形似蹲着的苍鹭的建筑物前面。它是低矮的,宽广的,巨大的,黑黝黝的,它的一边耸立着一座仙鹤颈似的长而细的尖塔,尖塔顶上突出着一块房顶。这座建筑物扮演着许多各种各样的角色:这儿又是兵营,又是监狱,又是刑事法庭。这两个人进了大门,就置身在一间宽广的大厅里,或者不如说是一个有屋顶的院子里。大约有一千个人在一起睡觉。正面有一道矮门,门前坐着两个哨兵,在做一种互相用两只手指打对方手掌的游戏。他们很少注意走过来的人,直等到杨凯尔对他们说出下面一番话的时候,他们才转过头来:

"这是我们。听着,老爷,这是我们。"

"去吧!"他们中间的一个人说,一只手拉开了门,同时把另外一只手伸给自己的伙伴去挨他那一下打。

他们走进了一条狭窄而黑暗的走廊,这条走廊又把他们引到一间同样的上端有一些小窗户的大厅里去。

"谁呀?"好几个声音喊起来,于是塔拉斯看见数目可观的全身武装的轻装兵,"上面吩咐不准放随便什么人过去。"

"这是我们!"杨凯尔喊道,"真的,我们,尊贵的老爷们。"

可是,没有一个人肯听。幸亏这时候走来了一个胖子,从一切形迹上看来,他似乎是一位长官,因为他撒野骂街比谁都厉害。

"老爷,这是我们呀,您已经认得我们了,伯爵老爷还要重重地谢您呢。"

"放他们过去吧,去他妈的!以后可别再放什么人过去了。不准把马刀随地乱扔,也不准吵架……"

声色俱厉的命令的下半段他们俩已经听不见了。

"这是我们……这是我……这是自己人!"杨凯尔碰见每一个人都这样说。

"怎么样,现在行么?"当他们最后走到走廊尽头的时候,他问一个哨兵。

"行;不过我不知道他们放不放你们到监狱里去。现在杨不在,另外一个人代替他在值班。"哨兵答道。

"哎呀,哎呀!"犹太人轻声地说,"这可糟透了,亲爱的老爷!"

"领我去!"塔拉斯固执地说。

犹太人只得唯命是从。

在地下室的上端尖细的门旁边,站着一个蓄有三层胡髭的轻装兵。第一层胡髭向后翘,第二层向前突,第三层向下拖,这副模样使他活像一只猫。

犹太人把身子弯得低低的,几乎是侧身而进,走到他的跟前:

"大人,尊贵的大人!"

"喂,犹太人,你是跟我说话吗?"

"是回禀您的话,大人!"

"哼……可是我不过是一名轻装兵!"三层胡髭的家伙眼睛里闪着快乐的光,说。

"说真的,我还以为您就是总督本人呢。哎呀,哎呀,哎呀……"说到这儿,犹太人摇着头,叉开指头,"嘿,好气派,说实在的,您像是一位联队长,简直是一位联队长! 只要再高升一步,准就是一位联队长啦! 您老爷应该骑上一匹快得像一阵风似的好马,去指挥一个联队!"

轻装兵理了理第三层胡髭,同时他的眼睛闪耀着欢乐的光辉。

"军人真是了不起啊!"犹太人继续说下去,"唉,畏米尔,真是多么好的人啊!金丝线,小铁片……它们金光闪闪的,像太阳在发亮;姑娘们只要一看见军人,那是……哎呀,哎呀!……"

犹太人又摇起头来。

轻装兵一只手捻着第一层胡髭,从牙齿缝里发出一种有些类似马嘶的声音。

"请老爷帮个忙!"犹太人说,"这位侯爷从外国来,想看一看哥萨克。他有生以来还从来没有见识过哥萨克是什么样的人哩。"

外国伯爵和男爵的出现,在波兰是一件非常普通的事情。他们常常只是被好奇心吸引着,来到这儿,想看看几乎带有一半亚洲味道的这欧洲一角:他们认为莫斯科和乌克兰已经位于亚洲版图以内。因此,轻装兵深施了一礼,觉得自己再来酬答几句是很得体的。

"大人,"他说,"我不知道您为什么要见他们。这是一群狗,不是人。他们的信仰是谁都不敬重的。"

"你胡说,鬼杂种!"布尔巴说,"你自己是狗!你怎么敢说我们的信仰没有人敬重?人家对你们邪教的信仰才不敬重呢!"

"啊哈!"轻装兵说,"我知道了,朋友,你是谁:你就是关在这儿的那帮人中间的一个。等着,我去叫咱们的人来。"

塔拉斯发觉了自己的疏忽,可是执拗和愤怒妨碍他把漏洞补救过来。幸亏杨凯尔在这一刹那间赶快插嘴。

"大人!一位伯爵怎么能够又是一个哥萨克呢?他要是

一个哥萨克,那么,他哪儿来的这身衣服,怎么会有这一副伯爵的仪表呢?"

"这些话你去说给自己听吧!……"轻装兵已经张开大嘴要喊起来了。

"大人阁下,别作声,别作声,看上帝的分上!"杨凯尔叫起来,"别作声!我们为了这个要给您许多钱,您从来还没有见过这么大的数目呢:我们要给您两块金币。"

"啊哈!两块金币!两块金币在我算得了什么:理发师给我只剃掉一半胡子,我就赏他两块金币。给我一百块金币吧,犹太人!"说到这儿,轻装兵捻着上面的胡髭,"你要是不给一百块金币,我这就要叫人!"

"为什么要这么许多呢!"犹太人脸色发白,一边解开他的皮钱包,一边悲哀地说;可是,侥幸的是,他的钱袋里没有更多的钱,轻装兵不可能数出超过一百以上的金币。"老爷,老爷!快走吧!您瞧,这是多么坏的人呀!"杨凯尔看见轻装兵把钱放在手上拨弄,好像后悔没有再多要些似的,就急忙说。

"你这是怎么啦,鬼轻装兵,"布尔巴说,"拿了钱,却不领我们去看人?不,你应该领我们去看人。你拿了人家的钱,现在就没有权利拒绝了。"

"滚开,滚到魔鬼那儿去!再闹,我这就给你们厉害瞧,当场就叫你们……拔起腿走吧,我对你们说,快点!"

"老爷!老爷!走吧!真的,我们走吧!该天杀的!叫他尽做噩梦,梦见些令人恶心得要啐唾沫的东西。"可怜的杨凯尔喊。

布尔巴垂着头,慢慢地转过身,向后面走去,杨凯尔尽在背后唠叨不休,他一想起白白丢掉的金币,一阵悲伤就把他包围住了。

"为什么要惹翻他呢?让那狗杂种去骂街好了!他是那样一种人,不骂街是不行的!唉,畏米尔,老天爷给人带来多么好的运气啊!奉送他一百块金币,结果只是把咱们赶走!可是咱们的弟兄们呢,就是扯断他的辫子,把他的脸打得稀烂,也没有人给他一百块金币。噢,我的上帝!慈悲的上帝啊!"

可是,这次失败给布尔巴的影响更要大得多;这一点从那闪烁在他眼睛里的吞噬人的火焰上可以看出来。

"咱们走!"他忽然说,好像鼓起了精神,"咱们到广场上去。我要看看他们怎样折磨他。"

"哎呀,老爷!为什么要去呢?那对我们不会有好处。"

"咱们走!"布尔巴顽固地说。于是犹太人像个保姆似的,叹着气,跟在他后面走去了。

派定执行死刑的广场,是很容易找到的:人们从四面八方蜂拥到那儿去。在当时那个野蛮的时代,这不但对于平民,并且对于上层阶级也是一种最吸引人的景象。许多虔诚的老太婆,许多胆小的大姑娘和小媳妇,以后整夜会梦见血淋淋的尸体,睡梦中吓得直叫唤,只有喝醉酒的骠骑兵才会喊得那么响,可是她们还是不肯放过满足好奇心的机会。"唉,什么样的痛苦啊!"她们中间许多人掩着眼睛,转过脸去,带着歇斯底里的热狂叫道。不过,有时却还是在那儿站了许久。也有人张着嘴,向前伸直胳膊,仿佛想跳到大家头上去看个仔细。一个屠户,从一堆狭窄的、瘦小的和普通的脑袋中间钻出他的胖脸蛋来,带着一副行家的神气观察着全部经过,用简短的字句跟一个枪械制造匠交谈着,他把那人唤做"干亲家",因为他们在一个节日曾经在小酒馆里一起喝过酒。有些人热烈地议论着,另外一些甚至还打赌;可是,大部分是这样的一些人,他们是惯于用手指挖着鼻孔看整个世界和世上所发生的一切事情的。在最前方,就在组成城市卫队的一群胡子兵旁边,站着一个穿军服的年轻波兰绅士,或者宁可说是一个貌似绅士的人,他绝对是把所有的衣服都已经穿在身上,因此在他的寓所里就只剩下一件破衬衫和一双旧皮靴了。两根链条,一根叠一根地挂在他的脖子上,上面串着一枚古钱。他跟他的女友尤素霞站在一起,不断地左顾右盼,以防有人弄脏她的绸衣裳。他把一切都向她解释得清清楚楚,因此绝对再也不能补充什么。"喏,尤素霞宝贝,"他说,"您所看到的这些人,都是来看怎样处死犯人的。喏,宝贝,您瞧,那个人,手里握着长柄斧头和别的工具的,那就是刽子手,回头他要来行刑。当他用车裂之刑,又用别的刑法折磨犯人的时候,犯人还活着;可是,一斫掉脑袋,那么,宝贝,他立刻就呜呼哀哉了。先还要叫唤和挣扎,可是只要一斫掉脑袋,他就既不能叫唤,也不能吃,也不能喝了,因为,宝贝,他不再有一颗脑袋了。"尤素霞怀着恐惧和好奇倾听着这一切。屋顶上布满了人。一些胡子蓬乱的奇形怪状的脸和戴着睡帽似的东西的脸,从天窗里探露出来。贵族阶级坐在露台上,帐篷下面。一位笑容可掬的像白糖般辉耀发亮的小姐,伸出一只美丽的纤手来,扶在栏杆上。一些身体结实的显贵的老爷们,威仪凛然地眺望着。一个服饰华丽的、袖子往后翻转的仆役,忙着递送各种各样的饮料和食品。一个黑眼睛的顽皮女孩,常常用她光滑的小手,抓起点心和果子,向人群中间扔去。一群饥饿的骑士纷纷举起自己的帽子去接,某一个穿着用发黑的金丝线缏边的褪色红外衣的高个儿绅士,从人堆里探出头来,靠着他的胳膊长,第一个抢到了,他在抢到的胜利品上印了许多吻,把它按在心上,然后再放进嘴里。挂在露台下面金丝笼子里的一只鹰也是观众之一:它歪着鼻子,举起一只爪,也兀自在一旁仔细地谛视着人们。可是,群众忽然骚乱起来了,四面八方传来了声音:"带来啦……带来啦!……哥萨克们!……"

他们走过来,光着头,蓄着额发,胡子留得长长的。他们不畏缩,不阴郁,却带着一种平静的傲气向前走去;他们的用贵重呢绒裁制成的衣服破烂了,变成了丝丝褴褛挂在他们身上。他们对人不理睬,也不行礼。走在最前面的是奥斯达普。

当塔拉斯看到他的奥斯达普的时候,他是怎样感觉的呢?那时候他心头是怎样的一股滋味?他从人群里望着他,不漏掉他的任何一个动作。他们已经走近了刑场。奥斯达普站住了。首先轮到他喝干这苦杯。他看了看自己人,向上举起一只手,高声地说:

"老天爷,不要叫所有站在这儿的邪教徒们,这些不信神的家伙,听到基督徒痛苦的呻吟!我们中间的任何一个都不要哼一声!"

说完,他走近了断头台。

"好哇,儿子,好哇!"布尔巴轻轻地说,把白发苍苍的头向下垂倒。

刽子手把他褴褛的破衣剥下了;有人过来把他的手和脚捆在特设的木架上,接着……我们不打算用地狱般的痛苦景象来搅扰读者的心,他们看到这些景象是会毛骨悚然的。这些景象是当时那个野蛮残酷的时代的产物,在那个时代里,人们还过着专门宣扬战功的血腥气的生活,精神上习惯于这种生活而无暇顾念到人道。极少数的人是这个时代的例外,他们徒然反对着这种可怕的刑罚。国王以及许多头脑清醒、灵魂开明的骑士们徒然认为这种残暴的刑罚结果只会给哥萨克民族的复仇之念火上添油。可是,国王和有识之士的权威,跟公卿们的放纵行为和横蛮意志相形之下,就一点也不起作用,这些公卿们轻举妄动,极端缺乏远见,具有幼稚的虚荣心和无谓的骄傲,把议会变成了政府的讽刺画。奥斯达普像巨人似的忍受着折磨和酷刑。一声叫唤,一声呻吟也听不见,甚至当折断他手脚的骨头的时候,当骨头可怕的折裂声通过死一般的人群连最远的看客也听到的时候,当妇女们转过她们的眼睛的时候,没有丝毫类似呻吟的声音从他的嘴里透露出来,他的脸连颤动都没有颤动一下。塔拉斯站在人群里,低着头,同时骄傲地抬起眼睛,赞许地只是说:"好哇,儿子,好哇!"

可是,当他受到最后的死的痛苦的时候,他的力量好像开始衰竭了。他扫视了一下周围:天哪,全是一些不认识的人,陌生的脸!在他临死时只要有一个亲人在旁边就好了啊!他不想听软弱的母亲的哭泣和悲叹,或是撕着头发、捶着白净胸脯的妻子的疯狂的号啕;他现在想看见一个坚强的男子,用贤智的话使他精神健旺,在临终时使他得到安慰。接着,他的力量消逝了,在一种灵魂衰弱的状态中喊道:

"爹!你在哪儿?你听见了没有?"

"我听着呢!"在普遍的寂静中发出了这一声喊叫,成千上万的群众顿时都战栗了起来。

一部分骑兵赶过来仔细地检查群众。杨凯尔的脸像死一样地发白,当他们跑得离开他远些的时候,他心惊胆战地转过身去望望塔拉斯;可是塔拉斯已经不在他的身边:他已经消失得影踪全无了。

十二

塔拉斯的下落被人找到了。十二万哥萨克军队出现在乌克兰的边境上。这已经不是出发去掠夺战利品或是驱逐鞑靼人的小部队或分遣队了。不,整个民族起来了,因为人民的忍耐到了尽头,他们起来复仇,是因为他们的权利被践踏,他们的人格遭到可耻的贬损,祖先的信仰和神圣的旧习被凌辱,教堂被亵渎,异邦老爷们横行霸道,压迫日甚一日,实行宗教合并,犹太人在基督教的国土上令人发指地占着支配权,并且也是为了远古以来累积和加重哥萨克们的刻骨仇恨的一切原因。一个年轻但意志坚强的统帅,奥斯特兰尼察,率领着这全部浩浩荡荡人数众多的军队。在他身旁,可以看到他的一个年迈的、经验丰富的战友和顾问,古尼亚。八个联队长率领着各包括一万二千人兵力的联队。两个总副官和一个总令杖官①骑马走在统帅的后面。总旗官掌着主旗;许多别的军旗和旗帜在远处迎风飘展;令杖官们掌着令杖。此外还有许多别的将官:辎重官们、骑兵中尉们、联队书记们,他们后面还有步兵和骑兵的队伍;志愿兵和义勇兵几乎跟有军籍的正规兵募集得一样多。各处的哥萨克都起来了!有来自契吉林的,有来自彼烈雅斯拉夫的,有来自巴土林的,有来自格鲁霍夫的,有来自下德聂泊地区的,有来自德聂泊河的整个上游地区

---

① 旧时哥萨克统帅有令杖以标志其职权,杖上缚有一缕马尾,执掌这种令杖的官,姑译为"令杖官",而这一类官员中的最高负责人,则译为"总令杖官"。

及其他附近岛屿的。数不清的马匹和无数的车辆蜿蜒不绝地布列在原野上。在哥萨克军中间,在这八个联队中间,最精锐的这样一个联队,这就是塔拉斯·布尔巴所率领的联队。一切都使他在别人面前占着优势:无论是讲到他的高龄,充足的经验,调兵遣将的本领,或者比所有的人都更强烈的对敌人的憎恨。他的无情的凶暴和残忍,甚至在哥萨克们看来也显得过分。他白发苍苍的头脑里只想到火焚和绞刑台,他在军事会议中所发表的意见,总离不了歼灭这两个字。

这儿不必记述哥萨克们建立功勋的全部战役,更不必记述逐步展开的全部战况:这一切都被载入编年史的篇页了。大家知道,在俄罗斯国土上,为信仰执戈奋起的战争是一种什么样的战争:再没有比信仰更强大的力量了。它森严可畏而又不可战胜,像澎湃汹涌瞬息万变的大海中出于鬼斧神工的一座巨岩一样。它把一整块石头筑成的一垛不可摧毁的墙壁,从海底深处顶起,一直顶到天空。到处都可以望见它,它一直眺望着从身边奔涌过去的万丈怒涛。船要是碰上去,那可就倒霉啦!船上的无力的缆索片片飞散,船上的一切都毁成灰烬,沉没在海底,受难者们悲惨的叫声回响在四周震荡的空气里。

编年史详细描写了波兰警备队怎样从被解放的城市里仓皇逃走;不法的犹太土地经租人怎样被吊死;波兰皇家统帅尼古拉·波托茨基率领无数大军和这不可战胜的力量对垒作战是多么软弱无力;他被打败和追击之后,怎样把他一部分最精锐的军队淹死在一条小河里;凶悍的哥萨克联队怎样在一个小镇波隆内包围了他们;以及波兰统帅怎样被逼得走投无路,只得宣誓承认,国王和政府公卿答应完全赔偿一切损失,并归还一切从前获得的权利和特权。可是,哥萨克们不是这样容易善罢甘休的人:他们早就知道波兰人的誓约是什么东西。如果不是住在小镇上的俄罗斯牧师们救了他的命,波托茨基就不能再骑在那匹价值六千卢布的喀尔巴阡产的高头大马上耀武扬威,吸引贵妇们的垂青和贵族们的嫉妒,也不能再大设筵席招待元老院议员们,在议会中显露头角了。当所有披着金色灿烂的袈裟的牧师们捧着圣像和十字架、戴着法冠的主教走在最前面,手里也捧着十字架,一同迎上前来的时候,哥萨克们都低下了头,脱掉了帽子。他们在这时候不会尊敬任何人,甚至连国王也不会尊敬,可是他们不敢反对自己的基督教教会,并且对自己的牧师总是要表示敬意的。统帅和联队长们同意释放波托茨基,取得了他的誓约,要他保证让一切基督教教会自由行使职权,忘掉旧恨新仇,对哥萨克军人不加任何侮辱。只有一个联队长不同意这样的媾和。这个人就是塔拉斯。他从头上揪掉一绺头发,叫道:

"喂,统帅和联队长们!像娘儿们那么软绵绵,可不成呀!别相信波兰人的话,那些狗会出卖我们的!"

当联队书记拿出和约来,统帅伸出赋有权力的手在上面签字的时候,他从身上解下一把纯钢的刀,用上等钢打成的贵重的土耳其马刀,把它像芦茎似的一折两段,远远地分开抛在两边,说道:

"永别了!伙伴们,像这把刀的两端不能拼在一起做成一把马刀一样,我们今生今世再也不能相见了。记住我的临别赠言(说到这句话时,他的声音壮大了,提得更高了,增添了一种不可思议的力量,大家都因为这种带着预言性的话而感到骚动不安起来):你们会在自己临终之前想起我的!你们以为买得了安静与和平,你们以为就要享享清福了?你们要享的是另外一种福:统帅呀,人家要剥掉你脑袋上的皮,用荞麦糠填满你的脑壳,把你的脑袋长久地展览在各处市集上!老乡们,你们也保全不了自己的脑袋!即使不把你们像绵羊似的活活地放在锅子里煮,你们也会倒毙在四面砌着石墙的潮湿的地牢里!

"还有你们,小伙子们!"他转过身来向着自己的部下,继续说下去,"你们有谁愿意得个好死,不是死在后灶上和娘儿们的暖炕上,也不是醉醺醺地死在酒店的围墙下面,而是像哥萨克那样光明磊落地死去,大家死在一张床上,像一对新郎和新娘一样?要不然,你们也许愿意回到家里去,改宗邪教,把波兰的天主教僧侣背在自己的背上吧?"

"跟你走,联队长老爷!跟你走!"塔拉斯联队里的人都在喊,陆续又有不少别的联队里的人跑了过来。

"要跟我,就跟我吧!"塔拉斯说,把头上的帽子往下拉了一拉,凶狠狠地对所有留下的人望了一眼,骑在马上整整好姿势,对部下喊道:"谁都不可能用侮辱的言语来责备我们!好,走吧,小伙子们,咱们上天主教徒那儿去逛几天!"

说完话,他朝马屁股上抽了一鞭,向前驰去,一百辆辎重车蜿蜒不绝地跟在他后面,旁边还跟着无数哥萨克骑兵和步兵,他频频回头,凶狠狠地扫视所有留下的人,眼光里充满着愤怒。谁都不敢拦阻他们。这个联队在所有的军士前面开走了,塔拉斯还长久地频频回头,老是凶狠狠地望着。

统帅和联队长们茫然不知所措地站着,大家沉思着,静默了许久,好像被一种什么沉重的预感压迫着似的。塔拉斯的预言不是没有道理的:一切果然都像他预言的那样应验了。

在卡涅夫城下发生了背信弃义的行为之后又过了一些时候，统帅的首级就和许多高级官员的首级一起高悬在柱子上了。

塔拉斯怎么样呢？塔拉斯率领着自己的联队漫游了整个波兰，烧毁了十八个小镇，将近四十座天主教礼拜堂，并且已经达到克拉科夫了。他杀死了许多各种各样的波兰绅士，劫掠了许多最富有、最漂亮的城堡；哥萨克们把小心珍藏在老爷们地窖里的一瓮瓮陈年蜜酒和佳酿打开了，淌得满地都是；把藏在储藏室里的贵重的呢绒、衣服和器具扯个稀烂，烧个精光。"什么东西都不要怜惜！"塔拉斯只是一个劲儿地重复说。哥萨克们没有敬重那些黑眉毛的妇人，白胸脯嫩脸蛋的姑娘；即使躲在祭坛旁边，她们也不能幸免于难，因为塔拉斯把她们连同祭坛一起都烧了。许多双雪白的手，从熊熊的火焰中举向天上，传出一阵阵凄惨的喊声，这喊声会使冷冰冰的大地震动，会使原野上的青草因为怜悯而向下低垂。可是残酷的哥萨克们毫不介意，他们在街上用长矛把她们的婴儿挑起，也扔进火焰中去和她们一块儿烧死。"邪教的波兰人呀，你们瞧，这就是给奥斯达普举行的追悼！"塔拉斯只是一个劲儿地说。于是他在每一个村里都给奥斯达普举行这样的追悼，直等到波兰政府发觉塔拉斯的行为超出寻常抢劫的范围，委派先前的那个波托茨基率领五个联队一定要把塔拉斯捕获为止。

在六天中间，哥萨克们抄着村路，逃开了所有的几次追击；马匹几乎受不住这样异乎寻常的疾驰，结果总算把哥萨克们救出了险境。可是，波托茨基这一次并没有辜负他所受的委托；他披星戴月，不知疲劳地追击他们，终于在德涅斯特尔河沿岸赶上了，布尔巴占据一座被放弃的坍塌的要塞，正在那儿稍事休息。

它耸立在德涅斯特尔河畔的一处陡崖上,露出崩坏的围墙和坍塌的墙壁的残骸。悬崖顶上满布着碎石和烂砖,好像随时都会土崩瓦解,倒下去似的。就在这儿,皇家统帅波托茨基从邻接原野的两个侧面包围了他。哥萨克们用砖头和石块打退敌人,厮杀和抵抗了四天。可是粮秣和力量耗竭了,塔拉斯决定要杀开一条血路,突围出去。哥萨克们本来已经快要冲出重围了,骏马也许再能忠实地为他们效一次劳,可是忽然,在跑着的时候,塔拉斯停住了,叫道:"等一等!装好烟草的一只烟斗掉了;我不愿意我的烟斗让邪教的波兰人拿去!"于是老联队长弯倒身去,开始在草丛里寻找那只装满烟草的烟斗,无论在海上、陆上、行军中,或是在家里,那是他的一个不可须臾分离的伴侣。可是,这当口,一伙人忽然一拥而上,按住了他的强有力的肩膀。他用尽全身的力量挣扎,可是那些捉住他的轻装兵们已经不像先前似的纷纷跌倒在地上了。"唉,年纪老了,年纪老了!"他说,这个胖胖的老联队长哭了起来。可是,原因不在年纪老,原因在于寡不敌众。至少有三十个人吊生了他的手和脚。"冒失鬼落网了!"波兰人喊,"现在必须想想给这老狗表示什么样的最高的敬意。"结果,得到统帅的批准,决定当众把他活活地烧死。这儿矗立着一棵光秃秃的树,树梢被雷劈掉了。有人用铁链把他拴在树干上,用钉子钉住他的双手,把他吊得高高的,好让各处都可以望见这个哥萨克,接着又立刻在树底下堆起了柴薪。可是,塔拉斯没有望那柴堆,也没有想到人家要放火烧死他;他,这个一片赤诚的人,望着哥萨克们在进行掩护射击的那一头:他居高临下,一切都了如指掌。

"快一点,小伙子们,"他喊,"快占领树林后边的那座小山:他们不会攻上去的!"

可是,风没有把他的话传送过去。"他们完了,完了,落了一场空!"他绝望地说,往下面望了一眼,德涅斯特尔河在那儿发亮。他的眼睛里闪出了一道快乐的光辉。他看见灌木丛中露出四只船的船艄,他运足气,扯开嗓子,大声地喊道:

"到岸边去!小伙子们,到岸边去!顺着右边山脚的小道下去。岸边停靠着舢板船,把所有的船都划走,别让追兵赶上!"

这一次风从另一方面刮,他的话都被哥萨克们听见了。可是,为了这个忠告,他头上立刻受了刀背的一击,打得他眼前金星直冒。

哥萨克们飞快地顺着山脚的小道跑去;可是追兵已经逼近了。往前一看,只见山径迂回曲折,盘绕不尽,一边有许多弯道。"啊,伙伴们!咱们拼了吧!"大伙儿说,停了一刹那,接着,扬起鞭子来一挥,只听见嗖的一声,他们的鞑靼产的马就离开了地面,像蛇似的浮在天空里,飞过悬崖峭壁,扑通一声笔直地落到德涅斯特尔河里去了。只有两个人没有落到河里,从高处摔在岩石上,甚至连喊都没有喊一声,就连人带马永远毁灭在那儿了。可是哥萨克们已经和马一起在河里浮游着,解开了舢板船。波兰人在悬崖峭壁上停住了,对这种闻所未闻的哥萨克的行为感到十分惊奇,寻思着:他们要不要也纵马一跃?一个血气方刚的年轻的联队长,就是曾经迷惑过可怜的安德烈的那美丽波兰姑娘的亲哥哥,没有想许久,就骑着马,鼓足全身的力气跟着哥萨克们一起跳下去:他骑在马上,在空中连翻了三个筋斗,笔直地摔在尖利的悬崖上。尖利的岩石把坠在峭壁中间的他撕裂成一块块,他的脑浆混合着鲜血,飞溅在生长在坑洼的险岨石壁间的灌木丛上。

当塔拉斯·布尔巴被人击昏后,重新清醒过来,望了望德涅斯特尔河的时候,哥萨克们已经坐在船上,划起桨来了;上面弹如雨下,但都打不到他们的身边。老联队长的快乐的眼睛奕奕闪光了。

"永别了,伙伴们!"他从上面向他们喊,"记住我,明年春天再上这儿来,痛痛快快地逛一下!鬼波兰人,你们得到了什么?你们以为世上有什么东西能叫哥萨克害怕吗?等着瞧吧,终有一天,终有一天,你们会认识俄罗斯的正教信仰是什么东西!远远近近的人现在都已经感觉到,帝王将从俄罗斯国土上升起,世间将不会有一种力量胆敢不向他表示屈服!……"

这时候,柴薪上已经升起了熊熊的烈火,把他的双脚卷进去了,火焰笼罩了那棵树……可是,难道在世上能够找到这样一种火,痛苦,和这样一种力量,能够战胜俄罗斯力量吗!

德涅斯特尔河不是一条小河,这儿有许多港湾,茂密的芦苇丛,浅滩和不见底的深渊;镜子般光洁的河面闪亮着,回响着天鹅的嘹亮的鸣声,一只骄傲的白颊凫迅速地在河面上掠过,还有许多鹬、红胸脯的流苏鹬和各种各样别的雀鸟,栖息在芦苇丛里和沿岸一带。哥萨克们飞快地驾着狭窄的双舵舢板船,齐心一致地划着桨,小心地绕过浅滩,惊起一些飞翔的雀鸟,同时谈论着自己的联队长。

涅瓦大街

　　至少在彼得堡,没有东西比涅瓦大街更好的了;对于它说来,涅瓦大街包括尽了一切。这条街上还有什么东西不起眼的呢——可以称得是首都之花!我知道,它那些穷苦的和做官的居民没有一个人肯拿涅瓦大街去调换世上的任何财宝。不但拥有二十五岁青春、美髯和缝得极漂亮的大礼服的人,甚至就是下巴颏长出白毛,脑袋光滑得像银盆一样的人,都对涅瓦大街神魂颠倒。至于淑女们!——啊,淑女们就更是喜爱涅瓦大街了。哪一个人会不喜爱它呢?只要一走进涅瓦大街,你就感觉到完全被一种游荡的气氛包围住。任凭你再有多么重要的急事,可是一踏上这条街,你就准会把一切事情都抛到九霄云外去。这是唯一的一个地方,人们不是因为必要才上这儿来,不是实利和吞没整个彼得堡的商业利欲把他们赶到这儿来的。在涅瓦大街遇到的人,仿佛比在海洋街、豌豆街、打铁街、小市民街和其他的街上遇到的人更不自私些,在那些地方,吝啬、贪欲和实利刻画在步行的以及坐着轿车和弹簧座马车飞驰的人们的脸上。涅瓦大街是彼得堡的一个交通枢纽。彼得堡或维堡区的居民,凡是好几年没有去拜访住在沙滩或莫斯科关卡的朋友的,尽管可以放心,一定会在这儿碰见他们。随便什么人名通讯录和问讯处都不能像涅瓦大街传递这样正确的消息。万能的涅瓦大街！这是绝少散步之处的彼得堡的唯一解闷的地方！人行道打扫得多么干净，天啊，有多少双脚在上面留下了印迹！退伍兵好像要把花岗石踩烂似的笨重而肮脏的长统靴，脑袋转向商店辉煌的橱窗像向日葵转向太阳似的年轻太太精致的、轻得像烟一般的鞋子，前途充满希望的准尉在地上划出鲜明痕迹的铿锵作响的佩刀，——这一切，都在它上面宣泄了强大的力或柔弱的力。仅仅在一天中间，海市蜃楼在这儿变幻得多么迅速！仅仅在一昼夜之间，它经历了多么大的变化！我们先从清晨说起吧，那时整个彼得堡飘荡着热烘烘的刚烤好的面包的香味，穿着破烂衣衫和旧斗篷的老婆婆们奔向教堂，奔向同情的过路人去乞讨施舍。那时的涅瓦大街是空洞洞的：身体结实的掌柜和他们的大伙计都还穿着荷兰衬衫睡觉，或者用肥皂涂抹他们高贵的脸颊，喝着咖啡；乞丐们聚集在点心铺门口，睡眼惺忪的学徒昨天托着可可茶像苍蝇似的满屋子乱飞，现在不打领结，手里拿着扫帚，踱出来布施给他们发硬的糕饼和剩肴残饭。有事的人在街上走着：有时走过一些干活儿去的俄国庄稼汉，穿着沾满石灰的长统靴，即使以清洁驰名的叶卡捷林娜运河也没法把它们洗干净。照例淑女们是不好意思在这时候出门的，因为俄国人喜欢说些粗野刺耳的话，她们就是在戏园子里也不会听到。有时一个睡眼惺忪的官吏腋下夹着皮包走过，如果他需要经过涅瓦大街上衙门去的话。可以确定地说，在这时候，就是说，在十二点钟以前，涅瓦大街对于任何人都不是目的，却只是手段罢了：它渐渐地挤满了一些人，他们各有自己的职务、自己的关怀、自己的烦闷，但他们压根儿没有想到这条街。俄国庄稼汉谈说着十戈比银币或者七枚半戈比铜币,老大爷和老大娘们挥舞着手,或者自言自语着,有时做出惊人的手势,可是没有一个人去听他们,笑他们,除非只有穿着条纹麻布长袍,手持空酒瓶或者缝好的靴子,像一阵闪电似的奔过涅瓦大街的孩子们。在这时候,不管你再穿得随便些,甚至不戴礼帽而在脑瓜上扣一顶没有边的便帽,硬领高高地耸出在你的蝴蝶领结上面,——谁都不会注意到这些的。

到了十二点钟,各种国籍的家庭教师带领他们扎着细麻布硬领的学生涌进了涅瓦大街。英国的琼斯们和法国的柯克们①跟托付在他们亲如父母一样的照顾下的学生挽着手同行,谆谆地教导他们,商店挂着招牌是为了让人知道店里有些什么货色。女教师们,苍白的密斯②和玫瑰色的斯拉夫女郎,威严地走在轻快的、活泼的女孩子们后面,叫她们把肩膀抬高一些,挺起胸来;总之,这时候的涅瓦大街是一条教育味道的涅瓦大街。可是在靠近两点钟的时候,家庭教师、老师和孩子们就越来越少了:他们终于被温文优雅的父亲们排挤了出去,这些人跟他们珠光宝气的、花花绿绿的、神经衰弱的女伴们挽着手在这一带徜徉漫步。慢慢地,许多刚做完十分重要的家务的人参加到这一群里来了,有的刚同自己的医生谈过天气和鼻子上长出来的一粒小疙瘩,有的关心着马和自己很有天分的孩子的健康,有的读了广告和报上关于来往人物的重要报道,有的刚喝过了咖啡和茶;此外,还有一些凭着令人钦羡的命运赢得办理特别事务的重要职位的人。混到这一群里来的,还有一些在外交部做官,职务和习惯都显得超群出众的

---

① 琼斯和柯克分别是英国人和法国人的普通姓氏。此处代指英国籍和法国籍的家庭教师。
② 即指西洋女子。

人。老天爷,多么令人惊叹的官职和职位啊!它们是怎样慰娱和升华人的心灵啊!可惜我不做官,没有福气领教上司老爷待人接物的这一份体己劲儿。凡是你在涅瓦大街遇见的一切,都是彬彬有礼的:绅士们穿着长长的大礼服,双手插在口袋里,淑女们穿着粉红色的、白色的和浅蓝色的长裾缎外衣,戴着小巧玲珑的帽子。你在这儿可以遇见以卓然不凡、令人惊奇的技巧从领结下面挤出来的独一无二的络腮胡子,天鹅绒般的、缎子般的、黑得像貂和炭似的,但是可惜,只有外交部的官员才有的络腮胡子。在别的衙门里办事的人,老天爷不肯赏赐他们黑色络腮胡子,最使他们不乐意的是他们必须长着棕黄色的。你在这儿可以遇见笔墨不能形容,画笔不能描摹的美丽的短髭;半世精力花费在上面的短髭,——日日夜夜长时期担忧照顾的对象;这是洒满销魂荡魄的香水和香料,涂抹各式各样最名贵最稀有的香油的短髭,夜晚用薄犊皮纸卷起来的短髭,主人无比喜爱,过路人眼红羡慕的短髭。女人们会在两天内爱不忍释的千百种绚烂轻飘的帽子、衣裳、头巾,使涅瓦大街上的行人眼睛发花。好像是一片蝴蝶的海蓦地从花丛中飞起来,在雄性的黑甲虫上面像灿烂的云彩似的骚动着。你在这儿可以遇见从来不曾梦见过的腰身:不比瓶颈粗一些的纤巧而窄细的腰身,你看见了准会远远地躲到一边去,恐怕一不小心,粗鲁的胳膊肘把它碰了;你的心充满着懦怯和恐惧,害怕一口气会吹断了大自然和艺术的美妙的作品。并且,你在涅瓦大街可以遇见什么样的女衣袖子啊!哎呀,别提多么美啦!它们有点儿像两只氢气球,淑女们要是没有绅士们搀扶着的话,就会飞到半空中去;因为把淑女举到半空中,正像把盛满香槟酒的酒杯举到口边是同样容易而愉快的。无论在别的什么地方,两个人相遇时决不会像在涅瓦大街这样大方而从容地寒暄行礼。你在这儿可以遇见举世无双的微笑,精巧绝伦的微笑,一种笑使你迷醉得骨酥肉麻,另一种笑叫你自惭形秽,低下头去,又有一种笑叫你觉得比海军部大厦的尖塔还高,踌躇满志起来。你在这儿可以遇见人们气宇轩昂、派头十足地倾谈音乐会或者天气。你在这儿可以遇见千奇百怪、不可思议的人和事。老天爷!在涅瓦大街上可以遇见多少古怪的人物啊!有许多人,见到了你,准要注视你的靴子,当你走过去的时候,他们就回过头来,注视你的后襟。我到现在还不明白这是怎么一回事。我起初以为他们是鞋匠,然而事实不然:他们大部分都是在衙门里办事的,许多人擅长拟办从一个衙门送到另外一个衙门去的来往公文;还有一些人爱好散步,坐在点心铺里读报纸,总之,他们大部分都是衣冠楚楚的上流士绅。在正午两点到三点之间可以称为涅瓦大街活动焦点的这一段幸福的时间中,人间一切优美的作品在这儿举行着盛大的展览会。一个人夸耀有上等海獭皮领子的风度翩翩的大礼服,第二个人夸耀美丽的希腊式的鼻子,第三个人夸耀卓越无比的络腮胡子,第四个人夸耀一双勾魂的眼睛和美丽的女帽,第五个人在优美的小指头上戴着嵌有压邪符咒的宝石戒指,第六个人夸耀穿着迷人的鞋子的纤足,第七个人夸耀叹为观止的领结,第八个人夸耀令人迷醉的短髭。可是一过三点钟,展览会就结束了,人迹稀少了起来⋯⋯在三点钟的时候,发生了新的变化。春天蓦地降临了涅瓦大街:整条街上挤满了穿绿制服的官员们。饥饿的九等文官、七等文官和其他的文官们尽量地加快脚步往前赶路。年轻的十四等文官、十二等文官和十等文官还想抓紧时间多在涅瓦大街上溜达一下，装出一副神气，好像他们压根儿没有在衙门里坐过六个钟头似的。可是，上了岁数的十等文官、九等文官和七等文官们急急忙忙地走过去，低着头；他们没有闲心思细看过路人；他们还没有完全摆脱掉自己的挂虑；他们脑袋里乱糟糟的，塞满一大堆开了头而尚未办理完毕的案卷；他们有很久的时间看不见招牌，却只看到公文箱或者处长的团团的面孔。

过了四点钟，涅瓦大街又变得空洞洞的了，街上几乎很难碰到一个官。一个女裁缝走出店门，捧着一只匣子穿过涅瓦大街；股长的一个多情的弃妇，穿着粗毛布外套，沦落在街头；一个不怜惜时光的外乡来的怪人；一个拿着手提包和书本的瘦长的英国女人；一个俄国工人，穿着短得盖不住腰眼的老棉袄，有一缕疏朗的胡子，一生没有过过一天好日子，当他悄悄地在人行道上走过的时候，背脊呀，手呀，脚呀，头呀，各部分都会哆嗦起来；有时候，是一个矮小的手艺匠；此外，你在涅瓦大街再不会碰见别的人了。

可是，只要等到苍茫的暮色笼罩着房屋和街道，守夜人披着遮风的席子爬到梯子上去点亮街灯，商店的矮窗子里露出白天不敢露面的铜版画的时候，涅瓦大街就又活跃起来，开始颤动了。灯火给一切东西笼罩上美妙诱人光彩的那种神秘的时刻就来临了。你会遇见许多穿着暖和的大礼服和外套的年轻人，大部分都是单身汉。你在这时候会感觉到一种目的，或者宁可说是类似目的的东西，一种不可思议的东西。大家的脚步加快了，变得零乱起来。顾长的影子在墙头和街心闪动，几乎要投射到警察桥的桥头。年轻的十四等文官、十二等文官和十等文官们溜达了很久；但年老的十四等文官、九等文官和七等文官们大都待在家里，因为他们都已娶了老婆，或者因为家里的德国女厨子给他们烧了可口的菜肴。你在这儿可以遇见两点钟的时候道貌岸然地在涅瓦大街上散步的那些可敬的老头儿们。你看见他们现在也像年轻的十四等文官一样地奔跑着,打算从帽檐底下偷窥前面走着的一位淑女,她涂脂抹粉的厚嘴唇和脸蛋儿早就把散步的人招惹得一个个直眉瞪眼的,特别是那些掌柜的、工人、穿着德国制的大礼服成群结队挎着胳膊散步的商人们。

"喂!"庇罗果夫中尉这时候拉住一个跟他一块走的、穿燕尾服和斗篷的年轻人,喊道,"瞧见了没有?"

"瞧见了,真美,活像是彼鲁吉诺①画的毕安卡。"

"你说的是哪一个?"

"她呀,就是那一个黑头发的。一双多么美丽的眼睛啊!老天爷,多么美丽的眼睛!身段、线条、脸的轮廓——都美极了!"

"我跟你讲的是那个浅黄头发的女人,就是跟在她后面走到那一边去的那一个。你要是看中了那个黑头发的,为什么不钉上去呢?"

"这怎么行!"穿燕尾服的年轻人涨红了脸喊,"你把她错当成傍晚在涅瓦大街卖单的女人了;看样子她准是一位名门闺秀哪!"他叹了口气继续说:"她穿的那件斗篷少说也得值八十卢布!"

"傻瓜!"庇罗果夫喊着,把他使劲往飘扬着鲜艳的斗篷的那一边推过去:"去呀,笨蛋,再不去就要错过了!我去钉那个浅黄头发的。"

---

① 彼鲁吉诺(1446—1524),著名的意大利画家。

两个朋友分了手。

"你们的底细我全都清楚。"庇罗果夫心里想,浮起自满自足的笑,深信没有一个女人逃得过他的手掌。

那个穿燕尾服和斗篷的年轻人跨着羞怯而战栗的步子,直向远远地飘荡着绚烂的斗篷的那一边走去,靠近街灯时,斗篷闪出鲜艳的光辉,离开时,刹那间又被黑影吞没了。他心里直扑腾,于是不由自主地加快了步子。他不敢妄想那个飞往远方去的美人儿会对他垂加青睐,庇罗果夫中尉暗示过的那种非分之想,他就更是不敢僭望;可是他只想看一看那幢房子,要知道这位艳绝人寰的天仙住在什么地方,她看来一定是从天上降落到涅瓦大街,并且一定会飞往不可知的地方去的。他飞快地跑着,不时把长着灰色络腮胡子的体面的先生们从人行道上挤下来。这年轻人属于我们国内一个非常古怪的阶级,要说他是彼得堡的市民,那就如同说我们梦中见到的人物属于现实世界一样。在这个触目尽是官吏、商人或者德国工匠的城市里,这个独特的阶层是很不平常的。他是一个画家。这不是一个奇怪的现象么?一个彼得堡的画家!积雪之国的画家,住有芬兰人的国土的画家!——在那儿,一切都潮湿、平坦、单调、苍白、灰色、雾气沉沉。这些画家完全不像傲慢而热情如同意大利天空一样的意大利画家;相反的,他们大部分都是些善良的、温柔的人,害羞、乐天、悄悄地爱好着自己的艺术,喜欢跟二三友人在斗室里品茶,谦和地谈论心爱的话题,不过问其他事情。他常常把一个老丐婆叫到家里来,让她坐上整整六小时,为的是要把她寒酸的、冷淡无情的面孔移植到画布上。他描画堆满各种零七八碎的画具的房间的景色:由于时光和尘埃而染成咖啡色的石膏手脚、折断的画架、翻倒的调色板、弹吉他的友人、涂满颜料的墙以及外面闪现着白茫茫的涅瓦河和穿红衬衫的穷苦渔夫们的敞开的窗户。他们笔下画出的一切,几乎总是带着灰沉沉的、浑浊的色彩——这是北国的不可磨灭的烙印。话虽如此,他们却兴高采烈地干着自己的工作。他们常常怀抱着真才实学,只要一阵意大利的新鲜的风吹到他们身上,才能就会自由、广阔而光辉地发展起来,像从房间里搬到清新的空气中来的花草一样。他们往往是很胆怯的;看见了勋章和厚的肩章就着了慌,不由自主地要把作品减价贱卖。他们有时也爱打扮打扮,可是打扮起来,总显得不顺眼,倒像是打了个补丁似的。你有时看见他们在漂亮的燕尾服上披一件污迹狼藉的斗篷,在贵重的天鹅绒背心外面罩一件沾满颜料的大礼服。同样地,你有时也会看见在他们没有画完的风景画上画着一个倒立着的仙女,因为一时找不到别的地方,就在从前兴致勃勃地画过的一幅作品的脏污背景上勾勒了这个形象。他从来不直望你的眼睛;如果要看你,那么总是恍惚蒙眬地看一眼;他不用观察家鹰一般的眼睛或者骑兵军官隼一般的眸子来刺穿你。这是因为他在同时看到你的脸和放在他房间里的赫拉克勒斯[1]石膏像的脸的缘故;或者是因为他眼前浮动着他正想动笔的一幅图画的缘故。因此,他常常答非所问,有时甚至语无伦次,再加上脑子里乱七八糟的一大堆东西,就更是增加了他的懦怯。我们写的这个年轻人,画家庇斯卡辽夫,就正是属于这一类型,怕羞、胆怯,可是心里埋藏着感情的火花,随便什么时候都会勃发成熊熊的火焰。他神秘地震颤着,紧跟着他惊为天仙的那个人物

---

[1] 赫拉克勒斯,希腊神话中的英雄,宙斯之子。

走去,奇怪自己会有这么大的胆子。强烈地吸引住他的眼睛、思想与感情的陌生女人,忽然回过头来瞟了他一眼。天啊,多么美的脸蛋儿呀!白得耀眼的迷人的前额覆盖着玛瑙般美丽的头发。奇妙的鬈发卷成一圈一圈的,有一缕从帽子边上挂下来,碰着了在夜寒中染着轻微的、新鲜的红晕的脸颊。嘴唇闭锁在层层迷人的幻梦中。一切儿时回忆的残痕,一切在明亮的圣灯前面带来幻想和恬静的灵感的东西,——一切的一切,仿佛都凝聚、汇合、反映在她柔和的嘴唇上。她看了庇斯卡辽夫一眼,被她这一瞧,他的心房跳动了起来;她严厉地看了他一眼,看见有人厚颜无耻地在后面追逐,愤怒之情闪过她的脸上;可是在这张美丽的脸上,即使怨愤也是令人销魂的。他被羞辱和怯懦压倒了,低下眼睛,停了下来;可是,怎么能够连她要去歇脚的神庙都还不知道,就把仙女轻轻地放过呢?这样的念头烦扰着年轻的梦想家,于是他又决心继续追逐了。可是为了避免人的耳目,他离开得远些,茫然地看着两边,眺望着招牌,同时却把陌生女人的一举一动都看在眼里。来往的行人稀少了,街上静寂无声;美人儿回头顾盼了一下,他仿佛觉得她嘴唇上闪过了一丝微笑。他浑身直打哆嗦,不相信自己的眼睛。不,这是街灯用虚幻的光在她脸上描画了近似微笑的线条;不,这是他的幻想在嘲笑他自己!可是,他呼吸急促,他整个儿陷入一阵不可捉摸的战栗,他的全部感情燃烧起来,眼前的一切笼罩在雾霭里。人行道在他脚下飞驰,驾着连蹿带跑的骏马的轿车仿佛静止不动了,桥身拉长,在拱形的地方折断,房屋倒立,岗亭迎面飞来,哨兵的戟连同金字招牌和招牌上画着的剪刀,仿佛在他的眼睫毛上发亮。这一切,都是因为美目的一下顾盼,可爱的小脑袋的一下转动啊。他什么也不听,不看,不注意,一个劲儿追随着纤足的轻盈的踪迹飞奔,竭力想收束随着心的跳动而加速的脚步。有时候他心里发生了疑问:她脸部的表情真是这样善意的么,——这样一想,他就停住了脚;可是,心的跳跃、不可抗拒的力量以及全部感情的骚动,又驱策他前进。他甚至都没有注意到一幢四层楼的楼房耸立在他面前,亮着灯光的四排窗户一齐盯住他,他不提防在门口的铁栏杆上碰了一下。陌生女人沿着楼梯跑上去,回过头来瞟了他一眼,把手指放在嘴唇上,做出暗号叫他跟上去。他的膝盖直打哆嗦;感情、思想,燃烧了起来;一阵欢乐以令人不可忍受的迫力穿透了他的心。不,这不是空想!老天爷,这一瞬间包含着多少幸福!在这两分钟里过着多么奇妙的生活!

可是,这一切不是在做梦么?只要巧目一盼,他就愿意献出整个生命,只要挨近她的住家,他就认为是莫大的幸福的这个人——难道此刻对他一往情深的就是她么?他飞似的奔上楼去。他没有任何一点俗念;他不是被尘世热情的火焰所燃烧,不,他在这一瞬间纯正而贞洁,像缅怀着朦胧的精神爱的要求的童贞男子一样。挑逗荒淫的人发生大胆妄念的东西,相反的,却只会使他更加圣化。美人儿对他所表示的信赖,在他心里唤起了骑士一样的严肃的誓愿,唤起了一种准备赴汤蹈火去执行她的吩咐的誓愿。他只希望这些吩咐越困难,越难于实现就越好,他就可以拿出全副力量去克服最大的困难。他相信,一定有什么秘密而重大的事情使这陌生女人非信赖他不可;她一定是要请他帮一个大忙,并且他已经觉得自己有力量和决心去完成任何事情。

楼梯回旋着,他迅速的幻想也跟着一起回旋着。"留神点走呀!"响起了竖琴一般的声音,使他全身的血管充满了新的颤动。在四层楼的黑暗的高处,陌生女人敲了一下门——门开了,他们一起走了进去。一个长得挺不坏的女人手里拿着蜡烛出来给他们开门,可是这样古怪而无耻地瞧着庇斯卡辽夫,使他不由得把眼睛低了下去。他们走到房间里去。分散在各个角落里的三个女人的姿影映进了他的眼帘。一个人在打纸牌;另外一个人坐在钢琴前面用两只指头弹一支不成腔调的、古老的波兰舞曲;第三个人坐在镜子前面用梳子梳理长头发,看见陌生人进来,压根儿没有打算停止梳妆。到处呈现出只有在单身汉无人照料的房间里才会有的煞风景的混乱状态。挺好的家具盖满尘埃;蜘蛛在有雕刻花纹的房顶上张着网;透过通往另一房间的没有关严的门,可以看到一只扎有刺马针的长统靴在发亮,制服的花边泛着红光;响亮的男人声音和女人的哄笑肆无忌惮地交响成一片。

老天爷,他走进什么地方来了! 他起初不肯相信自己的眼睛,开始更加仔细地察看摆在房间里的东西;可是赤裸的墙和不挂窗帘的窗并不显示出有一个细心照料的主妇的痕迹;这些可怜人的疲惫不堪的脸——有一个人几乎就坐在他面前,平静地望着他,像望着别人衣服上的斑点一样,——这一切都告诉他,他走进了一个盘踞着浮华教养和首都人口过剩所产生的悲惨淫乱、令人憎厌的魔窟。在这个魔窟里,人亵渎地践踏并嘲笑一切点缀生活的纯洁神圣的东西,女人,世界之花,一切创造物中的王冠,变成了古怪的、莫名其妙的存在,一切女性美,连同灵魂的洁净,一齐失去了,丑恶地学会男人的神态和粗野大胆,不再是柔弱的、美丽的、和我们不同的人物。庇斯卡辽夫张大惊愕的眼睛把她从头到脚端详着,仿佛还想知道,她是否就是那个迷惑了他,带着他走过涅瓦大街的女人。可是她站在他面前,依旧那么可爱;她的头发还是那么美丽;她的眼睛还是闪着天仙般的神采。她鲜艳活泼;她看来只有十七岁;可以看出她掉在火坑里还并不长久;他仍然不敢去摸一下她的脸,这两片面颊是鲜嫩的,稍微染上一层红晕——她长得真美。

他一动不动地站在她面前,几乎就要像先前一样地陶然忘情。可是美人儿再也受不住长时期的沉默,意味深长地笑着,直对他的眼睛望着。这微笑充满着可怜的无耻,在她脸上显得古怪而不相称,正像贪污的人表示虔诚,诗人拿着账本一样。——他战栗了。她张开可爱的小嘴,说了些什么话,但全是这样地愚蠢,这样地俗不可耐……仿佛一个人心灵不纯洁,就把理性也失掉了。他再也听不下去。他像孩子一样的戆直而可笑。不想利用对方的好意,也不高兴有这样的机会,——换了别人,无疑一定是求之不得的,——他撒腿就跑,像野山羊似的,一溜烟地跑到了街上。

他坐在自己的房间里,低下头,垂着双手,像穷人拾到无价的珍珠而又掉落在大海里一样。"这样的美人儿,这样天仙般的容貌,可是她待在哪儿?住在什么地方!……"这便是他能够说出的一切。

说实在的,再没有比看到美被腐朽的淫乱侵蚀着更叫我们痛心的了。让丑恶去跟淫乱携手吧,可是美,柔和的美……我们只能把它跟纯洁无垢联想在一起。魅惑了可怜的庇斯卡辽夫的美人儿,实在是一个神妙而不平常的人物。她这样的人竟堕入肮脏的火坑,就尤其显得不平常。她的整个姿容这样秀丽,她俊俏的脸上的整个表情这样雍容华贵,使你简直想不到淫乱会对她张开可怕的毒爪。她对于热情的丈夫可能是无价的珍宝、整个世界、整个天堂、全部财富；她在无人知晓的家庭圈子里可能是一颗美丽而安静的明星，小嘴一动，就发出甜蜜的命令。她在人群杂沓的大厅里，在亮晶晶的镶花地板上，辉煌的烛光旁边，在一大群拜倒石榴裙下的爱慕者们无言的企敬中，可能是一尊女神；——但是可惜！渴望着破坏生活和谐的可怕的地狱精灵狞笑着，把她投入了深渊。

　　被撕裂心灵的悲悯侵袭着，他坐在烧残的烛光前面。午夜早已过去了，钟楼上的钟打了十二点半，可是他还是一动也不动地坐着，不睡，也不干什么。睡魔趁他不动的时候就快要悄悄地把他征服，房间已经蒙眬地远去，只有摇摇欲坠的烛火透过快要征服他的梦幻，在闪动，这时候叩门声忽然使他震了一下，惊醒了过来。门开了，一个穿着阔绰的号衣的仆人走进来。从来还没有一个大户人家的仆人到他这间孤寂的房间里来过呢，何况又是在这样一种不寻常的时候……他狐疑不决，怀着难于克制的好奇心望着走进来的仆人。

　　"有一位太太，"仆人深施了一礼说，"就是几个钟头以前您到她家里去过的那位太太，叫我请您过去，已经打发一辆马车接您来啦。"

　　庇斯卡辽夫站着，惊奇得说不出话来：马车，穿号衣的仆人……不，准是弄错了……"听我说，朋友，"他胆怯地说，"你一定走错了人家。你们太太准是派你去接别的什么人的，不会是我。"

　　"不，您哪，我没有弄错。送我们太太走回打铁街四层楼上的，可不就是您么？"

　　"是我呀。"

"那就请您快去吧,太太急等着要见您哪,请您这就过去。"

庇斯卡辽夫奔下楼去。果然有一辆轿车等在外边。他坐了进去,车门砰的一声关上,铺道的石子在车轮和马蹄下面响起来——许多房子的辉煌的剪影同着鲜明的招牌在车窗外边飞驰过去。庇斯卡辽夫一路上寻思,不知道应该怎样解释这件奇遇。私宅呀、马车呀、穿着阔绰的号衣的仆人呀……他怎么也不能够把这一切跟四层楼的房间、尘封的窗以及音调不准的钢琴联想到一块儿。马车在灯火辉煌的门口停下来,他一下子看得呆住了:一长排轿车、驭者的嘈杂声、灯火通明的窗和音乐的旋律。穿着阔绰的号衣的仆人把他从马车上搀下来,恭敬地引他到前厅去,——那儿有着大理石的柱子、穿绣金制服的看门人、成堆的斗篷和皮大衣、照耀如同白昼的灯光。围有发亮的栏杆、洒着香水的云雾般的楼梯,一直通向楼上。他登上了楼梯,第一间大厅里挤满了人,刚一迈步就吓得往后倒退,但还是走了进去。五光十色的人物使他眼花缭乱;他觉得仿佛一个魔鬼把整个世界砸成许多碎块,然后把这些碎块杂乱地混糅在一起。灿然的女人的肩膀和黑色的燕尾服,枝形烛台、灯、空气似的飘舞的薄纱、轻飘飘的缎带,耸出在华美的音乐台的栏杆外面的低音提琴,——这一切,在他看来,都是耀眼欲眩的。他一眼看到了这么多燕尾服上挂勋章的可敬的老头子和中年人,这么多飘飘然地、傲慢地、优雅地在镶花地板上走着或者并排坐着的淑女;听到了这么多法国话和英国话;再加上穿黑色燕尾服的年轻人们这样气概轩昂,说话和沉默时都这样令人敬畏,知道应该怎样不说一句多余的话,这样庄重地开玩笑,这样谦恭地微笑着,长着这样出色的络腮胡子,整理领结时懂得这样巧妙地伸出一双优美的手来;淑女们这样婀娜多姿,这样沉湎在尽情的满足和陶醉里,这样迷人地低垂着眼睛,简直是……可是,光是惶恐地凭靠在柱子上的庇斯卡辽夫的柔顺的神色,就足够说明他是怎样地张皇失措。这时候一大堆人围住跳舞的人们。她们裹着巴黎出品的透明的薄纱,穿着仿佛用空气织成似的衣裳,旋转着:她们灿然的纤足潇洒地滑过镶花地板,比起完全不接触地板来,给人更多的飘逸的感觉。可是,其中有一个人超群出众,长得格外丰美,打扮得格外漂亮。她的整个装束透露出一种难以形容的细致的风情,并且仿佛完全不是故意卖弄,而是自然而然地流露出来的。她对周围旁观的群众好像望着,又好像没有望着,美丽的长睫毛冷静地覆盖着,而当她低着头,轻微的阴影遮蔽着迷人的前额的时候,她那张莹洁白皙的脸就更是耀眼地映入人的眼帘。

庇斯卡辽夫使尽了力气推开众人,想看清楚她;可是,非常遗憾的是,一个长着黑色卷发的大脑瓜总是不断地遮住她;并且人堆里这样的拥挤,叫他进也不是退也不是,害怕一不小心会挤着了一位什么三等文官之类。可是他好容易挤到了前面去,看看自己的衣服,想理得齐整些。天啊,这是怎么的啦!原来他身上穿了一件沾满颜料的大礼服;忙着出门,竟忘记换一件像样点的衣服了。他羞得耳朵根都红了,低垂着头,恨不得找个地缝钻下去,可是他无路可逃:服装华丽的少年侍从官们像一垛墙似的挡在他后面。他愿意离开这有着美丽的前额和睫毛的美人儿越远些越好。他战战兢兢地抬起头来,看她是不是在望他:天啊!她就站在他面前……可是这是怎么一回事?怎么一回事?"这就是她呀!"他几乎大声地喊了出来。一点儿也不错,这正是她,正是在涅瓦大街邂逅相遇,一直伴送她回家的那个人。

这时候,她的睫毛往上一抬,用清澄的眸子望着众人。"哎哟,哎哟,哎哟,多么美啊!……"他屏息着,只能说出这几句话来。她扫视了一下周围,这些人争先恐后地都想吸引住她的注意,可是她显得疲倦而疏忽,很快地把眼睛转了过去,接着就和庞斯卡辽夫的视线接触了。登上了七重天!登上了天堂!老天爷,给我力量让我支撑下去!世间不会有这样的奇迹,它要毁灭我的心灵,勾走我的灵魂!她打了个暗号,但不是招手,也不是点头示意,——不,她的一双勾魂的眼睛传出了这个暗号,这是一种细微的隐约的表情,大家都没有看出来,可是他看到了,懂得了。跳舞延长得很久;懒洋洋的音乐好像已经寂静了,停止了,俄而又响起来,呜咽着,雷鸣着;终于结束了!——她坐下来,胸脯在烟雾般的薄纱下面起伏波动;她的一只手(老天爷,多么美的手!)放在膝盖上,捏着下面空气般的衣裳,衣裳也好像带着音乐旋律似的,它轻微的淡紫色把这只莹洁白净的美丽的手衬托得更加引人注目。就想过去碰一碰这只手呵——再不想别的什么!再没有别的愿望——那都太大胆了……他站在她的椅子背后,不敢说话,连气也不敢出。"您寂寞么?"她说,"我也很寂寞呢。我知道您恨我……"她又找补了一句,低垂着长长的睫毛。

"恨您!我恨您?我……"狼狈的庞斯卡辽夫打算说下去,并且一定会说出一大堆不连贯的话来,可是这时候,一个词锋尖刻而又风趣,头上有着美丽地卷曲着的刘海的侍从官走近来了。他欣然露出一排挺不坏的牙齿,每一句戏谑的话都像一颗颗锋利的钉钉在他的心里。终于幸亏旁边有一个人过来问侍从官一个问题。

"真叫人受不了!"她一边说,一边抬起天仙般的眼睛来望着他。"我去坐到大厅的那一头去;您也过来!"她挤进人丛里去,消失了。他像发了疯似的推开众人,也走到那一头去。

不错,这正是她;她像女皇似的坐着,比一切的人更可爱,更美丽,她用眼睛在找他。

"您来了,"她悄悄地说,"我什么事都不瞒您:我们初次相遇的那种情形您一定觉得奇怪吧。您以为我真就是您所看到的那种卑贱的人么?您觉得我的行为古怪,可是我可以告诉您一个秘密:您能够答应我,"她一边说,一边用眼睛牢牢地盯住他,"不把秘密泄漏么?"

"呵,决不!决不!决不!……"

可是这时候,一个肥头胖耳的人走过来了,用一种庞斯卡辽夫不懂得的语言对她说了几句话,向她伸出了手。她用恳求的眼光望着庞斯卡辽夫,暗示叫他留在老地方,等她回来,可是他再也忍不住,即使她发出的命令,他也无法从命了。他跟在她后面走去;可是,人群把他们隔开了。他已经看不见淡紫色的衣裳了;他不安地从一个房间走到另外一个房间,不留情地推开一切挡住去路的人,可是在所有一切房间里,只看见许多阔人在打牌,笼罩着死一般的寂静。在房间的一个角落里,几个年长的人在议论武职比文职强;在另外一个角落里,穿漂亮燕尾服的一群人对一个辛勤写作的诗人卷帙浩繁的作品加以轻率的批评。庞斯卡辽夫觉得一个相貌堂堂的年长的人抓住了他燕尾服的扣子,请他评断一下自己一个非常正确的意见,可是他粗暴地推开了他,甚至没有注意到对方脖子上耳朵里听来,显得非常古怪。这样,他直坐到天黑,然后贪婪地爬上床去。他好久辗转不能入寐,终于把失眠克服了。又做了一个梦,一个鄙陋的、丑恶的梦。老天爷,发发慈悲吧,一分钟,只要让我见到她一分钟!他又等待着夜晚,又睡着了,又梦见一个官,这人既是一个官,又是一支低音笛;这简直叫人受不了!终于她出现了!她的头和鬈发……她凝望着……多么短促的一刻呀!接着又是浓雾,又是一个什么愚蠢的梦。

终于梦变成了他的生活,从此以后,他的整个生活发生了奇怪的变化:可以说,他醒着时在做梦,在梦里又醒着。要是有人看见他不言不语地坐在桌子旁边或者走在街上,准会把他看成一个梦游病患者或者被烈酒毁掉的人;他的眼光不含蓄任何意义,生来就有的精神恍惚的毛病加深了,横暴地从他脸上赶走了一切感情,一切悸动。他只有在夜色来临的时候才显出活跃。

这样的情况损害了他的体力,而他最大的痛苦是:终于再也做不成梦。他想挽回这唯一的财富,想尽各种方法要把它找回来。他听说有一种方法可以叫人入梦,只要抽上几口鸦片就行了。可是上哪儿去找鸦片呢?他想起了有一个开披巾店的波斯人,这个人几乎每一回碰见他总要请他画一张美人画。他估量这个人一定藏有鸦片,就决定上他那儿去走一趟。波斯人盘着腿坐在沙发上,接待了他。"你要鸦片干什么?"波斯人问他。庇斯卡辽夫把失眠的情形从头至尾对他说了一遍。"好吧,我给你鸦片,可是你得给我画一张美人画。一张挺美挺美的。黑眉毛,橄榄样的大眼睛;我躺在她身边,抽着烟管,——听见没有?得画一个美的!一个美人儿!"庇斯卡辽夫什么全都答应了下来。波斯人出去了一会儿,拿了一只盛着黑色液体的小罐子回来,爱惜地倒了一些在另外一只小罐子里,交给了庇斯卡辽夫,嘱咐他每回只能和着水喝七滴。他贪婪地把给他金山银山也不肯调换的这只贵重的罐子接过来,三脚两步地跑回家去。

回到家里,他倒了几滴在盛满水的杯子里,吞下去,倒头在床上睡了。

天哪,多么快活呀!她!又看到了她!可是模样儿跟先前大不相同。她坐在村舍的明窗净几前面多么美呀!她的衣服富有朴素之美,那种朴素是只能用来寄托诗人的文思的。她头发的式样……老天爷,这式样多朴素,并且跟她多么相配!短短的围巾轻轻地披拂在她美丽的脖颈上;她整个儿是淡雅宜人的,整个儿透露出一种神秘的、难以描摹的风韵。她优雅的步伐多么娇媚!她的脚步声和简朴的衣裳的窸窣声多么悦耳!她箍着发制的镯子①的手多么惹人疼爱!她含着眼泪对他说:"别瞧不起我:您完全把我错看了。瞧瞧我,仔细瞧瞧我,您说吧:难道我真是您想象的那种女人?呵!不,不!您要说我撒谎,那也没有办法……"可是,他惊醒了过来!亢奋,骚乱,眼眶里含着眼泪。"还是没有你这个人好些!你还是不活在世上,而只是一个富有灵感的画家的创造物好些!我将不离开画布,永远望着你,吻着你。我将以你为生命,以你为呼吸,把你当成最美丽的梦想看待,那时候我就会感到幸福。我再没有更大的愿望。在梦中或者醒着,我将呼唤你的名字,像呼唤守护天使的圣名一样,当我向往庄严而神圣的事物的时候,将等待你出现。可是现在……多么可怕的生活呀!

① 可能是当时一种流行的装饰品。

你活着有什么好处？难道一个疯子的生命,对于爱过他的亲友会是愉快的么？老天爷,我们这算是过的什么日子啊！梦想老是跟现实作对！"几乎老是这样的思想挤满在他的头脑里。他什么也不想,甚至几乎不吃一点东西,怀着恋人一样的焦急和热情等候着夜晚,等候着心爱的幻象。永远把思想集中在一点上,结果就支配了他的整个存在和想象,他所爱慕的形象几乎每天都以和现实相反的姿态出现在他的梦里,因为他的想法是像孩子一样天真纯洁的。在梦里,那个人儿变得更加纯洁,简直完全变了样。

鸦片使他的思想更加沸腾了,如果有人猛烈地、骇人听闻地、势不可当地、骚动地爱恋到疯狂的极限,那么,这个不幸的人就是他。

在所有这些梦中,最使他感到欣慰的一次是他梦见了自己的画室,他是这样地高兴,手里拿着画笔这样怡然自得地坐着！她也在那儿。她已经做了他的妻。她坐在他旁边。可爱的胳膊肘凭靠在他的椅子背上,瞧着他画画。她的娇慵的、疲倦的眼睛里闪动着幸福的光芒；整个房间笼罩着天堂的气氛；这样光亮,这样整洁。老天爷！她把可爱的脑袋偎在他怀里……他再没有做过比这更甜蜜的梦。他醒来之后,觉得胸襟一畅,也不像先前那样神思恍惚了。他忽然有了一个奇怪的想法:"也许,"他想,"她是遭到了什么意外的可怕的不幸,才落到火坑里去的；也许,她内心充满着悔恨；也许,她自己也希望从劫难中挣脱出来。难道我就忍心瞧着她毁掉自己？何况只要一伸手就可以把她救出来。"接着,他越想越远。"反正不会有人知道,"他对自己说,"人家不管我,我也不去管人家。只要她真心悔改,重新做人,我就跟她结婚好了。我一定得娶她,这总比许多人娶女管家,甚至娶下贱的骚娘们做老婆强得多。我这样做,可并不是自私,甚至可以说是了不起。我要把最美丽的装饰品交还给世上。"

打定了这样轻率的计划,他觉得红晕浮上了他的脸颊;他走近镜子,看见高耸的颧骨,憔悴的脸色,吃了一惊。他仔细地打扮起来;洗了脸,梳光头发,穿上崭新的燕尾服,漂亮的背心,再披上了斗篷,走到街上。他呼吸到新鲜的空气,心里也感觉到舒畅,像一个久病初愈的人第一次出门。当他走近那条自从宿命的邂逅之后就一次也没有去过的街,他的心跳动了起来。

那幢房子他寻找了许久;他仿佛再也记不起来了。他在街上来回走了两遍,可是不知道应该在哪一家门口停下来。终于有一幢房子他觉得有点相像。他飞快地跑上楼去,敲了一下门;门开了,出来迎接他的是谁啊?他的理想,他的神妙的形象,幻想之画的蓝本,他这样骇人听闻、这样痛苦、又这样甜蜜地为她倾倒的那个人儿。正是她,站在他的面前。他战栗了;在一阵欢乐的袭击下,他软弱得几乎站不住脚。她站在他面前还是那么美丽,虽然眼睛有点睡肿,虽然苍白袭上了她的已经不十分鲜嫩的脸蛋儿,可是她还是非常美丽的。

"啊!"她喊了起来,看到了庇斯卡辽夫,揉着眼睛。那时候已经两点钟了。"您上回干吗要溜掉?"

他疲倦地坐在椅子上,望着她。

"我现在刚睡醒,是早上七点钟人家把我送回来的。我真喝醉了。"她微笑着加添了一句。

宁可你是哑巴,没有舌头,也比说出这样的话来强呵!她像活动画似的蓦地把全部生活向他展示了出来。可是他还是硬着头皮,想用劝诫打动她的心。他鼓足了勇气,用战栗但却热情的声音告诉她,她现在是处在可怕的境地里。她注意地听着,显出惊骇的表情,那是当我们看到意料不到的奇怪的事情时会表露出来的。她微笑着,瞧着坐在角落里的女友,那人不去剔净梳子,也注意地倾听着新来的传道者。

"不错,我是穷,"经过了长久的富有教益的劝诫之后,庇斯卡辽夫终于说,"可是我们可以好好地干;二人同心,黄土变金。再没有比万事都依靠自己更愉快的了。我坐下来画画,你坐在我的旁边,鼓励着我,做点刺绣或者什么别的活,我们就再不缺什么了。"

"这怎么行!"她带着轻蔑的表情打断了话头,"我又不是洗衣服的或是女裁缝,干吗要做活?"

天哪!这些话表现出了整个低劣的、卑贱的生活,——在这种生活里,充满着空虚与倦怠,那是淫乱的忠实伴侣。

"您跟我结婚吧!"一直坐在屋角里沉默不语的女友厚颜无耻地插嘴说。"我要是嫁了您,我就这么坐着!"她寒酸的面孔扮了个鬼脸,把美人儿引得笑了起来。

这太难了!叫人没法忍受。他失魂落魄地冲了出去。他的头脑一片昏沉:痴痴呆呆的,漫无目标,什么都看不见,听不见,感觉不到,整整一天在外边踯躅着。谁都不知道他在什么地方过了夜没有;直等到第二天,他才被愚蠢的本能推动着回到了自己的寓所,面色苍白,神情可怕,头发蓬乱,脸上刻着疯狂的标记。他关在房间里,谁也不放进来,也不要随便什么东西。四天过去了,锁闭的房门一次也没有打开过;又过了一星期,房门依旧锁着。人们走到门口喊他,可是一声回应也没有;终于打破门进去,找到了他断了气的尸体,喉咙被割断了。

染血的剃刀掉落在地上。从双手痉挛地撑开和脸部可怕地歪曲这些地方可以断定,他的手没有肯听使唤,他痛苦了许久,有罪的灵魂才离开他的肉体。

就这样地毁灭了,这疯狂的热情的牺牲品,安静的、胆怯的、谦恭的、孩子般天真的人,怀有才能的火花,也许到时候会广阔而辉煌地发光的可怜的庞斯卡辽夫。谁都没来悼哭他,除了巡长常见的姿影和法医冷漠无情的面孔之外,在他冷冰冰的尸体旁边再也看不到任何人。甚至没有经过宗教仪式,人们把他的棺材运到奥赫塔去;只有一个哨兵跟在棺材后面哭了,并且这也是因为多喝了一瓶伏特加酒的缘故。连生前对他爱护备至的庞罗果夫中尉也没有来跟这不幸的可怜虫的尸体诀别。事实上,他完全没有工夫顾到这些:他在忙着一件了不起的大事情呢。那么,我们现在就来谈到他吧。——我不喜欢死尸和死人,我在路上看到漫长的送殡行列,打扮得像托钵僧似的残废兵左手拿鼻烟嗅,因为右手擎着火炬,这时候我总觉得不痛快。我看到阔绰的灵柩车和覆盖天鹅绒的棺材,心里总是感到惋惜;可是当我看到赶大车的抬着穷人红色的没有遮盖的棺材,一个女乞丐可巧在十字路口碰上了,因为没有事干,就跟在后面走去的光景,惋惜就和忧愁混糅在一起了。

记得上面讲到庞罗果夫中尉跟可怜的庞斯卡辽夫分了手,追那个金发女郎去了。这金发女郎是一个婀娜活泼、很有趣的人物。她在每一家商店门口站下来,眺望橱窗里摆着的皮带、围巾、耳环、手套及其他零碎物件,不断地扭动身子,张望一阵,又回过头来看。"小宝贝,你是我的人儿哟!"庞罗果夫很有把握地说,继续着追逐,用外套的领子把脸藏起来,害怕会碰见什么熟人。可是应该让读者知道一下庇罗果夫中尉是个什么样的人。

可是在我们没有讲到庇罗果夫中尉是个什么样的人之前,先应该说一说庇罗果夫出身的那个社会。有这么一些军官,在彼得堡构成了一种中等阶级。你在经过四十年宦海浮沉才得到这样高爵位的五等文官或者四等文官家里的夜会上,晚餐会上,总会遇见一个这样的人。几个苍白的、像彼得堡一样灰暗失色的女郎,其中有几个是已过妙龄的,再加上茶桌、钢琴、家庭舞会——这一切,跟那个在灯光下,在温淑的金发女郎和兄弟或戚友的黑色燕尾服中间辉煌着亮晶晶的肩章是分不开的。要激动这些冷静的姑娘,使她们发笑,是非常困难的;要做到这一点,必须有高明的艺术,或者宁可说没有任何一点艺术。说话必须不太聪明,也不太可笑,必须处处不忘记女人所喜欢的琐碎细节。在这一点上,我们对上面所说的这些先生们的本领是不得不表示钦佩的。他们有一种特殊的本领,可以叫这些灰暗失色的佳人们发笑,听他们的话。湮没在笑声里的狂喊:"哎呀,别说下去了!真笑死人了!"常常是他们最好的酬报。他们很少混到上流阶级中间去,或者宁可说,从来不去。在那边,他们是被这个社会中叫做贵族的一类人完全压倒的;然而他们却仍旧冒充作有学问有教养的人。他们喜欢谈论文学;称颂布尔加林[①]、普希金和格列奇[②],带

[①][②] 布尔加林和格列奇都是当时红极一时的文人,但人格与文章都很卑劣。他们是反动刊物《北方蜜蜂》的编辑,又与宪兵第三厅有密切的联系。

着轻蔑和俏皮的讽刺讲到奥尔洛夫①。他们从不放过任何一次公开演讲,不管讲的是会计学还是森林学。在戏院里,不管演的什么戏,你总可以碰见他们中间的一个,除非演的是他们洗练的口味受到极度凌辱的什么"傻瓜费拉特卡"之类。他们三天两头上戏院去听戏。他们是戏院老板最欢迎的人。他们特别喜欢戏里精彩的诗句,又喜欢怪声叫好地捧戏子,许多人在官立学校里执教或者给学生补课准备考入官立学校,终于攒了些钱,购置了轻便马车和一对骏马。接着,他们交友的范围扩大了;他们终于娶到了能弹钢琴的商人女儿做老婆,带来十万卢布现款的陪嫁或将近这个数目,还有一大群满脸胡子楂的亲戚。然而,他们至少也得当上上校才行,否则是得不到这光荣的。因为俄国的胡子大爷们,尽管满身白菜气味,都非要女儿嫁给将军或者至少是上校不可。这些便是这一类年轻人的主要的特征。可是,庇罗果夫中尉还有许多他个人所独有的才能。他把《德米特里·顿斯柯伊》②和《聪明误》③里的诗句朗诵得出神入化,又有一种特殊的本领,能够从烟斗里一个接一个喷出十来个烟圈。他能够引人入胜地讲一段笑话,告诉你山炮就是山炮,榴弹炮就是榴弹炮。可是,天赐给庇罗果夫的全部才能是很难一一列举的。他喜欢讲到女戏子和舞女,但不像通常一个年轻准尉讲到这些话题时那样地粗

---

① 奥尔洛夫是通俗小说的作者。但普希金曾经写过一篇杂文,大意说:对奥尔洛夫不必过于挑剔,布尔加林之流和他是一丘之貉。
② 俄国作家奥捷罗夫(1769—1816)创作的悲剧,讲述金帐汗国时期莫斯科大公德米特里的事迹,当时俄国处于反对拿破仑入侵时期,因此深受观众欢迎。
③ 俄国剧作家格利鲍耶陀夫(1795—1829)的著名喜剧。

俗刺耳。他对不久以前刚刚提升的官级很引以自满,虽然有时躺在长椅子上说:"嘻,嘻! 真无聊,一切都是无聊! 我是个中尉,这又算得了什么?"可是暗地里,这新的身份却很使他洋洋得意;他在谈话的时候总要绕着弯提到这一点,有一次他在街上碰到一个录事对他粗暴无礼,他就立刻叫他站住,用短促但却锋利的几句话提醒他,站在他面前的是个中尉,却不是别的什么军官。要是可巧有两个长得挺不坏的女人在旁边走过,他就格外要描摹得淋漓尽致。庇罗果夫喜欢附庸风雅,曾经鼓励过画家庇斯卡辽夫;虽然这也许是因为他想看见自己的英姿画在肖像上的缘故。可是,关于庇罗果夫的品质,讲得已经够多了。人是一个奇妙的东西,他的全部优点是一言难尽的,你越是深入地看透他,就越是可以发现许多新的特色,要一一描写出来,那就无穷无尽了。且说庇罗果夫继续追逐那个陌生女人,不时想出一些话来勾搭她,她却简短地、断断续续地、含含糊糊地答着。他们穿过昏暗的喀山门踅入了小市民街,这是一条充满着烟草店和杂货铺、德国手艺匠和芬兰妖娆女人的街道。金发女郎飞奔着,闪入了一家挺肮脏的人家的大门。庇罗果夫跟了进去。她走上狭窄暗黑的楼梯,走进一个门,庇罗果夫也勇敢地紧跟着挤了进去。他看见自己置身在一间有黑色墙壁和被煤烟熏黑的天花板的大房间里。一大堆螺丝钉、打铁用具、亮晶晶的咖啡壶和蜡台摆在桌上;地上撒满着铜和铁的屑末。庇罗果夫立刻看出这是一个工匠的家。陌生女人又跳进了一个侧门。他沉思了一会儿,可是遵从俄国人的惯例,还是继续前进。他走进了一间房间,和先前的一间完全不同,拾掇得非常整洁,证明主人是一个德国人。他被一个非常奇怪的景象怔住了。

在他面前坐着的是席勒,不是写《威廉·退尔》和《三十年战争史》的那位席勒①,而是遐迩驰名的席勒,小市民街上一个焊洋铁壶的老师傅。站在他旁边的是霍夫曼,不是作家霍夫曼②,而是一个从军官街来的手艺高超的鞋匠,席勒的好朋友。席勒喝醉了酒,坐在椅子上,顿着脚,兴致勃勃地说着些什么话。这还都不是庇罗果夫惊奇的原因,使他觉得诧异的是这两个人非常古怪的姿势。席勒坐着,耸出一只大鼻子,仰着脑袋;霍夫曼却用两只手指抓住这只鼻子,用修鞋刀的刀刃不住地在上面撒。两个人说着德国话,只懂得一句德国话"早安"③的庇罗果夫完全听不懂这是怎么一回事。然而,席勒是这么说的:

"我不要,我不需要这只鼻子!"他一边说,一边挥着手……"我一个月得花掉三磅鼻烟伺候这只鼻子。我付钱给倒霉的俄国铺子,因为德国铺子是不卖俄国烟的;我付给倒霉的俄国铺子每磅四十戈比;一个月就是一卢布二十戈比——一年就是十四卢布四十戈比。听见了没有,我的朋友霍夫曼?光是一只鼻子就得花十四卢布四十戈比。并且我逢年过节的时候得闻拉丕烟,因为我不想在大节下闻倒霉的俄国鼻烟。一年我闻两磅拉丕烟,每磅两卢布。六④加十四——光是鼻烟就得花二十卢布四十戈比!这简直是抢劫呀,我的朋友霍夫曼,你说是不是?"霍夫曼也喝醉了,就点头说是。"二十卢

---

① 席勒(1759—1805),德国诗人和剧作家。
② 霍夫曼(1776—1822),德国小说家。
③ 原文为德语的俄文音译。
④ 两磅价值四卢布,按理应该是四加十四,此处席勒醉后胡说,把数字说错了。

布四十戈比！我是一个士瓦本①的德国人；咱们德国有皇帝。我不要鼻子！给我割掉这只鼻子！喏，我的鼻子！"

要不是庇罗果夫中尉突然来到，那么，毫无疑问，霍夫曼一定糊里糊涂把席勒的鼻子割掉了，因为他已经拿刀做出这样的姿势，好像要切鞋底似的。

席勒看到一个不招而至的陌生人突然不识趣地来妨碍他，心里觉得老大的不痛快。虽然啤酒和酒精把他灌得醉醺醺的，他却也感觉到，让一个陌生的目击者看到这副神情，看见自己在干这样的事情，是不大体面的。这当口，庇罗果夫稍微行了一礼，用他天赋的优雅调子说道："请原谅我……"

"出去！"席勒拉长着声音答道。

这使庇罗果夫中尉窘住了。受到这样的对待，在他还是生平第一次。他脸上隐约浮起的一丝微笑蓦地消失了。他带着威严受到损伤的神气说："我觉得很奇怪，亲爱的先生……您一定没有看出……我是一位军官……"

"军官算得了什么！我是士瓦本的德国人。俺，"（说到这儿，席勒用拳头打了一下桌子）"也会当上军官的：一年半士官候补生，两年中尉，明天我就是大大的军官。可是我不想做官。我对军官就是这样：呸！"席勒伸出手掌来，对上面啐了一口唾沫。

庇罗果夫知道除了离开此地再没有别法了；然而，这种跟他的身份完全不称的对待，使他觉得很不高兴。他好几次在楼梯上停下来，仿佛要鼓起勇气，想用什么方法让席勒知道自己不该这么胆大妄为。最后他断定席勒是可以原谅的，因为

---

① 中世纪日耳曼士瓦本公国的居民。

他脑袋里装满了啤酒;再加上眼前浮现出俏丽的金发女郎的姿影,他就决定把这件事给忘掉了。第二天,庇罗果夫一大早就到焊洋铁壶的老师傅的工场里来。在前面的房间里迎上来的是俏丽的金发女郎,用跟她小脸蛋儿很配称的严厉的声音问道:"您有什么事?"

"啊,您好啊,亲爱的!您不认得我了么?小妖精,那一双眼睛够多么美呵!"同时,庇罗果夫中尉想亲亲热热地用手指撩一下她的下巴。可是金发女郎吓得叫了起来,还是那么严厉地问:"您有什么事?"

"就想见您一面,我再没有别的事情,"庇罗果夫中尉说,很有风趣地笑着,挨近了一步;可是看见胆怯的金发女郎想溜进门去,就加添了一句:"亲爱的,我想定做一副刺马针。您能够给我做刺马针吗?虽然要爱您,压根儿用不着什么刺马针,倒是用得着马缰绳。那一双小手多么惹人爱啊!"庇罗果夫中尉在说明这一类事情的时候总是很动人的。

"我这就去叫我的丈夫来。"德国女人叫着,走了出去,过了几分钟,庇罗果夫见到了睡眼惺忪的席勒,他还没有从隔宿的醉意中醒过来。他一眼看到军官,好像做梦似的朦胧地想起了昨天的事情。他再也不能清清楚楚地记得什么了,但感觉到曾经做过一些傻事,所以就带着严厉的神情来接待这位军官。"没有十五卢布,刺马针我不做。"他说,想把庇罗果夫打发走;因为他,一个诚实的德国人,碰见一个曾经看见他仪态失常的人,是觉得非常惭愧的。席勒喜欢旁边没有一个闲人,跟两三个朋友在一起喝酒,连自己雇用的工人也不放进来。

"为什么这么贵呀?"庇罗果夫温柔地问。

"德国人的手艺,"席勒摸摸下巴,冷冷地说,"俄国人只要两卢布就可以做了。"

"好吧,为了证明我爱您,想跟您认识,我就出十五卢布。"

席勒踌躇了一会儿:他,一个诚实的德国人,觉得有点惭愧了。他想叫对方取消订货,就说:至早非要两个星期不可。可是,庇罗果夫毫无异议地什么都答应了。

德国人沉思了起来,他琢磨着要怎么把活做好,叫它真正值到十五卢布。这时候,金发女郎走到工场里来,在摆着咖啡壶的桌子上翻寻着。中尉趁席勒想得出神,走近了她,捏了一下她裸露到肩膀的胳膊。这使席勒很不高兴。

"我的老婆①!"他喊。

"您还有什么事②?"金发女郎答道。

"出去③到厨房里去!"金发女郎一转身,走掉了。

"那么隔两个星期?"庇罗果夫说。

"是的,隔两个星期,"席勒沉思着回答,"我手边有许多活要做。"

"再见,我过两天再来。"

"再见。"席勒答道,在他后面把门关上了。

庇罗果夫决心不放弃自己的追求,虽然德国女人已经显然给他碰了个钉子。他不明白,人家怎么敢和他对抗;尤其是他的仪态和辉煌的官衔使他有充分的权利引起人的重视。必须指出,席勒的老婆虽然有十分姿色,人却很愚蠢。然而,一个美貌的妻要是愚蠢,就更增加了魅力。至少,我知道有许多

---

① ② ③ 原文为德文的俄文音译。

丈夫喜欢他们的妻子愚蠢,认为这是孩子气的天真烂漫的标记。美貌会产生奇迹。一切精神的缺陷,在一个美人儿的身上,不但引不起厌恶,反而会特别地动人;恶习在她们身上也会显得是高雅;可是一旦人老珠黄不值钱,女人就得比男人聪明二十倍,才能够引起别人的尊敬,如果不能引起爱慕的话。然而,席勒的老婆,不管多么愚蠢,却还是忠实于自己的本分,所以庇罗果夫大胆的计划很难获得成功;可是克服困难常常是令人愉快的,金发女郎就一天天地更使他怀念了。他开始常常来打听刺马针,终于使席勒觉得厌烦起来。他竭力要把刺马针快些做好;终于一副刺马针做成功了。

"嘿,多么好的手艺啊!"庇罗果夫看见了刺马针喊道,"老天爷,做得可真好。就是我们的将军,也没有这么好的一副刺马针呢。"

自满之感洋溢在席勒的心里。他的眼睛显得高兴起来,他完全跟庇罗果夫和好如初了。"这俄国军官倒是个明白人呢。"他心里想。

"您也许会镶嵌短剑这类东西吧?"

"当然会喽。"席勒微笑着说。

"那么,您把我的短剑给镶一下吧。我把它拿来;我有一把很好的土耳其短剑,可是我想重新把它镶一镶。"

席勒听到了这句话,好像遇到了晴天霹雳一样。他的眉头立刻皱了起来。"又来了!"他想,暗地里直咒骂不该自己招揽生意。他觉得现在再要拒绝,太不好意思了,何况俄国军官夸赞了他的手艺。——他稍微晃了晃脑袋,答应了;可是,庇罗果夫走出去时无耻地印在俏丽的金发女郎嘴唇上的吻又引起了他的猜疑。

我觉得向读者把席勒介绍得更详细点,不是多余的。席勒是一个十足的地地道道的德国人。从二十岁起,从俄国人还糊里糊涂过日子的那幸福的时候起,席勒已经把一生估量定了,说什么也决不破一下例。他规定七点钟起身,两点钟吃饭,做随便什么事情都毫厘不爽,每逢星期天喝醉一次。他规定在十年中攒聚五万卢布本钱,这已经像命运一样地确定而不可抗拒,因为叫德国人自食其言,是比叫官吏忘记张望上司的传达室更要困难的。他决不增多一点开支,要是马铃薯的市价比平日涨了,他也不多花一个戈比,却情愿少买些,虽然有的时候肚子吃不饱,可是也就对付着过去了。他精密到了这步田地,规定一昼夜亲妻子的嘴不得超过两次,为了不多亲一次起见,从来不在汤里放过一勺以上的胡椒①;不过在星期六,这条规则就不这么严格地遵守了,因为席勒那时候要喝两瓶啤酒和一瓶他常常骂不绝口的葛缕子泡的白酒。他喝酒不像英国人,一吃完饭就关起门来,一个人自斟自饮。相反的,他是个德国人,喝酒时总是痛痛快快的,不是约了鞋匠霍夫曼,就是约了木匠孔茨——他也是个德国人,喝酒的好手。这些便是终于陷入非常困难处境的高贵的席勒的性格。他虽然是一个迟钝的家伙和德国人,可是庇罗果夫的行为在他心里引起了近似嫉妒的感情。他绞尽了脑汁,也想不出办法来摆脱这个俄国军官。这当口,庇罗果夫在一伙朋友中间吸着烟管——因为上帝就是这么安排定的:有军官的地方,就有烟管,——一边吸烟管,一边浮着愉快的微笑,意味深长地提到他跟一个俏丽的德国女人的一段情史,据他说,他跟这个德国

---

① 他认为多吃胡椒就要打喷嚏,打喷嚏时就要乘势亲吻妻子。

女人很有交情，但事实上，他几乎已经没有丝毫希望赢得她的欢心。

有一天，他在小市民街上溜达，对挂着画有咖啡壶和茶炊的席勒的招牌的一幢房子望着；他喜出望外地看见金发女郎探出头来，在眺望窗外来往的行人。他站住脚，向她招招手，说道："早安①！"金发女郎也像看见了熟人似的对他回了礼。

"您丈夫在家么？"

"在家哪。"金发女郎答道。

"他什么时候不在家？"

"他每逢星期天不在家。"傻呵呵的金发女郎说。

"这倒不坏，"庞罗果夫心里想，"这机会可不能错过。"——于是在下一个星期天，就骤然出现在金发女郎面前了。席勒的确不在家。俏丽的主妇吓坏了，可是庞罗果夫这一回小心得多，行着礼，显示出柔韧、束紧的身段的全部美丽来。他风趣而文雅地说着笑话，可是傻呵呵的德国女人老是回答他简单的一两个字。最后，什么法子都想遍了，还是引不起她的兴趣，他就要求她跳一个舞。德国女人立刻就答应了，因为德国女人总是非常爱跳舞的。庞罗果夫对这个玩意儿抱了很大的希望：第一，这很使她满足，第二，这可以显出他苗条的身材和灵巧的动作，第三，跳舞最能使人接近，便于去搂抱俏丽的德国女人，给一切奠定基础；总而言之，他指望从此可以得到完全的成功。他开头跳了一种慢步的加伏特舞，知道对付德国女人必须有耐心才行。俏丽的德国女人走到房间中央，翘起一只迷人的纤足。这种姿势惹得庞罗果夫心花怒放，

---

① 原文为德文的俄文音译。

他过去搂住了她接起吻来。德国女人扯着嗓子直喊,在庇罗果夫眼睛里看来,这就更增加了魅力;他没头没脸地吻上去。忽然门打开了,席勒同着霍夫曼和木匠孔茨走了进来。这三位高贵的手艺匠都喝得醉醺醺的。

可是,我让读者去想象席勒的恚怒与愤慨吧。

"混蛋!"他愤愤地喊道,"你怎么敢跟我的老婆亲嘴?你是下流鬼,不是俄国军官。滚他妈的,可不是,我的朋友霍夫曼,我是个德国人,不是个俄国猪!"霍夫曼对他点头称是。"我不要戴绿帽子!扯领子把他抓出去,我的朋友霍夫曼,我不要他。"他继续说,挥动着双手,同时他的脸变成像他坎肩的那种红呢子一样的颜色了。"我在彼得堡住了八年,我在士瓦本有一个老娘,我舅舅住在纽伦堡,我是德国人,可不是戴绿帽子的牛肉!叫他滚出去,我的朋友霍夫曼!抓住他的手跟脚,孔茨兄弟!"于是旁边两个德国人抓住了庇罗果夫的手跟脚。

他怎样使劲也挣扎不脱:这三个手艺匠是所有彼得堡的德国人里面最强壮的,他们这样粗暴无礼地对待他,老实说,我简直找不出话来形容这件凄惨的遭遇。

我想,席勒第二天一定发着高热,每一分钟担心警察会来,身子像败叶似的发抖,他愿意献出随便什么东西,只要昨天发生的事情是一场梦。可是,事情已经发生,再也挽不回来了。再也没有东西可以比得上庇罗果夫的恚怒与愤慨。只要一想到这可怕的屈辱,他就要发疯。他认为,西伯利亚和笞刑对于席勒算是最轻的责罚。他飞快地跑回家去,打算更了衣,直奔将军府,在将军面前有声有色地诉说德国手艺匠的暴行。他还想递一份呈文给参谋本部。要是判刑不能令人满意,就再上诉上去,再上诉上去。

可是,事情很古怪地结束了:他路过一家点心铺,进去吃了两个酥脆的肉馅饼,读了一会儿《北方蜜蜂》,出来时已经不怎么愤愤然了。再加上很惬意的凉爽的夜晚引诱他在涅瓦大街上溜达了一下;到九点钟,他就安静了下来,认为在星期天去麻烦将军是不大好的,并且无疑一定有人把将军请出去了。因此他就到一个检察院院长的家里去消磨一个晚上,文官和军官们在那儿举行着欢乐的集会。这一晚过得很愉快,他的玛佐尔卡舞跳得真好,不但淑女们,连男舞伴们也都觉得挺高兴。

"我们这个世界安排得多么巧妙啊!"前天我在涅瓦大街上踱着,记起了这两件事故,想道,"命运多么奇怪而令人不可捉摸地耍弄着我们啊!我们什么时候得到过我们所愿望的东西?我们什么时候达到过我们的力量仿佛足以胜任的目的?事情总是不如人意的。命运赐给一个人几匹骏马,却偏叫他冷淡地驾着它们奔驰,丝毫不去注意它们那份神美;另外一个人一心一意渴慕着马,却偏叫他只能够步行,千里驹在他身旁走过的时候,只有咂咂舌头的份儿。一个人有一个厨子,烧得一手好菜,可是不幸,他有一张这么小的嘴,两小块肉就吞不下了;而另外一个人有一张像参谋本部的拱门一样大的嘴,但可惜,只配吃马铃薯做的德国饭。命运多么奇怪地耍弄着我们啊!"

可是,最奇怪的是涅瓦大街上发生的事情。千万可别去相信这条涅瓦大街啊!当我走过这条街的时候,我总把斗篷裹得更紧些,尽量不去看见迎面遇到的东西。一切都是欺骗,一切都是幻影,一切都和表面看到的样子不同!你以为这位穿着漂亮的大礼服徜徉漫步的先生很有钱么？——才没有这回事：这件大礼服就是他全部的财产。你想象站在正在建筑中的教堂前面的这两个胖子是谈论它的建筑么？——完全不对：他们是在讲两只乌鸦古怪地面对面蹲着。你以为这个心直口快的人，挥舞着双手，在讲妻子从窗口把一个纸团掷在他完全不认得的军官身上么？——完全不对，他是在谈论拉斐德①。你以为这些淑女们……可是淑女是最不可相信的。你顶好不要去眺望商店的橱窗：橱窗里摆着的小玩意儿瞧着挺美，可就是铜臭熏天。可是天保佑你别去窥望帽檐下淑女们的脸！不管美人儿的斗篷怎样地在远处飘扬，我也决不盯上去欣赏。看老天爷的面上，离开街灯，离开街灯远些！快一些，尽可能快一些走过去，要是你的风度翩翩的大礼服上光滴了一滴臭灯油，那还算是你的造化。可是不但街灯，别的一切也都充满着欺骗。涅瓦大街老是在撒谎，可是顶厉害的是当浓重的夜色投射在街上，把家家户户白色的和浅黄色的墙壁衬托得格外分明的时候，当全市发出轰响和闪光，无数马车从桥上涌来，骑手②吆喝着，在马背上跳着的时候，当恶魔点亮灯火，要使一切东西显出不真实的面貌来的时候。

---

① 拉斐德（1757—1834），法国政治家。
② 旧时富豪人家的马车，通常驾四匹或六匹马，分成两排或三排并辔齐进，除驭者外，还有骑手骑在左侧第一或第二排的马背上。

肖　像

第　一　部

　　再没有什么地方像施金劝业场①的画店门前停留着这么多的人。这一家小店里搜集着各式各样的古董珍品：大部分都是油画，涂着暗绿色的漆，装在深黄色的俗气的框子里。树木枯槁的冬景，一片火海似的煊红的夕照，折断一条胳膊，拿着烟管，不像人而更像穿着衣冠的吐绶鸡似的法兰德农民——这些便是它们常画的题材。还得添上一些版画：戴羊皮帽的霍兹列夫-米尔查的肖像，几幅戴三角帽的歪鼻子的将军们的肖像。此外，在这家小店的门上，通常还挂满一沓沓用木板印刻在大张的纸上的作品，看了这些作品是会令人惊叹俄国人天赋的才禀的。一幅画着米里克特利莎·基尔比季耶夫娜公主；另外一幅画着耶路撒冷城，红油彩胡乱地涂在房屋和教堂上，连一部分土地和两个套着大手套在祈祷的俄国农民也给连累染上了。这些作品通常很少买主，但观众却有一大堆。一个酒鬼模样的仆人会呆立在画前面，手里捧着从

---

① 当时彼得堡著名的商场。

饭馆里取来的饭盒,那主人无疑地将喝到不太热的汤。店门口,准还会站着一个穿外套的兵,这是个旧货市场的骑士,贩卖着两把小折刀;还有一个从奥赫塔来的女贩,提着满满一筐鞋子。每一个人都按照自己的方式悠然神往:农民们通常喜欢伸手去摸弄;骑士们严肃地望着;小听差和学徒们笑着,指着漫画互相揶揄;穿粗毛布外套的老听差们只是因为要偷一下懒才在这儿东张西望;女贩们,年轻的俄国女人们由于本能而挤上前去,要听听人家闲谈些什么,瞧瞧人家望些什么。

这时候,青年画家恰尔特柯夫走过这家小店,无意地在门前站住了。古旧的外套和乡气十足的衣着,说明他是全心全意努力工作而不暇顾及对年轻人总有一股神秘吸引力的衣装打扮的那种人。他伫立在小店门前,起初对这些丑陋的图画暗自好笑,终于不自禁地堕入了沉思:他开始琢磨谁需要这样的作品。俄国人喜欢看叶鲁斯朗·拉查列维奇①,酒囊饭袋们,福马和叶辽玛,他不觉得有什么奇怪:这样的题材是一般人非常熟悉和可以理解的;可是谁会买这些五光十色的、肮脏的、油彩斑驳的涂鸦之作呢? 谁需要这些法兰德农民,这些红的和蓝的风景呢?——这些画要装出高尚的艺术的派头,实际上却正是对艺术莫大的侮辱。它们似乎并不是什么幼稚的自修的作品。否则,虽然整体带着冷酷的漫画的味道,也会流露出强烈的冲动来的。可是,这里看到的却只是愚钝,无力而衰老的拙劣——这种作品妄想厕身艺苑,但它们的地位却是只配与低级的、匠人气的东西为伍,它们忠于自己的使命,把匠人气带进了艺苑。同样的油彩,同样的风格,同样熟练而习

---

① 叶鲁斯朗·拉查列维奇,古代俄国流行的一些童话和民谣里的主人公。

惯于一定画法的手腕——与其说是人的手,毋宁说这只手是属于一架粗劣的自动机械的!……他在这些肮脏的图画前面伫立了许久,最后已经完全不去想它们了,这当口,店主,一个穿粗毛布外套,自从星期天起就没有剃过胡子的不起眼的小人儿,一直在向他诉说个不停,自己一个人在讨价还价,商定价钱,却还不知道他喜欢什么,需要什么。"这幅农民的画和这幅风景画,只要一张白票子①我就卖啦。多么好的画!简直叫您眼睛都会睁不开,刚从市场上收来的;漆还没有干哩。要不然就是这幅冬景,您买这一幅吧!十五卢布!光是框子,就值这些钱。您瞧,这冬景画得多么好!"说到这里,店主用手指轻轻地弹了一下画布,大概想告诉人这幅画的质料是结实的。"把它们一块包扎起来,给您送去吧?府上住在哪儿?喂,小伙计,拿根绳子来。""等一等,掌柜的,别忙呀。"画家看到敏捷的店主真的要把东西包扎起来,这才省悟过来说。他觉得在店里逗留了这么许久,一点东西也不买,不大好意思,所以说道:"等一等,让我瞧瞧这儿有没有什么东西我看得中意的。"于是他弯下身去,从地上捡起那些堆积如山的、磨损了的、尘封的、古旧的劣画来,那些画显然是不会被任何人所赏识的。这儿有的是:古老的家族肖像,这些人家的后裔,现在恐怕找遍世上也找不到了;看不出画着些什么的破碎的画布;金箔剥落的框子——总之一句话,各式各样的破烂废物。可是,画家捡起来一一细看,心里想:"没准儿会找到些什么。"他不止一次听人家说过,在旧货店里,有时在一大堆垃圾中间会发现巨匠的名画。店主看见他在那边翻寻,就安

---

① 一张白票子值二十五卢布。

静下来,恢复了平日的姿态和应有的矜重,重新站到店门口去,招徕来往的行人,一只手指着店堂……

"诸位请过来;这儿有各式各样的画!请进来吧,请进来吧;刚从市场上收来的。"他吆喝了老半天,都毫无结果,又跟对门同样站在店门口的一个卖估衣的聊了个够,最后想起店里还有个顾客,于是背转身,走进店堂里来。"怎么样,先生,选中了什么没有?"可是,画家屹立在一幅配着巨大的、曾经十分华丽而金箔现已剥落的画框的图画前面已经有好一会工夫了。这一幅画的是一个有着紫铜色的脸,颧骨高耸,形容瘦削的老人;面貌似乎是在痉挛的瞬间画的,并且不像是北方的神气。炎热的南方在脸上刻着痕迹。他披着一件宽大的亚洲式的衣服。肖像虽然处处损伤,蒙着尘埃,可是从脸上把灰尘抹掉,他就看出这是伟大的艺术家的手笔。肖像还没有画完;但笔力是令人惊奇的。最奇突的是一双眼睛:艺术家似乎在这双眼睛上面用尽了全部笔力,花尽了全部心血。它们只是望着,简直要从画上跳下来似的望着,一种奇异的泼辣神气仿佛把这幅画的和谐给破坏了。当他把肖像拿到门口来的时候,这双眼睛更加炯炯发光地望着。它们几乎也给了大家同样的印象。站在他背后的一个女人喊了起来:"在望着呢,在望着呢",往后倒退了几步。他感到一种不愉快的、自己也莫名其妙的心情,把肖像放在地上。

"怎么样,您把这幅肖像买去吧!"店主说。

"多少钱?"画家问。

"还能多要钱么?您给七十五戈比吧!"

"太贵。"

"那您说给多少?"

"二十戈比。"画家说,转身打算走了。

"怎么还得出这样的价钱!光是框子,二十戈比您也买不到呀。八成您打算明天再来买吧?先生,先生,您回来!至少再加十戈比吧。行啦,行啦,二十戈比贱卖啦。说真格的,这是为了发发利市,您还是头一个主顾哩。"他接着打了个手势,好像是说:"没有法子,这幅画算完蛋了!"

这样,恰尔特柯夫完全出乎意外地买了这幅古老的肖像,同时想道:我干吗要买它?它对我有什么用?可是再也没有法子可想了。他从口袋里摸出二十戈比,交给了店主,把肖像挟在胳膊弯里走回家去。他在路上想起了这交给店主的二十戈比是他最后的几文钱。他的心情忽然变得阴暗起来:悔恨和冷淡的空虚同时包围了他。"见鬼!真叫人腻烦死了!"他带着俄国人遇到倒霉事情时所有的一副神气说。他几乎机械一般地急步走去,对一切都漠不关心。半边天上还染着晚霞的红光;朝西的房屋还被温暖的光照亮着;可是同时,寒冷的、青白色的月光渐渐地强烈起来。房屋和行人的脚投射出半透明的淡淡的影子,在地上曳着尾巴。画家渐渐地抬头凝望那被透明的、微妙的、朦胧的光掩映着的天空,"多么柔和的色调!"和"真倒霉,见他妈的鬼!"这两句话,几乎同时脱口而出。他把不断地从胳膊弯里滑掉的肖像挟挟好,加速了脚步。累得满头是汗,终于走到了瓦西里耶夫岛第十五道街上他自己的家里。他吃力地、气喘吁吁地爬上泼着污水、留着猫犬爪痕的楼梯。敲了敲门,里面没有应声:没有人在家。他依靠在窗沿上,预备耐心等候,直到后来背后传出了一阵脚步声。这是一个穿蓝衬衫的年轻人,是画家的助手,模特儿,磨颜料的,擦地板的——虽然擦了地板之后自己的长统靴立刻又会把地板踩脏。年轻人名唤尼基塔,主人不在家的时候,他总是在外面瞎溜达。尼基塔把钥匙往锁眼里插了老半天,因为天黑的缘故,锁眼简直看不见了。最后门呀的一声开了。恰尔特柯夫走进前厅,这儿正像画家们家里常有的情形一样,冷得彻骨,虽然画家往往对寒冷毫不介意。他没有把外套交给尼基塔,穿着外套就走进了画室,那是一间大而低的四方的房间,窗户上结着冰花,房间里摆满各式各样艺术家的废料:石膏做的手的碎块、绷着画布的框子、画开头而又扔下的草稿、挂在椅子上的盖画的布。他累坏了,脱下外套,漫不经心地把买来的肖像放在两块小小的画布中间,然后一歪身坐在一只狭小的沙发上,这只沙发已经不能说是蒙着皮的,因为铜钉早已离开了皮,皮也早已离开了铜钉,尼基塔就把污黑的袜子、衬衫以及一切没有洗过的衣服统统塞在里面。他坐了一会儿,在这只狭小的沙发上尽可能伸展四肢躺了一下,最后他叫拿蜡烛来。

"蜡烛没有了。"尼基塔说。

"怎么没有了?"

"昨天就没有了。"尼基塔说。画家想起蜡烛的确昨天就没有了,于是安静下来,不做声了。他让尼基塔给他脱掉衣服,穿上一件破旧不堪的睡衣。

"还有,房东来过了。"尼基塔说。

"唔,他来要钱的么?知道啦。"画家把手一挥,说。

"他还不是一个人来的。"尼基塔说。

"跟谁一块儿来的?"

"说不上跟谁一块儿来的……像是一位巡长。"

"巡长来干吗?"

"说不上他来干什么;说是为了不付房钱。"

"他打算怎么办?"

"不知道怎么办;他说,要是再不付房钱,就让咱们搬家;他们明天还要来呢。"

"让他们来吧。"恰尔特柯夫忧郁而冷淡地说。接着,阴霾的心情完全占据了他。

年轻的恰尔特柯夫是一位有才能的前途远大的画家:他的画笔像瞬息即逝的闪光似的表现出观察力、想象力和尽量接近自然的冲动。"小心啊,老弟,"他的教授不止一次对他说过,"你是有才能的;你要是糟蹋了这才能,那才罪过哩。可是你没有耐性。要是有一种东西吸引了你,你被它迷上了,——你就会全神贯注在上面,其他一切你都觉得是废物,在你看来,都不值一文钱,你连看都不屑去看一眼。你得小心,可千万别变成一个时髦画家。就说现在吧,你就已经有点喜欢乱用鲜艳夺目的颜色。你着笔不严谨,有时甚至流于纤巧,线条没有力量;你已经在随波逐流,只知道怎样设法去吸引人的注意——一不留神,你会画出英国式的画来的。你真得小心啊;时髦风气已经开始在把你拉过去;我有时看见你脖子上围着华丽的围巾,头上戴着发亮的帽子……这是很诱人的,人很容易为了金钱去画那些时髦的画和肖像。可是这么一来,才能就会给毁掉,不会得到发展。忍耐着点吧。随便什么工作都得往深里琢磨,得把浮华的念头抛开——让别人去赚钱好了。属于你的东西你总不会丢失。"

教授说的话一部分是对的。我们的画家有时真想放浪形骸一下,学学时髦,总之一句话,显显自己的青春年少。话虽如此,他却还能够控制住自己。他有时能够忘怀一切,专心致志地执笔作画,除非万不得已才肯扔下画笔,像扔下一个美好的被打断的梦一样。他的艺术口味显著地在发展起来。他还不懂得拉斐尔①的全部深度,但已经迷恋基奥多②迅捷而豪放的笔触,在提香③的肖像前面徘徊不肯离去,对佛兰德斯画派④也是推崇备至。他还不能完全领会那种乌黑的古画的风格;但他已经在这些画里琢磨出一些什么妙处,虽然他在内心里并不同意教授的说法,认为古代的巨匠是不可企及的;他甚至觉得,十九世纪在某些方面大大地超过了他们,描画自然今天已经变得更加鲜明、生动、贴切;总之,他这时候所想的,正像那些有所领悟并且踌躇志满的年轻人一样。他有时非常气愤,看到外国来的画家,法国人或者德国人,有时甚至完全不是以作画为天职的人,仅仅由于墨守成规的画法,流畅的笔触和鲜丽的色彩,扬名天下,立刻赚了数不尽的钱。他生出这种念头,不是当他废寝忘食地从事工作的时候,而是当他手头窘迫,没有钱购买画笔和油彩,纠缠不清的房东每天跑来十来次催讨房租的时候。那时在他贪婪的想象里,就会嫉妒地想起富有的画家的命运来;那时他甚至会想到常常浮现在俄国人脑子里的一种想法:扔开一切,索性自暴自弃地害人害己。现在他就几乎处在这样的心情里。

"好哇!忍耐,忍耐!"他愤愤然地说,"忍耐也总有个限度。忍耐!可是我明天拿什么钱吃饭呢?谁都不会借钱给

---

① 拉斐尔(1483—1520),意大利文艺复兴时期的大画家。
② 基奥多(1575—1642),意大利画家。
③ 提香(1490—1576),意大利文艺复兴盛期的著名肖像画家。
④ 佛兰德斯画派,十六至十九世纪尼德兰南部地区画派的通称。代表人物有勃鲁盖尔、鲁本斯、凡·戴克等人。

我。我要是把这些画和速写拿出去卖呢,总共也只能卖二十戈比罢了。当然,画得不坏,这我是感觉到的:每一幅画都费过一番心血,每一幅画都可以看出一种意境。可是有什么用处呢?习作,试作罢了,不管再过多少年,也还不过如此。人家不知道我的名字,谁会来买我的画呢?谁需要这些古画的临摹,或是我那幅未完成的普赛克①之恋图,或是我的房间的远景图,或是我的尼基塔的肖像呢?——虽然我知道,这比时髦画家们画的肖像好得多。这真是打哪儿说起?其实我要是炫耀一下才情,准不会比别人差,也能够像他们一样地搂钱,我为什么要这么折磨自己,像个小学生似的做着最基本的练习呢?"说完这几句话,画家忽然浑身哆嗦,脸色陡地发了白;一张痉挛的丑脸从旁边画布上探出来,对他望着。两只可怕的眼睛盯住他,像要把他吞下去似的;嘴唇上刻画出禁止人发声的严厉的命令。他吓坏了,想大声地嚷,把尼基塔叫来,这时尼基塔已经在前厅里打着鼾睡着了;可是立刻他又安静下来,笑了起来。恐惧一下子就过去了。这原来是那幅他刚才买来的肖像,他已经完全把它忘了。照进屋子的月光,落到它上面,赋予了它异样的生气。他走过去察看着,揩拭着。他把海绵浸湿了,在上面揩拭了好几次,几乎把所有淤积着的灰尘和泥土都洗掉了,然后把它挂在对面墙上,又对这幅杰作神往起来:整个脸几乎像活了一样,眼睛这样地望着他,使他不寒而栗地倒退了几步,用吃惊的声音喊道:他在望着呀,用活人的眼睛在望着呀!他忽然想起了很早以前从教授那里听来的

---

① 普赛克,希腊神话里的绝色的女神。许多诗人和画家都以她和爱神的恋爱故事做题材。

著名大画家莱奥纳多·达·芬奇①某一幅肖像的一段故事。大画家花了好几年工夫画这幅画,却仍旧认为是一幅未完成的作品,但据瓦莎里②说,大家都非常推崇它,公认是一幅最完美的杰作。这幅画最显著的是一双使同时代人吃惊的眼睛;连眼睛上面最微小的几乎看不见的血管都没有遗漏地画在画布上。可是现在,这幅挂在他面前的肖像却有一些不可思议的东西。这已经不是什么艺术:连这幅肖像本身的谐和也给破坏掉了。这是一双生动的、活人的眼睛!它们好像是从活人身上剜下来,嵌在画上似的。在这里,没有那种不管题材多么可怕,一件艺术作品会使人们心里油然而生的高度的愉快;这里有的只是病痛的、难受的感觉。"这是怎么啦?"画家不禁问自己道:"这可是自然呀,活生生的自然呀。为什么会产生这种奇怪的不愉快的感觉呢?难道盲目的浮面的对自然的摹写就是一种过失,就会像大声的不合调子的叫嚣一样吗?难道你漠不关心地、冷酷地去处理一个题材,对它没有丝毫同情,它就会仅仅以可怕的实际的形象出现,不被那种不可揣测的隐蔽万象的思想的光所照亮么?就会像我们想理解一个美丽的人,用解剖刀剖开他的五脏六腑,看到里面令人呕吐的东西那样地显出可怕的实际的形象吗?为什么朴素的低微的自然,在一位画家写来,会光华四射,令人感觉不到任何低微的印象;相反,你会欣赏它,看了之后你会觉得周围的一切比先前更安静更平稳地流转着,蠕动着?为什么这同一个自然,在另外一位画家的笔下,会显得低微、卑污,虽然他也未尝

---

① 莱奥纳多·达·芬奇(1452—1519),意大利文艺复兴时期的著名画家。
② 瓦莎里(1511—1574),意大利艺术家和传记作家。

不忠于自然？不,不,这是因为里面没有一种光辉照耀的东西的缘故。这正像自然的景色一样；不管景色多么壮丽,倘若天上没有太阳,就总觉得缺少点什么。"

他又走近肖像,想仔细瞧瞧这双神奇的眼睛,却看到它们正在对他望着,心里吃了一惊。这已经不是自然的复制品,而是一种能使坟墓里爬出来的死人脸上发出光彩的奇妙生动的表情。不知道是因为把幻梦一块儿带来,使一切物象变得完全跟白天不同的那月光的缘故呢,还是因为别的原因,他忽然觉得一个人坐在屋子里害怕起来了。他悄悄地离开肖像,转过身去,竭力不去看它,可是眼睛却不由自主地斜瞟过去。终于他连在房间里踱着也觉得害怕起来；总觉得背后有一个人立刻会跟上来,于是不时畏怯地回头反顾。他向来不是什么胆怯的人；可是,他的想象和神经却异常敏锐,这天晚上他自己也说不清这种不由自主的恐惧的原因。他坐在墙犄角里,可是即使这样,他也觉得有一个什么家伙要从背后伸过脸来望他。连前厅传来的尼基塔的鼾声也不能把恐惧赶走。他终于眼皮也不敢抬一抬,畏怯地站起来,走到屏风后面,一歪身倒在床上。他从屏风的窟窿里看见被月光照亮的房间和挂在对面墙上的肖像。这双眼睛更加可怕、更加意味深长地盯住他,并且仿佛除了他一个人以外,不想对随便什么别的东西望一眼。他心里充满着沉重的感觉,决定从床上起来,拿起一条被单,走过去,把肖像整个儿蒙起来。这样做完之后,他躺在床上平静了一些,开始想到画家的贫困,他的悲惨的命运,横呈在他面前的荆棘的道路；同时,他的眼睛又不由自主地穿过屏风的窟窿望见被单蒙着的肖像。月光加深了被单的白色,他觉得仿佛一双可怕的眼睛要从画布背后透过来似的。他惴惴不安地更加凝神逼视,好像要证明这只是一时眼花!可是,最后,真的……他看见,清清楚楚地看见:被单已经没有了……肖像整个儿露出来,对周围的东西什么都不瞧,单对他望着,一直望进他的五脏六腑……他的心凉了半截。他看见老头儿蠕动着,忽然用两只手撑住框子。后来支着手把身子抬起来,伸出两只脚,从画框里跳了出来……从屏风的窟窿里望去,只看见剩下了一只空画框。房间里响起了脚步声,脚步声离屏风终于越来越近了。可怜的画家的一颗心跳得更加厉害。他吓得连气都不敢透,以为老头儿就要绕到屏风后边来。瞧呀,老头儿可真的绕到屏风这边来啦,仍旧是那张青铜色的脸,闪动着一双大眼睛。恰尔特柯夫想喊,但喊不出声音,想转动,做个什么动作,但四肢一点也不能动弹。他张开嘴,屏住气,瞧着这个披着宽大的亚洲式袈裟的、高大可怕的幽灵,只得任凭他干些什么。老头儿几乎就在他的脚旁边坐下,随即从他的宽服的褶襞里取出一件东西。这是一只口袋。老头儿把它解开,抓住两边的袋角抖动了一下:像长柱似的沉甸甸的几个包发出隆隆的声音掉在地上;每一包都用蓝纸包着,上面写着:一千金圆。老头儿从宽大的袖子里伸出细长的瘦骨嶙峋的手,把包打开。金币灿然发光。不管画家心里多么沉重,怀着令人窒息的恐惧,他仍旧目不转睛地望着那金圆,看金圆在瘦骨嶙峋的手里散开来,闪耀着,发着柔和的、隆隆的声音,又被重新包起来。这时候,他看到一个包滚得比其余的包更远些,一直滚到他头边的床脚下。他几乎痉挛地把这个包抓到手里,恐惧地望着,提防别让老头儿发现。可是,老头儿似乎一时还忙不过来。他把所有的包捡起来,装在口袋里,也不对他看一眼,就走到屏风那边去了。恰尔特柯夫听见房间里渐渐远去的脚步声,他的一颗心剧烈地跳动起来。他浑身直哆嗦,更紧地把包抓在手里,接着忽然听见脚步声又走近屏风来了——显然老头儿已经想起缺少了一个包。瞧呀,老头儿又绕到屏风这边来了。他心里充满着绝望,憋足了劲儿,把包抓紧在手里,拼命挣扎,喊起来,于是醒了过来。

冷汗流遍了他的全身;心跳得不能再厉害;胸口觉得闷得慌,仿佛最后的一口气就要从那儿飞出去似的。"难道这是一场梦?"他双手捧住脑袋,说道。可是,逼真的光景却不像是做梦。当他已经醒来的时候,他还看见老头儿一直走进框子里去,甚至宽服的下裾还在闪光哩,他的手清清楚楚地感觉到一分钟前还拿过一件沉重的东西。月光照亮房间,使画布、石膏做的手、挂在椅上的盖画的布、裤子和泥泞的长统靴从各处暗角落里显露出来。这时候他才注意到自己不是躺在床上,而是面对肖像站着。他怎么会到这儿来的——他一点也不明白。更叫他奇怪的是,肖像整个儿露出,真是没有蒙着什么被单。他恐惧地对肖像望着,看见一双生动的活人的眼睛一直盯住他。冷汗在他脸上冒出来;他想走开,可是觉得两条腿好像连根生在地上似的。这绝不是在做梦,他明明看见老头儿的脸蛋儿动起来了,他的嘴唇向他这边伸过来,好像要把他吸进去……他绝望地大喊一声,跳起来,于是就惊醒了。

"难道这也是一场梦?"他的心跳得就要裂开,伸手到周围去摸索。是的,他现在和睡时一样的姿态躺在床上。屏风立在他面前;月光泛滥在房间里。从屏风的窟窿里可以望见肖像用被单盖得好好的——正像他盖的一模一样。那么,这也是一场梦啦!可是,捏紧的拳头到现在还觉得曾经握过什么东西似的。心跳得很厉害,简直到了可怕的程度;胸头闷塞得叫人难受。他对窟窿注视着,目不转睛地望着那条被单。瞧呀,他清清楚楚地看到被单掀开来了,好像被单下面有两只手在划动,努力要把被单揭开。"老天爷,这是怎么啦!"他喊道,绝望地画着十字,于是就惊醒了。

这又是一场梦! 他神思恍惚,发了疯似的,从床上爬起来,简直说不清到底发生了些什么事情:是梦魇或者被鬼迷了呢,还是发热病时的昏迷,还是活生生的幻觉? 他竭力要镇静一下激动的灵魂,让那像紧张的脉息似的在血管里跳动的血液平静下来,于是走到窗前去,打开了上面的小窗户。扑面吹来一阵凉风,使他清醒了过来。月光还照着家家户户的屋檐和白色的墙,虽然天空里常常飘过小块的乌云。万籁俱寂:只有远处偶或传来出租马车的辚辚声,那马车夫一定在等待迟归的乘客,被懒洋洋的驽马催眠着,在一条什么僻巷里睡着了。他把脑袋伸出在小窗户外面,望了许久。天空里已经现出黎明将临的迹象;最后,他感觉到瞌睡来了,于是把窗户关上,走开去,躺在床上,立刻像死了一般沉沉地睡去。

他醒得很迟,感觉到一种被煤熏过似的不愉快:头痛得难受。房间里暗沉沉的:一种不愉快的潮湿,布满在空气里,穿过被绘画和抹过油彩底子的画布堵塞住的窗户孔隙渗透进来。他阴郁而又惆怅,像淋湿的公鸡似的坐在破烂的沙发上,不知道该动手干些什么才好,最后,就记起那个梦来了。越想,梦就越显得令人痛心地真实,他甚至怀疑那是不是一场梦或者普通的昏迷,会不会有另外的情况? 会不会是一种幻觉? 他揭掉被单,凑着日光察看这幅可怕的肖像。一双眼睛的确奕奕生动得令人吃惊,可是他倒也看不出有什么特别可怕的地方;不过总有一种莫名的不快之感残留在心里罢了。可是,他无论如何不能完全相信这是一场梦。他觉得梦里有一段可怕的现实。他甚至觉得老头儿的眼光和神情都在告诉他,老头儿昨天晚上到他这儿来过;他的手感觉到刚才握过一件沉重的东西,仿佛在一分钟之前刚有人从他手里把它拿走似的。他觉得,只要他刚才捏得再紧一些,醒后东西一定还会握在他的手里。

"天哪,只要有那一部分的钱我就心满意足了!"他困难地喘息着,说道。于是在他的想象里,那些注明"一千金圆"几个诱人的字的包开始从口袋里撒出来。包打开了,金圆闪耀着,重新又被包起来,他坐下来,呆呆地、茫然地注视着一无所有的空间,眼睛舍不得离开这样的景象——正像孩子咽着唾沫坐在甜点心前面,眼看别人把点心吃掉一样。最后,有人敲门了,他这才很扫兴地悚然清醒过来。房东陪着一个巡长走进来,——巡长来访问一个渺小的人物,是比求乞者出现在富翁家里更要使对方不愉快的。讲到恰尔特柯夫所住的小屋的房东,凡是在属于彼得堡这一边的瓦西里耶夫岛上第十五道街或者遥远的柯洛姆纳有房屋的人通常都是这副神气。——这种人物在俄国多得很,他们的性格是像旧大礼服的颜色一样难以判定的。他年轻时曾经是一个大尉,一个好说闲话的人,也曾当过文官方面的差使,打人是他的拿手好戏,为人机灵、好修饰、又愚蠢;可是到了老年,他把所有这些鲜明的特色混糅在一起,使自己变成了一个暧昧不明的角色。他已经鳏居,退了职,已经不再好修饰,不再吹牛,不再寻隙打架,他只喜欢喝杯茶,聊一下各式各样无聊的闲话;在房间里踱着,拨拨好蜡烛头;每到月底非常准时地去向各家住户催讨房租,手里拿着钥匙走到街上,眺望自家的屋顶;好几次把看门人从他睡觉的小屋里赶出来;总之,他是一个放荡了一辈子,到处奔波之后,只剩下一些庸俗习惯的退职的人。

"请您自己瞧吧,瓦鲁赫·库兹米奇,"房东把两手一摊,对巡长说,"他说什么也不付房钱。"

"有什么办法呢,我没有钱! 再等几天吧,我会付的。"

"老爷子,我可等不及啦!"房东挥动着手里的钥匙,愤愤地说,"我这儿还住着波托贡金中校,他已经住了七年啦;安娜·彼得罗夫娜·布赫米斯捷罗娃租了两间库房和一间能拴两匹马的马厩,她雇了三个仆人——这些都是我的房客。老实跟您说,我这儿可没有不付房租的规矩。请您立刻付房钱,然后请您走路。"

"既然是预先讲定了的,您就把房钱付给他吧。"巡长说,稍微摆动一下脑袋,把大拇指插在纽扣下面。

"我拿什么来付房钱? 这是一个问题。我现在连一个锏子也没有。"

"倘若这样的话,您就用您本行的制成品来满足伊凡·伊凡诺维奇吧!"巡长说,"他也许会同意把绘画来折价的。"

"不呀,老爷子,这些画我可敬谢不敏! 要是一些有高贵内容的画,可以拿来挂在墙上,倒也罢了,至少得是一位戴金星勋章的将军或者库图佐夫①公爵的肖像,可是他却画的是一个乡下人,一个穿衬衫的乡下人,一个给他磨颜料的仆人。猪狗不如的东西,也配画什么肖像;我要打断他的颈骨哩,他把门闩上的钉子统统给我拔光了,这骗子手。您瞧瞧这画的是什么:这是一间房间。要是画一间整齐的干净的房间,倒也

---

① 库图佐夫(1745—1813),俄国的天才统帅。

罢了,可是他画的是各式各样的垃圾和废物。请您自己瞧吧,他把我的房间糟蹋成什么样子。我这儿的房客都住了七年了,像上校、安娜·彼得罗夫娜·布赫米斯捷罗娃……我告诉您:再没有比画画的更糟的房客了。猪狗不如的东西,老天爷有眼睛,可别再叫他们住到我这儿来。"

可怜的画家必须耐心地听完这一切。这当口,巡长专心致志地翻阅他的绘画和草稿,这说明他的灵魂比房东的高尚些,甚至不是毫无艺术鉴赏力的。

"嘻,"他指着画着裸体女人的画布说,"这一张倒挺那个……挺轻快的。可是这一张为什么鼻子下面这样黑呀?难道他闻了鼻烟么?"

"这是影子。"恰尔特柯夫严厉地回答,也不对他望一眼。

"唔,您可以把它移到别的地方去呀,鼻子下面这个地位可太显眼了,"巡长说,"这是谁的肖像?"他接碴儿往下说,走到那幅老头儿的肖像前面去:"这样子太可怕了。他真是这样可怕的么?啊,他在望着我们呢。雷公①一样的脸!您这画的是谁呀?"

"画的是一个……"恰尔特柯夫说,他话犹未了,只听得喀嚓一声。巡长显然把肖像的框子握得太紧了,因为当警察的人的手都是很粗气的;画框两边的木板往里折断,一块掉落到地上,哗啷一声,一个蓝纸包也一起掉了下来。"一千金圆"几个字直扑进恰尔特柯夫的眼帘。他像疯子似的扑过去,把包捡起来,痉挛地捏在手里,分量沉重得连手都往下

---

① 俄国诗人茹科夫斯基(1783—1852)的叙事诗《十二个睡美人》中的主人公,将自己的灵魂卖给了魔鬼。

坠了。

"好像是钱的声音。"巡长说,他听见有东西掉到地上,发出响声,可是当恰尔特柯夫扑过去捡时,由于动作敏捷,巡长竟没有看见掉下的是什么东西。

"我有什么东西,您何必管呢?"

"我要管,因为您现在得付给房东房钱;因为您有钱而不打算付房钱——就是这么一回事。"

"好吧,我今天付给他就是了。"

"那么您干吗早一点不想付,惹得房东不安,又给警察添麻烦呢?"

"因为我不想动用这笔钱;我今天晚上完全付清他,明天就搬家,因为我再也不想在这样一位房东的屋子里住下去了。"

"那么,伊凡·伊凡诺维奇,他答应付您钱了,"巡长转过身来对房东说,"要是今天晚上还不能叫您满意,那咱们就要对不起这位画家先生了。"说完这几句话,他戴上三角帽,走进了前厅,房东低着头跟在后面,像在沉思什么。

"谢天谢地,魔鬼总算把他们送走了!"听见前厅的门砰的一声关上了,恰尔特柯夫说。

他对前厅那边望了一眼,借故把尼基塔打发走了,剩下自己一个人,关上了门,然后回进屋里来,一颗心剧烈地跳动着,急忙把包打开。里面满是金圆,全是崭新的,火一样地发着亮。他如痴若呆地坐在一堆金圆前面,不住地问自己:是不是在做梦?包里整整有一千金圆;它们的形状跟梦里所见的一般无二。他把金圆摸弄了好些时候,出神地瞧着,一时还清醒不过来。他忽然想起了埋藏财宝以及附有秘密抽屉的钱柜一类的故事,那是祖先遗留给败家子孙的,预防他们将来会穷愁潦倒。他这样琢磨着:现在会不会也有一位老爷爷,想遗留给子孙一点礼物,把礼物藏在家族肖像的画框里呢?他的头脑里充满着这些荒唐的幻想,甚至猜测这件事和他的命运是不是有什么关系,这幅肖像和他本人的存在是不是有什么关系,他的这份横财是不是前生注定的。他好奇地把肖像的框子瞧了又瞧。框子的一边有一个凿出的凹槽,这凹槽被木板巧妙地遮住,不露一点痕迹,要不是巡长粗蛮的大手把木板折断的话,金圆一直还要安静地躺在里面不会被发现哩。他瞧着肖像,又对这一件高超的作品、这双眼睛的非凡的神采神往起来:他已经不觉得它们有什么可怕了;可是,每次瞧它一眼,心里总不免浮起一种不快之感。"不行,"他对自个儿说,"不管你是谁家的祖先,我都要给你配上玻璃,给你做一个金框子。"说时,他把一只手放在面前的金圆堆上,手一碰到它,心就剧烈地跳动起来。"把这些钱怎么办呢?"他凝望着金圆,想道,"我现在至少三年的生活有了保障,能够把自己关在房间里埋头苦干了。现在我有钱能买油彩;吃饭,喝茶,零用,付房租,都不愁没有钱花;现在再没有人会来妨碍我,打扰我;我可以买一座极好的人体模型,买石膏的身像和黏土塑的脚,摆上一座维纳斯像,再买些第一流名画的拓本。倘若让我安心工作三年,不赶时间,不指望卖钱,我会把他们所有的人都打倒,成为一个有名的画家。"

他顺着理性的指引这样自言自语;可是,内心另外一个声音却更清楚,更响亮。当他再对金圆看一眼的时候,二十二岁的年龄和火热的青春就说出完全另外一番话来。过去他睁着艳羡的眼睛望着,咽着唾沫远远地欣赏着的一切东西,现在他都有力量买到了。只要一想到这一点,他的心是怎样地跳动起来啊!穿上时髦的燕尾服,长期素食之后开一次荤,租上一幢漂亮住宅,立刻上戏院去,上点心铺去,上……等等。于是他抓起一大把钱,上街去了。

他先到裁缝店,从头到脚换了一身新,像小孩子穿新衣似的不停地顾盼着;买了许多香水、发膏之类,没讲价钱,就租下了涅瓦大街上最先看到的一幢有着大大小小的镜子和大块的玻璃窗的华美住宅;顺便在商店里买了一副贵重的有柄眼镜,又顺手买了一大堆各式各样的领带,比实际需要的还要多,在理发店里烫了头发,毫无必要地乘马车绕城兜了两圈,在点心铺里吃了大量的蜜饯糖果,又去了从前望而却步,只听到过一些像中华大国一样模糊的传说的那家法国餐厅。他在那儿手抠在腰眼儿里吃了一顿饭,傲然向四边睥睨,不断地对着镜子整理他烫过的鬈发。他在那儿喝了一瓶香槟酒,而这香槟酒,从前对于他也只是耳闻其名罢了。酒在他的头脑里微微发作起来,他兴冲冲地、精神抖擞地走出店来,用俄国人的话说,连魔鬼都不忌惮①。他趾高气扬地沿着人行道走去,用有柄眼镜去望所有的行人。他在桥上看到从前的一位教授,他威风凛凛地从教授身边擦过去,好像压根儿没有瞧见似的,使那位教授泥塑木雕般呆立在桥上老半天,脸上描画出一个惊奇的疑问号。

一切东西,画架呀、画布呀、画呀等等,当天晚上搬进了华丽的住宅。他把较好的东西摆在触目的地方,把坏的扔在墙犄角里,他在华丽的房间里踱来踱去,不断地对着镜子顾盼自

---

① 这是一句俗谚,意谓天不怕地不怕。

豪。他的灵魂里产生了一种不可遏制的欲望,要立刻抓住荣誉的尾巴,在社会上显露头角。他似乎已经听到这样的喊声:"恰尔特柯夫,恰尔特柯夫!你们看过恰尔特柯夫的画没有?恰尔特柯夫有一支多么传神的笔啊!恰尔特柯夫的才能多么伟大啊!"他沉醉若狂地在房间里踱着,灵魂出了窍,不知想到哪儿去了。第二天,他拿了十块金圆,去访问一家销路最大的报馆,请求给以慷慨的援助;他被记者殷勤地接待了,立刻就称呼他"最可敬的先生",握住他的两只手,详细地询问他的本名、父称、住址,第二天的报上,紧跟在新发明脂油蜡烛的广告后面,就登出了冠有这样的标题的一篇文章:《论恰尔特柯夫氏之稀世奇才》:"兹有一各方面可谓十分美妙之成果,谨以奉告首都教养有素之居民。我国自来颇不乏明眸皓齿之人,但迄今尚无法借传神之画布,传之后世;今此缺点已可弥补,一切因素毕备于一身之画家已赫然出现于我人之前矣。美人可以深信,渠之婀娜多姿将被揭露无遗,娇艳迷人,犹如粉蝶之戏春花。可敬之家长将见子孙绕膝,一家团聚。商贩、军人、公民、政府官员,将加倍努力,从事本分之工作。诸君游罢归家,访问友好或从姊妹,或往华美之百货商店购物之际,或在不论奔赴其他任何地点之归途,请速顺道一访。画家富丽之画室(地址在涅瓦大街某号)陈有各种肖像杰作,足与凡·戴克①及提香媲美。此等肖像既毕肖真人,画笔又极鲜明泼辣之极致,诸君观后,定将神迷而不知适从。荣誉归于画家:先生胜似抽中幸福之彩票矣。安德烈·彼得罗维奇万岁

---

① 凡·戴克(1599—1641),佛兰德斯著名肖像画家,作品通常以宗教,神话为题材。

（记者显然是喜欢用狎昵的口吻的）！先生踔胜之声誉,亦我侪无上之光荣。我侪幸有慧眼,能识先生之真价值。群贤集于门庭,财物源源而至,此为先生应得之报偿,同文中有反对财货者,固鄙陋之见也。"

画家暗自得意地读了这一则广告;他容光焕发起来。消息登在报上,这在他还是有生以来头一次;他把这几行字翻来覆去读了好几遍。把他跟凡·戴克和提香相提并论,这捧得太厉害了。"安德烈·彼得罗维奇万岁!"这一句话也很使他高兴;他本名和父称用铅字排出来,这是他从来没有梦想过的光荣。他开始很快地在房间里踱着,搔弄着头发,一会儿坐在圈手椅里,一会儿跳起来。坐到长沙发上去,一刻不停地想象怎样接待男男女女的访客,随后走到画布前面,挺有精神地对着画布把画笔一挥,想把优雅的动作运到手腕上去。第二天,他的门铃响了;他跑去开了门,一位太太由一个穿皮制服的听差引导着走进来,和她一块儿进来的还有一位十八岁的年轻少女,那是她的女儿。

"您是恰尔特柯夫先生①吗?"那位太太说。画家向她一鞠躬。

"报上登载了许多评论您的文章;据说,您的肖像画是尽善尽美的杰作呢。"说完这几句话,太太把有柄眼镜举到眼前,对墙上投了迅速的一瞥,墙上一幅画也没有。"您的大作在哪儿?"

"正在搬过来,"画家略有几分惶恐地回答说,"我还是刚刚搬进这幢房子,所以它们都还在路上……还没有运到呢。"

---

① 原文为法文的俄文音译。

"您到过意大利么?"太太说,用有柄眼镜望着他,因为找不到别的可以望的东西。

"不,我没有到过,可是曾经想去……现在暂时耽搁下来了……这儿是一只圈手椅;您累了……"

"谢谢,我在马车里坐了许久。啊,这儿,我终于看到您的大作了!"太太说,往对面的墙脚边直奔过去,用有柄眼镜望着他那些堆放在地板上的习作,草图,远景图和肖像。"这真迷人,丽莎,丽莎,来呀。① 这画的是戴尼埃②式的房间:杂乱,杂乱,一张桌子,桌上一座胸像,一只手,一块调色板;这儿是灰尘,你瞧,灰尘画得多么妙! 这真迷人③这儿,另外一幅画着一个洗脸的女人——多么美的姿态④一个乡下人! 丽莎,丽莎,一个穿俄国衬衫的乡下人! 瞧呀:一个乡下人! 那么,您不是专门只画肖像的了!"

"啊,这算不得什么……画几笔玩玩的……习作……"

"请问您对于近来的一些肖像画家有些什么意见? 现在可再也找不到提香那样的画家了,不是吗? 色彩里没有那种力量,没有那种……真糟糕,我不知道该怎样用俄国话对您讲(太太是一位美术爱好家,带着有柄眼镜走遍过意大利所有的画廊)。可是,诺尔先生……啊,他画得多么好! 他有一支多么出神入化的画笔! 我以为他画的人物脸上有比提香更多的表情呢。您不认得诺尔先生吗?"

"这个诺尔先生是谁?"画家问。

"诺尔先生。嘿,什么样的天才! 小女十二岁的时候,他

---

① ③ ④　原文为法文。
②　戴尼埃(1610—1690),佛兰德斯画家。

曾经给她画过一幅肖像。您有空一定得到舍间来玩。丽莎,你下回把那本画册拿给他瞧瞧。您知道,我们这回到府上来,是想请您立刻给她画一幅肖像的。"

"行呀,我马上就预备好了。"不到一会儿工夫,他把绷好画布的画架挪近来,手里拿起调色板,眼睛凝视着女儿的苍白的脸蛋。如果他是一个人类天性的鉴识家,他一刹那间就会在这张脸上看出对舞会的幼稚的热爱的开端,对饭前饭后长日无聊的苦闷和怨艾的开端,要穿新衣出外遨游的愿望,母亲硬要她钻研美术来提高灵魂与感情,就不得不强打起精神虚应一下故事的勉强的痕迹。可是,画家在这张柔和的脸上只看到了吸引画笔的、几乎瓷器一般透明的皮肤,诱人的、娇滴滴的慵倦,纤巧的、莹洁的颈窝和贵族风味的、苗条的身材。他的一支画笔过去只跟粗笨的模特儿的冷酷面貌、庄严的古画以及古典大师们的拓本打交道,现在却准备恣情挥舞,显出轻快和光辉来了。他已经想象到这张温柔的小脸蛋儿将被画成一副什么样子。

"您知道,"太太脸上露出几分使人感动的神情,说,"我希望她穿这么一件衣服;老实说,我不愿意她穿那种常见的衣服:我希望她穿得淡雅宜人,坐在树阴下,被田野包围着,远处有畜群或树林……可千万别让人看到她是去赴什么舞会或者时髦的晚会的。老实说,我们的舞会简直毁灭人的灵魂,把一点点感情的残余都给连根拔除……朴素,要尽量朴素一些。"(唉!母亲和女儿的脸却显出她们跳舞跳得太多了,黄得简直像蜡做的一样。)

恰尔特柯夫动起手来,叫被画的人坐下,先在脑子里构思片刻;画笔在空中挥了几挥,心里拟定了大概的轮廓;微微眯起眼睛,退后几步,从远处望了一眼,接着在一个钟头里完成了底稿。他看后觉得还满意,就动手画起来,工作吸引住了他。他已经忘掉一切,连他在贵妇人面前也忘掉了,甚至有时还露出一些艺术家的动作来,大声发出各种声音,偶或还哼些什么,像全心全意埋头工作的画家通常哼的那样。他毫不客气,只把画笔指指,叫被画的人抬起头来,终于惹得对方坐不安稳,显出了疲倦的样子。

"够了,第一回够了。"太太说。

"再画几笔。"出了神的画家说。

"不,该走了!丽莎,三点钟啦!"她说,摸出一只用金链条挂在腰带上的小小的表,接着喊起来:"啊,真是迟了!"

"只要一分钟!"恰尔特柯夫用孩子般天真而恳求的声音说。

可是,太太似乎这一回完全不想迁就他的艺术上的要求,只答应下次多坐一些时候。

"这可真倒霉,"恰尔特柯夫心里想,"手刚刚画得活动了些。"他想起他在瓦西里耶夫岛那间画室里工作的时候,谁都没有打断过他,阻碍过他:尼基塔一动也不动地老坐在一个地方——你高兴画多久就画多久;他甚至会在命令他采取的姿势中睡熟过去。他微微露出不满的神气,把画笔和调色板往桌上一扔,迷惘地站在画布前面。上流妇人辞别时的一套应酬话把他从沉思中惊醒过来。他迅速地走到门口,送她们出去;他在下楼时得到了她们的邀请,要他下星期去吃饭,然后他兴高采烈地回到房间里。贵族妇人完全把他迷住了。从前他认为这种人物高不可攀,她们生到世上来,只是为了带着穿制服的仆从和漂亮的马夫一同坐着豪华的马车在街上疾驰而过,对那些披着寒酸单薄斗篷的踩躞的行人投以冷淡的一瞥。可是突然,这样的一个人物现在跑到他屋里来了:他给她画肖像,还被邀请到高门大宅里去吃饭。再没有比这更叫他高兴的了;他如醉如狂地陶醉起来,他为了这件事给自己的奖励是:饱餐了一顿,晚上听了戏,又毫无必要地乘马车绕城兜了一圈。

在以后的几天里,他压根儿没想到进行例常的工作。他只是时刻准备着,等待门铃响。终于贵妇人同着她脸色苍白的女儿一块儿来了。他请她们坐下,这回却做出灵巧的动作,带着上流社会的派头,把画布拉过来,动手画了起来。晴天和明亮的光线帮了他不少的忙。他在被画者轻盈的体态上看到了许多东西,如果被他传到画布上,就会给肖像添上极大的价值;他知道,只要能按照自然向他显示的样子把一切完美地画出来,就会画成一幅杰作。当他感觉到他会画出别人还没有注意到的东西的时候,他的心禁不住微微跳动起来。工作完全吞没了他,他整个儿沉没到画意里去,重又把被画者的贵族出身忘了个干净。他兴奋地看到,在他的笔下,画出了十八岁少女的柔和的姿容和几乎透明的身体。他抓住了每一处的浓淡色度,淡黄色、眼睛下面隐约可见的淡蓝色,甚至要动笔画出额上突出的一粒小疙瘩来了,这时忽然听见母亲在他耳朵旁边喊道:"啊,这干什么?这用不着画。"太太说。"您画的……哪,有些地方……似乎黄了一点,这儿完全画得像个黑斑了。"画家解释给她听,这些斑点和黄色正是得意之笔,会给脸部添上可爱而轻快的情调。可是对方却回答他说,这不会添上什么情调,简直是败笔;不过是他这样觉得罢了。"那么,让我只在这地方涂一点黄颜色吧。"画家天真地说。可是,人家连这一点也不容许他。她的解释是:丽莎今天可巧有点儿不舒服,她的脸一点也不黄,特别鲜洁的颜色倒总是令人惊叹的。他挺不乐意地抹掉了画在画布上的东西。许多不易辨认的微妙的特征消失了,同时,一部分相似之处也一起消失了。他开始冷酷地赋予它挥笔即来的俗气的色彩,这种色彩甚至会把取法自然的脸画成学校课本上习见的冷淡空想的东西。可是,太太却很高兴先前那种恼人的色彩完全被排除掉了。她只是对工作缓慢表示了惊异,又找补上一句:她曾经听说他只要两趟就可以把一幅肖像画好的。画家对这一点没有办法回答什么。她们站起来,打算走了。他放下画笔,送她们到门口,然后面对肖像,站在一个地点迷迷糊糊愣了好一会儿。他心不在焉地望着它,脑子里却在神往轻快的女人的脸,浓淡色度和轻盈的神韵,这是他的画笔已经画过而又毫不留情地抹掉的。他满心充满着这些印象,把肖像抛在一旁,另外在什么地方找出了一张很早以前随手勾勒在画布上的、早已扔掉的普赛克头部的画。这张脸画得很不坏,但却完全是空想的、冷冰冰的,用寻常的线条构成而没有化为活生生的实体。他因为无事可做,现在又重新把它仔细琢磨,边画,边想起了他在贵族女客脸上注意到的一切东西。他所抓到的线条、浓淡色度和神韵,以非常提炼的形式烘托出来,只有当画家仔细观赏自然,然后离开它,画出跟它相同的作品时,才会达到这样的境界。普赛克活了起来,朦胧的思想慢慢地凝成了鲜明的形体。年轻的上流仕女的脸型自然而然地化到普赛克的身上,于是后者就获得了一种独特的表情,使她充分有权被称为一件真正独创的艺术品。他似乎利用了他从被画者身上得来的一部分的、同时又是全部的印象,并且完全被工作迷住了。接连好几天,他只顾画这幅画。当他正在进行工作的时候,两位熟识的仕女找他来了。他没有来得及从画架上把这幅画取掉。她们俩同时发出了快乐的惊异的喊声,拍着手。

"丽莎,丽莎!多么像啊!好极了,好极了!① 亏您想得出让她穿上了一件希腊式的衣服。啊,这真是神来之笔!"

画家不知道怎样才能叫这两位仕女从愉快的迷误中省悟过来。他羞愧无地,低下了头,悄声地说:"这是普赛克。"

"普赛克的式样吗?这真迷人!②"母亲微笑地说,同时女儿也笑起来。"丽莎,你最适合画成普赛克的式样,不是吗?多么巧妙的想法!③再说,这是什么样的手法!这简直是柯勒乔④。老实说,我在报上读到过文章,又听人讲到过您,可是我还不知道您有这么大的才能。不成呀,您一定也得给我画一幅肖像。"显然,这位太太也想被画成普赛克的式样。

"我把她们可怎么办?"画家想:"要是她们自己愿意这样,就让普赛克冒充作她们所设想的人吧,"接着,他大声地说:"请你们再坐一会儿,我还得稍微画上几笔。"

"啊,我怕您别……这会儿她是这样像呀。"可是,画家知道她们担心的是那一点黄颜色,于是叫她们尽管放心,说明他只是想再给眼睛添上点光彩和表情。他心里可真是惭愧,想至少得使肖像跟本人再相像一些,免得人家骂他不识羞耻。的确,少女苍白的面容最后竟越来越清楚地在普赛克的线条

---

① ②③ 原文为法文。
④ 柯勒乔(约 1494—1534),意大利文艺复兴盛期的画家。

中衬托出来了。

"够了!"母亲说,她开始害怕不要画得太相像了。

画家受到了各式各样的奖励:微笑、金钱、恭维、诚恳的握手、午餐的邀请;总之,得到了千百种好意的酬报。这幅肖像轰动了全城。太太把它展览给女友们看;大家都惊佩画家的本领,他能画得这样逼真,同时又给本人加添许多美丽。谈到后一点时,大家脸上当然都浮起了一抹轻微的妒羡之色。于是画家忽然被一大堆工作包围住了。似乎全城的人都想请他画肖像。门铃时刻不停地响着。从一方面来说,这可能是一件好事情,因为许多各式各样的脸可以给他作无穷的练习。但不幸的是,都是一些难伺候的人,性急的、忙乱的人,否则就是一些上流社会里的人,他们比任何人都忙,因此脾气也就更加急躁。他们都要求画得又快又好。画家体会到,从容动笔绝对是办不到的,非用画笔的灵巧与疾速来应付一切需要不可。只须抓住整体的印象,抓住一般的表情,而不必用画笔深入精微的细节;总之,从容地刻画自然简直是不可能的。再说,几乎所有求画的人都提出了各式各样强词夺理的要求。太太们希望主要的只把灵魂与性格描写在肖像里,其余可以完全不必介意,使棱角圆浑起来,把缺陷冲淡,要是可能的话,简直就完全避免。总之,纵然不能把人迷住,也得叫人看了这张脸神往老半天。因此,当她们坐下来请画家画肖像的时候,常常做出一些使他十分惊异的表情:一个人竭力要在脸上装出忧郁,另外一个人表现着梦想,第三个拼命叫嘴巴缩小,抿得紧紧的,最后竟成了比针尖大不了多少的一小点。可是尽管这样,她们还是要求他画得像,神态从容自然。男人们也不比太太们容易对付。一个人要求把自己画得刚强有力地拧着脖子;另外一个人抬起充满灵感的眼睛;近卫军中尉一定要他在眼睛里画出马尔斯①的神情;文官竭力要他在脸上表现出更多的正直和高贵,手支在一本书上,书上清清楚楚写着几个大字:"主持公道"。起初这些要求真弄得画家汗流浃背:这些都必须揣摩、凝思,而限期又是这样短促。最后,他懂得了诀窍,就一点也不觉得有什么为难了。只要听上两三句话,就知道对方希望把自己画成什么样子。谁要喜欢马尔斯,就给他脸上装个马尔斯进去;谁要想做拜伦,就给他画成拜伦的姿势和神态。太太们无论想做柯林娜②也好,涡堤孩③也好,亚斯巴希雅④也好,他都满口答应下来,再凭自己的想象给每一个人加上端庄的风采,大家知道,这样做总不会出岔子,即使画得再不像一些,人家也会原谅画家的。不久就连他自己也对画笔的不可思议的迅速和敏捷惊奇起来了。求画的人们,当然,一个个都笑逐颜开,称他是稀世奇才。

恰尔特柯夫在各方面成了一位时髦画家。他开始乘马车去赴宴会,陪太太们参观画廊,甚至还陪她们一块儿散步,打扮得艳冶出众,公然宣称画家必须属于社会,必须保持合乎身份的体面,有些画家穿得跟鞋匠一样,那是举止失宜,不守礼法,缺乏教养。在家里,他把画室收拾得非常整齐清洁,雇了两个漂亮的仆人,收了一批时髦的学生,一天之内换好几套衣服,卷烫头发,练习各种接待访客的姿势,想尽方法装饰自己

---

① 马尔斯,希腊神话中的战神。
② 柯林娜,法国作家斯达尔夫人(1766—1817)同名小说的女主人公。
③ 涡堤孩(水妖),德国作家莫特-富凯(1777—1843)同名小说的女主人公。
④ 亚斯巴希雅,公元前五世纪的希腊女子,以聪明美丽驰名。

的外貌,以便给仕女们产生愉快的印象;总之,不久人们就再也认不出他就是从前在瓦西里耶夫岛破陋的小屋里默默工作过的质朴的画家了。他现在谈起画家和艺术,总要发挥一通辛辣刻薄的议论,他说,大家把过去的画家吹嘘得太过分,拉斐尔以前的所有的画家都画的不是人物,而是鲱鱼;有些观赏者认为那里面包含着神圣的东西,那只是他们这样想象罢了;就连拉斐尔本人的作品也不是全部都好,有许多作品也只是虚有其名;米开朗琪罗①是一个大言不惭的吹牛家,他只想炫耀他的解剖学知识,他的画一点也没有什么优雅之处;真正的光彩、笔力和色调,必须到现代画家的作品中去寻觅。接下来,自然,就要谈到他自己了。"不,我简直不明白,"他说,"别人怎么能够成天坐在那儿,孜孜不倦地工作?花上几个月画一张画的人,在我看来,是涂壁匠,不是画家。我不相信他有什么才能。一位天才创作起来,是勇敢的、迅速的——就像我,"说到这儿,他总是面对着客人,"我画这幅肖像只花了两天,画这个头部花了一天,这一幅花了几小时,这一幅只有一个多钟头。不,我……我,老实说,我认为那些一笔一笔描出来的东西都算不得是艺术;那是匠人的手艺,不是艺术。"

他这样地讲给他的客人听,于是客人们对他画笔的遒劲和矫捷佩服得五体投地,听说他画得这么快,都发出了感叹的喊声,然后奔走相告:"这是一位天才,真正的天才!瞧他怎样说话,他的眼睛怎样地发着光啊!他整个的姿态有一种非凡的东西!②"

---

① 米开朗琪罗(1475—1564),意大利著名的画家,雕刻家和建筑家。
② 原文为法文。

画家很高兴听见人家这样谈论他。当杂志上刊出了赞美他的文章的时候,他像孩子般地雀跃起来,虽然这赞美的文章是他自己花钱买来的。他到处带着这份杂志,仿佛不在意似的拿给熟人和朋友看,这件事使他开心得简直要手舞足蹈。他的名气一天比一天响,工作和订货也越来越多。他开始厌倦画千篇一律的肖像和脸,那种姿势和神情是他早已画熟了的。他已经不大起劲画它们,想法只画一个头部,而把其余的部分留给他的学生们去完成。从前,他还总要努力画出一种新的姿势,用笔力的遒劲和效果使人惊倒。现在,就连这一点他也觉得不耐烦了。他的脑子懒得再去思考和构思。他没有能力做到这一点,并且也没有时间做到:散漫的生活,以及他在里面扮演一个上流士绅的角色的那种社会———一切都使他离开工作和思想不知有多么遥远。他的画笔冷淡了、迟钝了,他漠然无动于衷地重复着单调的、固定的、陈腐过时的形式。文武官员们单调的、冷冰冰的、永远体面的、俗话所谓像扣紧了纽扣似的脸①,不能给画笔广大的发挥的余地:画笔不再去描画华美的衣装、强烈的激动、热情。至于画面的配置、艺术的效果、美妙的结构,那就更是谈不到。他面前只有制服、硬胸和燕尾服,而画家看到这些东西,就会感到冷淡,一切想象都会逃掉的。甚至在他的作品里,连最普通的优点也都看不见了,但它们仍旧享有盛名,虽然真正的鉴赏家和画家们看到他近来的作品是只会耸耸肩的。有些以前认识恰尔特柯夫的人简直弄不明白,他起初显露出的才能怎么会消失,他们徒费心机地猜测,刚刚达到精力饱满的年龄,为什么他的才禀就会

---

① 即谓毫无表情。

烟消云散。

可是，陶醉若狂的画家并没有听到这些议论。他在智力和年龄方面已经到了老成持重的阶段：开始发胖，而且显然向横里发展了。他常常在报纸和杂志上读到这样的形容词：我们可敬的安德烈·彼得罗维奇，我们德高望重的安德烈·彼得罗维奇。人们开始纷纷请他去担任重要的职位，请他去监考，参加委员会。他，像到了这种可敬的年龄的人一样，开始积极地站到拉斐尔以及其他古代画家一边来，倒也不是因为充分认识他们卓越不凡的优点，而是因为想借他们来吓唬年轻的画家们。他开始像每一个到了这种年龄的人一样，不分青红皂白地责备青年们道德沦丧，品质堕落。他开始相信，世上的一切都很简单，没有什么崇高的灵感，一切都必须服从一个严密精确的一律的格式。总之，他的生命已经到了这样一种时期：一切热烈的冲动都萎缩了；有力的琴弦很难打动他的灵魂，他的心也不再被锐利的声响所盘绕；接触到美的东西，已经不能使纯洁的力量勃发为熊熊的火焰；可是，只要一听见金圆的声音，烧残的感情就会熄而复燃，就会留心倾听它诱人的音乐，慢慢地，在麻木之中让这音乐完全把自己催眠。荣誉这东西，不会给一个偷盗它，但配不上它的人带来愉快；它只有在一个配得上他的人的心里才会引起不断的颤动。所以，他的全部感情和冲动都转向了金圆。金圆变成了他的情欲、理想、患得患失的对象、享乐、人生的目的。一捆捆的钞票在他的箱子里增多起来，正像每一个命中注定得到这种可怕的礼物的人一样，他变成了一个无聊透顶的、除了金圆什么都不懂得的、毫无来由的吝啬鬼，一个荒唐的守财奴，他已经快变成这么一个怪物——这种人在我们冷酷无情的世界里多的是，稍有心肝的人见了他们都会害怕的，认为他们只是活动棺材，没有心肝五脏，只是一具死尸。可是，一件事情强有力地震动了、惊醒了他整个生命的机体。

有一天，他在他的桌上看见了一缄短笺，美术学院请他以荣誉董事的身份去评判一件新作品，那是一个在意大利深造的俄国画家送来的。这个画家是他从前的朋友，从早年起就热爱艺术，抱着一颗勤劳者的火焰般的心沉醉在艺术里，远离朋友、亲人，远离舒适的习惯，赶往那个庄严的艺术苗圃在美丽天空下欣欣向荣的地方，赶往那个奇妙的罗马，——一听见这个地名，画家的热情的心就会剧烈地跳动起来。他在那儿像个隐士似的埋头工作，不被任何事情所诱惑。他不过问人家怎样谈论他的怪僻的性格，说他不善交际，不遵守上流社会的礼节，他的贫贱的、寒酸的衣装给画家丢尽了脸。他也不管同行们是否生他的气。他对什么事情都毫不介意，把一切献给了艺术。他不知疲倦地参观画廊，好几小时伫立在大师们的作品前面，欣赏并揣摩神妙的笔意。他没有一幅画，不预先用这些伟大的导师来衡量自己，在他们的作品里得到许多无言的、有力的忠告。他不参加喧嚣的议论和争辩；既不拥护美辞学派，也不反对美辞学派。他对各派一视同仁，从一切派别里只汲取美好的东西，最后就只把神圣的拉斐尔一个人尊为自己的老师。他正像一位大诗人一样，读了充满魅力和壮美的万卷书之后，最后认定只有荷马的《伊利亚特》才是一部案头必备书，一切需要的东西都包括在这部书里，没有任何东西不在这里得到尽善尽美的反映。于是他从这一派里汲取了庄严的创作玄机、思想的强有力的美、天马行空的画笔的妙趣。

恰尔特柯夫走进大厅，看见已经有一大群人麇集在一幅画的前面。平时在鉴赏家麇集之处难得有的沉寂,这一回到处笼罩着。他赶快装出一副专家的矜持的样子,向那幅画走近去;可是,天啊,他看到了一幅什么样的画!

他面前这个画家的作品,像处女般纯净、完美、秀丽。它像天才一样,质朴、神圣、贞洁、单纯地高耸于一切之上。这些天仙似的美女仿佛被大家直射的眼光看得不好意思起来,羞答答地垂下美丽的睫毛。专家们都怀着不由自主的惊异的心情,观看这幅新颖的、空前未有的图画。在这幅画里,一切似乎都混杂在一起:拉斐尔的艺术反映在高雅的构图里,柯勒乔的艺术表现在精炼的笔法里。可是,最吸引人注意的是包含在画家本人灵魂里的创造力。任何细微的一点都被他的灵魂渗透着;一切都表现出法则和内在的力。他到处抓住了包含在自然中的融解一般圆浑的线条,那是只有创造的艺术家的眼睛才能够看见,模仿者就会画成棱角的。显然,画家是先把从外部世界吸取到的一切蕴藏在自己的灵魂里,然后再从灵魂深处,把这些东西谱成一支和谐的庄严的歌。于是连外行的人都可以明白,在创造和对自然的单纯模仿之间横隔着怎样不可估量的距离。包围着看画的人的那种非凡的静寂,简直是无法描摹的——没有一点声息,没有一点响动;这当口,画却时时刻刻增高起来;越来越显得比其他一切辉煌、奇妙,最后,整个儿化为了思想从天外飞到画家心里结成花果的微妙的一瞬,——对于这一瞬说来,人类的全部生活只是一个起点。在围观者的脸上,泪珠不自禁地就要滚下来。不管有多么不同的口味,也不管有多么大胆的古怪的口味,仿佛所有的人都对这幅神圣的作品唱出了无言的颂赞。恰尔特柯夫张开嘴一动也不动地站在这幅画的前面,最后,当观众和内行们渐渐喧嚷起来,评论作品的好坏的时候,当人家请他发表意见的时候,他这才醒过来;他想装出淡漠的若无其事的神气,想说一些刻薄无情的画家们常说的陈腐平凡的客套话,例如:"是喽,当然,我们不能否认画家是有才能的;他真有两下子,显然,他想表现点什么,可是,说到主要的地方……"接着,自然是加上一些任何一个画家都不会因此受益的赞美。他想这样做,可是话到嘴边又缩回去了,眼泪和哭泣再也抑制不住地涌出来,代替了回答,他像疯了似的奔出了大厅。

　　他一动也不动地、茫然失神地在自己华丽的画室里站了一会儿。他的整个机体、整个生命,在一瞬间觉醒了过来,仿佛他又回复了青春,仿佛熄灭了的才能的火花陡地又燃烧起来。蒙住他眼睛的绷带被解开了。天啊!他把青春的最好的年月这样残忍地糟蹋了;蕴藏在他胸中,可能现在会变得伟大而美丽,会引出惊异和感激的眼泪来的火星,就这样地被扑灭、被踩熄了!这一切都被糟蹋掉,毫无怜惜地被糟蹋掉了!仿佛在这一刹那,从前他所熟悉的那种兴奋和冲动忽然又在他的灵魂里苏醒了。他抓起画笔,走到画布前面去。脸上渗出了挣扎的汗珠;他整个儿化为一个愿望,被一个思想燃烧着:他想描画一个堕落的天使。这个想头跟他的精神状态是最适合的。可是,糟糕!形象、姿态、结构、思想,画出来都显得勉强而又不调和。他的画笔和想象已经被定型束缚得太久,徒然无力地挣扎着想越过他自己所设定的界限和桎梏,结果也只能陷于荒谬和错误。过去他太藐视了艰难的、长期的由浅而深的学问阶梯和未来的伟大成就的基本法则。苦恼缠住了他。他叫人把最近所有的作品,所有缺乏生命的时髦画,所有骠骑兵、仕女和文官的肖像,统统从画室里搬出去。他把自己一个人关在房间里，不准任何人进来，整个儿埋头在工作里面。他像个耐心的青年一样，像个学生一样，坐在那儿画画。可是，他笔下画出来的一切是多么无情地平庸啊！由于不熟悉最初步的原理，他每画一笔，不得不停顿下来；简单的、微不足道的机械作用把满腔热情冻住了，成了束缚想象的不可逾越的阻碍。画笔不由自主地凝成记熟的形式，手总是放在刻板的地位，脑袋不敢摆出非凡的姿势，连衣服的褶襞也有一定的格式，不肯顺从地披在不熟悉的肉体的姿态上。他感觉到这一点，他自己感到并且看到了这一点！

"可是，我从前真的有过才能吗？"他最后说，"我没有欺骗自己吗？"说完这几句话，他走到从前自己的作品前面去，那是他在孤寂的瓦西里岛上一间破陋的小屋里，远离人群、财富和各种欲望，那样纯洁而无私地画出来的。他现在走到它们前面，开始一幅幅把它们捡起来仔细察看，于是他过去整个贫困的生活都浮现到他的记忆里来了。"是的，"他绝望地说，"我有过才能的。到处都可以看到它的征兆与痕迹……"

他住了手，突然浑身战栗起来：他的眼睛接触到了一双不动地盯住他的眼睛。这是他在施金劝业场买来的非凡的肖像。这幅肖像一直被遮盖着，被别的画挡住，因此完全被他忘怀了。现在，当所有堆满在画室里的时髦的肖像和绘画统统搬走了的时候，它好像故意似的，跟他从前年轻时的许多作品混在一起出现了。他想到它的全部古怪的历史，想到这幅不可思议的肖像曾经是他转变的原因，意外的横财引起他所有尘世的俗念，以致毁灭了他的才能——这时候，他急得几乎要发疯。他立刻吩咐把这幅可恨的肖像搬走。可是，灵魂的激动并不就此平静下来：他的全部感情和全部机体连根动起来了,他感到一种可怕的痛苦——这种痛苦是当一个软弱的人想干他能力不能胜任的事而终于不能办到时,作为惊人的例外,有时会在天性中显露出来的;这种痛苦,在青年身上会产生巨力,但在已经失掉幻想的人身上就会变成徒然的渴望;这种痛苦,是会使人干出可怕的罪恶来的。他的心里充满了嫉妒,疯狂的嫉妒。当他看见带有才能的烙印的作品时,脸上就露出了怒意。他把牙齿磨得轧轧作响,用蛇蝎样的眼光贪婪地对它望着。他心里产生了人们少有的恶念,带着一股疯狂的力量要来实现这种恶念。他开始收买艺苑中绝无仅见的精品。他用高价把画买来,小心翼翼地搬进自己的屋里,然后像疯狂的猛虎似的扑过去,撕裂它,扯破它,扯成碎片,发出愉快的狞笑把它踩在脚下。他所积蓄的巨万财富使他具有一切条件来满足这种恶毒的愿望。他解开了所有的装金圆的口袋,打开了箱子。从来没有一个愚昧的魔王曾经像这凶暴的复仇者似的毁灭过这么许多美丽的作品。随便哪一个拍卖场上,只要他一到,别人对收购艺术品的事就早已绝望了。仿佛愤怒的老天爷故意把一场可怕的灾难降到世上来,要破坏这世界的和谐似的。可怕的激情给他染上一种可怕的色调:他的脸上永远笼罩着杀气。他的面貌表现着愤世嫉俗和全盘的否定。普希金用理想的笔调描画的那个可怕的恶魔,仿佛成了他的化身。除了恶毒的言辞和永久的诅咒之外,他的嘴里从来没有吐露过一句话。他像一头猛兽似的冲到街上,所有的人,连他的熟朋友也在内,远远地看见他,都转过身去急忙地躲开,说是看见了他,以后一整天都会倒霉的。

　　对于世人和艺术总算是不幸中之大幸,他这种紧张而凶暴的行径没有能继续多久:激越的情欲到底不是软弱的力量支撑得住的。疯狂和癫痫的发作越来越频繁,终于变成了一种可怕的痼疾。残酷的热病和急性肺炎联结在一起,猛烈地袭击着他,三天以后,他就瘦得三分像人七分像鬼了。此外,再加上无可救药的精神错乱的一切症状。有时候,好几个人也拦阻不住他。他开始常常梦见那幅不平凡的肖像上一双早已忘怀了的活人的眼睛,这时候,他的疯狂就更显得可怕。所有围在他病榻周围的人,在他看来,都成了可怕的肖像。从他的眼睛里看出来,肖像两倍、四倍地增多了;仿佛所有的墙上都挂着肖像,一双双不动的活人的眼睛盯住他。可怕的肖像从天花板上、地板上对他凝望着,房间扩大了,一间间连绵到无穷无尽,可以容纳下更多的不动的眼睛。一个给他治病,并且早已听到过他奇怪的历史的医生,竭力想找出他所梦见的幻影和他的生活经历之间的秘密关系,可是结果却毫无所得。病人除了自己的苦痛之外,什么也不知道,什么也不感觉,永远只是发出可怕的绝叫和不可理解的呓语。终于,他的生命在最后一次无声的、痛苦的发作中结束了。他的尸体吓人得很。他的巨万家财一个锱子也没有留下;可是,当人家发现价值百万以上的高贵艺术品被他撕成碎片的时候,就都明白他的财产是被花到什么样可怕的用途上去了。

第 二 部

许多轿车、弹簧座马车和半篷马车停在一幢正在拍卖一个富有的美术收藏家的珍藏品的房子门口——这些美术收藏家,通常被风神和爱神包围着①,在甜梦里糊里糊涂蹉跎过一生,无意中以艺术保护人出了名,天真地为此花费了他们勤俭的祖先积聚起来的几百万家财,甚至还有他们自己先前用劳力挣来的金钱。大家知道,这样的艺术保护人现在早已绝迹,我们的十九世纪早已博得了银行家枯燥无味的面貌,银行家是只会用纸上的数字来享用自己的巨万财富的。一间长长的大厅,挤满着各式各样像猛禽扑向没有掩埋的尸体似的人群。这儿有一大队从劝业场,甚至从旧货市场来的穿蓝色德国上装的俄国商人们。在这儿,他们脸上的神气和表情好像变得强硬了些,自在了些,没有俄国商人在店里接待主顾时那种甜言蜜语的假殷勤劲儿。在这儿,他们虽然跟许多贵族在一起,却一点也不拘礼节,换了在别的地方,他们准会匍匐在地上,把长统靴带进来的灰尘扫得一干二净。他们在这儿显得非常放肆,不客气地摸弄着书籍和绘画,想知道货物的品质,大胆地喊出价钱来,压倒内行的伯爵们喊出的数目。这儿有许多每天不吃早饭就来的拍卖场的老主顾们;专以收罗珍藏品为责任,在十二时到一时的一段时间当中没有别的事情可做的贵族身份的内行们;最后,还有衣装和钱囊都很寒酸的高贵的绅士先生们,他们每天上这儿来,不为什么利欲的目的,却只是为了要看看行市怎样,谁出价高,谁出价低,谁压倒谁的喊价,货物被谁买去。许多画杂乱无章地堆在那儿;和这些画放在一起的,还有家具,和签着从前主人的姓名,但这些主人恐怕从来没有兴趣去涉猎的书籍。中国瓷瓶,大理石桌面,弧形的雕成狮身鹫嘴怪物、狮身女面怪物和狮爪子的镀金和不镀

---

① 引自格利鲍耶陀夫(1795—1829)的剧作《聪明误》。

金的各种新旧家具,挂灯架,烛台,这一切都堆在一起,不像商店里那样摆得齐齐整整的。这是一种艺术品的大杂烩。我们在拍卖时所得到的一般感觉是很可怕的;这里的一切都带着出殡的味道。举行拍卖的大厅总是阴森森的;被家具和绘画挡住的窗户只漏出一线微弱的光,无言的沉默刻画在人们脸上,拍卖人敲着锤子,用送殡的声音向乱七八糟堆在一起的可怜的艺术品念着超度的经文。这一切似乎更加增强了那种古怪的不愉快的印象。

看来拍卖正在最热闹的时候。一大群体面人物挤在一起,你抢我夺地在争执些什么。四面八方传出了这样的声音:"再加一卢布,再加一卢布,再加一卢布",不让拍卖人有时间重复一下增喊的数目,那数目早已比开叫时增加四倍了。汹涌的人群是在争夺一幅不得不引起对绘画稍有认识的人注意的肖像。画家高明的画笔在这幅肖像上非常清楚地显露出来。这幅肖像显然已经修补过,裱糊过好几次,画的是一个穿着宽服的亚洲人的黧黑的脸,他脸上露出一种古怪的表情,但最使围观的人惊奇的是一双非常生动的眼睛。你越瞧这双眼睛,它们就越像是要穿透你的心肝五脏。这种奇特的表情、这种画家的非凡的巧思,几乎把所有人的注意都吸引住了。许多竞买的人已经知难而退,因为价钱已经抬高到了难以相信的程度。只剩下两个著名的贵族,绘画爱好家,还是不愿意割爱这幅宝画。他们争得面红耳赤,并且大概一定再会把价钱抬得极高,要不是观众中有一个人忽然喊道:

"请容许我暂时打断一下你们的争执。我也许比任何人都更有权利把这幅肖像买下来。"这几句话立刻使所有的人都对他注意起来。这是一个身材端正的人,约摸三十五岁,有着长而黑的鬈发。一张充满明朗的乐天气氛的讨人喜欢的脸,说明他的灵魂不知道有什么恼人的世俗的忧虑;他的服装一点也不迁就时髦:处处都显出他是一位艺术家。这人正是画家 Б,许多在场的人都认得他。

"不管你们觉得我的话多么奇怪,"他看见大家都注意地望着他,接碴儿说下去,"可是,只要你们肯听我说完一段短短的故事,你们就会觉得我说这一番话是有充分的权利的。一切都使我相信,这就是我要寻找的那一幅画。"

几乎大家的脸上都浮起了十分自然的好奇的神色,连拍卖人也张着嘴,把锤子举在半空中放不下来,准备听他一直讲下去。刚开始讲时,许多人不由自主地还把眼光往肖像那边溜,可是后来,故事越讲越有味,大家就把眼光完全移到讲故事的人身上来了。

"你们知道市内叫做柯洛姆纳的那块地方吧。"他这样开始说,"那儿,一切都跟彼得堡其他的地方不同;算不得是京城,也算不得是外省;你一踏上柯洛姆纳的街道,你就会觉得所有年轻的欲望和冲动都离开了你。这儿没有将来,这儿只有静寂和隐遁,一切从京城的骚动中沉淀出来的东西。搬到这儿来居住的,有退职的官员,寡妇,在参议院里有个把熟人,得以在此终老的贫寒之辈,整天逛市场,在小店里跟乡下人闲磕牙,每天买五戈比咖啡和四戈比砂糖的老资格的女厨子,最后,还有这一大群可以用'灰色的'这个词来形容的人们,——这些人的衣服、脸、头发、眼睛,都有一种阴暗的、灰色的外观,好像是不见阳光也不刮风的天色一样,简直说不上像个什么:灰蒙蒙的,一切都消失了鲜明的轮廓。在这群人里还可以加上退职的戏院查票员,退职的九等文官,鼓眼睛厚嘴唇的、退职的马尔斯的门徒①们。这些人完全是麻木无情的:他们走路时对什么也不看一眼,沉默着,什么也不想。他们房间里没有许多东西;有时候,只有一瓶纯粹的俄国白酒;他们抱着这瓶酒整天价慢慢地吮吸着,决不会喝得酩酊大醉,而一个年轻的德国手艺匠,小市民街上的勇士,每逢星期天总会来这么一手的,一过深夜十二点钟,就会一个人独占住一条人行道。

"柯洛姆纳的生活非常孤寂:街上很少看见一辆马车,除非是演员们坐的马车,用它的隆隆声、辚辚声和咕咚声偶或打破一下周遭的悄静。这儿全是步行人;出租马车常常找不到乘客,单给毛发蓬松的瘦马载着草料,踽踽前行。在这儿可以找到五卢布一个月的房子,包括早晨的一杯咖啡。得了抚恤金的寡妇在这儿算得上是最阔气的人家;她们举止端庄,常常打扫房间,跟女友谈论牛肉和白菜的涨价;她们常常有一个年轻的女儿,一个沉默寡言的、有时长得也还动人的人儿,还有一条讨厌的小狗和一只钟摆敲出忧郁的声音的挂钟。然后是薪水收入不容许搬出柯洛姆纳的演员们,那是一些正像所有为享乐而活着的艺术家一样自由自在的人们。他们穿着长袍坐着,修理手枪,用厚纸做各种室内的小道具,跟来访的朋友下棋,打牌,这样就过掉了一早晨,到了晚上又重复同样的事情,有时再加上喝一点儿混合香料酒。除了这些柯洛姆纳的名流和贵族之外,就是一些最最微不足道的小人物了。他们是多到数不尽的,正像数不尽陈醋里长出来的蛆虫一样。有祷告的老太婆;有喝醉酒的老太婆;也有祷告和喝醉酒同时兼

---

① 马尔斯的门徒,指军人。

顾的老太婆；这些老太婆靠着不可理解的方法苟延残命，像蚂蚁似的把破布和旧衣服从卡林金桥抱到旧货市场去，在那边卖得十五戈比；总之，全是些最不幸的人类的渣滓，任何一个行善的政治经济学家都想不出办法来改善他们的状况。

"我提到他们，为的是让你们知道，这些人怎样时常需要去寻找解救燃眉之急的暂时的援助，需要借债渡过难关。这样，在他们中间就产生了以抵押品借出少数款子得到高利的一种特别的高利贷者。这些放小债的比放大债的要残酷好几倍，因为他们产生在贫穷和衣衫褴褛的穷人中间，而那些专门跟乘马车的人打交道的放大债的高利贷者是没有见过这种光景的。因此，他们的灵魂里，任何人性的感情都早已消失了。在这样的高利贷者中间，有一个……可是不妨告诉你们，我要讲的是上世纪的事，已故的叶卡捷林娜二世时代的事。你们自己可以明白，柯洛姆纳的外观和它的内部生活，现在是变得大不相同了。这样，在高利贷者中间有过一个人——一个很早以前就在市内这一带地方居住的各方面都很不平凡的人。他穿着宽大的亚洲式服装；暗沉的脸色说明他是南方出身，可是他到底是哪一国人，是印度人，希腊人，还是波斯人，这可谁都说不清。高高的、几乎是不寻常的身材，黧黑的、瘦削的、晒焦的脸，脸上一种异常可怕的神色，目光如火的大眼睛，垂挂的浓密的眉毛，使他显得跟京城里所有灰色的居民们迥然不同。连他的住屋也不像其余的小木头房子。这是像热那亚商人们曾经造过许多的一种石砌的建筑物，有着不一律的、大小不等的窗户，铁板百叶窗和门闩。他跟其他高利贷者不同的是，从老乞妇以至挥霍无度的王公大臣，他能供给任何人随便多少款子。华丽的马车常常停在他家的门口，有时从车窗里探出一个漂亮的上流仕女的头来。外间纷纷传说,他的铁箱里装满着数计不清的金钱、珠宝、钻石以及其他抵押品,但他一点也不像其他高利贷者那样利欲熏心。他慷慨地借钱给别人,定的限期也很宽裕。可是,由于一种奇怪的计算法,钱总是一本万利地增多起来。至少外间的谣传是这样。可是,最奇怪而且不能不使人感到惊奇的是那些向他借到钱的人奇怪的命运:他们死得都很不幸。这只是人们的臆测,还是愚蠢的迷信,还是故意散布出来的流言,这可不清楚。可是,短时期内发生在大家眼前的几件事情是有目共睹的。

"在当时的贵族阶层中,一个出身名门的青年很早就引起了人们的注意,他在年轻时就已经在政界上显露头角,他是一切真诚高尚的事物的热烈的崇拜者,一切产生艺术和人类智慧的事物的捍卫者,将来很有希望成为一个保护艺术的舆论家。他不久果然被女皇赏识,女皇赐给了他一个完全符合他的志趣的显要职位,使他能够对科学以及一般福利做许多事情。这位年轻的贵人经常周旋于一群画家、诗人和学者之间。他愿意结交普天下的人才,给他们工作,鼓励他们。他自己出资刊印许多有益的书籍,定购许多作品,举办奖励人才的悬赏,在这些方面花掉了无数的金钱,终于闹得破家荡产。可是,他是一个慷慨的人,干起事情来决不肯半途而废,于是他就到处去张罗款子,最后只得求助于这个著名的高利贷者了。自从向他借到了一大笔款子之后,这个年轻人,短时期内就完全变了另外一个人:从此以后,他变成了杰智奇才的摧残者、迫害者。无论发表什么文章,他总是只看到坏的一面,甚至不惜曲解字义。可巧那时爆发了法国革命。这立刻成了他从事种种卑劣行为的借口。他开始在一切东西里面都看到一种革命的趋向,认为一切东西里面都有着暗示。他猜疑到这种地步,最后连对自己都猜疑起来了,他开始虚构种种可怕的不公正的诬告,使许多人蒙了不白之冤。不用说,这种行为最后不得不传到女皇耳朵里去。仁慈的女皇十分震惊,怀着帝王特有的高贵精神降下一道圣旨,虽然内容没有能逐字逐句流传到今天,但那深刻的意义却是一直印在大家心里的。女皇指出,在君主政体之下,崇高的、高尚的精神活动不会受到压迫,才智、诗和美术的创作不会受到蔑视与迫害;相反地,只有君主们才是这些东西的保护人;莎士比亚和莫里哀在他们仁慈的抚育之下灿烂开花,而但丁却不能在共和政体的祖国得到庇身之所;真正的天才都生在帝王和王国光辉强盛的时代,而不是在从未产生过任何一个诗人的纷乱政局和共和制度的恐怖主义之下;必须优待诗人和画家,因为他们只给灵魂带来和平与美丽的安静,却不是骚乱与怨言;学者、诗人和所有的艺术家都是王冠上的珍珠与钻石;伟大君主的治世被他们点缀着而更添无限的光辉。总而言之,女皇在说这些话的时候是神圣而美丽的。我记得,老年人一讲起这件事,就忍不住扑簌簌地掉下眼泪来。大家都十分关心这件事情。这是我们民族值得骄傲的:在俄国人心里永远蕴藏着一种替被压迫者说话的美好的感情。这个辜负人家期望的贵人,得到了严厉的惩罚,被削去了官职。可是,他在同胞们的脸色上得到了更可怕的惩罚。这是一种决绝的、普遍的蔑视。虚荣的灵魂受了多大的折磨,是描摹不尽的;傲慢、化为画饼的野心、破碎的希望,这一切联结在一起向他进攻,于是在一阵疯狂和癫痫的发作中他的生命结束了。

"还有一个显著的事例也发生在大家眼前:在我们当时

北方京城并不缺乏的美人中间,有一个美人是超群出众的。她是北方的美和南方的美的奇妙混合,是一粒世上稀有的钻石。我的父亲说过,他一辈子从来没有瞧见过这样的美人。财富、聪明和精神美质,她似乎全有。追求她的人非常多,其中最引人注目的一个是P公爵,他是所有的青年中间最高贵、最卓越的一个,相貌秀丽,而又富有骑士风的慷慨的气度,是爱情小说和妇人们最高的理想,在各方面都是一位十足的格兰迪孙①。P公爵热情而疯狂地爱上了她;对方也用同样火炽的爱情报答他。可是,她的父母认为这门亲事门户不大相称。公爵的祖产早已不属于他所有,门庭已经衰落,他家境的窘困是大家都知道的。忽然公爵离开了京城,好像要去安排一下自己的家务似的,过了不多久,回来时就被极度的繁华和光彩包围着了。辉煌的舞会和宴会使他的声名达到了宫廷。女方的父亲对他表示了好感,于是就在城里热热闹闹办起喜事来。新郎怎么会发生这么大的变化,怎么会发上这么一大笔财,没有一个人说得明白;可是,背后有人传说,他跟一个鬼鬼祟祟的高利贷者讲好条件,向他借了钱。可是,不管怎样,这件婚事轰动了全城。新郎和新娘成了大家羡慕的对象。他们热烈的、永恒的爱情,双方都受过的长期的折磨,以及他们崇高的人品,是大家都知道的。热情的妇人们立刻预言小两口子会享受天堂一般的幸福。可是,结果却大大地出乎意外。不到一年工夫,丈夫就发生了可怕的变化。先前那种高贵而善良的性格,完全被猜忌、急躁和永无穷尽的脾气毒害了。他变成了虐待妻子的暴君,这是谁也料想不到的,他干下

---

① 英国作家理查生同名小说的男主人公。

了最缺德的事情,甚至殴打起妻子来了。不到一年,没有人再认得出那个不久以前还发过光辉、吸引过一大群恭顺的崇拜者的女人了。最后,她再也受不住这种痛苦的命运,首先提出了离婚。丈夫一听见提到离婚,无名火提得三丈高。气愤之下,他拿了一把刀冲进她的卧室,要是旁边没有人抓住他,阻止他,他无疑会当场把她杀死。在疯狂和绝望中,他对准自己斫了一刀,——于是在一阵可怕的痛苦中结果了自己的性命。

"除了大家亲眼目睹的这两件事之外,大家还谈论着许多发生在下层阶级中间的事情,几乎无例外地都有着可怕的结局。一个诚实的、清醒的人变成了酒鬼;一个小伙计偷了店主的东西;一个一向安分守己的赶车人为了很少的一点钱杀死了乘客。这些添枝添叶传说开来的事情,不得不在柯洛姆纳质朴的居民们心中造成了不由自主的恐怖。谁都不怀疑有魔鬼附在这个人身上。有人说,他提出这样可怕的条件,叫人头发都要直竖起来,并且遭受不幸的人以后还不敢把这个条件告诉别人哩;他的钱有一股吸引力,会发起热来,还带着一种古怪的标记……总之,愚蠢的谣言多得很。值得注意的是,柯洛姆纳的全体居民,所有这些穷老太婆、小官吏、薄命的艺术家,总之,所有这些我们刚才提到过的小人物们,都情愿咬紧牙关忍受最大的穷困,也不愿意求教这个可怕的高利贷者;甚至有些老太婆快要饿死了,也情愿杀死自己的肉体,不愿毁灭自己的灵魂。人们在街上遇到他,不由自主地就感觉到恐惧的袭来。行人惴惴地往后倒退,目送着他消失在远方的非常高大的姿影。单是他的相貌就包含着这么许多不平凡的东西,大家不由得都把他当做一个超人间的怪物。人间少有的、凹陷的、严酷的线条,脸部炽烈的紫铜色,浓眉毛,叫人受不住的可怕的眼睛,甚至他亚洲式服装的宽大的褶襞——这一切似乎都说明,跟包藏在这肉体里的情欲比起来,别人的情欲都会黯然失色。我的父亲每一次遇见他,总要站定下来,忍不住说:魔鬼,十足的魔鬼呀!可是我必须赶快对你们交代一下我的父亲,他才是这个故事真正的主题。

"我的父亲是一个各方面都很杰出的人。他是一位稀有的画家,是只有俄罗斯在她未开发的土壤上才产生得出的珍奇的人物之一;他是一个自学的画家,无师自通,也不懂什么规律和法则,仅仅被渴求完美的欲念所驱策,自己也莫名其妙地沿着灵魂所昭示的道路前进;他又是一个天生的奇才,这种人时常被同时代人加上'鄙夫俗子'侮蔑的称号,但他们决不由于别人的诽谤和自己的失败而气馁,反而只会获得更多的热忱和力量,并且在他们的灵魂里,早已把曾经博得'鄙夫俗子'称号的作品撇在后面老远了。他凭着崇高的内心的本能,在每一件事物里感觉到思想的存在,体会到历史画这个名词的真正的意义;懂得为什么拉斐尔、莱奥纳多·达·芬奇、提香和柯勒乔画的一个普通的头、一幅普通的肖像,可以被称为历史画,为什么一幅含有历史内容的巨幅画,尽管画家硬说它是历史画,却仍然是风俗画①。内在的情感和信仰使他的画笔去寻找基督教的题材,最崇高、最高尚的题材。他没有那种跟许多画家的性格无法分开的虚荣心或急躁。他有着坚定的性格,为人正直、坦率、甚至粗鲁,外表有点冷酷,灵魂里不无一点骄傲,讲到别人时又谦虚又刻薄。'何必去注意他们呢?'他常常说,'我不是为他们而工作的。我不把我的画拿

---

① 原文为法文。

到大厅里去陈设,却要把它们摆在教堂里。有人了解我,会感谢我,不了解我,也会向上帝祷告。用不着去责备一个俗人,说他不懂得画;他可懂得打纸牌,懂得好酒和好马——一位绅士何必懂得更多的东西呢?如果什么事情都插上一手,还要自作聪明,那可更叫人受不了!各人有各人的本分,各人只能干各人的。我觉得,老实承认不懂的人,比那些假装出伪君子的样子,好像什么都懂,成事不足败事有余的人,还强些。'他为了很少的酬报工作着,这种酬报是只够他养家和继续工作的。并且,他从不拒绝帮助别人,向穷苦的画家伸出援手;他信奉祖先的质朴而虔诚的信仰,也许因为这缘故,在他所画的人物脸上自然而然就现出了崇高的表情,这是许多才智焕发的画家无法企及的。最后,由于他不断地工作和不屈不挠地走他自己所设定的道路,连从前称他为鄙夫俗子和根基浅薄的自学者的人也都对他尊敬起来。教堂不断地定购他的作品,他的工作再也做不完。有一幅画最使他感到兴趣。我不记得它的题材是什么了,我只知道那幅画上必须画一个恶魔。他琢磨了许久应该赋予他什么形象;他想在他的脸上把一切痛苦的、令人苦恼的东西画出来。当他这样思索着的时候,神秘的高利贷者的形象有时就在他的脑海里浮现出来,他不由得想道:'我应该照他的样子描画魔鬼!'你们想象他该有多么惊奇吧:有一次,当他在画室里工作的时候,他听见了敲门声,随后那个可怕的高利贷者就一直走进来了。他感到身上一阵寒战。

"'你是画家吗?'他不客气地对我的父亲说。

"'我是画家。'父亲惊愕地回答,等待着下文。

"'好。你给我画一幅肖像。我恐怕就要死了,我没有孩

子;可是,我不想完全死掉,我要活。你能画一幅跟活人一样的肖像吗?'

"我的父亲想:'还有什么更好的机会呢?他自己要来做我画中的魔鬼。'他答应了。他们讲定了时间和价钱,于是第二天,我的父亲拿起调色板和画笔就到他家里去了。高大的围墙、狗、铁门和门闩、弧形的窗、盖着奇怪的毡子的箱子,最后,还有不动地坐在面前的不可思议的主人——这一切给了他一个奇特的印象。窗户好像故意用东西挡住,堵塞住了,只让上端漏进一点光线。'见鬼,现在他脸上的光线多么好啊!'他自言自语着,赶快动手画起来,仿佛害怕绝妙的光线就会消失似的。'这样的一股力量啊!'他对自个儿重复说:'照现在的样子,只要画像他一半,就能把我过去画的所有的圣者和天使都给打倒;他们都比不上他。什么一股魔鬼的力量啊!我只要对自然稍微忠实一些,他简直就会从画布上跳下来呢。多么不可思议的容貌啊!'他不断地重复说,再加了一把劲,后来简直要把被画者的特点移写到画布上来了。可是,他越画,就越感到一种痛苦的、不安的、自己也莫名其妙的心情。话虽如此,他还是拿定主意要极度精确地把每一个不容易辨认的特征和表情画出来。他首先画一双眼睛。这双眼睛包含着这么多的力量,简直使人不敢妄想像自然一样准确地描画它们。然而,他仍然要探索这双眼睛最微细的特征和浓淡色度,掌握它们的秘密……可是,只要画笔一接触到这双眼睛,他的心里就涌出来一种古怪的憎恶,一种不可理解的重压之感,使他不得不暂时扔掉画笔,过些时候再重新继续下去。终于他再也忍受不住了,他感觉到这双眼睛一直刺透他的灵魂,激起一种不可名状的慌乱。第二天,第三天,这种情绪更加强烈起来。他害怕极了。他扔下画笔,斩钉截铁地说,他不给他画下去了。你们应该看到,古怪的高利贷者听了这些话,怎样陡地变了脸色。他扑到他的脚边去,恳求一定给画完这幅肖像,说是这关系他的命运和他的一生;他已经用画笔抓住了他生动的容貌;只要忠实地画出来,他的生命,由于一种超自然的力量,就会保存在这幅肖像里;因此他就不会完全死掉;他一定得继续活在这世上。父亲听了这些话,可吓坏了:他觉得这些话非常古怪,可怕,他扔下画笔和调色板,三脚两步奔了出去。

"一想起这件事,他昼夜不得安宁,可是第二天早上,高利贷者派了他家里唯一的一个女仆把肖像送来,说主人不要画了,也不付给他钱,单叫把这幅画送回来。当天晚上,他就听说高利贷者死了,人们预备按照他的宗教仪式把他安葬。他觉得这一切都是说不出的古怪。就打这时候起,他的性格起了显著的变化:他感觉到一种自己也莫名其妙的不安和烦扰,不久他就干出了一些谁都想不到的事情:这当口,他的一个学生的作品已经开始引起少数内行和爱好家的注意。父亲平日一直认为他很有才能,因此对他总是怀着特别的好感。忽然他对这学生妒忌起来了。人们对这个学生的关怀和谈论使他觉得不能忍受。最后,他更加气愤的是,听说有人要请这个学生去给一所新建的教堂画画。这消息可把他气疯了。'不,我可不能让这吃奶的孩子这样得意!'他说,'老弟呀,你要把老人们按倒在泥坑里还嫌太早哩!幸亏我还能跟你拼一拼。谁赢得过谁,咱们走着瞧吧。'于是这个直率的、正直的人,就要起先前被他深恶痛绝的一套阴谋和权术来了;终于逼得教堂对这幅画出了悬赏,别的画家也可以用自己的作品去应征。然后,他把自己关在房间里,发奋地提起画笔来。他仿佛想把全部力量,全部生命,放进这幅画里。果然,结果画成了他的一幅最出色的作品。谁都不怀疑他会夺得优胜。画陈列了出来,其余的画和他的一比,都像黑夜和白昼一样相差。可是忽然,一个在场的人,我如果没有记错的话,一位牧师,作了使人吃惊的评语:'在这位画家的作品里当然可以看到焕发的才能,'他说,'可是,人物脸上没有圣洁的表情;恰巧相反,眼睛里倒有一点儿鬼意,好像一种邪恶的感情在引导画家执笔似的。'大家细看那幅画,不得不同意了这个评语。父亲冲到自己的画前面去,好像要查对一下这无礼的批评是不是有根据,结果他大吃了一惊,发现他几乎给画中所有的人都装上了一双高利贷者的眼睛。他们鬼气森森地望着,连画家自己都禁不住战栗起来。画落了选。更使他气愤的是,听说悬赏被他的学生得去了。他回到家里时那种疯狂的样子,简直是无法描摹的。他差点没有把我的母亲毒打一顿,赶走了孩子,折断了画笔和画架,从墙上把高利贷者的肖像扯下来,拿了一把刀,叫人生了壁炉,准备把它切成碎片,然后付之一炬。当他正要这样做时,他的一个朋友闯进房间里来,这人像他一样,是个画家,又是个乐天知命的人,永远对自己满足,没有远志,眼前看到什么就干什么,尤其高兴吃点喝点。

"'你在干什么呀?你打算烧掉什么?'他说,走近了肖像。'这可是你的最好的作品哪。这是那个最近死掉的放印子钱的家伙;画得别提多么像啦。你简直把他画活了。我还没有看见过一双活人的眼睛有你画的这副神气。'

"'我倒要瞧瞧把它们扔在火里是怎么一副神气。'父亲说,做了个手势要把肖像扔到壁炉里。

"'住手,看在上帝的分上!'朋友说,阻止了他:'你要瞧它这样不顺眼,还不如把它送给我吧。'父亲起先不肯,后来才答应了,于是乐天知命的人非常满足自己的收获,把肖像带走了。

"他一走,父亲就觉得心里平静了一些。仿佛压在他心头的重担也跟着肖像一起卸下了。连他自己也对这些恶念、嫉妒和性格的显著变化惊讶起来。回想过去的种种行为,觉得很难受,不无带些内心的忧伤,说,'不,这是上帝来惩罚我;我的画理应受到唾骂。那是我存心要毁灭我的同行才画的。魔鬼般的嫉妒推动我的画笔,所以魔鬼般的感情也必然会反映在画上。'他立刻出发去寻找他从前的学生,紧紧地拥抱他,请他宽恕,尽可能要向他补偿自己的过失。他的工作又像先前一样平稳地继续下去;可是,他的脸上常常露出沉思的表情。他祷告得更多,更沉默,不再刻薄地批评别人;连他粗鲁的脾气也好像变得柔和多了。可是,不久一件事情更加厉害地震动了他。他已经许久没有见到那个向他要肖像的朋友了。他正要去拜访他,忽然那人出其不意地自己跑来了。寒暄了几句之后,那人说:'哦,朋友,怪不得你上回想烧掉那幅肖像。见鬼,那幅肖像是有点古怪……我向来不信三姑六婆的话,可是有什么办法呢:的确闹了鬼……'

"'到底怎么一回事?'父亲问他。

"'自从我把它带回家去挂在墙上之后,我心里就感觉到一种苦闷……好像想杀掉什么人才痛快似的。我一辈子从来没有失眠过,可是现在不但失眠,并且还做噩梦……我自己也说不清,这是梦呢,还是什么:好像妖精要掐死我,眼前老是闪动着那个可咒诅的老头儿。总之,我说不出我的心里是一股子什么滋味。我从来没有发生过这样的情况。这一阵,我天天像个疯子似的踱来踱去:感觉到一种恐惧,好像什么事情就要发生似的。我觉得我不能对任何一个人说一句愉快的、真诚的话;仿佛在我的身边坐着一个侦探似的。一直等到我的侄儿向我要这幅肖像,我把它交给了他,我这才觉得肩膀上去掉了一块大石头:这才又觉得痛快起来,像你现在看到的。唔,朋友,你真的把一个魔鬼画出来啦!'

"他这样讲的时候,父亲专心致志地倾听着,最后才问道:'肖像现在还在你侄儿手里么?'

"'怎么会在我侄儿那儿!他也受不了哇。'乐天知命的人说,'高利贷者的魂儿准是钻到画里去了:他从画框里跳下来,在房间里来来回回地踱着,我侄儿说的话简直是不可理解的。要不是我自己也有过同样的经验,我会把他当成疯子看待的。他把它卖给了一位收藏家,可是那人也受不了,又把它卖给另外一个什么人了。'

"这一番话给了我父亲一个强烈的印象。他认真地沉思起来,整天神思恍惚,最后,他完全相信他的画笔做了魔鬼的工具,高利贷者的一部分神气真的灌注在肖像里,现在惹得人们不安,煽起魔鬼般的欲望,引诱画家离开正路,造成可怕的嫉妒的痛苦,等等,等等。接着发生的三件不幸的事,他的妻子、女儿和小儿子接连不断地暴死,他认为是老天爷对自己的责罚,于是下了决心要离开尘世。我刚刚九岁的时候,他把我安置在美术学校里,算清了债务,就隐遁到一个冷落的修道院里,不久就在那儿削发出家。在修道院里,他的自奉刻苦和严守清规,使大家对他肃然起敬。修道院的住持知道他擅长绘画,就请他给教堂画一幅主要的圣像。可是,这个谦和的出家人斩钉截铁地回答说,他没有资格作画,他的画笔已经被玷辱了,他必须先用劳苦和大牺牲洗净自己的灵魂,然后才能从事这件庄严的工作。这样,人家也就不勉强他了。他尽可能地增加修道生活的磨炼。最后,他连这种种磨炼也觉得还不够苦。他得了住持的同意,遁迹到荒山野地去,完全离群索居起来。在那儿,他用树枝给自己搭了一间禅室,只吃树皮草根过日子,来来回回搬运石头,从日出到日落,站在同一个地方,伸手向天,喃喃不停地念着祷词。总之,他历尽了各种程度的忍耐和只有圣徒传记中才找得到先例的、难以理解的自我牺牲。这样地过了几年,他竭力消耗自己的肉体,同时用祈祷的力量来补养它。最后,有一天,他回到修道院,坚决地对住持说:'现在我准备好了。要是上帝乐意的话,我就可以进行我的工作了。'他画的是耶稣降生。他画了整整一年,寸步不出禅室,只吃一点粗粝的食物,喃喃不停地祈祷着。一年后,画成了。这真是一件奇妙的作品。必须交代一下,修道僧们和住持都不大懂得绘画,可是大家都被人物的异乎寻常的圣洁感动了。圣母俯首瞧着圣子,脸上充满着谦卑和慈爱;圣子仿佛在远方望见了什么,眼中流露出深湛的智慧;为神迹所感动,匍匐在他脚下的三贤人的庄严的沉默;最后,还有笼罩整幅画面的不可名状的静寂——这一切都显出这样一种谐和的力量和强大的美丽,给人带来了魔法般不可思议的印象。修道僧们都跪倒在新画的圣像前面,然后,住持激动地说,'不,这样的画光靠人力是画不出来的:神圣崇高的力量引导你的画笔,上帝赐给你的工作以祝福。'

"这时候,我从美术学校里毕业出来,得了一枚金质奖章,同时也怀抱着到意大利去旅行一趟的欢乐的希望——这是一个二十岁画家最好的幻想。我只剩下一件事，就是去跟我的父亲辞别，——我跟他分手已经十二年了。说老实话，我连他的面貌也记不大清了。我偶尔也曾听人谈起他过着严格的、圣洁的生活，所以一直想象将会遇见一个除了禅室和祈祷不知道世间的一切，由于吃长斋和彻夜不眠而变得衰老枯槁的、外表冷酷的隐士。可是，当我看见一个美丽的、神采奕奕的老人站在我面前的时候，我是多么惊奇啊！他的脸上看不出丝毫困惫的神色：它辉煌着神奇的快乐的光彩。雪白的胡须，同样银光灿然的细长轻柔的头发，如画地飘拂在胸前和黑色法衣的褶襞上，一直拖到用来束他单薄粗陋的道袍的腰带上；但最使我惊奇的是，从他嘴里听到一些关于艺术的言论和意见，老实说，我将长久记在我的心里，并且真诚地希望我的每一个同行也都这样做。

"'我在等你哩，我的孩子，'当我走近去受他的祝福的时候，他说，'道路展开在你的面前，你今后的生活将沿着这条路走去。你的路是纯洁的，你可千万别离开这条路啊。你有才能；才能是上帝赏赐的无价之宝——千万别毁了它。无论看到什么，都得去研究它，探讨它，使一切屈服于你的画笔，可是你得能在一切里面找到内在的意义，顶顶要紧的是，得去理解伟大的创造的秘密。懂得这秘密的少数人是幸福的。在他看来，大自然里没有低微的事物。艺术家创造者即使描写低微的事物，也像描写伟大的事物时一样伟大；在他笔下，卑贱的事物已经不显得卑贱，因为无形中已被创造者的美丽的灵魂所渗透；卑贱的事物获得了崇高的表现，因为流过了他灵魂的炼狱。对于人来说，神圣的天上乐园的暗示是在艺术里面，所以，光说这一点，艺术就比其他一切东西更为崇高。正像庄严的静穆比尘世的烦嚣崇高,创造比破坏崇高,天使的贞洁和明朗的灵魂比撒旦无穷的力量和傲慢的情欲崇高一样,——伟大的艺术创作也比世上的一切东西不知道崇高多少倍。为艺术牺牲一切,用全部的激情去爱它——不是混糅着世俗欲念的激情,而是宁静高尚的激情;没有这种激情,人就不能从地上升起,发出奇妙的抚慰的声音。因为崇高的艺术创作正是为了抚慰与调和一切人而降临到世间来的。它不可能在人的心里撒布仇恨,却永远像响亮的祷告似的企望着上帝。可是,也有一些瞬间,黑暗的瞬间……'他的话停住了,我看见他的光辉的脸上忽然阴暗起来,仿佛刹那间掠过一朵乌云似的。'我一生中发生过一件事情,'他说,'我到现在还不清楚,我画的那个古怪的形象到底是个什么家伙。准是个什么魔鬼吧。我知道世人是不相信有鬼的,所以我也就不必多说了。可是我只想说一句:我是怀着憎恶画他的,就是在当时,我对于我的工作也一点感觉不到什么爱。我想强迫我自己,扑灭一切感情,冷酷地忠于自然。这算不得是艺术作品,因为人们看到它时所产生的感情,是一种骚乱的情绪,惊扰的情绪,却不是艺术家的情绪,因为艺术家即使在惊扰时也会非常宁静的。人家告诉我,这幅肖像在人们手里传来传去,散布着苦恼的印象,在画家心里引起嫉妒的情绪,对同行的阴暗的仇恨,折磨并虐待别人的凶恶的渴望。上帝保佑你别有这样情欲!再没有比这些情欲更可怕的了。情愿自己忍受折磨,也不要给人家任何一点点的折磨。保持你灵魂的纯洁吧。赋有才能的人,灵魂应该比一切人更纯洁。有许多事情,别人干了还可以原谅,但对他是不会原谅的。穿着漂亮的节日衣装出门的人,只须衣服溅上一点车轮的泥浆,大家就会围住他,指指点点地议论他的肮脏,而同样的这一群人,却不会注意另外一些穿着便服的人身上有许许多多污点。因为便服上污点是不大看得出的。'他祝福了我,拥抱了我。我一生中从来没有受过这样强烈的感动。我崇敬地、超过父子感情地贴紧他的胸膛,吻了他的披散的银色的头发。晶莹的泪珠在他的眼眶里闪亮着。'孩子,你答应给我做一件事吧,'他在分手时对我说,'你可能会在什么地方遇见我对你讲的那一幅肖像。光看那一双异乎寻常的眼睛和非人间的表情就可以把它认出来——无论如何你得毁掉它……'你们想想,我能够不发誓答应他完成这个嘱托么?在整整十五年当中,我一直没有遇见和我父亲讲的有丝毫相似的肖像,忽然现在在拍卖场上……"

　　画家的话还没有说完,这时他把眼睛移到墙上,想再对肖像瞧上一眼。一霎时,听众也都做了同样的动作,用眼睛去找寻那幅不可思议的肖像。可是,奇怪的是,它已经不挂在墙上了。人群中间传出听不分明的谈话声和喧声,随后是清清楚楚的几个字:"偷掉了"。有一个人趁大家听得出神的时候把它偷走了。所有在场的人许久还是惊讶地站在那儿,不知道他们真是看到了一双不寻常的眼睛呢,还是因为长久谛视古画,把眼睛看乏了,所以看到了一霎时浮现在他们眼前的幻影。

外　套

　　在部里……但还是不要说出是哪一部好些。再没有比各种部,团,办事处,总之一句话,再没有比各种公务员更容易闹脾气的了。现在每一个个别的人,都认为侮辱他就是侮辱整个社会。据说,最近有一个县警察局长,不记得是哪一县的了,递了一张呈文,呈文里明明白白写道:国家法纪濒于危殆,他神圣的官名随便让人糟蹋。作为证据,他把厚厚一大卷传奇稗史添附在呈文后面,每隔十页就有一个县警察局长出现,有些地方还写他喝得烂醉如泥。因此,为了避免引起不愉快起见,我们不如把这里所要讲到的部叫作某部。这样,在某部里,有某一官员当过差,这官员不能算是一个十分了不起的人物,矮矮的身材,有几颗麻子,头发有点发红,甚至眼睛也像有点迷糊,脑门上秃了一小块,两边腮帮子上满是皱纹,脸色使人疑心他患痔疮……有什么办法呢!这是彼得堡气候的不是。至于说到官衔(因为我们这里开宗明义就得说明官衔),那么,他是所谓一辈子的九等文官,大家知道,有着值得赞美的、欺凌不会咬人的人的习惯的各式各样作家们,对这些人是不惜尽情加以嘲弄和奚落的。这官员姓巴施马奇金。光瞧这个词,就知道原来是从巴施马克①变来的;可是它在哪一

---

① 即俄文的"鞋"。

年,什么时候,怎么样从巴施马克变来的,可就无从查考了。父亲,爷爷,甚至妻舅和全体巴施马奇金家的人,都穿长统靴,每年换两三回底。他的名字是:阿卡基·阿卡基耶维奇。读者也许觉得这个名字有点古怪,别出心裁,但我可以保证,决没有人搜索枯肠把它想出来,而是自然而然演变到这一步,无论如何也不能给他起别的名字。事情的经过是这样的:如果我没有记错的话,阿卡基·阿卡基耶维奇是在三月二十三日深夜降生的。故世的母亲,官员的老婆,一个贤惠的妇人,已经准备妥当给孩子受洗。母亲还躺在门对面的一张床上。右首站着教父,一个出格的好人,在参议院当股长的伊凡·伊凡诺维奇·叶罗施金;还有教母,巡长的老婆,一个具有稀有的美德的妇人,阿林娜·谢苗诺夫娜·别洛勃留施科娃。人家给产妇三个名字,任她挑选一个:莫基雅,索西雅,或者用殉教者霍慈达扎特的名字称呼孩子。"不行,"死者想,"全是这样讨厌的名字。"为了讨她喜欢,人们把日历翻到另外一个地方;又出现了三个名字:特利菲里,都拉和瓦拉哈西。"真倒霉,"老太婆说,"全是些什么样的名字,说真的,我从来没有听见过这样的名字。要是瓦拉达特或者瓦鲁赫,倒也罢了,可偏偏是什么特利菲里,瓦拉哈西。"又翻过一页——出现了巴甫西卡熙和瓦赫季西。"得,得,我明白了,"老太婆说,"这一定是他命该如此。既然这样,就叫他父亲的名字好了。父亲叫阿卡基,儿子就也叫阿卡基吧。"这样,就有了阿卡基·阿卡基耶维奇①。孩子受了洗;他在这当口哭了,扮了个鬼脸,仿佛预先知道他要当九等文官似的。这便是事情的全部经

---

① 阿卡基是孩子的本名,阿卡基耶维奇是他的父称,意即阿卡基之子。

过。我们这样交代,为的是让读者可以明白,事情的趋势不得不如此,给他另外起个名字是决计办不到的。他在哪一年,什么时候进部里当差,什么人举荐的,这一点谁都不记得了。不管换了多少任部长和各种长官,总看见他坐在老地方,采取同样的姿势,干同样的职务,总是一个抄写文书的官儿;因此,后来大家都相信,他准是穿了制服秃了头顶,原封原样生到世上来的。部里的人对他一点也不表示敬意。当他走过的时候,看门人不但不站起来,甚至也不对他望一眼,就当是一只普通的苍蝇从接待室飞过一样。长官们对待他冷淡而又横暴。有一个副股长一直把公文塞到他鼻子前面来,也不说一声:"请抄一遍。"或者:"这儿有一份怪有趣味的案卷。"或者添上一些在教养有素的机关中常说的悦耳动听的话。他一手接过来,眼睛只盯住公文,也不瞧瞧谁递给他,人家有没有权利这样做。他接过来,就动手抄写。年轻的官员们,尽量施展出他们全部公务员的机智来嘲笑他,挖苦他,当面讲述关于他,关于他的房东太太,七十岁的老太婆的种种捏造出来的故事,说房东太太打他,问他们多咱结婚,又把碎纸片撒在他头上,说是下雪。可是,阿卡基·阿卡基耶维奇一句话也不回答,好像他面前一个人也没有似的;这甚至也不影响他的工作:在一阵纠缠中,他没有抄错过一个字。除非玩笑开得太厉害,人家碰他的胳膊肘,妨碍他干活儿的时候,他才说:"让我安静一下吧,你们干吗欺负我?"在这几句话和讲这几句话的声音里面,有一种不可思议的东西。在这声音里面,可以听到这样一种引人怜悯的东西,一个就职不久的年轻人,本来学别人的样,也想取笑他,忽然竟像被刺痛了似的停住了,从此以后,仿佛一切在他面前都变了样,变得跟从前大不相同起来。一种什么神奇的力量,使他疏远了那些从前被他认做体面的上流人物而来往甚密的同事们。以后有一个很长的时期,在最快乐的时刻,他会想起那个脑门上秃了一小块的、矮小的官员和他痛彻肺腑的话:"让我安静一下吧,你们干吗欺负我?"——并且在这些痛彻肺腑的话里面,可以听到另外一句话:"我是你的兄弟。"于是这个可怜的年轻人就用手掩住了脸,后来在他的一生里,当他看到人身上有着多少薄情的东西,在风雅的教养有素的上流士绅中间,天啊!甚至在世人公认为高尚而正直的人们中间,隐藏着多少凶残的粗野的时候,他有许多次忍不住战栗起来。

很难再找到一个像他这样忠于职守的人。说他热心服务,还嫌说得少了;不,他简直是怀着爱心服务。他在抄写中看到了一片变化多端和赏心悦目的世界。愉快之情流露在他的脸上;有几个字母是他特别心爱的,一写到它们,他就神魂颠倒起来:又是笑,又是眨巴眼睛,又是牵动嘴唇,因此一看他的脸,仿佛就可以猜出他笔下描出的每一个字母。如果按照他的勤奋行赏的话,连他自己都要吃惊,说不定他会当上五等文官的;可是,正像他的刻薄的同事们说的,他却挣得了两袖清风,一身毛病。然而也不能说,对他从来没有过丝毫的注意。有一个部长是个好人,想酬谢一下他长年的服务,于是吩咐给他些比普通抄写重要些的事情做;就是要他根据业已办妥的公事草拟一封公函送往另外一个衙门;事情是只须换一换上款,再把几处动词从第一人称改成第三人称就行了。这害他费了这么大的劲儿,弄得浑身是汗,他擦着额上的汗珠,终于说:"不行,还是让我抄写点什么吧。"从此以后,人家就永远让他干抄写这一行了。除了抄写以外,仿佛什么东西对他都不存在似的。他压根儿没有注意过自己的衣着：他的制服不是绿的，而是一种红褐带灰色的。他的领子又窄又矮，因此他的脖颈虽然不长，却从领子里耸出来，显得特别顽长，好像是侨居俄国的外国小贩十来个一大堆顶在头上的、摇头晃脑的石膏小猫的脖颈一样。并且，总有些什么东西粘在他的制服上：不是一根稻草就是一个线头；再加上他有一种特殊的本领，每次走在街上，总是当人家扔垃圾的时候，他偏偏打窗口经过，因此他的帽子上永远挂着西瓜皮、香瓜皮之类乱七八糟的东西。他一辈子从来没有一次注意过每天街上发生的事情，大家知道，他的同事，年轻的官员，却总是留心这些的，他们那一双灵活的眼睛的锐敏性发挥到这种程度，甚至可以看出对过人行道上某人裤子下面一根缚足掌的皮带①松开了，——这现象常常使他们脸上露出狡猾的一笑。

可是，阿卡基·阿卡基耶维奇即使瞧什么，他瞧见的也只是他自己清晰工整的字行，并且只有当不知从什么地方跑来一匹马，把马头搁在他肩膀上，鼻孔里把一阵风吹到他面颊上的时候，他才省悟过来，知道自己不是在字行的中间，而是在街道的中间。一回到家里，他立刻在桌子边坐下来，大口喝白菜汤，吃掉一块夹葱牛肉，食而不知其味，连着苍蝇和这时老天爷送到他嘴边来的不管什么东西，一股脑儿吞到肚里。觉得肚子填饱了，就从桌子旁边站起来，把墨水瓶拿出来，抄写带回家的公文。如果没有这样的活儿干，他就为了满足自己的乐趣，故意给自己抄下个副本，特别是如果公文的妙处不在

---

① 旧俄时代人们有一种习惯，在裤子下面拖一根带子，缚住足掌，防止走路时裤子卷上去。

于文体之美,而是因为写给一位什么新贵的话。

甚至在那样的时刻:当彼得堡灰色的天空完全暗下来,全体官员按照各人所得的官俸和嗜好吃饱喝足了的时候,——当部里嗖嗖的笔尖声已经停止,奔波忙碌,干完了自己和别人的必不可少的事务,不安顿的人给自己揽到身上的一切超过必要的事务,所有的人都去安息了的时候,——当官员们忙着享受剩余的时间的时候:胆大一点的上戏院里去;有的去蹓大街,尽往帽子下面看女人;有的去赴晚会——消磨时间奉承一个姿色不错的姑娘,小小官场里的明星;最常见的是,还有的干脆去找同事玩,同事住在四层楼或者三层楼上,有两间小房间,外带一间前厅或者厨房,陈设一些有意摆阔的时髦玩意儿,像洋灯或者别的花了省吃省喝、牺牲玩乐等等代价换来的东西;总之,甚至在那样的时刻:当全体官员散布在朋友的小屋子里打惠斯特牌,捧着杯子喝茶,啃着廉价的面包干,从长烟管里喷出烟来,在发牌时讲着从凡是俄国人就不能不向往的上流社会传出的流言蜚语,或者要是没有什么话可说,就重复着那永远说不完的奇闻,据说有人去报告一位司令官,说是法尔康纳①雕塑的纪念碑上的马尾巴被人砍掉了云云的时候,——总之,甚至当大家都竭力寻找消遣的时候,阿卡基·阿卡基耶维奇也不去寻找任何消遣。谁都说不出,多咱在哪一个晚会上碰见过他。他抄够了,就躺下睡觉,想着明天的日子,先就打心眼儿里乐开了:不知道老天爷明天又要赐给他什么东西抄。一个每年挣四百卢布而能乐天知命的人平稳无事

---

① 法尔康纳(1716—1791),法国杰出的雕塑家。此处指他在彼得堡雕塑的彼得一世的纪念碑。

的生活就这样过下去了,并且也许一直会过到衰老的暮年,如果不仅仅在九等文官,并且在三等、四等、七等以及一切顾问官,甚至那些既不给任何人顾问也不受任何人顾问的顾问官们的生活道路上,不是铺满着各式各样的患难的话。

在彼得堡,对于所有每年挣四百卢布官俸或将近这个数目的人,有一个强大的敌人。这个敌人不是别人,就是我们北方的严寒,虽然也有人说它对健康是有益的。早晨一过了八点钟,正是满街泛滥着上部里去的人的时候,它开始不分青红皂白,对准所有的鼻子狠命地、刺一样地钻起来,简直叫那些可怜的官员们不知道把鼻子往哪儿搁才好。在这连大人先生都冻得脑门发疼眼泪汪汪的时候,可怜的九等文官们有时简直是毫无防御的。唯一解救的办法,就是穿着单薄的外套尽快地越过五六条街,然后在门房里使劲地跺脚,直跺到把所有在路上冻僵了的执行职务的能力和才干融解开来为止。最近以来,阿卡基·阿卡基耶维奇开始觉得脊梁和肩膀奇冷刺骨,虽然他竭尽全力尽快地赶完那段一定的距离。他终于想到,别是他的外套出了什么毛病吧。回到家里把它仔细查看一遍,他发现果然在两三个地方,正是在脊梁和肩膀上,已经只剩下名副其实的几缕棉纱了:呢子磨得都透光了,里子也开了绽。得交代一下,阿卡基·阿卡基耶维奇的外套也早已成了官员们嘲笑的目标;甚至外套这个高贵的称号也给剥夺了,都管它叫长衫。它的确有一种奇怪的构造:领子一年比一年缩小,因为裁下缝补它的别的部分去了。这也实在显不出裁缝的手艺,补得又臃肿,又寒碜。阿卡基·阿卡基耶维奇看出别无办法,只得把外套拿去求教彼得罗维奇,一个住在某处从后楼梯出进的四层楼上的裁缝,这人虽然只有一只眼,满脸麻子,可是缝补官员们以及其他人等的裤子和燕尾服倒是挺在行的,自然,是当他没有喝醉酒,脑子里没有在胡思乱想的时候。关于这位裁缝,当然,不应该说得太多,可是现在已经成了这样的习惯,小说里每一个人物的性格都非说得清清楚楚不可,所以没有法子,我们只得在这里也把彼得罗维奇表述一番。起初人家干脆管他叫格利戈里,他是某一位老爷的农奴;不久他领到了释奴证,于是每逢节日就狂饮起来,起初还是逢到大节日才喝,后来只要看见日历上画着个十字,就不分大小,在任何一个教会节日都喝起酒来,从这时候起,人家就称呼他彼得罗维奇了。从这方面说来,他是忠于祖先的习惯的,他和老婆吵起嘴来,就骂她臭娘们和德国娘们。我们既然提到了他的老婆,那么,就也得对她讲上两句;可是遗憾得很,关于她,我们竟知道得不多,只知道彼得罗维奇有一个老婆,她甚至只戴便帽,不包头巾;可是论到容貌,她似乎是无法夸口的;至少,看到她时,只有一些近卫骑兵才往便帽下面望她一眼,翘翘胡子,发出一声怪叫。

通到彼得罗维奇家的楼梯,得说句公道话,沾满着水渍和污水,渗透着一种熏人眼睛的酒味儿,大家知道,这股味儿是跟所有彼得堡房屋的后楼梯不可分离地连在一起的,——走上这楼梯,阿卡基·阿卡基耶维奇就盘算着彼得罗维奇会要多大价,并且拿定了主意决不付给他超过两卢布。门是开着的,因为主妇在烹一条什么鱼,厨房里烟雾弥漫,连蟑螂都看不见了。阿卡基·阿卡基耶维奇穿过厨房时主妇竟会没有瞧见,他终于走进屋里,看见彼得罗维奇像个土耳其总督似的盘着腿,坐在一张没有上漆的大木桌上。按照一般坐着干活儿的裁缝的习惯,赤着一双脚。首先映进眼帘的是一只怪眼熟的大拇指,油灰指甲又厚又硬,像乌龟壳一样。彼得罗维奇脖子上挂着一绞丝线和棉线,膝盖上铺着一块破布。他用棉线穿针眼已经穿了三四分钟,没有穿上,所以对黑暗生起气来,甚至对棉线也生了气,低声嘟哝道:"不进去,蛮婆子;折腾得我好苦,你这鬼灵精!"阿卡基·阿卡基耶维奇后悔不该正赶上彼得罗维奇生气的时候来找他:他喜欢在彼得罗维奇有点儿醉意醺然,或者像他老婆所说的"灌饱了黄汤,这独眼龙"的时候,来找他做点什么。在这种情形下,彼得罗维奇总是肯让点价钱,一口应承下来的,甚至还鞠躬道谢。后来,固然,老婆会哭哭啼啼地来说,丈夫喝醉了酒,所以价钱要得低了;可是,常常只需多给她十戈比,事情也就顺当了。这会儿,彼得罗维奇却像是挺清醒的,因此,他的脾气就特别别扭,不容易说话,鬼知道会要出多大的价钱。阿卡基·阿卡基耶维奇明白了这一点,像俗话所说的,就想打退堂鼓,可是已经来不及了。彼得罗维奇把一只独眼眯缝起来,盯住他瞧,于是阿卡基·阿卡基耶维奇不由自主地只得说:"好啊,彼得罗维奇!"——"祝您好,先生。"彼得罗维奇说,把眼睛往阿卡基·阿卡基耶维奇的手上斜瞟过去,瞧瞧对方带来了一件什么样的好买卖。

"我上你这儿来,彼得罗维奇,是那个……"得交代一下,阿卡基·阿卡基耶维奇说起话来总喜欢用上许多前置词,副词,还有一些毫无意义的小品词。如果碰到一件非常为难的事情,他甚至有不把话说完的习惯,因此常常用这样的话开场:"这,简直是,那个……"往后就没有下文,连他自己也忘了个干净,以为话已经说完了。

"什么事呀?"——彼得罗维奇说,同时用独眼把他那件制服仔细打量了一下,从领子一直看到袖子、后身、下摆和扣眼,这一切都是他非常熟悉的,因为全是他的手艺。裁缝的习惯就是这样;这是他一见面时要做的第一件事。

"我是为了那个,彼得罗维奇……一件外套,呢子……你瞧,别的地方都挺厚实,就是有点灰扑扑的,看起来好像旧了,其实它还是新的,只有一个地方有点那个……脊梁上,还有肩膀上,有一个地方磨破了一点,就是这儿肩膀上有一点——你瞧,就是这么一点。费不了多大事情……"

彼得罗维奇接过长衫,先把它摊平在桌子上,看了许久,直摇头,伸手到窗台上去拿来一只圆圆的鼻烟匣,上面有一个将军像,可不知道是哪一位将军,因为脸的地方被手指戳破了,后来给贴上了一块四四方方的小纸片。彼得罗维奇闻了一撮鼻烟,双手把长衫撑开,迎着亮细瞧了一下,又是直摇头。然后把里子翻出来,又摇头,又打开贴着小纸片的匣盖,往鼻子里塞足鼻烟,关上盖,把鼻烟匣藏过一边,终于说:

"不行,不能补了:这衣服简直不成样啦!"

一听这几句话,阿卡基·阿卡基耶维奇心里扑通一跳。"为什么不能补,彼得罗维奇?"他几乎用小孩子似的恳求的声音说,"总共只有肩膀上磨破了一点呀,你总有一些零碎布料……"

"零碎布料有倒是有,零碎布料倒是容易找到的,"彼得罗维奇说,"可是缝不上去呀:东西全糟了,针一碰,它就破啦。"

"破就让它破吧,你可以立刻给打上一块补丁。"

"补丁叫我往哪儿打?再缝上几针也不顶事了,破得太厉害了。说是呢子,也不过叫着好听罢了,风一吹,就褛了。"

253

"给缝上几针吧。这是怎么说的,实在那个……"

"不行,"彼得罗维奇坚决地说,"一点办法也没有。东西完全不中用了。您还不如等严冬到来的时候,把它改做包脚布吧,因为袜子不暖和。袜子是德国人发明的,为了要多赚咱们的钱(彼得罗维奇喜欢一有机会就刺德国人几句);可是外套,看来您只能做一件新的了。"

一听见"新的"这两个字,阿卡基·阿卡基耶维奇顿时两眼发黑,屋里的东西都在他眼前打起转来。他看得清楚的只有彼得罗维奇鼻烟匣盖上那个脸上贴着纸片的将军。"什么?做新的?"他说,仍旧好像在做梦似的,"我没有这一笔钱呀。"

"是的,做新的。"彼得罗维奇带着残酷的沉静说。

"唔,要是一定得做新的,那可怎么那个……"

"您是说,要花多少钱?"

"是呀。"

"您得花上一百五十多卢布。"彼得罗维奇说,同时意味深长地抿紧嘴唇。他非常喜欢强烈的效果,喜欢使个什么花招儿,突然把人家难住,然后斜着眼睛去瞧那个被难住的人听了他的话会窘成什么怪模样。

"一百五十卢布做一件外套!"可怜的阿卡基·阿卡基耶维奇喊起来,他有生以来恐怕还是第一次大声地喊,因为一向总是以低声说话出名的。

"是喽。"彼得罗维奇说,"还得看是什么样的外套。如果领子上搁貂皮,帽兜用绸里子,那就得花两百卢布了。"

"彼得罗维奇,劳你的驾,"阿卡基·阿卡基耶维奇用恳求的声音说,没有听见,并且也不想听见彼得罗维奇所说的话以及它的一切效果,"你给想法子补一补,对付着再穿一些时候吧。"

"没有用,结果准是:白费工夫,白糟蹋钱。"彼得罗维奇说,于是阿卡基·阿卡基耶维奇听了这些话,就垂头丧气地走了出去。彼得罗维奇在他走后,还站了好一会儿,意味深长地抿紧嘴唇,没有就去干活儿,很满意既没有降低身份,也没有糟蹋裁缝的手艺。

走到街上,阿卡基·阿卡基耶维奇恍恍惚惚的,仿佛是在梦里。"真是打哪儿说起,"他对自己说,"我真没有想到事情会闹到那个……"后来,沉默了一会儿以后,又找补上一句,"瞧!到底闹了这么个结果,我真是想都没有想到。"这之后又是长时间的沉默,接着他说,"瞧!这简直,真是,出人意料,那个……这是怎么也……这步田地!"说完这几句话,他没回家,连自己也没有觉察,糊里糊涂往完全相反的方向走去。一路上,一个浑身煤灰的通烟囱的人碰了他一下,蹭了他一肩膀的黑;从一幢正在兴筑的房子顶上又劈头盖脑撒了他一大把石灰。他一点也没有注意到这些,后来,直等到他碰上一个把戟放在身旁、正从角形烟盒里往满布老茧的手掌上倒鼻烟的岗警的时候,他才有点清醒过来,并且这也是多亏岗警冲他喊了一声:"怎么往人家身上撞,你不能走人行道么?"他这才往四下里瞧了瞧,转身走回家去。回到了家里,他才开始凝神思索,清楚而真切地看出自己所处的境遇,并非语无伦次,而是慎重、坦率地、像对一个可以倾谈知心话的明白事理的朋友谈天似的自问自答起来。"唔,不行,"阿卡基·阿卡基耶维奇说,"这会儿去跟彼得罗维奇讲,是讲不通的:他这会儿那个……准是让老婆给揍了。我最好还是星期天早晨去找他:他过了星期六这一晚,第二天眼睛一定会斜着,睡过了头,他就会需要喝两杯解解宿醉,可是老婆不给他钱,这时候,我只要那个,把十戈比塞在他手里,他就肯通融了,于是外套就那个……"阿卡基·阿卡基耶维奇这样自言自语着,振作起精神来,一直等到下一个星期天,远远的瞅见彼得罗维奇的老婆出门上什么地方去,就赶紧找他去了。彼得罗维奇在星期六以后,果然眼睛斜得很厉害,脑袋垂倒着,一副睡过了头的样子;可是,话虽如此,他一知道对方的来意,就跟有鬼推了他一把似的。"不行",他说,"请您定做新的吧。"阿卡基·阿卡基耶维奇立刻塞给他十戈比。"谢谢您,先生,我来喝一杯祝您的健康,"彼得罗维奇说,"可是,外套的事,您不用再操心了:它简直不成了。新外套我一定好好地给您做,准保您满意。"

阿卡基·阿卡基耶维奇还是唠叨着说要修补,可是彼得罗维奇不等他说完,就打断他,"我一定给您做新的,您把事情交托给我好了,我一定尽力。咱们做时兴样的,领钩用银的。"

这时候,阿卡基·阿卡基耶维奇看到非做新外套不可,心里凉了半截。真的,这可怎么办呢?指望什么,用什么钱来做新的呢?当然,一部分可以指望将来的节赏,可是这笔钱早就顶了别的窟窿,派了用处了。得做一条新裤子,付清鞋匠给旧靴子换新靴面的一笔旧账,还得向女裁缝定做三件衬衫和两件不便形诸笔墨的内衣,总而言之:所有的钱全要花光,即使部长大发慈悲,不是给四十卢布的赏金,而是给四十五或者五十卢布,也还是剩下寥寥无几,用来做外套,那真是沧海中的一粟罢了。当然,他也知道彼得罗维奇专喜欢漫天讨价,常常连他老婆都忍不住喊起来:"你疯了,你这傻瓜!有时候一个钱不拿就把活儿留下了,这会儿可又鬼迷心窍,要这么大的价钱,把你人卖了也不值呀。"当然,他也知道,彼得罗维奇就是八十卢布也肯做了;可是,打哪儿去弄这八十卢布呢?他可以对付上半数:半数是可以张罗到的;甚至还能更多些;可是,另外的半数上哪儿去找呢?……可是,读者先得知道,第一个半数是打哪儿来的。阿卡基·阿卡基耶维奇有一个习惯,每花掉一卢布,就往一只上了锁、盖上挖一个投钱的窟窿的小箱子里投进一枚半戈比铜币。每过半年,他就查看一次积蓄起来的铜币的总数,把它换成小银币。他这样继续了许久,因此在几年当中,积蓄起来的钱数已经超过四十卢布。这样,半数总算有了着落;可是,上哪儿去张罗那一半呢?上哪儿去张罗另外的四十卢布呢?阿卡基·阿卡基耶维奇想了又想,于是决定至少在今后一年当中,必须缩减平时的费用:取消晚间的一顿茶,夜里不点蜡烛,如果要赶点什么公事,就到房东太太的屋里去,借她的灯亮;走在街上,要尽可能在石板和扁石子上举步轻些,小心些,光让脚尖着地,这样鞋底就不至于坏得太快;尽可能少拿内衣给洗衣妇洗,为了免得穿脏,每天一回到家里,就脱下内衣,只穿一件年代悠久而还能保持不坏的棉袍。说老实话,他起初对这种种限制也觉着怪别扭的,可是后来也就渐渐习惯,不觉得什么了;他甚至完全习惯了每晚挨饿;另一方面用精神食粮来补足,老是念念不忘那件未来的外套。从此以后,连他的存在都仿佛变得充实起来,仿佛他结了婚,仿佛另外一个人跟他住在一起,仿佛他已经不是一个人,另外一个可爱的终身女伴愿意同他过上一辈子,——这女伴不是别人,正是那件填满厚棉花、衬着穿不破的结实里子的外套。他变得活泼了些,甚至性格也变得坚强了些,好像是一个拿定了主意、设定了目标的人一样。怀疑,犹豫,总之,一切动摇而含糊的特征自然而然都从他的脸上和行动上消失了。有时他的眼睛冒出火光,脑子里甚至闪过最果敢而大胆的思想:要不要真的在领子上加条貂皮?想到这一点,几乎使他变得茫茫然起来。有一回,正在抄公文的时候,他差点都抄错了,几乎大声地喊起来:"哎呀!"赶快画了个十字。每一个月,他总少不了去找彼得罗维奇一趟,跟他商量商量做外套的事,最好上哪一家去买呢子,什么颜色,什么价钱,虽然不免担点心事,却总是心满意足地回家去,想着总有一天,把所有这些东西都买来,做成一件新外套。事情发展得甚至比他预料的还要快。完全出乎意外,部长赏给阿卡基·阿卡基耶维奇的不是四十或者四十五卢布,而是整整六十卢布:不知道他是不是预感到阿卡基·阿卡基耶维奇需要一件外套呢,还是出于巧合,无论如何,这么一来,他是多出二十卢布来了。这个情况加速了事态的进展。再稍微饿上两三个月,阿卡基·阿卡基耶维奇就真的积攒到将近八十卢布了。他一向很平静的一颗心,开始跳动起来。当天他就跟彼得罗维奇一起到铺子里去。买了质地很好的呢子——这是不足为奇的,因为他们俩早在半年以前就在筹划这件事,很少有一个月不上铺子去打听一趟价钱;所以连彼得罗维奇也说,再也没有比这更好的呢子。里子呢,他们选了一种细棉布,但质地是这样地坚固耐穿,照彼得罗维奇的说法,这比绸缎还好,甚至看上去也更漂亮些,更光泽些。貂皮没有买,因为价钱的确贵,可是,却买了铺子里仅有的一张好猫皮,远远的看上去是可以冒充貂皮的。彼得罗维奇忙了两个星期才把外套做好,因为许多地方都需要绗线,否则早就完工了。彼得罗维奇要了十二卢布的工钱——再少可怎么都不行了:处处满都是用丝线缝的,缝成两道细针脚,彼得罗维奇后来还在每道缝上用牙齿咬了一遍,咬出各式各样的花纹。这是在……很难说是在哪一天,但大概总是在阿卡基·阿卡基耶维奇一生中最隆重的一天,彼得罗维奇终于把外套送来了。他是一清早在正要上部里去办公的时候把它送来的。在任何别的时候外套来的都不会像这样适当其时,因为严寒已经开始,并且似乎还有更加加剧之势。彼得罗维奇像一个好裁缝应有的那样把外套送了来。他的脸上现出一种意味深长的表情,那是阿卡基·阿卡基耶维奇从来没有见过的。他仿佛充分感觉到自己完成了一件了不起的大事情,忽然在那些只做衬衬补补零碎活儿的裁缝和那些专门裁制新衣服的裁缝之间划出了一道分明的界限。他从一路用来包外套的手帕里把它取出来;手帕是刚从洗衣坊拿来的;然后他把手帕叠好,放进口袋里留着使用。取出外套之后,他十分自傲地对它望了一眼,双手提起来,很灵巧地往阿卡基·阿卡基耶维奇的肩膀上一披;然后把它摩挲平整,再把后襟往下扯扯;然后只扣上一两颗纽子,使它在阿卡基·阿卡基耶维奇身上显得服服帖帖的。阿卡基·阿卡基耶维奇像个上了年纪的人似的,想试试袖子[①];彼得罗维奇帮他把胳膊伸进袖子——结果袖子做得也不差。总之,外套似乎是尽善尽美的,刚好合身。彼得罗维奇不忘记趁这个机会表白一番,说他不过是因为不挂招牌,店开在小街上,再加上早就认识阿卡基·

[①] 旧俄时代的习惯,年轻人喜欢把外套披在肩上,老年人则不同,需要把双臂伸进袖子。

阿卡基耶维奇,所以价钱才要得这么便宜;要是在涅瓦大街上,这样一件外套,光是手工恐怕就得要七十五卢布。阿卡基·阿卡基耶维奇不想跟彼得罗维奇争论这件事情,并且他也怕听彼得罗维奇吹得那么耸人听闻的巨大的钱数。他跟他算清账目,谢过了他,立刻就穿着新外套上部里去。彼得罗维奇跟着他走出来,站在街上,远远的还对着外套出了好一会儿神,然后故意闪在一旁,抄过弯曲的小巷,又跑到大街上来,从另外一个角度,就是从正面,再把自己缝的外套看上一遍。这当口,阿卡基·阿卡基耶维奇怀着过节般的心情向前走去。他一分一秒都感觉到他的肩膀上有一件新外套,有几次甚至由于内心的愉快笑了起来。这实在有两种好处:一来暖和,二来好看。他没觉着怎么走,就已经来到了部里。他在门房里脱下外套,前前后后把它看了个够,拜托看门的费神特别照看一下。不知怎么一来,部里忽然大家都知道阿卡基·阿卡基耶维奇有了一件新外套,长衫已经不复存在。大家立刻跑到门房里来看阿卡基·阿卡基耶维奇的新外套。大家恭喜他,祝贺他,起先他只是笑,后来甚至害起臊来。当大家拥到他跟前,对他说穿新外套得请大伙儿喝酒,至少也得招待一次晚会的时候,阿卡基·阿卡基耶维奇完全茫无所措了,不知道他该怎么办,回答什么,该怎样推托。过了几分钟,他才涨红着脸,十分天真地辩解说这完全不是什么新外套,实在只是一件旧外套罢了。终于有一个官员,并且还是一个什么副股长,大概为了表示他绝不傲慢,甚至不惜跟下属交往,就说:"这么着吧,我来替阿卡基·阿卡基耶维奇招待一次晚会,请大伙儿今天晚上到舍间去喝茶:今天可巧是我的命名日。"官员们自然立刻祝贺副股长,欣然接受了他的邀请。阿卡基·阿卡基耶维奇原想推辞不去,可是架不住大家七嘴八舌地劝说,说这太不礼貌,简直是不识抬举,于是他怎么也不好再拒绝了。不过,他后来想到,这么着他可以有机会晚上穿了新外套到外边走走,心里倒也着实很高兴。这一整天,对于阿卡基·阿卡基耶维奇真是一个最大的庄严的节日。他怀着十分幸福的心情回到家里,脱下外套,再把呢子和里子欣赏了个够,小心翼翼地挂在墙上,然后特地把从前的那一件脱了线的长衫找出来,比较一下。他对它望了一眼,连自己也笑了起来:这样大的差别啊!后来过了许久,在吃饭的时候,他只要一想起那件长衫所处的境遇,还一直笑个不停。他高高兴兴吃完了饭,饭后什么公文也不抄了,趁天还没黑尽,随便躺在床上舒坦了一下。然后,不多耽搁,穿上衣服,把外套披在肩上,就上街去了。请客的官员究竟住在哪儿,遗憾得很,我们可说不上来:记性坏得厉害,彼得堡所有的房屋和街道,在我们的记忆里都混杂、纠缠在一起,很难理出个头绪。可是无论如何,有一点至少是确实的,那位官员住在城里最好的地区,因此离阿卡基·阿卡基耶维奇是很不近的。阿卡基·阿卡基耶维奇起初得走过几条灯光暗淡的荒凉的街道,可是越走近官员的住宅,街道就变得越热闹,人烟越稠密,灯光越亮。行人越来越多,衣服华丽的仕女开始出现,男人们也有穿海狸领子外套的了,赶着有木栏杆钉有铜钉的雪橇的寒酸车夫越来越少,——相反的,看到的尽是一些戴红天鹅绒帽子、赶着漆过的铺着熊皮毯子的雪橇的漂亮车夫,驭者台装潢一新的轿车在街上疾驰而过,车轮在雪地上吱吱直响。阿卡基·阿卡基耶维奇瞧着这一切,就仿佛看到什么稀奇的东西一样。他已经有好几年晚间不上街了。他好奇地在一家商店灯火辉煌的窗户前面停下来,眺望一幅画,上面画着一个美丽的妇人,她脱掉鞋子,这样就露出了一只挺不难看的光脚;在她背后,一个长着络腮胡子、嘴唇下面蓄有一撮美丽的短髭的男人从另外一间房间里探出头来。阿卡基·阿卡基耶维奇摇了摇头,笑了一下,然后走自己的路。他为什么笑呢?是不是因为他遇到了虽然完全不熟悉,但每一个人对它仍旧保持着某种敏感的东西呢,还是因为他像其他许多官员那样地想:"嗜,这些法国人!有什么话可说呢!他们要是打定主意干点什么,那就真有点那个……"但也很可能,他连这些也没有想——原是没有法子钻到一个人脑子里去,知道他所想的一切的啊。最后他到了副股长住的地方。副股长住得很阔绰:楼梯上亮着灯,他的住宅在二层楼上。走进前厅,阿卡基·阿卡基耶维奇看见地上放着许多双套鞋。在这些东西中间,在屋子中央,放着一个茶炊,咻咻发响,冒出一团团的热气。墙上挂的尽是些外套啦、斗篷啦,其中几件甚至是有着海狸领子或者天鹅绒翻领的。隔壁传出喧声和谈话声,当房门打开,侍仆端着放有空杯、牛油缸和盛面包干的筐子的托盘走出来的时候,声音就忽然变得清楚响亮起来。显然,官员们早已到齐,喝过了第一杯茶。阿卡基·阿卡基耶维奇自己动手把外套挂好,走进屋子,于是蜡烛、官员、烟斗、牌桌,同时出现在他的面前,四方哄然而起的急促的谈话声和移动椅子的声音,震得他的耳朵嗡嗡直响。他很不自在地站在屋子中央,踌躇着,不知道该怎么办才好。可是人家已经看见他了,喊着欢迎他,大家立刻都挤进前厅去,又把他的外套看上一遍。阿卡基·阿卡基耶维奇虽然有点不好意思,可是他是一个老实人,看见大家都夸奖他的外套,也不能不高兴起来。后来,不用说,自然是大家又把他跟外套都撇在一边,照例回到打惠斯特牌的牌桌前面去了。喧哗声、谈话声、一大堆的人,这一切在阿卡基·阿卡基耶维奇看来,都是不可思议的。他简直不知道该干点什么,把手脚跟整个身子往哪儿搁才好;最后,他坐到打牌的人旁边去看打牌,望望这个人的脸,又望望那个人的脸,过了一会儿就打起呵欠来,觉得乏味,尤其是因为早已到他平时上床睡觉的时候了。他想向主人告辞,可是人家不放他走,说是为了祝贺新外套,一定得喝一杯香槟酒。过了一个钟头,晚饭开出来了,有凉拌菜、冷小牛肉、肉馅饼、甜点心和香槟酒。人们逼着阿卡基·阿卡基耶维奇喝了两杯,这之后,他觉得屋子里变得热闹了些,可是仍旧忘不了已经十二点钟,早就该回家。为了不使主人挽留他,他悄悄地走出屋子,在前厅里找到了他的外套——他怪心疼地看见外套掉在地上——把它抖了抖,去掉每一根绒毛,披在肩上,然后下楼到街上去。街上到处还亮着灯火。几家小铺子——仆人和各色人等的永久的俱乐部——门还开着,另外几家已经关了门,但门缝里却还漏出一长道光线,说明里面还有人,大概女仆或是男仆还打算讲完他们的传闻和闲谈,害得主人无从探知他们的下落。阿卡基·阿卡基耶维奇满怀高兴地走着,甚至不知道为了什么,忽然跟在一个女人后面跑了起来,女人像一阵闪电似的走过他的身边,浑身充满着异常的活劲儿。可是,他立刻停下来,又跟先前一样慢慢地往前走去,连自己也纳闷儿为什么会不知不觉地跑了起来。不久之后,几条荒凉的街道展开在他面前,这些街道就连白天也不怎么热闹,更不用说夜晚了。现在它们变得更偏僻,更冷清:街灯越来越稀少——显然公家的灯油发得少了;出现了木房子、围墙;一个人影也没有;只有街上的积雪晶晶发光,已经关上板窗的睡熟了的低矮茅屋凄凉地投出黑影。他走近一块地方,这儿街道被一片可怕的沙漠似的无边无际的广场遮断了,广场对过隐隐约约可以望见几幢房屋。

在远处,天知道什么地方,有一个岗亭闪动着一星微光,这岗亭看来好像站在世界的尽头似的。阿卡基·阿卡基耶维奇的一股子高兴,一到这儿不知怎么就大大地减少了。他怀着一种不由自主的恐惧走到广场上,仿佛他的心早已预感到有什么不祥似的。他往后,又往左右瞧了瞧:周围简直是一片茫茫大海。"不,最好还是别瞧。"他想,闭着眼睛一直走去,当他睁开眼睛想知道广场是不是快走完的时候,忽然看见在他面前,几乎就在他鼻子跟前,站着几个满脸胡子的家伙,究竟是干什么的,他也摸不清。他两眼发花,心里怦怦直跳。"这不是我的外套么!"其中一个人抓住他的领子,用打雷似的声音说。阿卡基·阿卡基耶维奇正打算呼救,另外一个家伙把一只有他老人家脑袋那么大的拳头往他下巴颏上一顶,找补上一句:"你敢喊!"阿卡基·阿卡基耶维奇只感觉到有人从他身上把外套剥掉,用膝盖拐了他一下,他就仰面朝天跌倒在雪地上,此外再也不感觉什么了。过了几分钟,他醒过来,站了起来,可是已经一个人也没有了。他觉得旷野里冷得很,外套也没有了,就喊叫起来,可是声音似乎很不愿意达到广场的尽头。他绝望了,但还是不停地喊叫着,越过广场一直向岗亭奔去,岗亭旁边站着一个岗警,倚着戟,仿佛好奇地在张望着,想知道是个什么家伙叫喊着远远地向他跑过来。阿卡基·阿卡基耶维奇跑到他跟前,上气不接下气地嚷着,说他尽顾睡觉,什么事也不管,也不看见拦路抢劫。岗警回答,他没有看见什么,只看见两个人在广场中间把他喊住了,他还以为是他的朋友哩;他叫他不必谩骂,还是明天找巡长去,巡长会找到抢外套的人的。阿卡基·阿卡基耶维奇狼狈不堪地跑回家里:鬓角和后脑勺上仅有的几根稀疏的头发完全蓬乱了;两肋、胸口、整条裤子都沾满了雪。房东老太婆听见一阵可怕的敲门声,急忙从床上跳起来,只有一只脚跂了鞋子就跑出来开门,由于羞怯,一只手在胸口按着衬衣;可是,开了门,看见阿卡基·阿卡基耶维奇这副光景,不禁倒退了几步。他把事情始末讲明之后,她急得直甩手,说应该直接去见警察局长;说是巡长说话不算话,答应了人家的事一回头就不管了,最好直接去见警察局长;说是她还跟他相熟,因为一个芬兰女人安娜,从前在她家里当过女厨子的,现在到警察局长家里当保姆去了;说是当他经过她家门口时,她常常看见他本人;又说他每星期到教堂里去,一边祷告,一边快乐地望着大家;因此,从一切迹象上看起来,应该是一个好人。听完这样的意见,阿卡基·阿卡基耶维奇垂头丧气地回到自己的房间里,至于他这一夜是怎样挨过去的,凡是稍微肯替别人设身处地想一想的人就很容易想象得出。第二天一大早他就去见警察局长;但人家回复他局长在睡觉;他十点钟去——又说在睡觉;他十一点钟去——说是局长已经出门;吃饭的时候再去——可是,接待室里的书记们说什么也不肯放他进去,一定要知道他是为了什么公事,什么要务来的,到底发生了什么事情。最后,阿卡基·阿卡基耶维奇生平第一次想发点脾气了,斩钉截铁地说他要亲自见局长本人,说他们不敢不放他进去,他是为了一件公事从部里来的,他只要告他们一状,他们就会知道他的厉害。书记们对这些话一点也不敢反驳,其中一个人就去请警察局长出来。警察局长听取外套被劫这件事的态度很有点古怪。他不注意事情的要点,反而盘问起阿卡基·阿卡基耶维奇来:他为什么这么晚才回家,是不是到什么不规矩的地方去了?问得阿卡基·阿卡基耶维奇羞愧无地,也没有弄清楚外套一案会不会得到适当的处理,就从那儿走了出来。这一整天他都没有去办公(这是他生平唯一的一次)。第二天,他满脸苍白,穿着那件变得更加凄惨的古旧的长衫出现了。外套被劫的故事毕竟感动了许多人,虽然还有些官员即使到了这个节骨眼儿也不肯放过机会嘲笑阿卡基·阿卡基耶维奇。大家立刻决定给他募款,可是只募到了很少一点钱,因为官员们即使没有这件事也已经有很多意外的开支,例如认购部长的肖像,响应科长的建议订购一本什么书,这位科长就是作者的朋友,——所以数目是微乎其微的。有一个人被怜悯心打动了,决定至少得对阿卡基·阿卡基耶维奇进一善意的忠告,劝他别去找巡长,因为即使巡长为了博得上司的称赞,可能设法把外套找到,可是他如果提供不出法律上的证据,证明外套是属于他的,那么外套总还是留在警察局里;他最好去见某一位要人,只要要人跟有关方面公文来往,交涉一下,事情就可以顺利地解决。没有办法,阿卡基·阿卡基耶维奇就决定上要人那儿去了。要人究竟担任什么职位,直到现在还尚待查考。得交代一下,某一位要人是最近才成为要人的,在这之前,却是一个不重要的人。然而,即使是他现在的地位,跟其他更加重要的人比较起来,也算不得重要。可是总有这么一些人,别人看来是不重要的人,在他们看来就已经是重要的了。然而,他却竭力用别的许多方法来加强他的重要性,例如:当他来办公的时候,规定下级官员们得站在楼梯口上迎接他;不准任何人直接见他,一切都得经过极严格的手续:十四等文官报告十二等文官,十二等文官报告九等文官,逐级报告上去,必须这样,事情才能达到他面前。在神圣的俄罗斯,一切都这样传染上了模仿的习惯,每个人都喜欢装模作样,扮做上司的样子。甚至据说有一个九等文官,当派他到一个小小的办事处当主任的时候,他立刻给自己隔开一个单间,管它叫"主任室",在门口派了一些穿红领子绣花边的制服的、戏院查票员似的人,他们握着房门的把手,给每一个来访的人开门,虽然在这间"主任室"里只能勉强放下一张普通的写字桌。要人的态度和气派是煊赫而威严的,但却是过分张扬的。他的制度的主要基础就是严厉。"严厉,严厉,第三个还是严厉。"他常常这样说,并且说到最后一句话时,总要意味深长地望一下听他说话的对方的脸。虽然这样做是没有任何理由的,因为组成办事处整个行政机构的十来个官员,即使没有这一着也怕他怕得要命:老远望见他就已经放下了手里的公事,毕恭毕敬地站着,伺候上司从房里走过。他平时跟下属谈话是声色俱厉的,几乎总不外乎三句话:"您怎么敢?您知道您在跟谁说话么?您知道谁站在您的面前么?"然而他内心却是一个善良的人,待同事很好,肯帮忙;可是将军头衔完全把他弄糊涂了。得了将军头衔之后,他就神魂颠倒起来,迷失了道路,不知道该怎么办才好。他要是跟职位平等的人在一起,倒还像个人,还像是一个很正派的、在许多方面甚至并不愚蠢的人;可是,只要遇见一个品位只比他低一级的人,那简直就糟透啦:他就默默无言了。

他的处境格外惹得人怜悯,因为连他自己也感觉到可以把时间消磨得有意味得多。从他一双眼睛里有时也可以看到想跟别人和好相处,参加一场有趣的谈话的强烈愿望,可是一个念头阻止了他:这不是做得太过分了么?不是太随便了么?这么一来,不会降低了自己的身份么?这样考虑的结果,他就偶尔只发出几个单音节的字,永远保持着始终不变的沉默,于是给自己赢得了"最枯燥的人"的外号。我们的阿卡基·阿卡基耶维奇便是来见这样一个要人,并且是在最不利的时候,对于自己很不适合而对于要人却很适合的时候来见他。要人正在办公室里,兴高采烈地跟一个最近才到的老朋友,一个多年不见的儿时伙伴谈话。这时有人进来报告,说有个巴施马奇金要见他。他轻率地问了声:"是个什么样的人?"回复道:"一个官员。"——"啊!叫他等一等,现在没有工夫。"这儿得交代一下,要人扯了个天大的谎:他是有工夫的,他跟朋友早已什么都谈到了,已经在谈话中间夹杂着长久的沉默,只是轻轻地彼此拍拍大腿,说道:"是吧,伊凡·阿勃拉莫维奇!"——"是呀,斯捷潘·瓦尔拉莫维奇!"可是尽管如此,他却还是让那官员等着,以便向他的朋友,一个赋闲已久,久居在乡间的人证明,官员们得在他的前厅等上多少时候。最后,话谈够了,尤其是沉默得厌烦了,坐在设有能折叠过去的靠背的、十分舒适的安乐椅里吸完一枝雪茄,这才好像忽然记起来似的,对一个拿着报告文件站在门口的秘书说:"噢,仿佛还有个官员在那儿等着;告诉他可以进来了。"他一看见阿卡基·阿卡基耶维奇谦卑的样子和他那身旧制服,就突然对他说:"您有什么事?"声音轻率而强硬,那是他还没有得到现在的地位和将军头衔的一星期之前,特地在自己房间里独自对着镜子预先学会的。阿卡基·阿卡基耶维奇早已不寒而栗,有点张皇失措起来,费了很大的力气转动着他那不灵活的舌头,并且比平时加上了更多的小品词"那个",解释道:有一件崭新的外套,现在被人用非常残暴的手段抢去了,他来求见他,是希望他草拟个公文,想法子那个,跟警察总监或者别的什么人交涉一下,好把外套找回来。不知道为什么,将军觉得这种做法太放肆了。"您怎么了,先生,"他继续用轻率的口吻说,"您不懂得规矩么?您找上什么地方来了?您不知道办事的手续么?办这种事,您得先向办事处递个呈文;呈文送到股长那里,再到科长那里,然后再转给秘书,秘书才把它交给我……"

"可是,大人,"阿卡基·阿卡基耶维奇竭力鼓起他仅有的一点勇气,同时觉得已经浑身汗湿了,"我敢来麻烦您大人,因为秘书们那个……都是些不可靠的人。"

"什么,什么,什么?"要人说,"您哪儿来的这么大的胆子?哪儿来的这些想法?这些年轻人对长官和上司真是狂妄到了极点!"要人似乎没有注意到阿卡基·阿卡基耶维奇已经五十开外了。所以,如果他能称为年轻人,那除非是相对的,就是和七十岁的人比较来说。"您知道这是跟谁在说话?您明白谁站在您的面前?您明白不明白,明白不明白?我问您。"说到这儿,他一顿脚,把嗓门提得这么高,即使不是阿卡基·阿卡基耶维奇也会害怕的。阿卡基·阿卡基耶维奇就这样晕了过去,浑身发抖,摇摇晃晃,再也站立不稳:要不是看门的赶紧过来扶住他,他准会摔倒在地上;他几乎一动不动地被抬了出去。要人很满意效果甚至还超出意料之外,一想到他的话居然能使人失掉知觉,就更加陶醉起来,他斜眼望了望他的朋友,想知道他对这件事的反应,竟不无高兴地看到他也很不自在,甚至也开始感到了恐惧。

怎样从楼梯上下来,怎样走到街上,阿卡基·阿卡基耶维奇一点也不记得了。他的手脚都麻木了。他这一辈子还从来没有被一位将军这样严厉地申斥过,并且还是一个陌生的将军。他张大嘴,辨不清人行道的高低,在遍街呼啸着的暴风雪中走去:风,按照彼得堡的惯例,从所有的胡同,四面八方向他吹来。转瞬间就吹得他扁桃腺发起炎来,等到他勉强走回家里,已经一句话也说不出了;喉咙全肿了,倒在床上。一顿好骂有时竟是这样厉害啊!第二天他发了高烧。由于彼得堡气候的慷慨的帮助,病情进展得比预期的更快,当医生赶到的时候,摸了摸脉门,开一张敷药的方子,除此以外,一点办法也没有了,连这也只是为了让病人不至于受不到医术的恩惠罢了;然而立刻又宣布,顶多再过一天半,非完蛋不可。然后他对房东太太说:"老太太,您不必白操心了,现在就给他预备一口松木棺材吧,因为橡木的他买不起。"阿卡基·阿卡基耶维奇有没有听见这些在他是致命的话,如果听见了,这些话有没有对他发生惊心动魄的影响,他有没有惋惜他薄幸的一生——这都无从知道,因为他一直在说胡话和发热。一幅更比一幅奇怪的景象不断地浮现在他的眼前:他忽而看见彼得罗维奇,向彼得罗维奇定做了一件置有捉贼的机关的外套,他老觉得贼就躲在他床底下,并且时时刻刻叫房东太太把贼从他的被窝里拖出来;忽而问人家为什么把旧长衫挂在他面前,说他原是有一件新外套的;忽而觉得他站在将军的面前,一边谨听严厉的训斥,一边诺诺连声地说:我错了,大人;最后,忽而撒野骂起街来，用了一些最难听的字眼，使房东老太婆甚至画了十字，她有生以来从来没有听见他说过这样的话，尤其这些字眼是直接紧跟在"大人"这个词后面的。再往后，他完全胡言乱语起来，叫人一点也听不明白了；只知道这些杂乱无章的胡话和思想，翻来覆去总离不了那件外套。最后，可怜的阿卡基·阿卡基耶维奇咽了气。无论是他的房间或者他的物件，都没有封存起来，因为一来没有承继人，二来剩下的遗产很少，不过是：一束鹅毛笔、一帖公家的白纸、三双袜子、两三颗裤子上脱落下来的纽扣和那件读者已经熟知的长衫。谁得了这一切东西，只有天知道：老实说，连讲这个故事的人对这也不感兴趣。人们把阿卡基·阿卡基耶维奇抬了出去，埋掉了。于是彼得堡就没有了阿卡基·阿卡基耶维奇，仿佛彼得堡从来就不曾有过他这个人似的。一个谁都不保护、不被任何人所宝贵、任何人都不觉得有趣，甚至连不放过用钉子把普通苍蝇穿起来放在显微镜下面仔细察看的自然观察家都不屑加以一顾的生物，消失了，隐没了；这个生物顺从地忍受公务员们的嘲笑，没有做过任何非凡的事业就进了坟墓，然而无论如何，在他生命快结束之前，一个光辉的访客曾经借外套的形式闪现了一下，刹那间使他可怜的生命活跃起来，后来灾祸还是降临到他头上，正像降临到帝王和世间的统治者头上一样……他死后过了几天，部里派了一个看门的到他家里来，带着叫他立刻去办公的命令：说是长官要他去；可是，看门的不得不一无所得地回去，报告他不能再来了，对于质问："为什么？"是这样答复的："就因为他已经死了，大前天把他埋掉的。"这样，部里的人才知道了阿卡基·阿卡基耶维奇的死讯，第二天在他的座位上已经坐着一个新的官员，个子高得多，写的字母已经不是直体,却偏得多,歪斜得多。

可是谁会想到阿卡基·阿卡基耶维奇的故事到这里还没有完结,他注定死后还得轰动几天,好像补偿他默默无闻的一生似的?可是事情就这么发生了,于是我们可怜的故事就意外地得到了一个荒诞无稽的结局。忽然谣言传遍了彼得堡,说是在卡林金桥畔和附近一带地方,一到晚上,就有一个官员模样的死人出现,在寻找一件被劫的外套,并且以外套失窃为借口,不问官职和身份,从一切人的肩上剥掉各种外套,不管是猫皮的、海狸皮的、棉絮的、貂皮的、狐皮的、熊皮的,总而言之,剥掉凡是人们想得出用来遮盖自己皮肉的各式各样的毛革和鞣皮。部里的一个官员亲眼看见过那个死人,立刻就认出他是阿卡基·阿卡基耶维奇;可是,这把他吓坏了,他拼命地往前跑,因此没来得及瞧仔细,只看见那个人远远的用手指威胁他。状子雪片似的从四面八方递上去,说是由于夜晚外套的被剥,尽是九等文官倒也罢了,连一些七等文官的脊梁和肩膀,也都不免有受冻的危险。警察局下了命令,不管死活,无论如何得把死人逮捕归案,严加惩罚,以诫其余,并且差一点连这也几乎办到了。是这样的:某一区的岗警在基留施金胡同,在出事的当场,当死人正待从一个从前吹笛子的退职乐师身上剥掉一件粗毛布外套的时候,已经完全把死人的领子抓住了。他一把抓住死人的领子,大声喊来另外两个同伴,拜托他们抓住他,他自己不过花掉片刻的工夫伸手到靴统里,打算从那儿摸出桦皮鼻烟匣来,使一生中冻坏过六次的鼻子暂时清醒一下;可是,鼻烟一定是连死人都受不住的一种。岗警用手指塞住右鼻孔,左鼻孔还没有来得及吸完半手掌鼻烟,死人就一喷嚏打得这么凶,溅了他们三人满眼都是脏水。当他们举起拳头擦眼的时候，死人连影儿也没有了，甚至他们都不知道刚才死人是不是真的被他们抓在手里。从此以后，岗警们对死人这样害怕，甚至连活人也怕捉了，只是站得老远地喊"喂，快走你的路吧！"于是死官员甚至在卡林金桥的那一边也出现了，给胆小的人带来不少的惊慌。可是，我们完全把某一位要人忘怀了，他才可以说真正是这本来完全真实的故事荒诞无稽的趋势的原因。首先得说句公道话，自从被痛骂了一顿的可怜的阿卡基·阿卡基耶维奇走后不久，某一位要人感到了一种类乎怜悯的东西。他不是绝对没有同情心的；他的心也会发生许多善良的冲动，虽然官级常常阻碍它们表露出来。来客刚走出他的办公室，他甚至思念起可怜的阿卡基·阿卡基耶维奇来了。从此以后，受不住职务上的斥责的、脸色苍白的阿卡基·阿卡基耶维奇就差不多每天都浮现在他的眼前。一想到这人，就使他陷于极度的不安，过了一星期，他甚至决定派一个官员去探听一下他的情况，能不能真的对他有所帮助；当他得到报告说，阿卡基·阿卡基耶维奇患热病暴死了的时候，他甚至吃了一惊，受着良心的责备，整天心绪不宁。他想散散心，忘掉不愉快的印象，这天晚上就到一个朋友家里去，这朋友家里聚着一大群正派的人，尤其称心的是，几乎大家都是一样的官级，因此他可以完全不受任何拘束。这对他的精神状态发生了惊人的作用。他松动起来，眉飞色舞地聊着天，态度和蔼可亲，总之，这一晚过得非常愉快。晚饭时，他喝了两杯香槟酒——大家知道，这是一种不坏的助兴的东西。香槟酒使他涌上来一股子豪兴，想做各种奇特的事情，那就是：他决定还不回家，却去找一位熟识的太太卡罗林娜·伊凡诺夫娜，这位太太似乎是德国血统，他跟她交情很深。得交代一下,要人已经不年轻了,是个好丈夫,可尊敬的一家之主。他有两个儿子,其中一个已经在衙门里当差,还有一个讨人喜欢的十六岁的女儿,生有一个微微弯曲但很好看的鼻子,他们每天走来吻他的手,说道:日安,爸爸①。他的老婆,一个还很有风韵,甚至一点也不难看的女人,先把自己的手给他吻,然后翻过手来,再吻他的手。可是,要人虽然满足于家庭的温暖,却认为在城里别处另外交个女朋友倒也无伤大雅。这女朋友一点也不比他的老婆好看些、年轻些;可是,这样的难题世间是常有的,评判这一类难题可不是我们的事。这样,要人走下楼梯,坐上雪橇,对车夫说:"到卡罗林娜·伊凡诺夫娜家里去。"而他自己,雍容华贵地裹着一件暖和的外套,落进了一种被俄国人认为无可再好的愉快的心境,就是说,自己一点事也不想,可是思想却自会钻到脑子里,一个更比一个愉快,甚至不用你费劲地去追逐,搜寻。他感到心满意足,轻快地想起刚才过掉的这一晚上所有快乐的事情,所有惹得一小堆人哄堂大笑的机智的警句;有许多话,他甚至低声地重复了一遍,觉得依旧像刚才一样可笑,所以无怪乎他要打心坎里笑出来。然而,不时有一阵一阵的暴风来打搅他,这风,天知道是打哪儿,也不明白由于什么原因,突然就刮起来,刀子似的割他的脸,成块的雪往他身上撒,把外套的领子吹得风帆似的鼓起来,或是蓦地来了一股子非常的力量,吹得领子蒙住他的头,这样就使他老是忙着要把头钻出来。要人忽然觉得有人紧紧地把他的领子抓住了。他转过脸来,看见一个身材不高、穿着破旧的常制服的人,并且不无恐惧地认出这人就

---

① 原文为法文。

是阿卡基·阿卡基耶维奇。官员的脸色苍白如雪,完全像个死人。可是,当要人看见死人咧开嘴,阴森森地向他嘘出坟墓似的气息,说出下面几句话的时候,他的恐惧就更无法控制了:"啊!这下子可找到你了!我总算那个,把你的领子抓住了!我正需要你的外套呢!你没有给我的外套想办法,并且还骂了我——现在把你的给我!"可怜的要人差点没有吓死过去。不管在办事处,一般的在下属面前,他的脾气有多么大,也不管每个人一见到他堂堂的仪表和魁梧的身躯,就要说:"喝,多神气!"可是他在这时候,像许多有英武外表的人一样,害怕到了这步田地,竟并非毫无根据地感觉到有被病势袭击的危险。他甚至赶快自己从肩上把外套脱下来,用不自然的嗓音对车夫喊道:"赶快回家!"车夫听见平时只在紧急关头才喊出的声音,还随伴着一种更加有效得多的动作,就把脑袋缩在肩膀中间以防不测,鞭子一挥,箭似的飞去了。大约六七分钟,要人已经回到自己的家门口。他面无人色,饱受惊吓,没有了外套,卡罗林娜·伊凡诺夫娜那儿也没有去成,却回到了家里,好容易摸到自己的卧室,嘀嘀咕咕地熬过了这一夜,所以第二天早晨喝茶的时候,女儿径直对他说:"爸爸,你今天脸色难看极了。"可是,爸爸一声不言语,他发生了些什么事,到哪儿去过,打算上哪儿,他对谁都一字不提。这件事情给了他一个强烈的印象。他甚至不大对下属们说:"您怎么敢?您知道谁站在您的面前么?"即使说了,也总在先听明白了事情的原委以后。可是,尤其值得注意的是,死官员从此完全绝迹了:显然,将军的外套披在他的肩上是完全合适的;至少,再也未听说有从谁身上剥掉外套的事情发生。然而,许多好事而喜欢多操心的人们还是怎么也不肯安静下来,说在城市的僻远的地区,死官员还是照旧出现。的确,一个柯洛姆纳区的岗警亲眼看见过幽灵从一幢屋子后面走出来;可是,他生来有点虚弱,有一回,一只普通的、长成了的小猪从一家私宅里奔出来,把他撞了个狗吃屎,惹得站在周围的车夫们放声大笑,为了这场侮辱,他还逼他们每人出一文钱买过鼻烟闻哩,——他是这样地虚弱,所以不敢把幽灵拦住,却在黑暗里一直跟他往前走,直到最后,幽灵忽然回头一看,停下来问道:"你要干什么?"并且举起了在活人中间也从来没有见过的大拳头。岗警说了声:"没有什么。"立刻就往回走。然而,幽灵的身材可变得高得多,长着一把大胡子,仿佛举步往奥布柯夫桥那边走去,完全被夜的黑暗吞没了。

戏　剧

钦差大臣

(五幕喜剧)

脸歪莫怪镜子。
——俗谚

第 一 幕

〔县长家的一间房间。

第 一 场

〔县长、慈善医院院长、督学、法官、警察分局长、医官、警察两名。

县长　诸位,我把你们请到这儿来,是要告诉你们一个很不愉快的消息。钦差大臣要上咱们这儿来了。

阿莫斯·费约陀罗维奇　什么,钦差大臣?

阿尔捷米·菲里波维奇　什么,钦差大臣?

县长　从彼得堡来的钦差大臣,微服察访。并且还带着密令。

阿莫斯·费约陀罗维奇　这可怎么好!

阿尔捷米·菲里波维奇　本来没有烦心的事,这下子可糟了。

鲁卡·鲁基奇　老天爷,还带着密令。

县长　我好像有预感似的:昨晚上一宵没睡好,老梦见两只非常奇怪的耗子。真是的,我还从来没有看见过这种耗子:乌黑的,大得出奇! 出来啦,闻了一阵,又跑回去啦。现在,我给你们念一封信,这封信是安德烈·伊凡诺维奇·

奇梅霍夫写给我的。阿尔捷米·菲里波维奇,这个人您也认得。他在信上这么写着:"仁兄、亲家、恩师尊鉴"(低声嘟哝,眼睛迅速地掠过纸上)……"有事奉告。"啊!在这儿啦:"兹有一事奉告:近有大员奉谕来省视察,对我县情况尤为注意。(意味深长地把手指向上举起)虽彼自称仅为普通人,但弟已从可靠方面探悉其详。弟知兄染有一般人之通病,偶犯小过失,在所难免,盖兄聪颖过人,过手之物,当不愿轻易放过……"(停住)唔,这儿没有外人……"故敢奉劝吾兄早作戒备,该大员纵令此刻尚未到达,或隐姓埋名匿居于某处,但随时皆可抵达也。弟昨日……"这下面谈的是家事:"舍妹安娜·基利洛芙娜偕其夫来舍间略事盘桓;伊凡·基利洛维奇日见发胖,好弄提琴……"等等,等等。情况就是这样。

阿莫斯·费约陀罗维奇　是呀,情况真有点糟,真不是闹着玩的。这里面一定有道理。

鲁卡·鲁基奇　安东·安东诺维奇,这是怎么回事?钦差大臣为什么要上咱们这儿来?

县长　为什么!大概是命该如此!(叹口气)感谢上帝,以前总是躲在别的城里。这回可轮到咱们头上啦。

阿莫斯·费约陀罗维奇　照我看,安东·安东诺维奇,这里面有一种微妙的、多半是政治的原因。这就是说:俄国……呃……俄国想打仗,所以部里就派一位官员下来,调查一下哪儿发生了什么叛乱没有。

县长　您扯到哪儿去啦。还算是一个聪明人呢!小县城怎么会发生叛乱!这县城是紧靠着国境的吗?你就是从这儿坐马车跑上三年也到不了外国呀。

阿莫斯·费约陀罗维奇　不，我跟您说，您可实在是……不大那个……咱们上司高瞻远瞩，别瞧他离开咱们远，许多事情他可早已在心里琢磨透了。

县长　不管什么琢磨透，琢磨不透，诸位先生，反正我已经通知你们了。——小心点！我这方面已经做了安排，我劝你们也得准备准备。特别是您，阿尔捷米·菲里波维奇！毫无疑问，上我们这儿来的官员一定先要视察您经营的那些慈善医院——所以您应该把一切整顿整顿好：帽子得洗干净，别叫病人穿得随随便便的，活像是一群打铁匠。

阿尔捷米·菲里波维奇　这不要紧，可以叫他们戴上干净的帽子。

县长　是呀，还得在每张床上用拉丁文或者别的文字注明……这可是您分内的事了，赫利斯季阳·伊凡诺维奇，——各种病的名称：什么时候得病，何月何日……您那儿的病人尽抽些凶辣的烟，人一走进去，忍不住要打喷嚏，这不大好。顶好少收留病人，要不然，人家会怪你们管理不善或者大夫医道不高明。

阿尔捷米·菲里波维奇　噢！医疗这一层，我跟赫利斯季阳·伊凡诺维奇采用了独特的办法：我们主张万事要顺乎自然；贵重药品我们一概不用。人这东西很简单：要死，总免不了一死；病要好起来，那就总会好起来。再说，赫利斯季阳·伊凡诺维奇要跟病人交谈是非常困难的，他连一句俄国话也不会说。

〔赫利斯季阳·伊凡诺维奇发出一种声音，有点像字母 и，但又有点像字母 e。

县长　我也要劝您,阿莫斯·费约陀罗维奇,注意一下法庭方面的秩序。在贵衙门的候审室里,经常有许多当事人在那儿出出进进,可是看门的在那儿养了几只鹅,外带一群小鹅,尽在人脚底下乱窜。当然,搞点副业生产是值得奖励的,看门的为什么不能养养鹅呢?不过,您知道,在这种地方养鹅可不挺合适……这一点我早就想提醒您注意了,可是不知怎么的,老是忘了告诉您。

阿莫斯·费约陀罗维奇　我今天就叫人把鹅都赶到厨房里去。您要是高兴的话,请过来便饭吧。

县长　此外,法庭上晾了许多各种各样的破烂,放文件的柜子上挂着一根打猎用的鞭子,这太不成话啦。我知道您爱打猎,可是顶好把鞭子暂时收起来,等钦差大臣走了再挂上也还不迟。还有您那位陪审官……他当然是个博学多才的人,可是他身上有一股气味,就像是刚从酿酒厂里出来一样——这也不大好。这一点我早就想跟您说,可是不记得被什么事一打岔,给忘掉了。要是真像他说的,生来就有这股气味,那么这是有方法可以治的。不妨劝他吃些葱、蒜,或者别的什么东西。在这方面,赫利斯季阳·伊凡诺维奇可以给用上各种药品,包管药到病除。

〔赫利斯季阳·伊凡诺维奇发出同样的声音。

阿莫斯·费约陀罗维奇　不行,他那股气味没法治啦:他说小时候叫奶妈把他摔了一跤,从此以后,身上就老是带着一点点烧酒的味儿。

县长　我不过是提醒你们注意罢了。至于讲到咱们内部的情况,以及安德烈·伊凡诺维奇那封信上提到的小过失,那么,我没有什么话可说。说来可也奇怪:不犯点小过失的人是没有的。老天爷早就这么注定了,伏尔泰派①的人拼命反对这一点也是白费事。

阿莫斯·费约陀罗维奇　安东·安东诺维奇,您认为什么是小过失?有种种不同的过失。我可以公开地对大家说,我受贿,可是我受的是什么贿啊?不过是几条小猎狗。这完全是另外一回事。

县长　不管是小狗还是别的什么,反正受贿总是受贿。

阿莫斯·费约陀罗维奇　不对,安东·安东诺维奇。譬方说吧,要是有人收下一件价值五百卢布的皮大衣,还给他太太弄到一条披巾……

县长　您只收小猎狗作为贿赂,那又怎么样呢?架不住您不信上帝呀;您从来不去教堂祈祷;我可至少是笃信宗教的,每星期都上教堂。可是您……噢,我知道您:要是让您来讲一讲世界是怎么创造的,准会讲得叫人汗毛都竖起来。

阿莫斯·费约陀罗维奇　那可是我凭着我的智慧,自然而然领会到的。

县长　有时候,智慧多,反而比完全没有智慧还要坏。我不过是顺便提到一下县法院罢了;说实在的,恐怕不见得有人会上那儿去查看:那实在是一个令人羡慕的地方,上帝自会暗中保佑。至于您,鲁卡·鲁基奇,您是一位督学,就特别需要留心教员。他们当然都是些有学问的人,在各种专门学校里受过教育,可是他们的举动非常古怪,自然跟他们学者的身份是分不开的。譬方说,有一个胖胖脸

---

① 信奉伏尔泰学说的自由思想者。

蛋的家伙……我不记得他姓什么了,他一上讲台,不扮一下鬼脸总不肯罢休,像这样(扮鬼脸),然后一只手在领结下面捋胡子。当然,他要是对学生扮扮鬼脸,那还不算什么:也许,倒是必要的也说不定,这一点我可无法判断;可是,您自己想吧,他要是当着参观的客人这样做,那就糟啦:钦差大臣或是别的什么人会以为这是做给他们看的。谁知道会惹出什么乱子来。

鲁卡·鲁基奇　真是的,叫我拿他有什么办法?我已经跟他说过好几遍了:前不久,我领咱们县里一位贵族代表去参观,一走进教室,他就对人家扮了个鬼脸,那份丑呀,我还从来没有见过。他扮鬼脸是出于好心,我可挨了骂,怪我不应该把自由思想灌输给青年。

县长　我还得跟您讲讲那个历史教员。他是个有学问的人——这很显然,而且具有渊博的知识,可是讲起课来太热心,简直有点举止失常。我听他讲过一次课,讲到亚述人和巴比伦人的时候,还没有什么,可是一讲到马其顿的亚历山大①,我简直无法告诉您他是怎么的了。说真的,我还以为是着了火呢!他从讲台上跑下来,抓起一把椅子,使劲往地上扔。当然,马其顿的亚历山大是一位英雄,可是为什么要摔坏椅子呢?这只会使公家受到损失。

鲁卡·鲁基奇　是呀,他是个烈性子的人,我已经劝过他好几回了……他说:"随便您怎么说,反正我为了学问牺牲性命都不在乎。"

县长　是呀,命运神秘莫测的法则就是这样:聪明人要不是酒

---

① 亚历山大(前356—前323),古代的统帅和政治家,马其顿王。

鬼,就爱扮那样难看的鬼脸,叫人要拿圣像出来压邪。
鲁卡·鲁基奇　老天爷保佑往后别再叫我在学界服务了,见谁都害怕。随便什么人都要来管闲事,随便什么人都要表示他也是一个聪明人。
县长　这还不要紧。顶糟糕的是倒霉的微服察访!忽然抽冷子跑了来:"啊,朋友们,你们都在这儿哪!"他说,"谁是这儿的法官?""略普金-贾普金。""把略普金-贾普金叫来!谁是慈善医院院长?""泽姆略尼卡。""把泽姆略尼卡叫来!"那才糟哪。

第 二 场

〔前场人物和邮政局长。

邮政局长　诸位,请告诉我,怎么啦,什么官员要上我们这儿来啦?
县长　难道您还没有听说吗?
邮政局长　我听彼得·伊凡诺维奇·鲍布钦斯基说来着。他刚上我邮政局里去过。
县长　怎么样?您对这件事有什么看法?
邮政局长　我怎么看?我看要跟土耳其人打仗。
阿莫斯·费约陀罗维奇　真对!我也是这么想。
县长　你们俩都看错啦!
邮政局长　真是要跟土耳其人打仗。事情全是法国人策动的。
县长　跟土耳其人打什么仗!就要遭殃的是咱们,可不是什

　　　　么土耳其人。这是明摆着的事：我这儿有一封信。
邮政局长　您既然这么说，那么，就算不会跟土耳其人打仗。
县长　您打算怎么办，伊凡·库兹米奇？
邮政局长　我怕什么？您怎么办，安东·安东诺维奇？
县长　我要什么紧？我不害怕，可就是有点……那些商人和市民让我有点担心。人家说，我把他们害苦了，可是我，说真的，就算拿了人家点什么东西，我对他们可没有存什么歹意。我甚至想，(拉住他的手，引到一边去)我想，会不会有人冷不防递张状子把我告下来。要不然，钦差大臣到底上咱们这儿来干什么呢？我说，伊凡·库兹米奇，为了咱们共同的利益起见，您能不能把每一封经过您邮政局的来往信件都给拆开来看一下，看看里面有没有检举我的，或者不过是普通信件。要是没有什么要紧的话，就可以把信重新封好；不过，甚至也可以不封口就这么发出去。
邮政局长　我知道，我知道……这您用不着教我，我早就这么做了，这么做倒也并非为的是谨小慎微，主要是出于好奇：我真想知道世上许多新奇的事情。我跟您说，这真是有趣的读物！有些信读起来叫人觉得通体舒畅：里面记载着各种各样古怪的事情……还有有益的教训……比读《莫斯科时报》有趣多啦！
县长　那么，您没有读到一位彼得堡来的官员的消息吗？
邮政局长　不，彼得堡的事情一点也没有提，柯斯特罗马和萨拉托夫方面的事情倒谈了不少。您不读这些信，真可惜。很有些精彩的妙文。前些日子有一个中尉写信给朋友，用轻松活泼的……笔调描写了舞会的情况。写得真好，好极了。"亲爱的朋友,"他说,"我的生活过得快活极了,犹如置身仙境一般,仕女如云,乐声悠扬,军旗招展……"写得非常热情,非常热情。我特地把这封信留下了。要不要念给您听听?

县长　谁还有心思听这个!那么费您的心,伊凡·库兹米奇:要是遇到有控诉或者检举我的信,您用不着考虑,干脆扣下来就是了。

邮政局长　一定照办。

阿莫斯·费约陀罗维奇　您这样下去总有一天会倒霉。

邮政局长　那可怎么好?

县长　不碍事,不碍事。事情要是张扬了出去,那又当别论,这种事咱们私底下干,可不能叫外人知道。

阿莫斯·费约陀罗维奇　真是不怕惹麻烦!安东·安东诺维奇,说实在的,我上您这儿来,是想奉赠您一条小狗。就是您知道的那条雄狗的亲姊妹。您一定听说车普托维奇跟瓦尔霍文斯基在打官司,这下子可美死我了:我在他们两家的领地上都可以打兔子啦。

县长　这会儿我没有心思听你的什么兔子不兔子。我满脑子里光是想到那个微服察访的官员。我们在这儿干耗着,忽然门一打开,他就闯了进来……

第 三 场

〔前场人物,陀布钦斯基和鲍布钦斯基两人气喘吁吁地进来。

鲍布钦斯基　出了事情啦!
陀布钦斯基　报告你们一个意外的消息!
众人　什么?怎么回事?
陀布钦斯基　真是想不到的:我们走到旅馆里……
鲍布钦斯基　(抢着说)我跟彼得·伊凡诺维奇走到旅馆里……
陀布钦斯基　(抢着说)对不起,彼得·伊凡诺维奇,让我来讲。
鲍布钦斯基　不,让我……让,让我……您说话没有条理……
陀布钦斯基　您说话才颠三倒四哪。顾了东就忘了西,不会记得全部经过。
鲍布钦斯基　我会记得的,我会记得的。别搅我,让我来讲,别搅我!诸位,劳驾叫彼得·伊凡诺维奇别搅我。
县长　看上帝的分上,您倒是说呀,到底是怎么回事?我觉得有点心神不定。坐吧,诸位!端把椅子过来坐下来谈!彼得·伊凡诺维奇,这把椅子给您!(大家围着两个彼得·伊凡诺维奇坐下)说吧,怎么回事?
鲍布钦斯基　别忙,别忙,听我从头说。您接到了信正在发愁的时候,我一出您公馆的大门,就跑起来啦……别插嘴,彼得·伊凡诺维奇。我全都,全都,全都知道。我先是跑到柯罗布金家里。柯罗布金不在家,我就弯到拉斯塔科夫斯基家里,又没遇见拉斯塔科夫斯基,就弯到伊凡·库兹米奇那儿去,把您得到的消息告诉了他,从他那儿出来,就遇见了彼得·伊凡诺维奇……
陀布钦斯基　(抢着说)在卖馅饼的摊子旁边。
鲍布钦斯基　在卖馅饼的摊子旁边。我遇见陀布钦斯基,就问他说:"安东·安东诺维奇从一封可靠的信里得到一个消息,您听说了没有?"可是彼得·伊凡诺维奇已经从您的女管家阿芙陀季雅那儿知道了这个消息。当时不知道打发阿芙陀季雅上菲里普·安东诺维奇·波切楚耶夫家里去办一件什么事。

陀布钦斯基 （抢着说）去取一只盛法国酒的酒桶。

鲍布钦斯基 （推开他的手）去取一只盛法国酒的酒桶。我跟彼得·伊凡诺维奇一块到波切楚耶夫家里去……请您,彼得·伊凡诺维奇……请您……别插嘴,千万别插嘴!……我们到波切楚耶夫家里去,路上彼得·伊凡诺维奇说:"我们到饭店里去。我肚子……从早上到现在,我还没有吃过一点东西,肚子可真是饿坏啦……"说的是呢!彼得·伊凡诺维奇的肚子……"饭店里,"他说,"今天有刚上市的新鲜鲑鱼,咱们就在这儿吃一顿吧。"我们刚走进旅馆,忽然有一个年轻人……

陀布钦斯基 （抢着说）外表不难看,穿一身便服……

鲍布钦斯基 外表不难看,穿一身便服,在房间里这么踱来踱去,脸上有一副沉思焦虑的神气,那相貌……那举动,还有这儿（手在前额旁边转了一下）有许多,许多玩意儿。我仿佛是预感到了,就对彼得·伊凡诺维奇说:"情况不简单。"是嘛。彼得·伊凡诺维奇一招手,把老板叫了过来,老板名字叫弗拉斯,他老婆三个星期前给他生了个孩子,这孩子可机灵啦,长大了跟他父亲一样,也要开旅馆的。彼得·伊凡诺维奇把弗拉斯叫过来,轻轻问他:"这年轻人是谁呀?"弗拉斯回答说:"这是……"哎呀——请您别插嘴,彼得·伊凡诺维奇,千万别插嘴;您讲不好,您

　　　　　真是不会讲的,您舌头不利落,我知道您一只牙齿漏风。弗拉斯就说啦,"这个年轻人是一位官员,从彼得堡来的,名字叫伊凡·亚历山德罗维奇·赫列斯塔科夫,要上萨拉托夫省去,他的行动实在有点透着奇怪:住在这儿有一个多星期,一步也不出大门,买什么东西都是赊账,一个子儿也不付。"他跟我这么一说,就像是老天爷使我开了窍。"哎呀!"我对彼得·伊凡诺维奇说……

陀布钦斯基　不对,彼得·伊凡诺维奇,我说了声:"哎呀!"

鲍布钦斯基　最初是您说的,后来我可也说了。"哎呀!"我跟彼得·伊凡诺维奇一起说,"既然要到萨拉托夫省去,他干吗在这儿住下来呢?"——对啦!他准是那位官员。

县长　谁?什么官员!

鲍布钦斯基　就是有人向您报告过的那位官员,钦差大臣。

县长　(惊惧)天哪!您说什么!这不会是他。

陀布钦斯基　是他!不付钱,也不动身,不是他是谁?驿马使用证上写明是上萨拉托夫去的。

鲍布钦斯基　是他,是他,一定是他……他真是个细心的人,不住地东张西望。他看见我跟彼得·伊凡诺维奇在吃鲑鱼——彼得·伊凡诺维奇肚子饿,我们才去吃的……好啦,他连我们吃鱼的盘子都仔细地瞧了又瞧。真把我吓坏了。

县长　上帝可怜可怜我们罪人吧!他在那边住在什么地方?

陀布钦斯基　住在五号房间,楼梯底下。

鲍布钦斯基　就是去年几个过路的军官打架的那间屋子。

县长　他早就来了吗?

陀布钦斯基　来了两个星期左右了。是埃及圣徒华西里纪念日那一天到的。

县长　两个星期啦!(旁白)老天爷,发发慈悲,拉我一把吧!在这两个星期里,下士的老婆挨了打!克扣了囚犯的口粮!街上又脏又乱!丢人!现眼!(抱住头)

阿尔捷米·菲里波维奇　怎么样,安东·安东诺维奇?咱们是不是得排着队上旅馆去?

阿莫斯·费约陀罗维奇　不,不。得让县长、神父、商人走在前面,《共济会员约翰行传》①里说过……

县长　不,不,让我自己去走一趟吧。我一生碰到过不少困难,结果总是逢凶化吉,也许这回上帝也会保佑我平安无事地渡过。(对鲍布钦斯基)您说,他是个年轻人?

鲍布钦斯基　年轻人,顶多不过二十三四岁。

县长　那就好办啦:年轻人心里想什么,很容易看出来。要是个老奸巨猾的家伙那就更糟,可是年轻人什么事都摆在脸上。诸位,你们分头去料理料理自己该办的事情吧,我一个人去走一趟,要不,让彼得·伊凡诺维奇陪着我,我们就算是随便出去溜达一下,顺便看看过路客商有没有不称心的地方。喂,斯维斯杜诺夫!

斯维斯杜诺夫　什么事?

县长　立刻给我去把警察分局长请来;不吧,我要你留在这儿给我办点事。你去跟外边什么人说一声,叫他们赶快去请警察分局长上这儿来一趟,你交代完了赶快回来。

〔警察匆忙跑下。

阿尔捷米·菲里波维奇　走吧,走吧,阿莫斯·费约陀罗维

---

① 这是一本英国共济会的书,在十八世纪译成俄文。

奇。真不知道会闹出什么祸事来。

阿莫斯·费约陀罗维奇　您害怕什么？把干净帽子往病人头上一戴，就什么事也没有了。

阿尔捷米·菲里波维奇　帽子顶得了什么事！照规定应该给病人吃燕麦羹，可是我那儿走廊上满是一股白菜的味儿，臭得叫你要把鼻子捂起来。

阿莫斯·费约陀罗维奇　说到这一层，我倒是挺放心。真是的，谁会跑来参观县法院呢？他要是一看案卷，准就得垂头丧气，再不会有人生的乐趣啦。我当了整整十五年法官，要说是叫我看报告——啊！那我才不耐烦看哪！连所罗门①也没法判断谁是谁非。

〔法官、慈善医院院长、督学和邮政局长下，在门口和回来的警察打了个照面。

第 四 场

〔县长、鲍布钦斯基、陀布钦斯基和警察。

县长　怎么样，马车在外面等着吗？

警察　在外面伺候着。

县长　你到街上去……不，先别忙！你去给我拿……别的人都在哪儿？难道只有你一个？我吩咐过叫普罗霍罗夫也上这儿来的。普罗霍罗夫在哪儿？

警察　普罗霍罗夫在分局里待着，可是要他给您办事可不

---

① 所罗门(公元前十世纪)，古代以色列国国王，智慧过人。

行啦。

县长　怎么啦？

警察　是这么回事：他醉得像个死人似的，人家清早刚把他从外面抬回来。给他浇过两桶水了，至今还昏迷不醒呢。

县长　（抱住头）唉，我的天，我的天！赶快到街上去，不，你还是先跑到我屋里去，听见了没有！把宝剑和一顶新帽子给我拿来。好啦，彼得·伊凡诺维奇，咱们走吧。

鲍布钦斯基　我也要，我也要……让我也跟您一块去，安东·安东诺维奇。

县长　不行，不行，彼得·伊凡诺维奇，您不能去，不能去！不合适，再说人多了，马车也坐不下。

鲍布钦斯基　不要紧，不要紧，我就这么走着去，跟在马车后面可以赶得上。我只要往门缝里望一下，看看他是怎么神气……

县长　（接过宝剑，对警察）你快去召集民警，让他们每人手里拿着……嘿，宝剑磨得满处都是伤痕啦！阿布杜林这个没良心的商人——看见县长的宝剑旧了，也不打一把新的送来。真是些奸诈小人！我想，他们这群无赖没准儿暗地里已经把告我的状子准备好了。让他们每人手里拿一条街，——真他妈的见鬼，我是说一把扫帚，——每人手里拿一把扫帚，把通往旅馆去的整条街打扫得干干净净。听见了没有！可要小心哪：你！你！我知道你的！你跟人家攀亲戚，瞎蒙事，抽冷子偷了把银匙往靴筒里放，——你可要小心，我的耳朵尖得很！……你把商人车尔尼雅耶夫怎么坑害了，啊？他给你两俄尺呢子做制服，可是你拿走了他整整一匹。小心点！太放肆是不行的！

295

去吧!

第 五 场

〔前场人物和警察分局长。

县长　啊,斯捷潘·伊里奇,看上帝的分上,您说您是躲到哪儿去了?这还成什么样子?

警察分局长　我刚才在大门外面伺候着。

县长　听我说,斯捷潘·伊里奇!彼得堡方面的官员来到了。您那边安排得怎么样了?

警察分局长　您吩咐的都办好了。我派了警察普戈维钦跟几个民警一块打扫人行道。

县长　杰日莫尔达在哪儿?

警察分局长　杰日莫尔达坐了救火车出去了。

县长　普罗霍罗夫喝醉了?

警察分局长　喝醉了。

县长　您怎么能让他这样放肆?

警察分局长　天知道这家伙是怎么搞的。昨天城外有人打架,闹出事来了,——他上那儿去维持秩序,回来就喝醉了。

县长　听我说,您这么安排一下:警察普戈维钦个头高大,叫他站在桥上,以壮市容。赶快把皮靴店旁边的旧围墙拆掉,放上个草扎的界标,做出好像在计划市政建设的样子。拆毁的地方越多,就越能说明县长有办法。哎呀,我的天,我差点忘了,围墙旁边还堆着有四十车的垃圾呢。

咱们这个县城真不像话:只要什么地方修起来一块纪念碑,或是筑上一道围墙,鬼知道从什么地方就会弄来一大堆垃圾。(叹气)要是过路的官员问起警务人员,满意不满意,——就回答他:"一切都满意,大人。"谁要是不满意,那我以后就要给他个好看……噢,哎哟,呵,呵!我有罪,罪孽深重啊。(想拿帽子,错拿了帽盒)只要上帝保佑我赶快渡过难关,我上教堂就要点大蜡烛,谁都没有我点的这么大:我要叫每一个无赖商人捐三普特蜡。噢,我的天,我的天!走吧,彼得·伊凡诺维奇!(把帽盒错当作帽子,想戴在头上)

警察分局长　安东·安东诺维奇,这是盒子,不是帽子。

县长　(扔掉帽盒)盒子就盒子吧!滚他妈的!要是问起五年前拨款建造慈善医院附属的教堂,怎么还没有造好,那么,别忘了回答说:本来已经开始在造,可是一场大火烧掉了。这件事我打报告声明过的。要不然,万一有人忘了,不假思索地回答说根本没有造,那就糟啦。还要对杰日莫尔达说,叫他别动不动就挥拳头;他为了维持秩序,把人家打得鼻青眼肿,也不问人家是对是错。走吧,走吧,彼得·伊凡诺维奇!(下,又回来)不许那些兵士赤身露体地满街乱跑:这群倒霉的守备兵只在衬衫外面穿一件制服,下身什么都不穿。

〔众人下。

第 六 场

〔安娜·安德烈耶芙娜和玛丽亚·安东诺芙娜跑到台上。

安娜·安德烈耶芙娜　在哪儿,他们都在哪儿?唉,我的天……(开门)他爹!安托莎①!安东!(很快地说)这都怪你,都是为了你。你忙着乱找东西:"我要别针,我要围巾。"(走到窗口,喊)安东,上哪儿去,上哪儿去?什么,人已经来了?钦差大臣?有胡子的!什么样的胡子?

县长的声音　以后再说,以后再说。

安娜·安德烈耶芙娜　以后再说?多新鲜哪,以后再说!我不要什么以后再说……我只问你一句:他是个什么官,上校吗?啊?(露出轻蔑的神气)走了!你记着点吧!都怪你这个丫头老是跟我嘀咕:"妈妈,妈妈,等一等,让我在后面把围巾别住;我这就好。"现在你再去好你的去吧!现在你什么都不会知道啦。都因为你死要漂亮:听说邮政局长在这儿,你就在镜子前面扭扭捏捏起来啦:这边照照,又往那边照照。你心想他在追求你,其实呀,你转过身子去的时候,他对你扮鬼脸。

玛丽亚·安东诺芙娜　有什么办法,妈妈?反正再过两个钟头,我们总会知道的。

安娜·安德烈耶芙娜　再过两个钟头!说得倒好!你怎么不

---

① 安东的爱称。

说再过一个月就会更知道得清楚些。(探身窗外)喂,阿芙陀季雅!啊?什么,阿芙陀季雅,你听说有人来了没有?……没有听说?这女人真傻!他直摆手?管他摆手不摆手,你倒是问他呀!打听不出来?满脑门子尽是些乱七八糟的东西,只顾着想你那个未婚夫去啦。啊?他们很快就走了!你跟着马车赶上去呀。去,这就去!听见没有,快跑,问他们上哪儿;好好问问清楚,新来的那位是谁?他是什么长相?听见没有?扒在门缝上往里面一瞧,就什么都知道啦,眼睛是什么样的:黑眼睛,是不是?你立刻就回来,听见没有?快,快,快,快!(一直喊到幕落。幕就这样把站在窗口的她们两人遮住了)

第 二 幕

〔旅馆里的一间小房间。床、桌、手提箱、空酒瓶、皮靴、刷衣服的刷子及其他零星什物。

第 一 场

〔奥西普躺在主人的床上。

奥西普　真他妈的,真想吃啊,肚子咕咕直叫,好像有一团兵在里面吹喇叭似的。这回大概连家都回不去了。这可怎么办? 离开彼得堡已经有两个来月了。这宝贝在路上把钱花光了,现在乖乖地坐着,夹起了尾巴,再也不能作威作福,发他的少爷脾气了。本来剩下的钱乘驿马也很够用啦;可是不行,他每到一个城市,都要摆摆阔气。(学他的口吻)"喂,奥西普,进去挑一个房间,要顶好的,再去叫顶好的菜,坏的饭菜我可吃不来,我要顶好的饭菜。"真要是个了不起的大人物,那还可以,可他不过是个十四品文官! 你瞧他那个气派,跟过路客商交上朋友,拉开桌子一打上牌——非得输光了才罢手! 唉,这种日子可真过够了! 那倒真还是乡下好些:乡下虽说是不热闹，可也省得操这份心；娶上个老婆，一辈子躺在热炕上，尽管吃你的馅饼就是了。当然，话又说回来，住在彼得堡真还比什么地方都好，这是没得可说的。只要有钱，就能过轻松愉快的生活：上戏院听个戏，小狗跳舞给你看，要什么有什么。说起话来都是那么斯斯文文的，简直跟贵族差不多；你一走进舒金劝业场，商人们就冲着你喊："老爷您来啦！"你在渡船上跟官员平起平坐；想交朋友，到杂货铺里去就成：你在那儿准能找到一个骑兵讲给你听打仗的故事，还会告诉你天上每一颗星星暗示我们什么意思，那样，你对随便什么事情就都能了如指掌啦。一会儿，一位老军官太太来了；一会儿又有个女用人来了……嘿，嘿，嘿！（笑，摇头）谈吐才叫文雅呢，真他妈的！粗野的话你就是要听也听不到，每个人都对你称呼"您"。懒得走路，你就雇一辆马车，像老爷似的坐在上面，要是不愿意付钱，不给也成，每家人家都有个前后走得通的大门，你只要往大门里一溜，管保魔鬼都找不着你。就是一样不好：有时候吃得很痛快，有时候简直把你饿得半死，就像现在这样。这全是他的错。你说拿他可有什么办法？父亲寄了钱来，省着点用也就勉强可以对付了——可是哪儿成呀！……拿到了钱就出去乱花一阵子：坐马车兜风，每天买戏票，过了一星期，你猜怎么着——就叫我把新做的燕尾服拿到市场上去变卖。有时连最后一件衬衫都输掉了，身上只剩了一件大礼服和一件外套，——真的，这是实话！呢料是上等英国货！光一件燕尾服就值一百五十卢布，可是在市场上只卖了人家二十卢布；裤子就更不必提——一个子儿也不值。到底

301

这都是为的什么？就因为他不干正经事:不上衙门,成天在街上闲溜达,玩纸牌。唉,要是让老太爷知道了,那才糟呢!他可不管你是个官,揭起衬衫就给你一顿揍,叫你接连好几天疼得哇哇直叫。派了你个差使,就该好好干嘛。现在旅馆老板说啦,前账没有付清就不开饭;可我们要是付不出钱呢?（叹口气）唉,我的天,哪怕有点菜汤喝喝也好呀。我现在恨不得要把整个世界都吞下肚子里去。有人打门,准是他回来了。（从床上一骨碌爬了起来）

第 二 场

〔奥西普和赫列斯塔科夫。

赫列斯塔科夫　哪,把这接过去。（递给他帽子和手杖）啊,又躺在我床上啦。

奥西普　我干吗要躺在您的床上？难道我没有见过床吗？

赫列斯塔科夫　撒谎,你躺过啦;被单都给弄皱啦。

奥西普　我要床有什么用？难道我不知道床是什么东西吗!我有腿,我会站着。我要您的床有什么用？

赫列斯塔科夫　（在房间里踱着）你看看烟袋里烟丝没了吧？

奥西普　哪儿还有烟丝！三天前您早抽完了。

赫列斯塔科夫　（一边走,一边把嘴唇咬成种种样子。最后,用响亮坚决的声音说）我说,奥西普!

奥西普　什么事？

赫列斯塔科夫　（用响亮、但不很坚决的声音说）你给我上那儿去一趟。

奥西普　哪儿呀？

赫列斯塔科夫　（用完全不坚决、也不响亮、近于恳求的声音说）楼下,饭厅里……叫他们……给我开饭。

奥西普　不,我不愿意去。

赫列斯塔科夫　你怎么敢,混蛋！

奥西普　那不能怨我;反正去了也是白跑一趟,不会有什么结果。老板说过,再也不给开饭啦。

赫列斯塔科夫　他怎么敢不给开饭？岂有此理！

奥西普　他说:"我还要去见县长;你东家有三个星期没有付钱。"他说:"你跟你东家都是骗子,你东家是个无赖。"他说:"这些招摇撞骗的骗子,坏蛋,我们可见得多啦。"

赫列斯塔科夫　你这畜生,你把这些话讲给我听,还说得满带劲呢！

奥西普　他说:"要是所有的人都这么吃着住着不给钱,撵又撵不走,那还成？我可不是说着玩的,我干脆就去告他,把他送进衙门,叫他去坐牢。"

赫列斯塔科夫　得啦,得啦,混蛋,够啦。你去,你去跟他说去。真是个蛮不讲理的混账东西。

奥西普　我还是叫老板来当面跟您说吧。

赫列斯塔科夫　叫老板来干什么？你去说去。

奥西普　可是,说实在的,少爷……

赫列斯塔科夫　好,去吧,给我快滚！去叫老板来。

〔奥西普下。

第 三 场

〔赫列斯塔科夫独自一人。

赫列斯塔科夫　真想吃点什么。我心想,出去走一走,会把这阵饿劲挺过去——谁知道不行,见鬼,还是挺不过去。是呀,我要是没有在边查把钱胡花一气,回家的盘缠总会够的。步兵上尉这家伙真把我害苦了,他打得一手好牌。只坐了一刻钟,就被他赢了个精光。可是,尽管输了钱,还真想跟他再见一见高下,可惜没有机会啦。这个小城真别扭!蔬菜店不肯赊账,哪怕买一点东西也得付现钱。简直卑劣透了。(吹口哨,起初吹《罗伯特》①里的一段,接着吹《你别给我缝,妈妈》,最后吹的是不知道什么曲子)下回谁都不愿意再上这儿来。

第 四 场

〔赫列斯塔科夫、奥西普和旅馆仆役。

仆役　老板打发我来,问您有什么事。
赫列斯塔科夫　老弟,你好!怎么样,身体不坏吧?
仆役　托老天爷的福。
赫列斯塔科夫　你们旅馆里怎么样?一切顺当吗?

---

① 即《魔鬼罗伯特》,德国作曲家梅耶贝尔(1791—1864)作的歌剧。

仆役　托老天爷的福,一切都好。

赫列斯塔科夫　客人多吗?

仆役　是,很不少。

赫列斯塔科夫　听我说,亲爱的朋友,直到现在还没有给我开饭,请你去催催,快点给我开饭——吃完了饭我还有事情要办。

仆役　可是老板说不再给开饭了。他今天一定要到县长那儿去控告。

赫列斯塔科夫　控告什么?你自己想,亲爱的朋友,这是打哪儿说起?我总得吃东西。这样下去,我会饿瘦的。我真想吃,我说这话可不是闹着玩的。

仆役　是的。他说:"前账未清,不给开饭。"这就是他的回答。

赫列斯塔科夫　你去劝劝,叫他通融通融。

仆役　对他说什么呀?

赫列斯塔科夫　你去给他认真把话讲明白了:我得吃东西。钱嘛,自然是……他以为,他这种乡下人一天不吃东西不要紧,别人就也跟他一样。这真是笑话!

仆役　好,我去说。

第 五 场

〔赫列斯塔科夫独自一人。

赫列斯塔科夫　他要是一点东西也不给吃,那就糟啦。从来还没有这样想吃过。要不,拿一件衣服出去弄点钱来?

把裤子卖掉,好不好?不,还是挨一点饿,总得穿着彼得堡的衣服回去才成。可惜约熙姆①不肯把马车租给我,他妈的,要不然坐着马车回家多威风呀,马车拉到隔壁地主家的台阶跟前,还点着灯,奥西普穿着号衣站在后面。我想大伙儿该吓昏了头:"谁?怎么回事?"仆人走进去:(挺直身子,扮作仆役的模样)"彼得堡来的伊凡·亚历山德罗维奇·赫列斯塔科夫,要不要接见?"他们这些粗人还懂得什么叫作"接见"!要是有个傻里傻气的地主到他们家里去,就像狗熊似的,一直往客厅里闯进去就是了。还可以走到漂亮的女儿面前,说:"小姐,我是多么……"(搓搓手,把脚碰一碰响)呸!(啐唾沫)我饿得真想吐。

第 六 场

〔赫列斯塔科夫、奥西普,后来仆役上。

赫列斯塔科夫　怎么样?
奥西普　饭端来了。
赫列斯塔科夫　(拍手,坐在椅子上微微跳动一下)端来了!端来了!端来了!
仆役　(拿来盘子和餐巾)老板说这是最后一次给您开饭。
赫列斯塔科夫　哼,老板,老板……我对你的老板啐唾沫!什么菜呀?

————————
① 当时彼得堡的马车制造匠。

仆役　汤和烤肉。

赫列斯塔科夫　怎么,只有两个菜?

仆役　只有两个菜。

赫列斯塔科夫　真是胡闹!这种饭我不能吃。你去对他说:这算是什么!……菜太少了。

仆役　不,老板说这还嫌多呢。

赫列斯塔科夫　怎么没有汁子?

仆役　没有汁子。

赫列斯塔科夫　为什么没有?我走过厨房,亲眼看见熬了许多汁子。今天早晨我还在饭厅里看见两个矮个子在吃鲑鱼,还吃许多别的东西。

仆役　有是有,可也许是没有。

赫列斯塔科夫　怎么没有。

仆役　是没有啊。

赫列斯塔科夫　那么,鲑鱼呢?鱼块呢?肉饼呢?

仆役　那是给高尚的客人预备的。

赫列斯塔科夫　你混蛋!

仆役　是。

赫列斯塔科夫　你这畜生……他们吃,为什么我不能吃?见鬼,为什么单单我就不能吃?难道他们不是和我一样的客人吗?

仆役　大家知道:不是一样的。

赫列斯塔科夫　那他们是些什么客人?

仆役　普通的客人!大家知道:他们付钱。

赫列斯塔科夫　我不想跟你这混蛋多废话。(盛了汤,吃起来)这算是什么汤?你干脆是把白水倒在碗里:一点味

307

道也没有,光有一股臭味。我不能喝这种汤,给我去换个汤来。

仆役　我拿回去。老板说:不吃就算了。

赫列斯塔科夫　(用手护着食物)好,好,好……留下吧,混蛋!你用这种态度对付别人惯了:老弟,我可不是那种人!我劝你别跟我来这一套……(吃)我的天,这是什么汤!(继续吃)我想,世界上还从来没有人吃过这样的汤。漂在面上的不是油,倒像是什么毛。(切鸡)唉,唉,唉,这是什么鸡!把烤肉拿来!汤还剩着一点,奥西普,你拿去喝了吧。(切烤肉)这也叫烤肉?这不是烤肉。

仆役　那是什么?

赫列斯塔科夫　鬼知道是什么,反正不是烤肉。这烤的不是牛肉,是烤斧头。(吃)骗子,无赖,他们拿什么东西给人家吃!吃这么一块,牙床骨都要咬痛了。(用手指挖牙缝)下贱东西!简直像树皮一样,拔都拔不出来,吃这么一顿饭,牙齿会变得乌黑的。骗子手!(用餐巾擦嘴)没有别的了吗?

仆役　没有了。

赫列斯塔科夫　无赖!下贱东西!只要给一点汁子或是馅饼也好呀。流氓!就是会敲客人的竹杠。

〔仆役把东西收拾好,拿了盘子和奥西普同下。

第 七 场

〔赫列斯塔科夫,后来奥西普上。

赫列斯塔科夫　这顿饭简直跟没吃一样;肚子反倒更饿了。要是有零钱,我就打发他到市场上去买个面包回来。

奥西普　(上)县长不知道有什么事情赶来啦,直在外边打听您哪。

赫列斯塔科夫　(吃了一惊)哎呀,这可糟啦!旅馆老板这个畜生真是把我告下了!真要是把我抓去坐牢可怎么好?要是客客气气叫我走,那还算是给我面子……不,不,我不去!街上来来往往的尽是些军官和老百姓,我在他们面前装模作样地摆过架子,还跟一个商人的女儿飞眼来着……不,我不能去。再说,他算老几?就凭他,怎么敢这样对待我?难道他把我看成商人或是手艺匠了吗?(振作精神,挺直了身体)我要直截了当地对他说:"您怎么敢,您怎么?……"(门的把手转了一下;赫列斯塔科夫脸色发白,身体蜷缩起来)

第 八 场

〔赫列斯塔科夫、县长和陀布钦斯基。县长走进来,站住。两人都惊惧地瞪出眼睛,互相对望了一会儿。

县长　(稍稍恢复常态,双手垂直)问候您好。

赫列斯塔科夫　（施礼）您好……

县长　原谅我来打搅您。

赫列斯塔科夫　不要紧。

县长　身为本城的县长，我的责任是留心不使过路客商和所有高尚的人们受到一点委屈……

赫列斯塔科夫　（起初有点结巴，但后来声音转洪亮）叫我有什么办法？……这不能怪我……账总要还的……乡下会把钱寄给我。（鲍布钦斯基往门缝里张望）都是他不好：给我吃的牛肉硬得像木头；汤呢，鬼知道他倒了些什么东西进去，我真应该把它泼到窗外边去。他叫我挨了好几天饿……茶水真奇怪，有一股子鱼腥味儿，连半点茶的味道也没有。我为什么要受这份罪……真是笑话。

县长　（害怕）对不起，这真不能怪我。我这儿市场上卖的都是上等牛肉。霍尔莫果尔斯克的商人运来的，他们都是些规矩的、行为端正的人。我不知道他从哪儿去弄来了这样的牛肉。假使有什么不称心……我斗胆奉劝尊驾搬到另外一个地方去住。

赫列斯塔科夫　不，我不要！我知道搬到另外一个地方去住是什么意思：那就是让我去坐牢。可是您有什么权力？您怎么敢？……我是……我是在彼得堡做官的。（振作精神）我，我，我……

县长　（旁白）噢，老天爷，他生这么大的气！他全都知道了，这些可恶的商人都告诉他啦！

赫列斯塔科夫　（勇气陡增）您就是把您的队伍都开到这儿来，我也不去！我直接找部长去！（用拳头擂桌子）您这是干什么？您这是干什么？

县长　（挺直身体，浑身发抖）您开开恩，饶了我吧！我还有老婆，几个年幼的孩子……别断了我的活路。

赫列斯塔科夫　不，我不要！你又跟我来这套啦！有我的什么事？因为您有老婆和孩子，我就得去坐牢，这可真妙透了！

〔鲍布钦斯基探头往门里一望，吓得躲了起来。

赫列斯塔科夫　不，谢谢您，我不要。

县长　（发抖）我办事没有经验，我实在是办事没有经验。钱不够用。请您替我想一想，我挣的官俸还不够买茶叶跟糖的。就说拿过点贿赂，那也是极微小的：收人家点吃的东西，做一套衣服。至于讲到下士的寡妇老婆，那个做小买卖的，说我打过她，那是造谣，实在是造谣。这都是一批对我怀恨在心的人捏造出来的！他们还想谋害我的性命呢。

赫列斯塔科夫　那又怎么样呢？我跟他们没有关系。（沉思）可我还是不懂您为什么要跟我提那些怀恨在心的人，或是什么下士的寡妇老婆……下士的老婆完全是另外一回事，可是我，您就不敢打。您还差得远哪……真胡闹！原来你倒是这样的人！……账要还的，账要还的，可是我这会儿没有钱。我住在这儿，就因为身边一个子儿也没有。

县长　（旁白）真是老奸巨猾！不知道他打的什么主意！撒下迷魂阵，把人都弄糊涂了！谁要是有本事，就来解解这个疑团吧。会闹得你晕头转向的。好啦，没法子，只得试一试再说！该怎么样就怎么样，碰碰运气吧。（出声）您要真是需要钱用，或是需要别的什么，我愿意立刻就给您办到。我的责任就是帮助过路客商。

赫列斯塔科夫　借给我钱,借给我钱,我这就去还清旅馆老板的账。我只要两百卢布,少一点也行。

县长　(送上钞票)正好是两百卢布,您连点都不用点了。

赫列斯塔科夫　(收钱)谢谢;我立刻从乡下把钱给您寄来,这一回我可真没有想到……我看出来您是一个高尚的人。往后,咱们就好说话了。

县长　(旁白)谢天谢地!把钱收下啦。现在事情好像有门了。我塞给他不是两百,是四百。

赫列斯塔科夫　喂,奥西普!

〔奥西普上。

赫列斯塔科夫　叫旅馆的仆人上这儿来一趟!(走向县长和陀布钦斯基)你们怎么站着?请坐。(向陀布钦斯基)请坐,请坐。

县长　不要紧,我们站一会儿。

赫列斯塔科夫　请坐,请坐。现在我才完全看出来您这个人性格直爽,待人又是殷勤体贴,老实说,刚才我还以为您上这儿来是要把我……(向陀布钦斯基)请坐。

〔县长和陀布钦斯基坐下。鲍布钦斯基往门缝里张望,偷听。

县长　(旁白)胆子大些。他要人家觉得他是来微服察访的。好,咱们就也跟他来个装糊涂;假装好像完全不知道他是什么人似的。(出声)我是为了职务上的需要,跟本地乡绅彼得·伊凡诺维奇·陀布钦斯基一块出来巡察的,我们特地到旅馆里来看看,招待过路客商是不是周到,因为我不像别处的县长,他们什么事都不管;我,我是除了职

312

务之外,还本着基督教的博爱精神,衷心愿望每一个人都能受到很好的款待,现在好像报答我这一番诚意似的,让我有机会荣幸地拜识了您。

赫列斯塔科夫　我也非常高兴。老实说,没有您帮忙,我就还得在这儿住上好些日子:我真不知道用什么来还清欠账呢。

县长　(旁白)哼,你尽管去说吧!不知道用什么来还清欠账!(出声)我斗胆请问一声:您是上哪儿,上什么地方去?

赫列斯塔科夫　我要上萨拉托夫省自己的村子里去。

县长　(旁白,脸上露出讥讽的神气)上萨拉托夫省去!啊?他倒一点也不脸红!噢,对付这家伙可得小心提防着点。(出声)您做得真对!说起旅行来呀,有人这么说:虽然在驿站上等换驿马叫人很不痛快,可是另一方面,倒也不失为消遣散心的一个好方法。您大概也是为了给自己解解闷气才出来旅行的吧?

赫列斯塔科夫　不,家父要我回去;我在彼得堡一直到现在还没有升过官,老头子气坏了。他以为一到彼得堡就能得到弗拉基米尔勋章的。真该叫他自己到衙门里去坐几天尝尝滋味。

县长　(旁白)你看他真会吹!连老父亲都扯上啦。(出声)您回去要住上许多日子吧?

赫列斯塔科夫　我真是说不上来。家父脾气顽固,蠢得像根木头,这老帮子。我要对他直截了当地说:随便您怎么说,反正离开彼得堡我就不能生活。真是的,我为什么要跟乡下人混在一块,埋没一辈子呢?现在,时代的需要不同;我的灵魂渴望着文明。

县长　（旁白）编得真像有那么回事! 睁着眼睛瞎吹,可是一点也不露出马脚来! 这么个貌不惊人的矮个子! 仿佛用手指甲都能把他掐死似的。别忙,我会叫你说出实话来。我要叫你给我多说上几句。（出声）您说得对极了:老待在偏僻的小地方,能干出个什么名堂来呢? 就拿这儿来说吧:夜晚不睡觉,为国辛劳,粉身碎骨都在所不惜,可是还不知道多咱才能够得到奖赏呢。（对房间里瞧了一眼）好像这间屋子有点发潮?

赫列斯塔科夫　这房间糟透啦,我在别处还从来没有见过这么多的臭虫:咬起人来,像野狗一样。

县长　真是的! 这么一位有教养的客人在受谁的罪啊? 叫臭虫给咬了,这些有害无益的臭虫根本就不应该生到世上来。仿佛这间房间还有点暗!

赫列斯塔科夫　是的,太暗了。老板有一种习惯,总不愿意给人拿蜡烛来。有时候想做点什么事,看看书,或是灵机一动,想写点什么:那就不行——暗呀,太暗了。

县长　斗胆请问您一声……可是不,我不配。

赫列斯塔科夫　什么事?

县长　不,不,我不配,我不配。

赫列斯塔科夫　到底怎么回事?

县长　那我就老着脸皮说吧……我家里有一间对您顶合适的房间,又敞亮,又清静……可是不成,我自己觉得,这份荣耀对我是太过分啦……您千万别生气。真的,我提出这个办法是出于一片至诚。

赫列斯塔科夫　哪儿的话,我倒是真愿意搬过去住呢。住在私人宅子里，可比耽搁在小旅馆里强得多。

县长　那我真是太高兴了。内人也会喜欢的。我有一种脾气，从小就好客，尤其是如果遇到一位有教养的客人的话。您别以为我说这些话是要恭维您。不，我没有这个毛病，我说的句句是真心话。

赫列斯塔科夫　谢谢。我也一样，我也是不喜欢口是心非的人。我很喜欢您的直爽劲儿和待人体贴入微的这份热情，老实说，我不要求别的，只要人家对我表示忠诚和尊敬，尊敬和忠诚。

第 九 场

〔前场人物和旅馆的仆役，后者由奥西普随伴着同上。鲍布钦斯基往门缝里张望。

仆役　您叫我？

赫列斯塔科夫　是的，把账单拿来。

仆役　我刚才又送来过一份账单。

赫列斯塔科夫　谁还记得你这些莫名其妙的账单。你说吧：多少钱？

仆役　您头一天叫了一份客饭，第二天只吃了一份鲑鱼，以后全是赊账。

赫列斯塔科夫　混蛋，你还要一项一项地报账！一共多少钱？

县长　您不用费心了，账让他回头再算。（向仆役）滚出去，钱会给你的。

赫列斯塔科夫　对，您说的对！（把钱藏起来）

〔仆役下。鲍布钦斯基往门缝里张望。

第 十 场

〔县长、赫列斯塔科夫、陀布钦斯基。

县长　您现在要不要去参观一下我们城里的一些机关,——譬方说,慈善医院和别的地方?

赫列斯塔科夫　那儿都有些什么可看的?

县长　您去看看我们事情办得怎么样……秩序好不好……

赫列斯塔科夫　好呀,我愿意去。

〔鲍布钦斯基把头伸进门来。

县长　您要是愿意,从那儿可以弯到县立学校去,看看教课的情况。

赫列斯塔科夫　好,好。

县长　然后,您要是愿意参观拘留所和监狱——您可以看看我们是怎样对待犯人的。

赫列斯塔科夫　看监狱干什么?我们还是去参观慈善医院好些。

县长　随您的便。您打算怎么样?坐您自己的马车,还是跟我坐一辆马车?

赫列斯塔科夫　最好我跟您坐一辆马车。

县长　(向陀布钦斯基)彼得·伊凡诺维奇,现在没有您的座位了。

陀布钦斯基　不要紧,我总有办法。

县长　(对陀布钦斯基轻声说)听我说:您赶快给我去跑一趟吧,拼命快点跑,给我送两张便条,一张交给慈善医院的泽姆略尼卡,另外一张交给我内人。(对赫列斯塔科夫)斗胆请您允许我在您面前写几个字给我内人,让她好准备准备接待贵宾。

赫列斯塔科夫　何必费心呢?……这儿有墨水,不过信纸,我不知道……写在这张账单上怎么样?

县长　就写在这上面吧。(一边写,一边自言自语)等他吃饱了喝足了,我们再来看看情况怎么样吧!我家里有省城运来的红葡萄酒,样子不好看,可是会把大象都给醉倒的。我就是想知道,他到底是个什么样的人,害怕他应该害怕到什么程度。(写完了信,把信交给陀布钦斯基,陀布钦斯基向门口走去,可是这时候突然门落了下来,偷听谈话的鲍布钦斯基随着门一起滚到舞台上。大家一齐惊呼。鲍布钦斯基站起来)

赫列斯塔科夫　怎么样,摔着了哪儿没有?

鲍布钦斯基　不要紧,不要紧,一点也没有什么妨碍,只是鼻子尖擦破了一点。我这就上赫利斯季阳·伊凡诺维奇那儿去,——他有一种药膏,敷上就会好的。

县长　(对鲍布钦斯基露出责备的神气,然后对赫列斯塔科夫)这不要紧。好,请吧!我来对您的跟班说,叫他把箱子搬过去。(对奥西普)朋友,你把行李搬到我家里去,县长的公馆——你只要问一声,谁都会指点给你看的。请吧!(让赫列斯塔科夫先走,自己跟在后面走出去,回过身来,又含有责备意味地对鲍布钦斯基说)你这个人呀!怎么偏偏在这个地方摔一跤!还摔了个元宝翻身,这成什么体统!(下;鲍布钦斯基跟下)

——幕落

第 三 幕

〔第一幕的房间。

第 一 场

〔安娜·安德烈耶芙娜和玛丽亚·安东诺芙娜仍旧采取同样的姿势站在窗前。

安娜·安德烈耶芙娜　已经等了整整一个钟头了,可你还是一个劲儿扭扭捏捏地打扮;衣服总算都穿好了吧,可是不成! 还要东找找西摸摸……你说的话我再也不要听啦。真急死人! 好像故意捣蛋似的,一个人影也不见! 好像都死绝了。

玛丽亚·安东诺芙娜　真的,妈妈,再过两分钟,一切都可以明白了。阿芙陀季雅这会儿就该来了。(望窗外,喊起来)啊,妈妈,妈妈! 有人来了,在街的那一头。

安娜·安德烈耶芙娜　在哪儿? 你总是疑神疑鬼的! 唔,是的,是有人走过来。来的人是谁呢? 身材不高……穿一件燕尾服……这是谁呢? 啊? 真憋闷死人啦! 这会是谁?

玛丽亚·安东诺芙娜　是陀布钦斯基,妈妈。

安娜·安德烈耶芙娜　什么陀布钦斯基?不知道你想到哪儿去了!完全不是陀布钦斯基。(挥手帕)喂,您上这儿来一趟!快点!

玛丽亚·安东诺芙娜　妈妈,真是陀布钦斯基。

安娜·安德烈耶芙娜　我看你是成心跟我抬杠。对你说:不是陀布钦斯基。

玛丽亚·安东诺芙娜　怎么样?怎么样,妈妈?您瞧:是陀布钦斯基。

安娜·安德烈耶芙娜　真是陀布钦斯基,现在我看见了!你总要跟我抬杠!(往窗外喊)快点,快点!您走得真慢。怎么样?他们在哪儿?啊?您就在外面讲好了,一样的。什么,人挺厉害吗?啊?我丈夫,我丈夫呢?(从窗前稍往后退,愤愤地)这人真蠢透了:不进屋,他就死不开腔!

第 二 场

〔前场人物和陀布钦斯基。

安娜·安德烈耶芙娜　您倒说说看:您好意思吗?我只信赖您一个人,把您看作正派人,可是大伙儿往外头一走,您也跟着溜了!我一直都找不到一个人可以问个底细。您不觉得害臊吗!我是您的两个孩子凡尼奇卡和李桑卡的教母,到头来,您倒这样待我!

陀布钦斯基　干亲家,我特地来给您请安,跑得连气都喘不过来了。问候您好,玛丽亚·安东诺芙娜!

玛丽亚·安东诺芙娜　您好,彼得·伊凡诺维奇!

安娜·安德烈耶芙娜　快告诉我,那边情况怎么样?

陀布钦斯基　安东·安东诺维奇送给您一张字条。

安娜·安德烈耶芙娜　来的是个什么样的人?将军吗?

陀布钦斯基　不,不是将军,可也不比将军差。有高度文化,举止傲慢。

安娜·安德烈耶芙娜　啊!那么,这就是人家写信向我丈夫提起的那个人。

陀布钦斯基　准是他没错儿。是我跟彼得·伊凡诺维奇一起首先发现的。

安娜·安德烈耶芙娜　快把事情一五一十地都告诉我,那边怎么样啦?

陀布钦斯基　谢天谢地,一切总算还顺利。起初他对待安东·安东诺维奇有点严厉:很生气,说旅馆里样样都不好,又说不愿意上他公馆里来,不愿意为他去坐牢;可是后来,看出安东·安东诺维奇没有恶意,他们俩越谈越对劲,立刻就改变了主意,谢天谢地,一切也就都顺当了。他们这会儿去参观慈善医院去啦……老实说,本来安东·安东诺维奇还以为有人去检举过;连我都有点害怕呢。

安娜·安德烈耶芙娜　您怕什么?您又没有做官。

陀布钦斯基　是这样的,您知道,大官说起话来,总叫人感到有点害怕。

安娜·安德烈耶芙娜　瞧您说的……不过,这全都是废话;您倒说说,他是什么样的长相?年纪老?还是年纪轻?

陀布钦斯基　是一个很年轻、很年轻的人:二十三岁左右;可是说话完全像个老头子。"好吧,"他说,"我先上那儿去,然后再上那儿去……"(挥手)说话可威风啦。他说:"我喜欢写写文章,看看书,可是真讨厌,屋子里暗了一点。"

安娜·安德烈耶芙娜　他的相貌怎么样？是深褐色的头发,还是金头发？

陀布钦斯基　宁可说是栗色的头发,眼睛像小野兽似的滴溜溜地直转,叫人看了心里发毛。

安娜·安德烈耶芙娜　字条上写的是什么？(念)"亲爱的,我急于要通知你,我的处境十分糟糕,但老天爷保佑,腌黄瓜两条,鱼子半碟,共计一卢布二十五戈比……"(停住)我一点也不明白:为什么这儿要写上腌黄瓜和鱼子？

陀布钦斯基　啊,安东·安东诺维奇百忙中随便抓到一张用过的纸,就把要说的话写在上面了,这是一张账单。

安娜·安德烈耶芙娜　唔,这就对了。(继续念下去)"但老天爷保佑,似可渡过难关。望速即为贵宾收拾房间,就是糊黄色花纸的那一间;不必添菜,因为我们将在阿尔捷米·菲里波维奇的慈善医院里吃饭。但酒需多预备一点。叫商人阿布杜林送最好的酒来;否则,我要把他的全部酒窖捣个稀烂。亲爱的,吻你的小手。安东·斯克伏兹尼克-德穆汉诺夫斯基……"哎哟,我的天！这可得赶紧办才好！喂,有人吗？米什卡！

陀布钦斯基　(跑过去,向门外喊)米什卡！米什卡！米什卡！

〔米什卡上。

安娜·安德烈耶芙娜　听我说:快给我跑到商人阿布杜林那

儿去一趟……等一等,我给你一张字条。(坐到桌子边,边写,边说)你把这张字条交给马夫西陀尔,叫他快去送给商人阿布杜林,把酒带回来。你现在就去把房间好好给客人拾掇拾掇。把床、洗脸盆等东西放好。

陀布钦斯基　安娜·安德烈耶芙娜,我现在要赶快跑去看看他视察得怎么样了。

安娜·安德烈耶芙娜　去吧,去吧,我不留您。

第 三 场

〔安娜·安德烈耶芙娜和玛丽亚·安东诺芙娜。

安娜·安德烈耶芙娜　玛宪卡①,我们现在得好好打扮打扮。他是京城来的人,可千万别让他见笑才好。你最好穿上你那件打小褶子的天蓝色的衣裳。

玛丽亚·安东诺芙娜　哼,妈妈,天蓝色的!我才不爱穿呢。略普金-贾普金太太也穿天蓝色的,泽姆略尼卡的女儿也穿天蓝色的。不,我最好还是穿带花的。

安娜·安德烈耶芙娜　带花的!……你就爱跟我闹别扭。你最好穿天蓝色的,因为我想穿那件淡黄色的。

玛丽亚·安东诺芙娜　哎呀,妈妈,您穿淡黄色的可不合适!

安娜·安德烈耶芙娜　我穿淡黄色的不合适?

玛丽亚·安东诺芙娜　不合适,我敢随便打什么赌,一定是不合适。要穿这种颜色的衣裳,眼睛得完全是黑的才配

───────
① 玛丽亚的爱称。

得上。

安娜·安德烈耶芙娜　好哇！我的眼睛不是黑的吗？顶顶黑的。你尽胡说！我平时总是用草头皇后算命①的,眼睛怎么会不是黑的呢？

玛丽亚·安东诺芙娜　哎呀,妈妈！您还是应该用红心皇后算命才对。

安娜·安德烈耶芙娜　胡说,简直是胡说！我决不能用红心皇后！（和玛丽亚·安东诺芙娜一起急下,在台后说话）亏你想得出！红心皇后！天知道你说的什么！

〔她们走后,门开了,米什卡把垃圾扫出来。奥西普头上顶着箱子,从另一门进来。

第 四 场

〔米什卡和奥西普。

奥西普　放在哪儿？
米什卡　这边,大爷,这边。
奥西普　等一等,先让我歇一会儿。唉,真是过的倒霉日子！空着肚子,随便搬什么东西都会觉得重的。
米什卡　大爷,将军快来了吗？
奥西普　什么将军？
米什卡　就是您那位东家。

---

① 俄俗做纸牌游戏,可以用纸牌来算命。黑眼黑发女郎照例用草头皇后算命。

奥西普　我们东家？他是什么将军？

米什卡　那么难道他不是将军？

奥西普　将军，那要看你怎么看了。

米什卡　这是怎么说？比真正的将军大呢，还是小？

奥西普　大。

米什卡　原来是这样。怪不得这儿宅里头忙得这样乱糟糟的呢。

奥西普　听我说，小伙子：我看你是一个机灵能干的人，你去给我弄点东西来吃吧。

米什卡　吃的东西还没有给您预备好，大爷。现成的菜您是不会要吃的，回头你们东家坐下来吃饭的时候，自然您也会有同样的一份。

奥西普　唔，你们有什么现成的菜呢？

米什卡　菜汤，粥，馅饼。

奥西普　就拿这个来吧，菜汤、粥跟馅饼！没关系，我什么都吃。好啦，咱们把箱子抬进去吧！怎么，那儿有另外一扇门吗？

米什卡　有。

〔两人把箱子抬入邻室。

第 五 场

〔警察们大开正门。赫列斯塔科夫上；紧跟在他后面的是县长，随后是慈善医院院长、督学、陀布钦斯基和鼻子上贴着膏药的鲍布钦斯基。县长对警察指指地上的一张纸条——他们跑过去，互相争先恐后地推挤着，把它拾起来。

赫列斯塔科夫　这些慈善医院办得很好。你们能够领过路的客人到城里各处参观,这一点我很满意。别的城里可哪儿也没有领我去看过。

县长　我斗胆回您的话,别处的县长和一般的官吏只是想到自己的那点利益。可是我这儿呢,可以这么说,除了整顿秩序,勤奋办事,报答上司的盛意之外,是别无其他企图的。

赫列斯塔科夫　刚才那顿饭吃得很不坏,我真是吃得太饱了。你们每天都吃这样的伙食吗?

县长　这是特地为贵宾预备的。

赫列斯塔科夫　我喜欢吃。活着就为的是享受嘛。我们吃的那个鱼叫什么?

阿尔捷米·菲里波维奇　(趋前几步)是咸鳕鱼,您哪。

赫列斯塔科夫　味道很好。我们在哪儿吃的饭?是在医院里吗?

阿尔捷米·菲里波维奇　是,您哪,在慈善医院里。

赫列斯塔科夫　我记得,我记得,还有几张病床。病人都恢复健康了吗?那儿病人好像并不多。

阿尔捷米·菲里波维奇　剩下的只有十来个人,再不会多;其余的都恢复健康了。事情就是这样,这已经成了惯例了。自从我就任以来——说起来您大概不会相信,——所有的病人就像一群苍蝇似的,一下子都好了。病人还没有来得及进医院,病已经全好了,这与其说是医药的功效,还不如说是一片诚意和秩序起的作用更大些。

县长　我斗胆回您的话,县长的职务可真是伤脑筋!单说清

325

洁、修理、改善,就得费多少事! ……总而言之,就是最聪明的人也会感到无能为力的,可是我这儿呢,托老天爷的福,一切都很顺利。当然,别的县长一心一意只想到自己的利益;可是,您信不信,我呢,我甚至在躺下睡觉的时候,也总是想:"老天爷啊,怎么才能够做到让上司知道我在勤奋办事,让他老人家感觉满意呢?……"上司奖赏不奖赏我,那自然要看他老人家的意思,至少我会感到于心无愧。只要做到城里秩序井然,街道打扫得干干净净,囚犯受到很好的处理,醉汉减少……那我还要求什么呢?真的,我也不贪图什么名利。当然,名利是诱人的,可是跟美德比起来,这一切都轻如尘芥,于我如浮云。

阿尔捷米·菲里波维奇 (旁白)嘿,这无赖,说得真是天花乱坠!天生成他有这样大的本领!

赫列斯塔科夫 那敢情是呀。老实说,我有时候也喜欢发点议论:有时候来一篇散文,诗兴勃发起来就写一首诗。

鲍布钦斯基 (对陀布钦斯基)对,说的可真对,彼得·伊凡诺维奇。这些意见真是精辟极了……看得出他是一位有学问的人。

赫列斯塔科夫 请您告诉我:你们这儿有什么消遣没有,比方说,有没有可以打打牌的地方?

县长 (旁白)嗷,伙计,我知道你问这话安的是什么心眼!(出声)这可绝对没有!我们这儿没听说过有这种地方。我从来都没有摸过牌!连牌是怎样打法也不知道。我一看见牌就发急;要是看见一张红方块的老K或是别的什么牌,心里就说不出的不痛快,简直要啐唾沫。有一回,逗孩子们玩,用纸牌搭了一间小房子,后来做了整整一夜乱梦,尽梦见这些讨厌的纸牌。去它们的吧! 怎么能把宝贵的时间浪费在这种事情上面呢?
鲁卡·鲁基奇　（旁白）可是,这坏蛋昨天还赢了我一百卢布。
县长　我还不如利用这时间去为国家多办点事。
赫列斯塔科夫　不过,您这话也不一定……一切都得看你是怎么去看这些问题。比方说,如果在应该加赌注的时候,你倒退缩不前……那当然是……不,话可不能那么说,有时候玩两局也是挺有趣的。

第 六 场

〔前场人物,安娜·安德烈耶芙娜和玛丽亚·安东诺芙娜。

县长　让我来介绍介绍敝眷:贱内和小女。
赫列斯塔科夫　（施礼）太太,我有机会见到您,真是荣幸。
安娜·安德烈耶芙娜　我们能够见到您这样的贵宾,更是觉得愉快。
赫列斯塔科夫　（装模作样）太太,完全相反:我更是觉得愉快。
安娜·安德烈耶芙娜　那怎么能够呢! 您是因为客气才这么说的。请坐。
赫列斯塔科夫　在您身边站一会儿就已经是莫大的幸福;不过,您要是一定叫我坐,我就坐。我终于能够挨着您的身边坐下,我是多么幸福啊!

327

安娜·安德烈耶芙娜　您说这些话我是不敢当的……我想您在京城里住惯了,出门旅行会觉得很不愉快的。

赫列斯塔科夫　非常不愉快。过惯了社交界的生活,您明白不明白①,忽然出门旅行:住的是肮脏的小旅馆,遇见的全是些愚昧无知的人……老实说,假使没有今天这样的一个机会……(端详安娜·安德烈耶芙娜,在她面前装模作样)使我的一切烦恼得到报偿的话……

安娜·安德烈耶芙娜　真是的,您该会感到多么不愉快!

赫列斯塔科夫　不过,太太,我这会儿感到非常愉快。

安娜·安德烈耶芙娜　那怎么能够呢!您太客气了。我不敢当。

赫列斯塔科夫　有什么不敢当?太太,您当之无愧。

安娜·安德烈耶芙娜　我们住在乡下……

赫列斯塔科夫　是呀,不过,乡下也有山有水,别有风趣……当然,怎么能够拿乡下跟彼得堡比!提起彼得堡来呀!那真是什么样的生活!你们也许当我只是给人家誊写誊写的;才不呢!处长跟我的交情可深啦。他总是这样拍拍我的肩膀,说:"老弟,你来吃饭呀!"我到部里去,只去两分钟,把事情交代一下:这个怎么做,那个怎么做!另外有个文牍员,像只耗子似的,只是拿起笔来,嗖,嗖……地写。本来就要把我实授八品文官,可是我心想,这又何必呢。那个看门人拿着刷子在楼梯上追我,对我说:"伊凡·亚历山德罗维奇,我来给您刷靴子。"(对县长)诸位,你们为什么站着?请坐呀!

---

①　原文为法语。

县　　　　　长 ｝　　　官卑职小，站着伺候大人。
阿尔捷米·菲里波维奇 ｝（同时）我们站一会儿。
鲁　卡·鲁　基　奇 ｝　　　请您别费心吧。

赫列斯塔科夫　不必拘礼节。请坐。（县长和众人都坐下）我不喜欢讲究礼节。恰恰相反，我甚至是竭力、竭力要做到不让人家注意我。可是怎么也躲不过，简直是不成呀！我一走到哪儿，大家就说："瞧，伊凡·亚历山德罗维奇来啦！"有一回，人家甚至把我当成了总司令：士兵们从卫兵室里跑出来，向我举枪敬礼。事后一个跟我很熟的军官对我说："老弟呀，我们真把你当成总司令啦。"

安娜·安德烈耶芙娜　说得多有意思！

赫列斯塔科夫　我认识许多漂亮的女演员。我还编写过许多通俗笑剧……我跟文学家们常常见面。普希金跟我很有交情，我常常对他说："怎么样，普希金老兄？""没有什么，老弟，"他回答我，"仍旧是老样子……"真是个大怪物。

安娜·安德烈耶芙娜　您还写文章吗？当个作家该是多么有意思呀！您大概也在杂志上发表文章吧？

赫列斯塔科夫　是的，我也在杂志上发表文章。不过，我的作品可多啦：《费加罗的婚姻》①，《魔鬼罗伯特》②，《规范》③。还有些什么，我连题目都记不得了。并且，这些东西都是偶然写成的：我不想写，可是戏院经理说："老弟呀，随便给写点什么吧。"我心想："好，写就写一个

---

① 法国剧作家博马舍（1732—1799）所写的喜剧。
② 德国作曲家梅耶贝尔（1791—1864）作的歌剧。
③ 意大利作曲家贝利尼（1801—1835）作的歌剧。

吧！"于是一挥而就，只花了一夜工夫就写成了，叫大家吃了一惊。我的文思来得特别快。所有用布朗贝乌斯男爵①笔名写的东西，《战船希望号》②和《莫斯科电讯报》③……全是我写的。

安娜·安德烈耶芙娜　那么，您敢情就是布朗贝乌斯吗？

赫列斯塔科夫　那还用说！我给他们所有的人修改文章。斯米尔津④为这个给我四万卢布。

安娜·安德烈耶芙娜　那么，《尤里·米洛斯拉夫斯基》一定也是您的大作。

赫列斯塔科夫　是呀，是我的作品。

安娜·安德烈耶芙娜　我立刻就猜着了。

玛丽亚·安东诺芙娜　哎呀，妈妈，书上写着是札果斯金先生的作品。

安娜·安德烈耶芙娜　你又来啦！我准知道你又要跟我抬杠。

赫列斯塔科夫　唉，对呀，说的对，那的确是札果斯金写的！可是还有另外一本《尤里·米洛斯拉夫斯基》，那本是我写的。

安娜·安德烈耶芙娜　我读的一定是您写的那本。写得真是太好了！

赫列斯塔科夫　老实说，我是靠文学写作为生的。我的房子

---

① 布朗贝乌斯男爵是《读书文库》主编森科夫斯基的笔名。
② 玛尔林斯基（1797—1837）写的一篇中篇小说。
③ 一八二五年由波列伏依（1796—1846）创刊的一种杂志，一八三四年被尼古拉一世所禁。
④ 当时彼得堡著名的书商，《读书文库》杂志就是他出资办的。

在彼得堡是数一数二的。一提起伊凡·亚历山德罗维奇的公馆,谁都知道。(面向众人)诸位,几时到彼得堡去,请到舍间来玩玩。我家里也举行舞会。

安娜·安德烈耶芙娜　我想,那边举行的舞会该是多么高雅而且富丽堂皇啊。

赫列斯塔科夫　那就不用说啦。比方说,桌上放着一只西瓜——那西瓜就值七百卢布。汤是装在锅子里一直打巴黎用轮船运来的;一揭开盖,那股蒸气呀,你在自然界里简直是无法看到的。我每天都参加舞会。我们几个人还打惠斯特牌:有外交总长,法国公使,英国公使,德国公使和我。一打牌,总是打得精疲力竭,累得不成话。顺楼梯跑到四层楼我的房间里去,只要对女厨子说一声:"喂,玛芙鲁什卡,把外套拿去"……我胡扯些什么,我忘了,我是住在二层楼上①。我家里光说楼梯就值……早晨我还没醒,你看一看我家里的接待室,那可真有意思:伯爵啦,公爵啦,挤来挤去,像蜜蜂似的嗡嗡地叫,你只听得:嗡,嗡,嗡……有时候还有部长……(县长和其余的人们胆怯地从椅子上站起来)甚至在送给我的公函上写着:"大人阁下"。有一回,我甚至还当上了局长。这件事说起来也很奇怪:前任局长走掉了,走到哪儿去了呢,谁都不知道。自然大伙儿就纷纷议论起来:怎么办?谁来接替他的位置?许多将军都想谋这个缺,接过来干了几天,不成,干不了。看来容易做来难啊!后来实在没有办法,就来求教于我。那时候街上全是些信使,信使,信使……

～～～～～～～～～
① 俄国旧俗:阔人都住在二层楼上,不住四层楼。

331

你们想一想：光是信使，就有三万五千人！这局面多大呀，我请问你们？"伊凡·亚历山德罗维奇，请您当局长吧！"老实说，我有点为难，穿着睡衣走出来；本来打算谢绝不干的，可是再一想，事情闹得皇上知道了可不大好；再说，履历单上有这条也好看些……"好吧，诸位，我答应接受这个职位，"我说，"就这么办，我答应啦。不过，我遇到违法乱纪的事情是绝不容情的！……我的耳朵尖得很！我可要……"真的，我走过办公厅，就跟地震一样，大伙儿吓得像树叶似的直打哆嗦。（县长和其余的人吓得瑟缩发抖。赫列斯塔科夫越说越带劲）噢！我可不喜欢打哈哈。我给了他们所有的人严厉的警告。连内阁会议都怕我。这是为什么？就因为我是这样的一个人！我对谁都不留情面……我对大家说："我要怎么办就能怎么办。"我到处都吃得开。我每天进宫。说不定明天就会把我提升做元帅……（一滑，差点摔倒在地上，但被官员们恭而敬之地搀扶了起来）

县长　（走近前去，浑身打战，使出吃奶的劲要说话）大——大——大……

赫列斯塔科夫　（用迅速急遽的声音说）什么事？

县长　大——大——大……

赫列斯塔科夫　（用同样的声音说）一点也听不懂，真胡闹。

县长　大——大——大……大人，您是不是要休息一下？……那边有一间房间，一切都给您预备好了。

赫列斯塔科夫　胡说，休息什么。好吧，休息一下也好。诸位，你们请我吃的这顿饭很好……我满意，我满意。（用吟诵的调子）咸鳕鱼！咸鳕鱼！（走进侧室，县长跟下）

第 七 场

〔前场人物,除开赫列斯塔科夫和县长。

鲍布钦斯基 (对陀布钦斯基)彼得·伊凡诺维奇,这才是场面上的人。大人物就是指这种人说的。一辈子从来没有见过这样重要的人物,差点把我吓昏了。彼得·伊凡诺维奇,论起官衔来,您以为他是什么样的身份?
陀布钦斯基 我想恐怕是一位将军。
鲍布钦斯基 我觉得将军做他的鞋底都不配!要是将军的话,起码也是个大元帅。听见了没有:他还给内阁会议过不去呢。走吧,咱们快去讲给阿莫斯·费约陀罗维奇和柯罗布金听。再见,安娜·安德烈耶芙娜。
陀布钦斯基 再见,干亲家。

　　〔二人下。

阿尔捷米·菲里波维奇 (对鲁卡·鲁基奇)真可怕。怕什么,我自己也不知道。我们衣冠不整,连制服都没有穿。睡醒了就该上彼得堡去检举了吧?(带着沉思的神气和督学一起走出去,边走边说)再见,太太。

第 八 场

〔安娜·安德烈耶芙娜和玛丽亚·安东诺芙娜。

安娜·安德烈耶芙娜 哎呀,多么可爱的人!

玛丽亚·安东诺芙娜　哎呀！真讨人喜欢！

安娜·安德烈耶芙娜　举止多么文雅！一眼就可以看出来他是京城里的人。待人接物的态度，一切的一切……哎呀，多么好！我真爱这样的年轻人！我简直着了魔啦。不过，他也很喜欢我：我看见他老是拿眼睛瞟我。

玛丽亚·安东诺芙娜　哎呀，妈妈，他直瞟我。

安娜·安德烈耶芙娜　别胡扯了！你说这些话真没有道理。

玛丽亚·安东诺芙娜　不，妈妈，真的！

安娜·安德烈耶芙娜　又来了！不准你跟我顶嘴！不准就是不准！他哪儿看过你呢？再说，他为什么要看你？

玛丽亚·安东诺芙娜　真的，妈妈，他一直是在看我。谈论文学的时候，看了我一眼，后来讲到跟公使们打惠斯特牌，又看了我一眼。

安娜·安德烈耶芙娜　也许看了你一两眼，那也不过是随便看看。他心里想："啊，我好歹得看她一眼！"

第 九 场

〔前场人物和县长。

县长　（踮起脚走进来）嘘……嘘……

安娜·安德烈耶芙娜　怎么啦？

县长　我后悔真不应该灌他的酒。他说的话只要一半是真的，可怎么得了？（深思）他这个话还能假吗？人喝醉了，心事就会和盘托出。心里有什么，嘴上就会说什么。当然，多少得撒点谎。可是，不撒谎，就什么话都说不成啦。他陪总长们打牌,还时常进宫去……真是越想心里就越是……头脑昏昏沉沉的,就像是站在钟楼上,或是有人要绞死你一样。

安娜·安德烈耶芙娜　我倒一点也不觉得胆怯,我只看出他是个很有教养、温文尔雅的上流社会的人,他的官衔跟我不相干。

县长　你们究竟是——女人!只要说这两个字就够了!你们女人把一切事情都看成无所谓!随时都会说出一两句不知轻重的话来。人家顶多给你们个钉子碰也就完啦,可是丈夫就有苦头吃啦。宝贝,你对待他就像对待陀布钦斯基一样随便。

安娜·安德烈耶芙娜　这一层你尽管放心。我们总有办法的……(目视女儿)

县长　(自言自语)跟你们有什么话可说!……真是无妄之灾啊!我吓得到现在还没有能清醒过来。(开门,向门外说话)米什卡,叫警察斯维斯杜诺夫和杰日莫尔达进来。他们就在门外不远的地方。(沉默片刻后)现在世上尽出些怪事:要是相貌魁伟,倒也还罢了,可他是又干、又瘦——怎么能够知道他是个什么人呢?军人还能看得出来,可是一穿上燕尾服,那就像剪去了翅膀的苍蝇一样。刚才还在旅馆里装模作样跟我蘑菇了半天呢。尽说些隐语和不着边际的话,叫人一辈子也甭想琢磨得透他是什么意思。后来总算露出了口风。可还是说了许多莫名其妙的话。一看就知道是个初出茅庐的年轻人。

第 十 场

〔前场人物和奥西普。大家伸手招呼,跑过去迎接他。

安娜·安德烈耶芙娜　你这儿来!
县长　嘘……怎么?怎么?睡着了吗?
奥西普　还没有睡,伸了几下懒腰。
安娜·安德烈耶芙娜　你叫什么名字?
奥西普　奥西普,太太。
县长　(对妻子和女儿)你们算了,算了!(对奥西普)怎么样,朋友,饭吃得还好吗?
奥西普　吃过了,谢谢;吃得很好。
安娜·安德烈耶芙娜　我想,一定有许多伯爵和公爵去拜望你们东家吧?
奥西普　(旁白)我还能说什么!现在给我吃得好,以后还会给我吃得更好。(出声)是呀,伯爵们常来。
玛丽亚·安东诺芙娜　好奥西普,你们东家多漂亮啊!
安娜·安德烈耶芙娜　你说说,奥西普,你们东家是怎么的……
县长　别说了吧!尽说些空话,跟我捣乱。怎么样,朋友?……
安娜·安德烈耶芙娜　你们东家是什么官衔?
奥西普　普通的官衔。
县长　哎呀,我的老天爷,你们尽问一些蠢话!简直不让我说一句正经的话。喂,朋友,你们东家怎么样?……很厉害吗?喜欢不喜欢骂人?

奥西普　是呀,他喜欢奉公守法。在他手下办事,一切都得清清楚楚……

县长　我倒是挺喜欢你这张脸!朋友,你准是个好人。唔,怎么样……

安娜·安德烈耶芙娜　我问你,奥西普,你们东家在那边是怎么样的,穿制服吗?……

县长　算了吧,你们这两个碎嘴子!这儿有要紧的事情。关涉到一个人的死活……(对奥西普)唔,朋友,我实在是喜欢你。出门在外,不妨多喝几杯茶;天气现在有点冷啦。这两块卢布你留着喝茶吧。

奥西普　(接钱)谢谢您。老天爷保佑您长命百岁!您真是太给穷人帮忙了。

县长　好,好,我也挺高兴。怎么样,朋友……

安娜·安德烈耶芙娜　我问你,奥西普,你们东家顶喜欢什么样的眼睛?

玛丽亚·安东诺芙娜　好奥西普!你们东家有一个多么可爱的鼻子!

县长　等一等,让我再问他一件事!……(对奥西普)怎么样,朋友,你说说:你们东家最注意什么,也就是说,他一路上最喜欢的是什么?

奥西普　他喜欢什么,那得看情况来说。他最喜欢的是受到人家殷勤的接待,吃顿好饭。

县长　吃顿好饭?

奥西普　是的,吃顿好饭。——就说我吧,我算什么,不过是人家一个使唤的下人,可是他也处处照顾我,要我日子过得舒服。确实的!我们随便走到什么地方,他总是问我:"怎么样,奥西普,给你吃得好吗?""不好,大人!""嗐,"他说,"这个主人不好。回到家里,你提醒我一声。""啊,"我心想,(把手一挥)"跟人家算这个账干什么呢!我是一个普通人。"

县长　好,好,你说得有理。我刚才给你茶钱,现在再拿点去,买面包吃。

奥西普　干吗又赏钱,大人?(把钱藏起来)那么,让我喝一杯祝您的健康吧。

安娜·安德烈耶芙娜　奥西普,你上我这儿来,我也有赏。

玛丽亚·安东诺芙娜　好奥西普,你去吻一下你们东家!

〔邻室传出赫列斯塔科夫轻微的咳嗽声。

县长　嘘!(踮起脚。台上大家用低声说话)别吵啊!回屋里去吧!你们吵得够了……

安娜·安德烈耶芙娜　走吧,玛宪卡!我来告诉你,我发现了客人身上一点什么,这是只有咱们俩私下才能够说的。

县长　噢,她们凑到一块,又该扯不完了!你要是去听她们说些什么,准会烦得你把耳朵塞起来的。(转向奥西普)那个,朋友……

第十一场

〔前场人物,杰日莫尔达和斯维斯杜诺夫。

县长　嘘!你们这两个笨手笨脚的狗熊,干吗把皮靴踩得嘎噔嘎噔响！横冲直闯的，就像从货车上卸下来四十普特重的东西似的！你们躲到哪儿去了？

杰日莫尔达　按着您的吩咐……

县长　嘘！（捂住他的嘴）呱呱的像乌鸦叫！（学他的口气）按着您的吩咐！像只破桶似的吼什么！（对奥西普）你去吧，朋友，去给你们东家预备预备他需要的东西。家里有的东西，你尽管要就是了。（奥西普下）你们——站到台阶上去，一动也别动！闲人不许放进来，特别是那些商人！只要放进一个，那你们就……看见有来递状子的，或者即使没有带着状子，但看样子是要来告我的，你们就掐住脖子把他推出去！像这样！把他重重的！（用脚示意）懂了没有？嘘……嘘……（踮起脚随警察们下）

第 四 幕

〔县长家的同一间房间。

第 一 场

〔阿莫斯·费约陀罗维奇、阿尔捷米·菲里波维奇、邮政局长、鲁卡·鲁基奇、陀布钦斯基和鲍布钦斯基穿着整齐的制服,谨慎小心地踮着脚上。整场戏都用低声说话。

阿莫斯·费约陀罗维奇 （把大家排成半圆形）看在上帝的分上,诸位,赶快排成圆圈,还得整齐点！真是个了不起的人哪:时常进宫,还把内阁会议申斥了一通！按军队的规矩排好,一定得按军队的规矩！彼得·伊凡诺维奇,您从这边跑过去,彼得·伊凡诺维奇,您站在这儿。

〔两个彼得·伊凡诺维奇踮起脚跑。

阿尔捷米·菲里波维奇 不管您怎么说,阿莫斯·费约陀罗维奇,咱们总得想个办法才好。
阿莫斯·费约陀罗维奇 什么办法？
阿尔捷米·菲里波维奇 大家都知道是什么办法。

阿莫斯·费约陀罗维奇　塞钱？

阿尔捷米·菲里波维奇　是啊,总得塞点钱。

阿莫斯·费约陀罗维奇　那可有点危险!人家是一位政府大员,他会大嚷大叫起来的。倒不如用贵族团的名义送给他一笔钱,修个什么纪念碑。

邮政局长　或者就说是:"有人把一笔款子寄到邮政局,没有收款人的地点。"

阿尔捷米·菲里波维奇　留神,别让他打个邮包把您寄到什么遥远的地方去吧。你们知道,文明国家是不兴这么办事的。我们耗在这儿干吗?应该一个个单独去参见,面对面谈一谈……该怎么办就怎么办,——可千万别让旁人听见。在文明社会里,就是这么办事的。阿莫斯·费约陀罗维奇,您头一个先去吧。

阿莫斯·费约陀罗维奇　还是您先去:贵宾在您的医院里吃过饭。

阿尔捷米·菲里波维奇　鲁卡·鲁基奇是青年的导师,还是您先去。

鲁卡·鲁基奇　不行,不行,诸位。说实话,我养成了这样一种脾气:只要跟官职比我高一级的人谈话,我就吓得灵魂出窍,舌头像粘住了烂泥似的不能动弹。诸位,饶了我吧,真的饶了我吧!

阿尔捷米·菲里波维奇　是的,阿莫斯·费约陀罗维奇,这件事非您不可。您随便讲一件什么事,总是口若悬河,好比西塞罗[1]再生一样。

---

[1]　西塞罗(前106—前43),罗马政治家,演说家。

阿莫斯·费约陀罗维奇　开什么玩笑！您说什么：西塞罗！亏您想得出！我有时候说话是有点兴奋,那是当我讲到看家狗或是猎狗的时候……

众人　（缠住他）不,您不但会讲狗,还会说得天花乱坠呢……阿莫斯·费约陀罗维奇,您别一甩手把我们扔下不管。您是我们的救星！……您答应呀,阿莫斯·费约陀罗维奇！

阿莫斯·费约陀罗维奇　别缠我,诸位！

〔这时候,赫列斯塔科夫的房间里传来了脚步声和咳嗽声。大家争先恐后地往门那边跑去,推推挤挤,抢先要出去,结果不免挤着了什么人。有人发出低微的叫唤声。

鲍布钦斯基的声音　噢,彼得·伊凡诺维奇,彼得·伊凡诺维奇！踩了我的脚了！

泽姆略尼卡的声音　让开,诸位,别挤我,真挤死人了！

〔发出了几声"喔唷！喔唷！"的叫唤声,终于大家挤了出去,房间里阒无一人。

第 二 场

〔赫列斯塔科夫独自一人睡眼惺忪地上。

赫列斯塔科夫　我好像是睡了一大觉。他们打哪儿弄来这么多的褥子和鸭绒被？我甚至都出汗了。昨天那顿饭他们一定灌我喝了点什么,直到现在脑袋还发涨哩。我看,在这地方待下去,日子倒可以过得挺舒服。我喜欢殷勤的款待,说实话,人家请我吃饭,假使不是图利,而是出于一片至诚,那我就更高兴。县长的女儿长得不坏,母亲也还可以……不,我不知道,可是我真是喜欢这种生活。

第 三 场

〔赫列斯塔科夫和阿莫斯·费约陀罗维奇。

阿莫斯·费约陀罗维奇 (走进来,站住,自言自语)天哪,天哪!保佑我万事顺利吧!我的膝盖直打哆嗦。(身体挺直,按剑,出声)当地县法院法官,八品文官略普金-贾普金进见。

赫列斯塔科夫 请坐。您是当地的法官?

阿莫斯·费约陀罗维奇 从一八一六年起,经贵族团推荐,本来任期是三年,但一直任职到现在。

赫列斯塔科夫 当法官很有出息吧?

阿莫斯·费约陀罗维奇 九年担任此职,蒙上峰嘉奖,颁赐我四等弗拉基米尔勋章。(旁白)钱捏在手里,像捏着一团火。

赫列斯塔科夫 我喜欢弗拉基米尔勋章。三等安娜勋章就不怎么样。

阿莫斯·费约陀罗维奇 (把捏紧的拳头稍向前伸出。旁白)老天爷,我不知道是坐在哪儿。就像是坐在炭盆上一样。

赫列斯塔科夫 您手里拿的什么?

阿莫斯·费约陀罗维奇 (张皇失措,钞票落在地上)没什么。

赫列斯塔科夫　怎么没什么？我看见钱掉在地上了。

阿莫斯·费约陀罗维奇　（浑身打战）决没有的事。（旁白）天哪,我要去吃官司了！囚车已经开过来抓我了。

赫列斯塔科夫　（拾钱）是的,是钱。

阿莫斯·费约陀罗维奇　（旁白）这下子可真糟糕：完了！完了！

赫列斯塔科夫　怎么样,把这笔钱借给我吧……

阿莫斯·费约陀罗维奇　（急忙说）当然……我非常高兴。（旁白）勇敢些,勇敢些！圣母,帮帮忙！

赫列斯塔科夫　您知道,我在路上东花西花把钱花光了……不过,我一到乡下准就给您寄来。

阿莫斯·费约陀罗维奇　您说哪儿的话！这一点算什么！您肯收下,就是我无上的光荣……当然,我是竭尽微力,凭着热忱和勤奋,要给上司……效劳……（从椅子上站起来,身体挺直,双手垂直）我不敢再惊吵您。您有什么命令吗？

赫列斯塔科夫　什么命令？

阿莫斯·费约陀罗维奇　我的意思是说,您对当地的县法院有什么命令没有？

赫列斯塔科夫　那是为什么？我现在用不着它；不,没有什么。谢谢。

阿莫斯·费约陀罗维奇　（鞠躬而退,旁白）好了,这小城算是咱们的天下了！

赫列斯塔科夫　（在他走后）法官是一个好人。

第 四 场

〔赫列斯塔科夫和邮政局长,后者穿制服上,身体挺直,按剑。

邮政局长　邮政局长,七品文官什彼金进见。
赫列斯塔科夫　啊,请进来。我很喜欢交有趣的朋友。请坐。您一直都在这儿住吗?
邮政局长　是。
赫列斯塔科夫　我很喜欢你们这个城市。当然,人口不多——那有什么关系?这儿不是京城。您说对不对,这儿不是京城?
邮政局长　对极了。
赫列斯塔科夫　你只有在京城里才能够看到优雅的风度,那儿没有土佬儿。您的意见怎么样,对不对?
邮政局长　对。(旁白)人倒是挺和气,一点架子也没有;什么事情都要问长问短地问。
赫列斯塔科夫　我想您也该承认,在小城里日子也能过得挺舒服?
邮政局长　一点也不错。
赫列斯塔科夫　照我看,什么是最必要的呢?最必要的就是得让人家尊敬你,真心诚意地爱你——不对吗?
邮政局长　对,对极了。
赫列斯塔科夫　说实话,我很高兴您跟我意见一样。当然,有人把我叫作怪人,可是我天生就是这样的脾气。(直望着他,自言自语)让我来问这个邮政局长借点钱!(出声)您说这个事情有多么意外:我在路上把钱都花光了。您能不能借给我三百卢布?

邮政局长　当然可以!我认为这是我莫大的幸福。请收下吧。我打心坎里愿意为您效劳。

赫列斯塔科夫　谢谢。老实说,我顶不喜欢旅行的时候省吃俭用,刻苦自己——那又何必呢?对不对?

邮政局长　对。(站起来,身体挺直,按剑)我不敢再惊吵您……您对邮政局有什么指示没有?

赫列斯塔科夫　没有,没有什么。

〔邮政局长鞠躬,下。

赫列斯塔科夫　(抽雪茄)我觉得邮政局长也是一个很好的人。至少,他很亲切,我喜欢那样的人。

第 五 场

〔赫列斯塔科夫和鲁卡·鲁基奇,后者几乎是被人从门外推进来的。在他背后,可以听见清晰可闻的声音:"为什么这么胆小?"

鲁卡·鲁基奇　(微带战栗地把身体挺直,按剑)督学,九品文官赫洛波夫进见。

赫列斯塔科夫　请进来。请坐,请坐。要不要抽一支雪茄?

(递给他雪茄)

鲁卡·鲁基奇　(迟疑不决地自言自语)这可怎么办?真是怎么也料不到的。拿呢,还是不拿?

赫列斯塔科夫　拿吧,拿吧;这雪茄还不坏。当然,跟彼得堡的不能比。我在那边抽二十五卢布一百支的雪茄,抽了一口,你就恨不得要吻自己的手。这儿有火,您抽吧。(递给他蜡烛)

〔鲁卡·鲁基奇试抽一口,浑身打战。

赫列斯塔科夫　不是抽那头!

鲁卡·鲁基奇　(吃了一惊,失手掉下雪茄,啐唾沫,挥手,自言自语)听天由命吧!可恶的胆怯把我毁了!

赫列斯塔科夫　我看您是不爱抽雪茄。可是我承认:我有这种嗜好。还有,一讲到女性,我总不能不动心。您怎么样?您喜欢什么样的女人——深褐色头发的,还是金头发的?

〔鲁卡·鲁基奇瞠目不知所答。

赫列斯塔科夫　不,您坦白地说:深褐色头发的,还是金头发的?

鲁卡·鲁基奇　卑职实在不知道。

赫列斯塔科夫　不成,不成,您别用话来搪塞!我一定要知道您的口味。

鲁卡·鲁基奇　斗胆回您的话……(旁白)我真不知道说什么才好。

赫列斯塔科夫　啊!啊!您不愿意说。一定有一个深褐色头发的女人给您一个小小的钉子碰了。说实话,对不对?

〔鲁卡·鲁基奇不语。

赫列斯塔科夫　啊!啊!脸红了!您看,您看!您为什么不说话?

鲁卡·鲁基奇　我胆怯,大……大……大人……(旁白)可恶的舌头怎么啦？不听使唤！

赫列斯塔科夫　胆怯？我的眼睛真是有一股叫人胆怯的力量。至少，我知道没有一个女人受得了我的这双眼睛；对不对？

鲁卡·鲁基奇　对。

赫列斯塔科夫　我发生了一件意外的事情：我在路上把钱都花光了。您能不能借给我三百卢布？

鲁卡·鲁基奇　（摸口袋）要是没带钱，那就糟啦！有，有。（摸出钞票，直哆嗦，递过去）

赫列斯塔科夫　谢谢。

鲁卡·鲁基奇　（挺直身体，按剑）我不敢再惊吵您。

赫列斯塔科夫　再见。

鲁卡·鲁基奇　（三脚两步跑出去，旁白）好啦，谢天谢地！恐怕不会来参观教室了。

第 六 场

〔赫列斯塔科夫和阿尔捷米·菲里波维奇，后者挺直身体，按剑。

阿尔捷米·菲里波维奇　慈善医院院长，七品文官泽姆略尼卡进见。

赫列斯塔科夫　您好，请坐。

阿尔捷米·菲里波维奇　卑职感到非常荣幸，曾经陪您参观过卑职经管的那些慈善医院，亲自招待过您。

赫列斯塔科夫　啊，对啦！我记得的。您请我吃的那顿饭很不坏。

阿尔捷米·菲里波维奇　非常高兴为祖国效劳。

赫列斯塔科夫　老实说,我有一种嗜好,喜欢吃好菜。您说,您昨天是不是好像比今天个子矮些?对不对?

阿尔捷米·菲里波维奇　那也很可能。(沉默了一会儿)我可以说,我是忠诚报国,粉身碎骨,在所不辞。(把椅子挪近些,低声说)当地的邮政局长吃饭不管事,公事办得一团糟,邮件积压着不发出去……您可以亲自去调查一下。刚才比我先进来的那位法官,也是一块废料,尽知道猎打兔子,还在法庭里养狗,至于他的行为,如果要我在您面前说实话,——当然为了国家的利益,不管他是我的亲戚和朋友,我也应该这样做,——他的行为简直是不堪之极。这儿有一位乡绅陀布钦斯基,这人您已经见过,只要这个陀布钦斯基一离开家,有事上什么地方去,他就进去找他的老婆,这话我敢对天发誓……您不妨去看看那几个孩子,没有一个长得像陀布钦斯基的,所有的孩子,连那个小女孩子也在内,都跟法官长得一模一样。

赫列斯塔科夫　原来是这样呀!这我可实在想不到。

阿尔捷米·菲里波维奇　还有那个督学……我真不明白上级怎么能够把这样重要的职务派给他。他比雅各宾党人①还坏,灌输给青年的尽是一些危险的思想,那真是无法形容的。要不要我把这一切都给您写在纸上?

赫列斯塔科夫　写在纸上也好。我会觉得很有趣的。您知

---

① 雅各宾党人,指十八世纪末法国资产阶级革命时期激进政党雅各宾党的成员。此处指自由思想者,政治上不可靠的人。

道,我喜欢在烦闷的时候读一点逗趣的东西……您贵姓？我老要忘。

阿尔捷米·菲里波维奇　泽姆略尼卡。

赫列斯塔科夫　啊,对啦！泽姆略尼卡。怎么样,您有孩子吗？

阿尔捷米·菲里波维奇　有啊。有五个；两个已经长大了。

赫列斯塔科夫　好福气,两个已经长大了！他们怎么样……他们是不是那个……

阿尔捷米·菲里波维奇　您是不是问他们叫什么名字？

赫列斯塔科夫　是呀,他们叫什么名字？

阿尔捷米·菲里波维奇　尼古拉,伊凡,伊丽莎薇塔,玛丽亚,彼烈彼图雅。

赫列斯塔科夫　这太好啦。

阿尔捷米·菲里波维奇　我不敢再惊吵您,耽误您执行神圣职务的时间……（鞠躬,想退下）

赫列斯塔科夫　（送他出去）不,不要紧。您说的话很有意思。改天再请过来……我很爱听。（走回来,随即又打开门,在他后面喊）喂,您等一等！您怎么称呼？我老要忘记您的名字和父名。

阿尔捷米·菲里波维奇　阿尔捷米·菲里波维奇。

赫列斯塔科夫　帮个忙,阿尔捷米·菲里波维奇,我发生了一件意外的事情：我在路上把钱都花光了。您有没有钱借给我——四百卢布？

阿尔捷米·菲里波维奇　有,有。

赫列斯塔科夫　真巧极啦。谢谢。

第 七 场

〔赫列斯塔科夫、鲍布钦斯基和陀布钦斯基。

鲍布钦斯基　本城居民彼得·伊凡诺维奇·鲍布钦斯基进见。

陀布钦斯基　乡绅彼得·伊凡诺维奇·陀布钦斯基。

赫列斯塔科夫　啊,咱们见过面了。您好像是那天摔了一跤?您鼻子怎么样?

鲍布钦斯基　托老天爷的福!谢谢您挂念,疤结好了,现在疤已经完全结好了。

赫列斯塔科夫　结了疤,那就好了。我很高兴……(忽然急遽地问)你们有钱没有?

鲍布钦斯基　钱?什么钱?

赫列斯塔科夫　问你们借一千卢布。

鲍布钦斯基　这个数目实在没有。您有没有,彼得·伊凡诺维奇?

陀布钦斯基　我没有带,因为我的钱都存到济贫厅①里去了。

赫列斯塔科夫　没有一千卢布,一百卢布也行。

鲍布钦斯基　(摸口袋)彼得·伊凡诺维奇,您没有一百卢布吗?我身上带的钞票一共只有四十卢布。

陀布钦斯基　(看皮夹)一共只有二十五卢布。

鲍布钦斯基　您再好好地找一找,彼得·伊凡诺维奇!我知

---

① 旧俄管慈善事业的机关,也经营钱财业务。

道您右边口袋里有一条裂缝,准是不小心掉到裂缝里去了。

陀布钦斯基　真的,裂缝里也没有。

赫列斯塔科夫　那就算了。我不过是随便问一下。就是六十五卢布吧。一样的。(收钱)

陀布钦斯基　我斗胆有一件很微妙的事情求您帮忙。

赫列斯塔科夫　什么事?

陀布钦斯基　事情是很微妙的。您知道,我那大孩子是我结婚以前生的。

赫列斯塔科夫　是吗?

陀布钦斯基　说是这么说,其实也是我的亲骨肉,跟结婚以后生的是一样,以后补行了合法的结婚手续,一切都按照规矩办妥了。我现在要叫他完全变成我的合法的儿子,跟我一样,也姓陀布钦斯基。

赫列斯塔科夫　好,就让他姓这个姓!可以的。

陀布钦斯基　我本来不敢麻烦您,可是觉得埋没了孩子的才能,怪可惜的。这么点大的孩子……前途大有希望:他能背诵各种各样的诗,顺手拿到一把小刀,就能做出一辆小马车,手艺功夫巧得像变戏法的一样。彼得·伊凡诺维奇也知道的。

鲍布钦斯基　是的,孩子很有才能。

赫列斯塔科夫　好,好,这件事我一定尽力,我去说说……我希望一切都能办到,是的,是的。(转向鲍布钦斯基)您有没有什么话要跟我说?

鲍布钦斯基　我有一件小事求您。

赫列斯塔科夫　什么事?

鲍布钦斯基　我恳求您,您回到彼得堡去,别忘了跟京城里所有的大官、枢密官和海军上将说:某某大人哪,在某某县城里,住着一个人,名字叫彼得·伊凡诺维奇·鲍布钦斯基。您就说:住着一个人,名字叫彼得·伊凡诺维奇·鲍布钦斯基。

赫列斯塔科夫　好吧。

鲍布钦斯基　您要是有机会见着皇上,也请您对皇上提一声:陛下,在某某县城里,住着一个人,名字叫彼得·伊凡诺维奇·鲍布钦斯基。

赫列斯塔科夫　好。

陀布钦斯基　对不起,太打搅您啦。

鲍布钦斯基　对不起,太打搅您啦。

赫列斯塔科夫　没关系,没关系。我很愉快。(送他们出去)

第 八 场

〔赫列斯塔科夫独自一人。

赫列斯塔科夫　这儿官可真不少。我觉得他们把我当成一个政府大员看待啦。对啦,我昨天吹了几句牛,把他们吓唬住啦。这群笨蛋!我要把这一切写信到彼得堡去告诉特略皮奇金。他时常写些文章。让他把这些人好好地嘲笑一通。喂,奥西普,把纸和墨水给我拿来!(奥西普从门外探头进来,说:"就来了。")说起特略皮奇金这个家伙,谁要是碰在他手里,就得留神:为了出语惊人,他连亲生父亲都不饶,他也是喜欢钱的。不过,这些官员倒是一些

353

好人:他们借钱给我,在他们这方面说来,也是一种优点。我来数数一共有多少钱。这是法官的三百;这是邮政局长的三百,六百,七百,八百,——这张票子真够脏的!——八百,九百……哦呀!超过一千了。这一回,上尉,你敢再来跟我拼一场!我们看看谁输谁赢!

第 九 场

〔赫列斯塔科夫和奥西普,后者手里拿着墨水和纸。

赫列斯塔科夫 你说,傻瓜,我在这儿多吃香,人家招待得我多么周到?(开始写)

奥西普 唉,谢天谢地!不过,您听我说呀,伊凡·亚历山德罗维奇!

赫列斯塔科夫 什么?

奥西普 快离开这儿吧。真是的,该走了。

赫列斯塔科夫 (写)胡扯!为什么?

奥西普 不为什么。这些人不是好惹的!在这儿玩了两天,也就够了。老跟他们混下去有什么好处?您对他们啐唾沫吧!运气不好,说不定另外会有人上这儿来。真是的,伊凡·亚历山德罗维奇!这儿有的是好马,跑得可快啦!……

赫列斯塔科夫 (写)不,我还想在这儿住一阵。明天再说吧!

奥西普 为什么要等明天!真是的,走吧,伊凡·亚历山德罗维奇。虽然住在这儿,人家给我们很大的面子,可是您知道,到底还是走的好:人家准是把您当作另外一个人啦……再说,在外边耽搁这么久,老太爷会生气的……现在可以体体面面地走!还会给我们预备好马。

赫列斯塔科夫　(写)好吧。不过,先把这封信给送去,顺便把驿马使用证带回来。你得关照他们,要他们给好马!你对马夫们说,我赏他们每人一个卢布,要他们像送专差似的载着我往前飞奔!一边还唱着歌!……(继续写)我想,特略皮奇金这回一定笑得要死……

奥西普　信我打发这儿的听差去送,我还是去拾掇拾掇行李,免得耽误时间。

赫列斯塔科夫　好吧。你去把蜡烛拿来。

奥西普　(下,在幕后说)喂,老弟!你把信送到邮政局去,对邮政局长说,叫他免费给寄一寄,还叫他立刻派一辆顶好的三套马车来,我们东家等着用;可是车钱,你跟他说,我们东家是不付的;你说,车钱算在公家账上。你叫他快点办,要不然,我们东家要生气的。等一等,信还没有写好呢。

赫列斯塔科夫　我还说不清他现在住在邮政局街,还是豌豆街?他也喜欢三天两头地搬家,欠人家的房租不付钱。碰碰运气,就写到邮政局街去。(折叠信纸,写信封)

〔奥西普拿蜡烛进来。赫列斯塔科夫封好信封。这时候听见杰日莫尔达的声音:"往哪儿走,大胡子?对你说,什么人都不准进去。"

赫列斯塔科夫　(把信交给奥西普)喏,拿去。

商人的声音　让我进去吧,老爷子!您不能不让我进去。我有事情。

杰日莫尔达的声音　走，走！不见客，睡着呢。

〔喧哗声越来越大。

赫列斯塔科夫　外面什么事，奥西普？你看看吵什么哪？

奥西普　（望窗外）有几个商人想进来，可是警察拦住不放他们进来。他们手里挥着纸卷：一定是想见您。

赫列斯塔科夫　（走近窗前）你们有什么事，朋友们？

商人的声音　我们有事求见您，请您吩咐准我们呈递状子。

赫列斯塔科夫　让他们进来，让他们进来！让他们来好了。奥西普，你对他们说：可以叫他们进来。

〔奥西普下。

赫列斯塔科夫　（从窗口把呈文接过来，展开其中的一件，念）"商人阿布杜林谨呈财政官先生大人阁下……"鬼知道这写的是什么：从来没有这种官衔！

第 十 场

〔赫列斯塔科夫和商人们，他们带着一篮子酒和糖塔等物。

赫列斯塔科夫　你们有什么事，朋友们？

商人们　求您发发慈悲，给我们做主。

赫列斯塔科夫　你们要什么？

商人们　您开恩吧，大人！我们平白无故地受着冤屈。

赫列斯塔科夫　谁给你们冤屈受？

一个商人　都怪本地的县长不好。大人，这种县长真是从来没有见过的。他给我们受的那份罪，真叫人没法形容。

苛捐杂税害得我们好苦,还不如去上吊倒干脆。他做事不按规矩。一把抓住胡子,说:"哎,你这个鞑靼人!"真是的!我们要是不孝敬他,那倒还情有可说;可是,我们把他当个老祖宗似的,能办的事全给他办到:孝敬他钱,给他太太和女儿买衣料,这我们没有二话。可是不成,他觉得这还不过瘾。真是的!他一上店里来啊,碰到什么就拿什么。看见一匹呢子,就说:"掌柜的,这呢料倒还不坏,给我送到家里去吧。"只好给他送去,这块料子足足就有五十俄尺长。

赫列斯塔科夫　真的吗?哎呀,真是个大坏蛋。

商人们　实在话呀!这样的县长,谁都没有见过。只要一看见他来,就得把店里的东西全都藏起来。精致的东西不必说,就连顶不值钱的东西他都要拿:有一种黑枣,已经放在桶里七年啦,连我店里的伙计都不要吃,可是他一抓就是一大把。他的命名日在圣安东日,每逢这个节日,总得给他送去一大堆东西,什么他都用不着自己添置了。可是这还不行:他说奥奴弗里日也是他的命名日。有什么法子?每逢奥奴弗里日,还是得孝敬他。

赫列斯塔科夫　这简直成了强盗了。

商人们　实在话呀!你要是敢跟他说半个不字,他就把整团人开到你家里住下,叫你供给他们吃住。你还敢跟他顶嘴,他就封你的门。他说:"我不使用体罚,也不上苦刑——这是法律禁止的,可是朋友,我要慢慢收拾你!"

赫列斯塔科夫　哎呀,真是个坏蛋!光冲这一点,就该把他充军到西伯利亚去。

商人们　随便您把他送到哪儿去都行,只要离开我们越远越好。青天大人,这点薄礼您别见笑,不过是表表心意罢了。一点糖和一篮子酒,请您收下。

赫列斯塔科夫　这办不到,你们别打错主意:我不收任何贿赂。比方说,你们要是能借给我三百卢布,那完全是另外一回事:借款我可以收。

商人们　遵命!青天大人!(摸出钱来)三百卢布不经用!不如拿五百去吧,只要您帮忙。

赫列斯塔科夫　好,借款我没有什么说的,我可以收。

商人们　(把钱放在银盘上,递上去)请连盘子也一块收下吧。

赫列斯塔科夫　盘子也可以收下。

商人们　(鞠躬)连这点糖也全都收下吧。

赫列斯塔科夫　那不行,我不收任何贿赂……

奥西普　大人阁下!您为什么不收下?收下吧!路上什么都用得着。糖和口袋交给我!所有的东西都交给我!随便什么东西都有用处。那是什么?绳子吗?绳子也给我!绳子在路上也用得着。马车坏了,或是出了什么别的事,可以用绳子来捆。

商人们　请您费心吧,大人!您要是不帮忙,不准我们的状子,我们真不知道该怎么办,只好去上吊了。

赫列斯塔科夫　一定,一定。我给你们想办法就是了。

　　　　　〔商人们下。传来女人的声音:"你敢不放我进去!我要到大人面前告你。你推得我好痛啊。"

赫列斯塔科夫　外面是谁?(走近窗前)你有什么事,大娘?

两个女人的声音　青天大人,有事求见您!有冤枉哪。

赫列斯塔科夫　(向窗外)让她进来。

第十一场

〔赫列斯塔科夫、铜匠妻和下士妻。

铜匠妻 （跪下）求您开恩……
下士妻 求您开恩……
赫列斯塔科夫 你们是做什么的？
下士妻 下士的老婆伊凡诺娃。
铜匠妻 铜匠的老婆,本地的小市民费芙罗尼雅·彼得罗芙娜·波什略普金娜,我的青天大人……
赫列斯塔科夫 别忙,先让一个人说。你有什么事？
铜匠妻 求您开恩,我是来告县长的。愿上帝降给他各种各样的灾难！不管是他的子女,坏蛋他本人,他的姑姑,婶婶,叔叔,伯伯,都叫他们没有一天好日子过！
赫列斯塔科夫 怎么回事？
铜匠妻 他把我丈夫抓去当兵,其实还轮不到我们,这坏蛋！孩子的爹是个有家眷的人,按法律,是不应该当兵的。
赫列斯塔科夫 他怎么敢这么胡来？
铜匠妻 这坏蛋就是敢这样无法无天,——愿上帝罚他今生来世永远受苦！要是他有婶子,叫他的婶子受人家的欺负,要是他的父亲还活着,叫老混蛋倒在地上死掉,或者吃东西噎死！按说,应该抽裁缝的儿子,裁缝的儿子是个酒鬼,他的父母送了份厚礼去,他就改派了女商人潘捷列耶娃的儿子,潘捷列耶娃也送了三匹麻布给县长太太,这样他就找到我们头上来了。他说："你要丈夫有什么用？

他对于你已经没有用了。"有没有用,我自己知道,这是我的事。这坏蛋!他说:"你丈夫是贼;就算现在没有偷,到底还是要偷,明年也还是要把他抓去当兵。"可是,我没有丈夫,怎么行哪,这坏蛋!欺侮我是个妇道,你这个死不要脸的!让你的全家大小都见不到天日!你要是有丈母娘,叫你的丈母娘也……

赫列斯塔科夫　好啦,好啦。那么你呢?(打发老太婆出去)

铜匠妻　(走出去)您别忘了啊,青天大人!求您开恩!

下士妻　我来告县长……

赫列斯塔科夫　告他什么?简单点说。

下士妻　我挨了他的打,青天大人。

赫列斯塔科夫　怎么回事?

下士妻　他打错人啦,青天大人。菜市上有几个女人打架,警察来迟了,把我抓了去。他们把我打得满身都是伤,害我两天不敢坐椅子。

赫列斯塔科夫　现在你说该怎么办?

下士妻　当然,没有办法。可是他错打好人,应该叫他罚款。应该得到的好处,我不能轻易放过,再说,我现在也很需要钱用。

赫列斯塔科夫　好啦,好啦。你去吧,你去吧!这件事我来处理。

〔好几只拿着呈文的手从窗外伸进来。

赫列斯塔科夫　外面还有些什么人?(走近窗前)不行,不行!不见,不见!(离开)妈的,真腻烦死人了!别再放他们进来,奥西普!

奥西普　(向窗外喊)走,走!时间过了,明天再来!

〔门开了,一个没有剃胡子、嘴唇浮肿、颊缠绷带、身穿粗绒布外套的人,在门外一闪;这人背后还可以看见好几个人的影子。

奥西普　走,走!进来干什么?(两只手顶住首先进来的那个人的肚子,把他推出门外去,自己也跟着一起挤到外边的待客室里,随手把门关上)

第十二场

〔赫列斯塔科夫和玛丽亚·安东诺芙娜。

玛丽亚·安东诺芙娜　啊呀!
赫列斯塔科夫　您为什么这样害怕,小姐?
玛丽亚·安东诺芙娜　不,我没有害怕。
赫列斯塔科夫　(装模作样)小姐,我觉得非常愉快,您把我当成了那样的一个人……请问:您打算上哪儿去来着?
玛丽亚·安东诺芙娜　说真的,我哪儿都没有去。
赫列斯塔科夫　为什么您哪儿都没有去?
玛丽亚·安东诺芙娜　我心想,妈妈会不会在这儿……
赫列斯塔科夫　我想知道您为什么哪儿都没有去。
玛丽亚·安东诺芙娜　我打搅您啦。您有要紧的公事要办。
赫列斯塔科夫　(装模作样)可是您的眼睛比要紧的公事更好……说什么打搅不打搅的话;您怎么也不会打搅我的;相反,您会给我带来快乐。
玛丽亚·安东诺芙娜　你们京城里的人真会说话。
赫列斯塔科夫　因为跟您这样的美人儿在一块说话呀!我斗

胆要是能端把椅子给您坐,那我真是幸福极了,不知道您肯不肯赏脸?可是不,您坐的不是椅子,是皇后的宝座。

玛丽亚·安东诺芙娜　真是的,我不知道……我真该走啦。(坐)

赫列斯塔科夫　您的围巾有多么漂亮啊!

玛丽亚·安东诺芙娜　您真会挖苦人,专爱拿我们乡下人开心。

赫列斯塔科夫　小姐,我真愿意变成您的围巾,好围住您百合花一样的颈脖。

玛丽亚·安东诺芙娜　我完全不明白您在说什么:什么一条围巾……今天的天气可真怪!

赫列斯塔科夫　小姐,您的嘴唇比随便什么天气都好。

玛丽亚·安东诺芙娜　您老是说些这样的话……我想请您最好给我在纪念册上题几句诗留作纪念。您知道的诗一定不少。

赫列斯塔科夫　小姐,为了您,我什么事情都愿意做。请您吩咐好了,您要什么样的诗?

玛丽亚·安东诺芙娜　要这样的——好的诗,新式的诗。

赫列斯塔科夫　诗算什么!我知道的可多啦。

玛丽亚·安东诺芙娜　您说,您给我写一首什么样的?

赫列斯塔科夫　何必说呢?我当然知道啦。

玛丽亚·安东诺芙娜　我非常喜欢诗……

赫列斯塔科夫　是呀,我有许多各种各样的诗。我给您写这一首怎么样?"人啊,你悲哀时为什么徒然埋怨上帝!……"①

---

① 这是罗蒙诺索夫所作《约伯选诗》中的头一行。

还有别的诗……现在一时记不起来了;不过,这没有关系。最好还是别写诗了,我把我的爱情奉献给您,我一看到您的秋波……(把椅子移近)

玛丽亚·安东诺芙娜　爱情!我不懂爱情……我从来不知道什么叫作爱情……(把椅子往后挪开)

赫列斯塔科夫　您为什么把椅子挪开?咱俩最好还是挨近点坐。

玛丽亚·安东诺芙娜　(挪开)为什么要近?离开远点也一样。

赫列斯塔科夫　(移近)为什么要远?坐近点也一样。

玛丽亚·安东诺芙娜　(挪开)为什么要这样?

赫列斯塔科夫　(移近)不过是您觉得近罢了,可是您可以就当是我们离得很远。小姐,我要是能把您搂在怀里,该有多么幸福啊。

玛丽亚·安东诺芙娜　(望窗外)好像有什么鸟飞过去了,那是什么鸟?喜鹊,还是什么别的鸟?

赫列斯塔科夫　(吻她的肩,望窗外)喜鹊。

玛丽亚·安东诺芙娜　(愤然站起)太过分了……不要脸!……

赫列斯塔科夫　(留住她)对不起,小姐:我这样做,是出于爱情,真正是出于爱情。

玛丽亚·安东诺芙娜　您把我当成这样一个乡下女人……(竭力要走)

赫列斯塔科夫　(继续留住她)出于爱情,真正是出于爱情。我不过是跟您开一下玩笑。玛丽亚·安东诺芙娜,您别生气!我愿意跪在您面前请求您的宽恕。(跪下)请原谅我,请原谅我。您看我给您跪下了。

第 十 三 场

〔前场人物和安娜·安德烈耶芙娜。

安娜·安德烈耶芙娜　（看见赫列斯塔科夫跪着）哎呀,这可真想不到!
赫列斯塔科夫　（站起）啊,见鬼!
安娜·安德烈耶芙娜　（对女儿）这是什么意思,姑娘?你这算是什么行为!
玛丽亚·安东诺芙娜　我,妈妈……
安娜·安德烈耶芙娜　快给我滚!听见没有,滚开,滚开!我再也不要看见你。（玛丽亚·安东诺芙娜流泪下）对不起,真叫我吓了一跳……
赫列斯塔科夫　（旁白）这个女人倒也有点味道,长得也还不坏。（跪下）太太,您看,我为了爱情,浑身发烧。
安娜·安德烈耶芙娜　您怎么跪在地上?哎呀,快起来,快起来!这儿地板太不干净。
赫列斯塔科夫　不,我要跪着,一定要跪着!我要知道命运注定叫我怎么样:活呢,还是死?
安娜·安德烈耶芙娜　可是对不起,我还没有完全弄清楚您话里的意思。我要是没有弄错的话,您是想向我的女儿表白爱情。
赫列斯塔科夫　不,我是爱上您了。我的生命系于一发。您要是不成全我的永恒的爱情,我就再也没有必要活在这世上。我怀着满腔的烈火向您求婚。

安娜·安德烈耶芙娜　可是您知道:我很有点不方便……我是有夫之妇。

赫列斯塔科夫　这不要紧！爱情没有这些区别,卡拉姆辛说过:"纵令法律不容亦不在乎。"①我们躲到溪边树荫底下去。我向您求婚,向您求婚。

第 十 四 场

〔前场人物,玛丽亚·安东诺芙娜突然跑进来。

玛丽亚·安东诺芙娜　妈妈,爸爸说叫您……(看见赫列斯塔科夫跪着,叫起来)哎呀,这可真想不到！

安娜·安德烈耶芙娜　你怎么啦？什么事？干什么来啦？你瞧你样子多么轻浮！活像一只疯疯癫癫的猫,一溜就溜进来了。你觉得这儿有什么可奇怪的？你在打什么主意？真像个三岁的孩子！说你已经十八岁,谁会相信！我不知道多大你才能够学得懂事些,像人家受过高尚教育的姑娘那样,循规蹈矩,懂得点闺教,行为庄重些！

玛丽亚·安东诺芙娜　(含泪地)妈妈,我真是不知道……

安娜·安德烈耶芙娜　你老是疯疯癫癫的,脑子里连一点正经主意都没有。你尽学略普金-贾普金的几个女儿的样。你为什么学她们的样？用不着跟她们学。你另外有的是榜样:你妈妈就在你跟前。这就是你应该学的好

---

①　引自卡拉姆辛(1766—1826)的中篇小说《彭果尔姆岛》。

榜样。

赫列斯塔科夫　（抓住女儿的手）安娜·安德烈耶芙娜,请您不要反对我们幸福的结合,请您祝福永恒的爱情吧!

安娜·安德烈耶芙娜　（惊讶）那么您是对她……

赫列斯塔科夫　请您决定吧:活还是死?

安娜·安德烈耶芙娜　你看呀,傻子,你看呀:为了你这个烂货,人家客人跪在地上啦;可是你呢,像个疯子似的,一直就闯了进来。这门亲事我真应该谢绝人家才是:你不配消受这份幸福。

玛丽亚·安东诺芙娜　我不敢啦,妈妈,我下回再也不敢啦。

第 十 五 场

〔前场人物,县长匆忙上。

县长　大人!您开恩吧!您开恩吧!

赫列斯塔科夫　您怎么啦?

县长　刚才那些商人在大人面前把我告下了。我敢拿名誉担保,他们说的话没有一半是真话。他们自己才是偷工减料,骗顾客的钱呢。下士的老婆在您面前谎告,说我打她;她这是血口喷人,真的,血口喷人!她自己把自己打了。

赫列斯塔科夫　滚他妈的下士老婆。下士老婆我管不着。

县长　您别相信他们,别相信他们!他们全是些爱撒谎的人……小孩子都不会相信他们。他们爱撒谎,城里的人全知道。至于讲到诈骗,我敢回您的话:他们可以称得是世上独一无二的头号骗子手。

安娜·安德烈耶芙娜 你知道伊凡·亚历山德罗维奇给了我们多大的荣耀?他向我们的女儿求婚了。

县长 哪儿!哪儿!说哪儿去啦!……你疯啦!大人您别生气:我内人天生有点糊涂,跟她的妈一个样儿。

赫列斯塔科夫 是的,我真求过婚。我爱上了她。

县长 我不相信,大人!

安娜·安德烈耶芙娜 人家当面跟你讲,你还不相信?

赫列斯塔科夫 我不是跟您开玩笑……我爱得神魂颠倒了,说不定会发疯。

县长 我不敢相信,咱们高攀不上。

赫列斯塔科夫 是的,您要是不答应把玛丽亚·安东诺芙娜许给我,那我什么事情都干得出来……

县长 我不能相信。大人您是在跟我开玩笑。

安娜·安德烈耶芙娜 哎呀,真是个笨蛋!人家再三跟你讲,你还是死心眼儿不相信呀?

县长 我不能相信。

赫列斯塔科夫 许给我,许给我——我是一个走到绝路上的人,我什么都豁出去啦:我要是开枪自杀,您就得去吃官司。

县长 哎呀,我的天!我实实在在一点错也没有。您干吗生这么大的气!我照您的意思办吧!说实在的,我现在脑子里……我简直弄不清楚是怎么回事。我还从来没有这样糊涂过。

安娜·安德烈耶芙娜 那么,祝福吧!

〔赫列斯塔科夫和玛丽亚·安东诺芙娜一同走

近去。
县长　愿上帝祝福你们,我可没有错。

　　　〔赫列斯塔科夫跟玛丽亚·安东诺芙娜接吻。县长望着他们。

县长　见鬼!这是真的!(擦眼睛)他们在接吻!哎呀,天哪,接吻!确实是个新郎官的样子!(高兴得不禁手舞足蹈,叫起来)嘿,安东!嘿,安东!嘿,县长!这下子可抖起来啦!

第十六场

　　　〔前场人物和奥西普。

奥西普　马车套好了。
赫列斯塔科夫　啊,好的……我这就来。
县长　怎么?您要动身?
赫列斯塔科夫　是的,就要动身。
县长　那么什么时候,就是说……您刚才不是好像提到要办喜事吗?
赫列斯塔科夫　这个……我去一会儿……花一天工夫去看看我的伯父——一位很有钱的老人,明天就回来。
县长　不敢留您,盼望您平平安安早点回来。
赫列斯塔科夫　当然,当然,我立刻就回来。再见,我的爱……唉,我说不出心里是多么难受!再见,宝贝!(吻她的手)
县长　您路上需不需要点什么东西;您好像是短钱用?

赫列斯塔科夫　噢,不,为什么要钱呢?(想了一下)不过,拿一点也好。

县长　您要多少?

赫列斯塔科夫　上回您给了我两百,不是两百,是四百;我不愿意将错就错,多拿您的钱——那么,现在能不能请您再给我这个数目,凑足八百?

县长　这就拿给您!(从皮夹里摸出钱来)碰巧还都是新钞票。

赫列斯塔科夫　啊,是嘛!(收钱,察看钞票)很好。人家说,用新钞票,洪运高照,对不对?

县长　的确是这样。

赫列斯塔科夫　再见,安东·安东诺维奇!谢谢您的殷勤招待!我打心坎里说句老实话,我在别处任何地方都没有受到过这样好的招待。再见,安娜·安德烈耶芙娜!再见,我的宝贝,玛丽亚·安东诺芙娜!

〔众人下。

〔在台后:

赫列斯塔科夫的声音　再见,我的灵魂的天使,玛丽亚·安东诺芙娜!

县长的声音　您这是怎么回事?您出门就坐这种邮政马车吗?

赫列斯塔科夫的声音　是的,我坐惯了。坐了弹簧马车反而会头痛。

马夫的声音　特鲁,特鲁……

县长的声音　至少也得铺点什么;就是铺一块毯子也好。要不要我叫人拿毯子来?

赫列斯塔科夫的声音　不要,何必呢？用不着;啊,不过,拿一块毯子来也好。

县长的声音　喂,阿芙陀季雅！你到储藏室里去,把那块顶好的波斯毯子拿来,淡蓝底子的,快点！

马夫的声音　特鲁,特鲁……

县长的声音　什么时候回来？

赫列斯塔科夫的声音　不是明天,就是后天。

奥西普的声音　啊,毯子吗？拿到这儿来,这样铺！现在,这边再放上一点干草。

马夫的声音　特鲁,特鲁……

奥西普的声音　这边！这儿再放一点！好。现在好极了！(用手拍毯子)现在坐下吧,大人！

赫列斯塔科夫的声音　再见,安东·安东诺维奇！

县长的声音　再见,大人！

女人们的声音　再见,伊凡·亚历山德罗维奇！

赫列斯塔科夫的声音　再见,妈妈！

马夫的声音　嘚,嘚,快走,好样的！

〔马铃铛响。

——幕落

第 五 幕

〔同一间房间。

第 一 场

〔县长、安娜·安德烈耶芙娜和玛丽亚·安东诺芙娜。

县长　怎么样,安娜·安德烈耶芙娜?啊?你想到过今天这份荣耀吗?这一回收获可真不小,他妈的!你老实说,你做梦也没有想到吧:区区一个县长夫人,忽然一下子,妈的,跟个魔鬼攀上了亲戚!

安娜·安德烈耶芙娜　没有的话!这我早就知道了。倒是你觉得受宠若惊,因为你是个普通人,没有见过世面,从来没有见过体面人。

县长　我自己就是个体面人。不过,说实在的,安娜·安德烈耶芙娜,你想想:你我现在多么走运!啊,安娜·安德烈耶芙娜?妈的,真是飞黄腾达,鹏程万里!等一等,现在我要给所有这些喜欢递状子告发我的人点厉害尝尝。喂,外边有人吗?(警察上)啊,是你,伊凡·卡尔波维奇；你去把商人们叫到这儿来。我要叫他们认识认识我，这帮无赖！告得我好！你们这些该死的犹太人！别忙，朋友！从前我对你们还算是客气，往后可要叫你们吃不了兜着走。把所有告发我的人的名字都给记下来，首先要记下来的是这些半瓶子醋的文人，帮他们写状子的文人。你再去晓谕大家知道：上帝赐给县长极大的光荣，他的女儿不是许配给一个普通人，而是许配给一个了不起的人，他是世上少有的伟大人物，他神通广大，一切都能办得到，一切，一切，一切！你去晓谕大家知道。你扯开嗓门对大家喊，妈的，把钟撞得当当响！要热闹，就好好地热闹热闹。（警察下）这下子你瞧呀，安娜·安德烈耶芙娜，啊？咱们现在怎么办？住在哪儿好？住在这儿，还是住在彼得堡？

安娜·安德烈耶芙娜　自然是住在彼得堡。怎么还能在这儿住下去呢！

县长　彼得堡就彼得堡吧；可是住在这儿也不坏。到了那时候呀，我想，县长这份苦差使趁早去他妈的吧！对不对，啊，安娜·安德烈耶芙娜？

安娜·安德烈耶芙娜　自然，县长算得了什么！

县长　你看怎么样，安娜·安德烈耶芙娜，这回总可以活动个大点的差使了吧。他跟各部的部长都是好朋友，又时常进宫，只要他肯把我往上托一托，我升起来就快啦，以后还会当上将军呢。你看我怎么样，安娜·安德烈耶芙娜，能当上将军吗？

安娜·安德烈耶芙娜　那还用说！当然能当。

县长　当上个将军可真威风呀！肩上斜挂一根绶带。哪一种绶带好些,安娜·安德烈耶芙娜?红色的还是天蓝色的?

安娜·安德烈耶芙娜　当然是天蓝色的好。

县长　哼?你的胃口倒真不小!能得到红色的绶带也就很不错啦。为什么想当将军?因为你要是有事出门,一些传令兵和副官就会跑在前面喊:"快预备马呀!"在驿站上,谁都换不到马,别人都耐心等着,所有这些九品文官们,上尉们和县长们,可是这么点小事你不用搁在心上。你到省长家里去吃饭,县长就站在一旁伺候着!哈,哈,哈!(捧腹大笑,喘不过气来)他妈的太好啦,想起来叫人心里怪痒痒的!

安娜·安德烈耶芙娜　你总喜欢说些粗话。你该记得,生活得完全变个样儿,往后别再交那些酒肉朋友,你跟他一块出去打过兔子的那个爱养狗的法官,或是泽姆略尼卡;相反,你的朋友应该是一些举止文雅的人,伯爵和所有上流社会的……不过,我真有点替你担心,你有时说话总爱带些脏字,那是上流社会里从来不说的。

县长　什么?说话不会惹事的!

安娜·安德烈耶芙娜　你当县长的时候,东拉西扯的随便说说不要紧。可是搬到了那边去,咱们的生活就完全不同了。

县长　是嘛;听说那边有两种鱼:白鱼和胡瓜鱼。滋味可真鲜,还没吃到嘴里,口水就流出来了。

安娜·安德烈耶芙娜　只要有鱼吃他就万事满足了!我可想的是:要我们的房子是首都第一流的,屋子里芳香扑鼻,你一进门,就得这样把眼睛眯起来。(眯眼睛,嗅香味)哎呀!多么好啊!

373

第 二 场

〔前场人物和商人们。

县长　啊！好,诸位!
商人们　(鞠躬)您好,老爷子!
县长　怎么样,好朋友,你们过得好吗?买卖怎么样?哼,卖茶炊的,臭卖布的,你们把我告了?你们这帮无赖,地痞,骗子手!把我告了?好哇?得了许多好处!心里想可以把他抓去坐牢啦!……你们这些死没良心的,我要骂你们祖宗十八代……
安娜·安德烈耶芙娜　哎呀,老天爷,你怎么说出这种话来,安托莎!
县长　(不高兴)现在哪儿来这些臭讲究!你们知道不知道,你们在他面前告我的那个长官,要跟我的女儿结婚了?怎么样?啊?现在你们还有什么话说?我现在要叫你们知道我的……噢!……你们尽知道骗人……承包官府的一笔生意,把烂呢子卖出去,一转手就赚了十万卢布,然后再捐出二十俄尺来,还想得赏呢!这事情要是让人家知道了,那你就活该……你还挺出个肚子,说你是商人;人家不敢动你一根毫毛;你说:"我们连贵族也不放在心上。"可是人家贵族……你这个死不要脸的!贵族肚子里有学问:虽然他在学校里挨点揍,可这是应该的,为的是叫他知道将来做有益于别人的事情。可是你怎么样呢?一开头就干骗人的勾当,老板打你,就为的是你不会骗人。当你还是个孩子,还不会念祈祷文的时候,你就已经学会偷工减料,耍花样欺骗顾客,等到你肚子一大,口袋里塞满了钱,你就拿起架子来了!你倒是真不错啊!你以为一天能喝光十六茶炊水,就可以神气活现了吗?我对你的脑袋啐唾沫,对你的臭架子啐唾沫!

商人们　（鞠躬）我们有罪,安东·安东诺维奇!

县长　告我?上回你修造桥梁,木材报了两万卢布的账,事实上连一百卢布都不值,那是谁给你帮忙,把事情隐瞒过去的?是我帮了你的忙,你这山羊胡子!这件事你忘了吗?我要是给你揭一揭底,就能把你发配到西伯利亚去。你还有什么说的?啊?

某商人　我有罪,安东·安东诺维奇!被鬼迷了。往后再也不敢啦。随便您要什么,准给您办到,只求您老人家别生气!

县长　别生气!你现在跪在我的脚底下。为什么?为的是我得胜了,可是只要你那边稍微占一点上风,你看吧,你就会把我踩在泥里,踩几脚还不够,上面还得压上一块大木头。

商人们　（跪拜）您开恩吧,安东·安东诺维奇!

县长　"开恩吧!"现在你说:"开恩吧!"可先前是怎么样?我要把你们……（一挥手）上帝饶恕你们!算了吧!我是不记仇的;不过以后可得小心,心里放明白着点!我的女儿嫁的可不是一个普通的贵族。贺礼这一层……明白吗?可不能拿点干鱼或是糖塔来,就算了事。好,去吧。

〔商人们下。

第 三 场

〔前场人物,阿莫斯·费约陀罗维奇、阿尔捷米·菲里波维奇,然后是拉斯塔科夫斯基。

阿莫斯·费约陀罗维奇 (站在门口)我听到的消息不假吧?说是有一件天大的喜事降临到您府上了?

阿尔捷米·菲里波维奇 府上有喜事,特来给您道喜。我一听到这个消息,就打心眼里高兴。(走近去吻安娜·安德烈耶芙娜的手)安娜·安德烈耶芙娜!(走近去吻玛丽亚·安东诺芙娜的手)玛丽亚·安东诺芙娜!

拉斯塔科夫斯基 (走进来)恭喜您,安东·安东诺维奇,愿上帝保佑您万寿无疆,新夫妇百年好合,府上人丁兴旺,子孙满堂!安娜·安德烈耶芙娜!(走近去吻安娜·安德烈耶芙娜的手)玛丽亚·安东诺芙娜!(走近去吻玛丽亚·安东诺芙娜的手)

第 四 场

〔前场人物,柯罗布金夫妇、柳柳科夫。

柯罗布金 特来给安东·安东诺维奇道喜!安娜·安德烈耶芙娜!(走近去吻安娜·安德烈耶芙娜的手)玛丽亚·安东诺芙娜!(走近去吻她的手)

柯罗布金妻 安娜·安德烈耶芙娜,恭喜您的小姐大喜啦。

柳柳科夫　恭喜您,安娜·安德烈耶芙娜!(走近去吻她的手,然后转向观众,大胆地咂响舌头)玛丽亚·安东诺芙娜!恭喜您。(走近去吻她的手,转向观众,做同样的大胆动作)

第 五 场

〔许多穿常礼服和燕尾服的客人,起初走近去吻安娜·安德烈耶芙娜的手,一边说:"安娜·安德烈耶芙娜!"然后走近去吻玛丽亚·安东诺芙娜的手,一边说:"玛丽亚·安东诺芙娜!"鲍布钦斯基和陀布钦斯基穿过人丛挤进来。

鲍布钦斯基　恭喜,恭喜!
陀布钦斯基　安东·安东诺维奇!恭喜您。
鲍布钦斯基　祝府上吉祥如意!
陀布钦斯基　安娜·安德烈耶芙娜!
鲍布钦斯基　安娜·安德烈耶芙娜!
　　　〔两人同时走近去,脑袋碰了一下。
陀布钦斯基　玛丽亚·安东诺芙娜!(走近去吻她的手)恭喜您,您真是好福气,一嫁过门去,就要穿上金光闪亮的衣服,吃各种各样好吃的汤,舒舒服服地过好日子。
鲍布钦斯基　(插嘴)玛丽亚·安东诺芙娜,恭喜您!愿上帝赐给您财富,金币,明年您添个胖娃娃,这么大的!(用手比画)可以托在手掌心上;孩子老是嚷着:呜哇!呜哇!呜哇!……

第 六 场

〔又来了几个客人,走近来吻手,鲁卡·鲁基奇夫妇上。

鲁卡·鲁基奇　特地前来……
鲁卡·鲁基奇妻　(趋前几步)给您道喜,安娜·安德烈耶芙娜!(抱吻)我真高兴极了;人家告诉我:"安娜·安德烈耶芙娜要给她的小姐办喜事啦。""哎呀!我的天!"我心里就想,高兴得不得了,就对我的丈夫说:"你说说,鲁康契克①!安娜·安德烈耶芙娜多么好的福气呀!""这下子可好啦!"我心里想。我就对他说:"我高兴得沉不住气,立刻就要亲自去向安娜·安德烈耶芙娜道喜……""哎呀,我的天!"我心里想:"安娜·安德烈耶芙娜一直想给姑娘找一个好姑爷,这下子可称了心啦。"我那份高兴啊,简直高兴得说不出话来。我哭呀,哭呀,后来简直就放声大哭起来。鲁卡·鲁基奇说:"娜斯简卡,你为什么哭呀?"我说:"鲁康契克,我自己也不知道,眼泪就像开了闸似的流出来。"
县长　诸位,请坐!喂,米什卡,你再去搬几把椅子来。
　　　〔客人们坐下。

---

① 鲁卡的爱称。

第 七 场

〔前场人物,警察分局长和警察们。

警察分局长　恭喜您,大人,多福多寿。
县长　谢谢,谢谢！诸位,请坐！
　　〔客人们坐下。
阿莫斯·费约陀罗维奇　您倒是给咱们说说,安东·安东诺维奇,事情是打哪儿说起的？就是说,请您讲一讲原原本本的经过。
县长　这经过真是出人意外:他亲自求婚来着。
安娜·安德烈耶芙娜　他的态度是那样恭敬,斯斯文文的。说起话来动听极了,他说:"安娜·安德烈耶芙娜,我只是为了尊敬您的人品。"他真是一个又漂亮、又有教养、又懂得礼貌的人。"安娜·安德烈耶芙娜,您相信不相信,我的生命一文钱也不值;我活着,只是为了尊敬您的稀有的品德。"
玛丽亚·安东诺芙娜　唉,妈妈！他这可是对我说的。
安娜·安德烈耶芙娜　住嘴,你什么也不懂,不应该管的事你就甭插嘴！"安娜·安德烈耶芙娜,我魂不附体了……"他还说了不知多少恭维的话……我想对他说:"我们可不敢高攀。"他忽然跪下了,用一种高贵的气派说:"安娜·安德烈耶芙娜！别让我做一个不幸的人吧！请您接受我的满腔热情,否则,我就不要活啦。"
玛丽亚·安东诺芙娜　妈妈,真的,他这说的是我。

379

安娜·安德烈耶芙娜　是呀,当然……对你也说过,我一点也不否认。

县长　他甚至还这样吓唬我们:他说要开枪自杀。他说:"我要自杀,我要自杀!"

许多客人　真有这样的事!

阿莫斯·费约陀罗维奇　想不到他来这一手!

鲁卡·鲁基奇　千里姻缘一线牵,命运早就给你安排定了。

阿尔捷米·菲里波维奇　哪儿是什么命运,命运是不可靠的:这全靠平时积德。(旁白)傻瓜偏有傻福!

阿莫斯·费约陀罗维奇　您上回跟我提起的那条狗,我卖给您吧?

县长　我现在哪儿还顾得上买狗呀。

阿莫斯·费约陀罗维奇　您要是不喜欢这一条,挑另外一条也成。

柯罗布金妻　唉,安娜·安德烈耶芙娜,我为您的幸福感到多么高兴!您是想象不到的。

柯罗布金　现在贵宾在哪儿?我听说他有事出门了。

县长　是呀,他有非常重要的公事,预定去一天。

安娜·安德烈耶芙娜　到他伯父那儿去,请求祝福。

县长　请求祝福!可是明天就……(打喷嚏;祝贺的话混成一片喧声)谢谢诸位!他明天就回来……(打喷嚏。杂然并作的一片祝贺声。可以听见下面几句话压倒了其他的声音)

警察分局长　祝您健康,大人!

鲍布钦斯基　百年长寿,金玉满堂!

陀布钦斯基　上帝保佑您万寿无疆!

阿尔捷米·菲里波维奇　倒你的霉！

柯罗布金妻　见你妈的鬼！

县长　多谢,多谢！祝你们也步步交好运。

安娜·安德烈耶芙娜　我们现在打算搬到彼得堡去住了。老实说,这儿的环境……太土里土气了……说实在的,可真叫人不痛快……再说我的丈夫,他会在那边得到将军的官职。

县长　不瞒诸位说,我真他妈的想弄个将军当当。

鲁卡·鲁基奇　上帝会成全您。

拉斯塔科夫斯基　人办不到的事,上帝都能办得到。

阿莫斯·费约陀罗维奇　大材必有大用。

阿尔捷米·菲里波维奇　有多大功绩,就有多大名誉。

阿莫斯·费约陀罗维奇　（旁白）真要是让他当上了将军,那才有趣哪！这样的人也配当将军,那真是马鞍套在牛脖子上了！不,这话还远着呢！有比你脚路大的,至今也还没有当上将军呢。

阿尔捷米·菲里波维奇　（旁白）嘿,他妈的想当将军啦。可也没准儿能当上将军。看他那副神气,魔鬼都要惧怕他三分。（转向他）到了那时候,安东·安东诺维奇,可别忘了我们。

阿莫斯·费约陀罗维奇　要是出了什么事,比方说,公事上有什么需要,您得多关照！

柯罗布金　明年我要把小儿送到京城去为国家效劳,请您行行好,提拔提拔他,就像照顾一个没爹没娘的孤儿一样。

县长　我一定尽力。

安娜·安德烈耶芙娜　安托莎,你总是喜欢随便乱答应别人。

第一,你不会有闲工夫考虑这些事情。再说,你何必自找麻烦,把许多事情揽在自己头上呢?凭什么?

县长　为什么不行,我的宝贝?有时候答应给人家办点事,也可以的。

安娜·安德烈耶芙娜　当然可以,不过不能随便什么小事情都管……

柯罗布金妻　她对待我们是什么态度,你们都听见了吧?

某女客　是呀,她永远是这样的;我知道她的脾气:你要是抬举她一下,她就搭起臭架子来啦……

第 八 场

〔前场人物,邮政局长手持一封拆开的信,匆忙上。

邮政局长　诸位,出了一件怪事!我们当他是钦差大臣的那个官员,原来并不是钦差大臣。

众人　怎么不是钦差大臣?

邮政局长　完全不是什么钦差大臣,我从信上知道的……

县长　您说什么?您说什么?什么信?

邮政局长　他的亲笔信。有封信送到邮政局里来。我一看收信的地址:"寄邮政局街。"我就愣住了。"糟啦,"我心想,"准是发现邮政局出了什么岔子,才写信去报告上司的。"我拿起信来,把它拆开了。

县长　您怎么敢?……

邮政局长　我自己也不知道,一种超自然的力量推动着我。我本来已经预备打发信差十万火急地把信送出去,——

可是一种从来没有感觉过的好奇心制服了我。我憋不住啦,再也憋不住啦,有一股力量把我拉过去,一直拉过去。我一只耳朵里听见一个声音喊:"喂,别拆!拆了你要倒霉。"可是另外一只耳朵里又有一个魔鬼在叫唤:"拆,拆!拆呀!"剥掉火漆的时候,血管里像火烧一样,把信一拆开,浑身直发毛,两只手直打哆嗦,眼前一阵黑,迷迷糊糊的全看不见啦。

县长　您怎么敢拆看这样一位钦差大员的信?

邮政局长　问题就在这儿:他不是钦差,也不是大员。

县长　那么您以为他是什么人?

邮政局长　说不上他是什么人;鬼知道他是个什么东西!

县长　(翻了脸)什么说不上他是什么人?您怎么敢说说不上他是什么人,还说鬼知道他是个什么东西?我要逮捕您……

邮政局长　谁?您吗?

县长　就是我!

邮政局长　办不到。

县长　您知道不知道,他要娶我的女儿,我也快升一品官了,我能把您发配到西伯利亚去。

邮政局长　唉,安东·安东诺维奇!您说西伯利亚?西伯利亚远着哪。倒不如让我把信念给您听听吧。诸位!我念念这封信好吗?

众人　念吧,念吧!

邮政局长　(读信)"特略皮奇金好友鉴,兹特快函奉告,我遇上了一件千载难逢的奇事。我在路上跟一个步兵上尉赌牌,钱都被他赢去,旅馆老板差点要送我去坐牢,忽然由于我的彼得堡派头的容貌和服装，全城的人把我当作了总督。我现在住在县长家里，拼命寻欢作乐，肆无忌惮地追求他的老婆和女儿；不过，我还没有决定先从哪一个下手；我想还是先从母亲下手，因为她似乎立刻乐于从命。你记得不记得，咱们哥俩从前怎样挨穷受苦，吃白食，有一次我因为吃了几个馅饼没给钱，被点心铺老板抓住领子把我轰出去？现在真是时来运转了。大家死乞白赖都要借钱给我，要多少有多少。他们真是些怪物。你会笑死的。我知道你经常写些文章；可以把他们写到文章里去。首先，县长蠢得像一匹灰色的阉马……"

县长　不会的！信上不会有这句话。

邮政局长　（把信给他看）您自己念吧。

县长　（读信）"像一匹灰色的阉马"。不会的！这一句是您自己写上去的。

邮政局长　我为什么要这样写呢？

阿尔捷米·菲里波维奇　念呀！

鲁卡·鲁基奇　念呀！

邮政局长　（继续读信）"县长蠢得像一匹灰色的阉马……"

县长　妈的！还要重复念，仿佛没有这一句，信就不值得念似的。

邮政局长　（继续读信）嗯……嗯……嗯……"灰色的阉马。邮政局长也是一个好家伙……"（不念下去）下面他对我也说了些不中听的话。

县长　往下念呀！

邮政局长　何必呢？……

县长　妈的，既然念了，就应该念下去！一字不漏都念出来！

阿尔捷米·菲里波维奇　让我来念。(戴上眼镜,读信)"邮政局长长得跟部里看门的米赫耶夫一模一样,大概也是个坏蛋,好酒贪杯的酒鬼。"

邮政局长　(向观众)这小子该有多么讨厌,应该结结实实挨一顿揍,再没有别的!

阿尔捷米·菲里波维奇　(继续读信)"慈善医院院……院……院……"(结结巴巴说不出话来)

柯罗布金　您怎么停住不往下念?

阿尔捷米·菲里波维奇　字写得不清楚……不过,总可以看出这小子是个坏蛋。

柯罗布金　把信给我!我想我的眼力好些。(取信)

阿尔捷米·菲里波维奇　(不肯给信)不,这一段可以跳过去不念,下面就清楚了。

柯罗布金　给我,我知道的。

阿尔捷米·菲里波维奇　念呢,还是我来念,下面都是清清楚楚的了。

邮政局长　都念出来!前面怎么一字不漏都念出来了呢?

众人　给他吧,阿尔捷米·菲里波维奇!把信给他!(对柯罗布金)念吧!

阿尔捷米·菲里波维奇　就给您。(交信)好啦,您念……(用手指遮住)从这儿念起。

〔大家走过来围住他。

邮政局长　念吧!念吧!别听他的,都念出来!

柯罗布金　(读信)"慈善医院院长十足像个戴便帽的猪。"

阿尔捷米·菲里波维奇　(向观众)写得并不俏皮!戴便帽的猪!谁见过猪戴便帽的?

柯罗布金 （继续读信）"督学满身是葱臭。①"

鲁卡·鲁基奇 （向观众）说实在的,我从来没有吃过葱。

阿莫斯·费约陀罗维奇 （旁白）谢天谢地,总算没有讲到我。

柯罗布金 （读信）"法官……"

阿莫斯·费约陀罗维奇 这可糟啦！（出声）诸位,我看这封信太长了。再说,信上的话乱七八糟,没什么意思,不用念啦。

鲁卡·鲁基奇 不行!

邮政局长 不行,念下去!

阿尔捷米·菲里波维奇 不行,快念下去！

柯罗布金 （继续读信）"法官略普金-贾普金是一个地地道道的莫凡东②……"（停住）这大概是个法国字。

阿莫斯·费约陀罗维奇 鬼知道是什么意思！假使是骗子的意思,那还算好,说不定还要糟。

柯罗布金 （继续读信）"然而,全是些好客而且善良的人。再见吧,特略皮奇金好友。我也想学你的样,从事文学写作。这样活着实在无聊,终于也渴望有些精神食粮。我现在觉得非从事高尚的工作不可。来信请惠寄萨拉托夫省,转波德卡季洛夫卡村。（把信封翻过来,读收信人的通讯址）圣彼得堡,邮政局街九十七号,里院,三层楼,右首,伊凡·华西里耶维奇·特略皮奇金先生收。"

某女客 真是没想到的祸事！

~~~~~~~~~~~~~~~~

① 督学的名字"鲁卡"和俄文"葱"字音近,此处讥笑他满身葱臭,同时是个双关谐语,含有打趣的意思。

② 法语"mauvais ton"的音译,意即：没有教养的人。

县长　这回真把我坑苦啦！完了，完了，什么都完了！我什么都看不见。我在我面前看见的不是人脸，是猪脸，猪脸，再没有别的……追回来，把他追回来！（挥手）

邮政局长　哪儿还追得回来！我特地叫驿站长给他预备顶好的三套马车，魔鬼迷了我的脑袋，我还吩咐他们一站一站都照这样办呢。

柯罗布金妻　这场乱子真是闹大发啦！

阿莫斯·费约陀罗维奇　真倒霉，诸位！他问我借去了三百卢布。

阿尔捷米·菲里波维奇　也问我借了三百。

邮政局长　（叹口气）唉！也问我借了三百。

鲍布钦斯基　向我跟彼得·伊凡诺维奇借去了六十五卢布现钞。

阿莫斯·费约陀罗维奇　（困惑地叉开两手）这是怎么啦，诸位？说真的，我们大伙儿怎么这么傻呀？

县长　（敲打自己的前额）我怎么晕了头？瞎了眼？我这个老糊涂！老得发了昏，我这个大笨蛋！……我做了三十年官；没有一个商人，没有一个包工头，骗得了我，连最狡猾的骗子也都被我骗过；就连那些一手瞒过天下的老狐狸，老滑头，都逃不过我的手掌心，吃过我的亏，上过我的圈套；我骗过三个省长！……省长算什么！（挥手）省长用不着说……

安娜·安德烈耶芙娜　可是这是不可能的，安托莎：他跟玛宪卡订了婚……

县长　（发怒）订婚！订婚是扯淡！提起订婚我就一肚子气，你还尽跟我提他妈的订婚！……（狂怒）你们看呀，看

387

呀,全世界的人,所有的基督徒,都来看呀,县长是怎么样受了人家的骗呀,他是个傻瓜,这老家伙是个傻瓜!(用拳头威胁自己)你这个塌鼻子,把个皮包骨又干又瘦的人,比破抹布还不如的家伙,当成了大人物看待!他现在让马脖子上的铃丁零丁零地响着,在大道上一直往前飞奔!他要去把这件事情传遍全世界。不但要成为人家的笑柄,还会有个臭文人,摇笔杆的,把你写进喜剧里去,那才丢脸呢!不管你是什么官衔和爵位,大伙儿都要龇着牙齿,拍着巴掌,笑你。你们笑什么?笑你们自己!……你们这些人呀!……(狠狠地跺脚)我真恨透了所有这些摇笔杆的!嗷,这帮臭文人,该死的自由派!魔鬼的种子!我要把你们捆在一起,磨成粉,给魔鬼做里子!塞到魔鬼的帽子里去做里子……(挥动拳头,用脚后跟跺地板。沉默片刻后)我到现在还平不下这口气。一点不假,上帝要惩罚一个人,必先夺去他的理智。这个轻浮的小流氓到底有哪一点像钦差大臣?一点也不像!连个手指尖那么点的地方也不像!可是忽然大家都说:钦差大臣!钦差大臣!谁先说他是钦差大臣的?回答我!

阿尔捷米·菲里波维奇　(叉开两手)怎么会发生这样的事情,你就是打死我,我也说不清楚。好像是叫雾遮住了眼睛,鬼迷了心窍。

阿莫斯·费约陀罗维奇　您问是谁先说的!就是这两个大能人!(指陀布钦斯基和鲍布钦斯基)

鲍布钦斯基　这可真的没有我的什么事!我想都没有想到……

陀布钦斯基　我没有说什么,一点也没有说什么……

阿尔捷米·菲里波维奇　当然是你们。

鲁卡·鲁基奇　还用说！像疯子似的从旅馆里跑回来，说："那个人来啦，来啦，买东西不付钱……"算是被你们发现了重要的大人物啦！

县长　不是你们俩还有谁！这城里就数你们最爱造谣生事，挑拨是非！

阿尔捷米·菲里波维奇　滚你妈的钦差大臣，你造的好谣言！

县长　你们就知道满处东奔西跑，搅得人家鸡犬不宁！你们尽散布谣言，短尾巴的喜鹊！

阿莫斯·费约陀罗维奇　活宝贝！

鲁卡·鲁基奇　笨蛋！

阿尔捷米·菲里波维奇　大肚子的蘑菇！

〔大家围住他们。

鲍布钦斯基　真的，这跟我不相干，这是彼得·伊凡诺维奇说的。

陀布钦斯基　咦，不对，彼得·伊凡诺维奇，是您先那个……

鲍布钦斯基　不对；是您先说。

最后的一场

〔前场人物和宪兵。

宪兵　奉圣旨从彼得堡来到的长官要你们立刻去参见。行辕就设在旅馆里。

〔这几句话像闷雷似的震动了所有的人。太太们嘴里一致发出惊讶的声音；整个人群忽然改变了姿势，呆若木鸡地站在台上。

哑　场

〔县长叉开两手,头向后仰,像柱子似的站在台中央。站在右首的是他的妻子和女儿,身体向前突出,仿佛要奔向他那边去;她们的后面是邮政局长,变成一个疑问号,面向观众;再过去是鲁卡·鲁基奇,显出天真无邪的样子,茫然失神;再过去,在舞台紧靠边的地方,是三个女客,她们脸上露出针对县长一家人而发的讥讽的表情,互相凭靠着。站在县长左首的是泽姆略尼卡,头稍向一边歪斜,好像在仔细倾听什么似的;他的后面是法官,叉开两手,差不多蹲在地上,嘴唇做出一种样子,好像要吹哨,或者说:"这可糟啦!"过去是柯罗布金,面向观众,眯缝一只眼,对县长露出辛辣讽刺的神气;再过去,在紧靠边的地方,是陀布钦斯基和鲍布钦斯基,面对面伸出手来,张大嘴,互相瞪视。其余的客人简直像柱子似的站着。差不多有一分半钟呆若木鸡的一群人保持着同样的姿势。

——幕落

"外国文学名著丛书"书目

第 一 辑

书 名	作 者	译 者
伊索寓言	〔古希腊〕伊索	周作人
源氏物语	〔日〕紫式部	丰子恺
堂吉诃德	〔西班牙〕塞万提斯	杨 绛
泰戈尔诗选	〔印度〕泰戈尔	冰 心 石 真
坎特伯雷故事	〔英〕杰弗雷·乔叟	方 重
失乐园	〔英〕约翰·弥尔顿	朱维之
格列佛游记	〔英〕斯威夫特	张 健
傲慢与偏见	〔英〕简·奥斯丁	王科一
雪莱抒情诗选	〔英〕雪莱	查良铮
瓦尔登湖	〔美〕亨利·戴维·梭罗	徐 迟
欧·亨利短篇小说选	〔美〕欧·亨利	王永年
特利斯当与伊瑟	〔法〕贝迪耶	罗新璋
巨人传	〔法〕拉伯雷	鲍文蔚
忏悔录	〔法〕卢梭	范希衡 等
欧也妮·葛朗台 高老头	〔法〕巴尔扎克	傅 雷
雨果诗选	〔法〕雨果	程曾厚
巴黎圣母院	〔法〕雨果	陈敬容
包法利夫人	〔法〕福楼拜	李健吾
叶甫盖尼·奥涅金	〔俄〕普希金	智 量
死魂灵	〔俄〕果戈理	满 涛 许庆道

1

书 名	作 者	译 者
当代英雄	〔俄〕莱蒙托夫	草 婴
猎人笔记	〔俄〕屠格涅夫	丰子恺
白痴	〔俄〕陀思妥耶夫斯基	南 江
列夫·托尔斯泰中短篇小说选	〔俄〕列夫·托尔斯泰	草 婴
怎么办？	〔俄〕车尔尼雪夫斯基	蒋 路
高尔基短篇小说选	〔苏联〕高尔基	巴 金 等
浮士德	〔德〕歌德	绿 原
易卜生戏剧四种	〔挪〕易卜生	潘家洵
鲵鱼之乱	〔捷〕卡·恰佩克	贝 京
金人	〔匈〕约卡伊·莫尔	柯 青

第 二 辑

荷马史诗·伊利亚特	〔古希腊〕荷马	罗念生 王焕生
荷马史诗·奥德赛	〔古希腊〕荷马	王焕生
十日谈	〔意大利〕薄伽丘	王永年
莎士比亚悲剧五种	〔英〕威廉·莎士比亚	朱生豪
多情客游记	〔英〕劳伦斯·斯特恩	石永礼
唐璜	〔英〕拜伦	查良铮
大卫·科波菲尔	〔英〕查尔斯·狄更斯	庄绎传
简·爱	〔英〕夏洛蒂·勃朗特	吴钧燮
呼啸山庄	〔英〕爱米丽·勃朗特	张 玲 张 扬
德伯家的苔丝	〔英〕托马斯·哈代	张谷若
海浪 达洛维太太	〔英〕弗吉尼亚·吴尔夫	吴钧燮 谷启楠
哈克贝利·费恩历险记	〔美〕马克·吐温	张友松
一位女士的画像	〔美〕亨利·詹姆斯	项星耀
喧哗与骚动	〔美〕威廉·福克纳	李文俊
永别了武器	〔美〕欧内斯特·海明威	于晓红

书　名	作　者	译者
波斯人信札	〔法〕孟德斯鸠	罗大冈
伏尔泰小说选	〔法〕伏尔泰	傅　雷
红与黑	〔法〕司汤达	张冠尧
幻灭	〔法〕巴尔扎克	傅　雷
莫泊桑中短篇小说选	〔法〕莫泊桑	张英伦
文字生涯	〔法〕让-保尔·萨特	沈志明
局外人　鼠疫	〔法〕加缪	徐和瑾
契诃夫小说选	〔俄〕契诃夫	汝　龙
布宁中短篇小说选	〔俄〕布宁	陈　馥
一个人的遭遇	〔苏联〕肖洛霍夫	草　婴
少年维特的烦恼	〔德〕歌德	杨武能
德国，一个冬天的童话	〔德〕海涅	冯　至
绿衣亨利	〔瑞士〕戈特弗里德·凯勒	田德望
斯特林堡小说戏剧选	〔瑞典〕斯特林堡	李之义
城堡	〔奥地利〕卡夫卡	高年生

第　三　辑

埃斯库罗斯悲剧二种	〔古希腊〕埃斯库罗斯	罗念生
索福克勒斯悲剧二种	〔古希腊〕索福克勒斯	罗念生
欧里庇得斯悲剧二种	〔古希腊〕欧里庇得斯	罗念生
神曲	〔意大利〕但丁	田德望
西班牙流浪汉小说选	〔西班牙〕克维多　等	杨绛　等
阿拉伯古代诗选	〔阿拉伯〕乌姆鲁勒·盖斯　等	仲跻昆
列王纪选	〔波斯〕菲尔多西	张鸿年
蕾莉与马杰农	〔波斯〕内扎米	卢　永
莎士比亚喜剧五种	〔英〕威廉·莎士比亚	方　平
鲁滨孙飘流记	〔英〕笛福	徐霞村

书　名	作　者	译　者
彭斯诗选	〔英〕彭斯	王佐良
艾凡赫	〔英〕沃尔特·司各特	项星耀
名利场	〔英〕萨克雷	杨　必
人性的枷锁	〔英〕威廉·萨默塞特·毛姆	叶　尊
儿子与情人	〔英〕D. H. 劳伦斯	陈良廷　刘文澜
杰克·伦敦小说选	〔美〕杰克·伦敦	万　紫　等
了不起的盖茨比	〔美〕菲茨杰拉德	姚乃强
木工小史	〔法〕乔治·桑	齐　香
恶之花　巴黎的忧郁	〔法〕波德莱尔	钱春绮
萌芽	〔法〕左拉	黎　柯
前夜　父与子	〔俄〕屠格涅夫	丽　尼　巴　金
卡拉马佐夫兄弟	〔俄〕陀思妥耶夫斯基	耿济之
安娜·卡列宁娜	〔俄〕列夫·托尔斯泰	周　扬　谢素台
茨维塔耶娃诗选	〔俄〕茨维塔耶娃	刘文飞
德国诗选	〔德〕歌德　等	钱春绮
安徒生童话选	〔丹麦〕安徒生	叶君健
外祖母	〔捷〕鲍·聂姆佐娃	吴　琦
好兵帅克历险记	〔捷〕雅·哈谢克	星　灿
我是猫	〔日〕夏目漱石	阎小妹
罗生门	〔日〕芥川龙之介	文洁若

第 四 辑

一千零一夜		纳　训
培根随笔集	〔英〕培根	曹明伦
拜伦诗选	〔英〕拜伦	查良铮
黑暗的心　吉姆爷	〔英〕约瑟夫·康拉德	黄雨石　熊　蕾
福尔赛世家	〔英〕高尔斯华绥	周煦良

书　名	作　者	译者
月亮与六便士	〔英〕威廉·萨默塞特·毛姆	谷启楠
萧伯纳戏剧三种	〔爱尔兰〕萧伯纳	潘家洵　等
红字　七个尖角顶的宅第	〔美〕纳撒尼尔·霍桑	胡允桓
汤姆叔叔的小屋	〔美〕斯陀夫人	王家湘
白鲸	〔美〕赫尔曼·梅尔维尔	成　时
马克·吐温中短篇小说选	〔美〕马克·吐温	叶冬心
老人与海	〔美〕欧内斯特·海明威	陈良廷　等
愤怒的葡萄	〔美〕斯坦贝克	胡仲持
蒙田随笔集	〔法〕蒙田	梁宗岱　黄建华
悲惨世界	〔法〕雨果	李　丹　方　于
九三年	〔法〕雨果	郑永慧
梅里美中短篇小说选	〔法〕梅里美	张冠尧
情感教育	〔法〕福楼拜	王文融
茶花女	〔法〕小仲马	王振孙
都德小说选	〔法〕都德	刘　方　陆秉慧
一生	〔法〕莫泊桑	盛澄华
普希金诗选	〔俄〕普希金	高　莽　等
莱蒙托夫诗选	〔俄〕莱蒙托夫	余　振　顾蕴璞
罗亭　贵族之家	〔俄〕屠格涅夫	陆　蠡　丽　尼
日瓦戈医生	〔苏联〕帕斯捷尔纳克	张秉衡
大师和玛格丽特	〔苏联〕布尔加科夫	钱　诚
茨威格中短篇小说选	〔奥地利〕斯·茨威格	张玉书　等
玩偶	〔波兰〕普鲁斯	张振辉
万叶集精选	〔日〕大伴家持	钱稻孙
人间失格	〔日〕太宰治	魏大海

第 五 辑

书　名	作　者	译　者
泪与笑　先知	〔黎巴嫩〕纪伯伦	冰　心　等
华兹华斯 柯尔律治 诗选	〔英〕华兹华斯 柯尔律治	杨德豫
济慈诗选	〔英〕约翰·济慈	屠　岸
汤姆·索亚历险记	〔美〕马克·吐温	张友松
大街	〔美〕辛克莱·路易斯	潘庆舲
田园三部曲	〔法〕乔治·桑	罗　旭　等
金钱	〔法〕左拉	金满成
果戈理小说戏剧选	〔俄〕果戈理	满　涛
奥勃洛莫夫	〔俄〕冈察洛夫	陈　馥
谁在俄罗斯能过好日子	〔俄〕涅克拉索夫	飞　白
亚·奥斯特洛夫斯基戏剧六种	〔俄〕亚·奥斯特洛夫斯基	姜椿芳　等
复活	〔俄〕列夫·托尔斯泰	草　婴
静静的顿河	〔苏联〕肖洛霍夫	金　人
谢甫琴科诗选	〔乌克兰〕谢甫琴科	戈宝权　任溶溶
维廉·麦斯特的学习时代	〔德〕歌德	冯　至　姚可崑
叔本华随笔集	〔德〕叔本华	绿　原
艾菲·布里斯特	〔德〕台奥多尔·冯塔纳	韩世钟
豪普特曼戏剧三种	〔德〕豪普特曼	章鹏高　等
铁皮鼓	〔德〕君特·格拉斯	胡其鼎
加西亚·洛尔卡诗选	〔西班牙〕加西亚·洛尔卡	赵振江
你往何处去	〔波兰〕亨利克·显克维奇	张振辉
显克维奇中短篇小说选	〔波兰〕亨利克·显克维奇	林洪亮
裴多菲诗选	〔匈〕裴多菲	孙　用
轭下	〔保〕伐佐夫	施蛰存

书　名	作　者	译　者
卡勒瓦拉(上下)	〔芬兰〕埃利亚斯·隆洛德	孙　用
破戒	〔日〕岛崎藤村	陈德文
戈拉	〔印度〕泰戈尔	刘寿康